中国文学史纲

宋辽金元文学（第四版）

ZHONGGUO WENXUE SHIGANG

SONGLIAOJINYUAN WENXUE

李修生 编著

北京大学出版社
PEKING UNIVERSITY PRESS

图书在版编目(CIP)数据

中国文学史纲.宋辽金元文学/李修生编著. —4 版. —北京：北京大学出版社,2016.9
(博雅大学堂·文学)
ISBN 978-7-301-27451-4

Ⅰ.①中… Ⅱ.①李… Ⅲ.①中国文学—文学史—辽宋金元时代—高等学校—教材 Ⅳ.①I209

中国版本图书馆 CIP 数据核字(2016)第 198435 号

书　　　名	中国文学史纲·宋辽金元文学（第四版） ZHONGGUO WENXUE SHIGANG · SONG LIAOJIN YUAN WENXUE
著作责任者	李修生　编著
责任编辑	徐　迈　蒲南溪
标准书号	ISBN 978-7-301-27451-4
出版发行	北京大学出版社
地　　　址	北京市海淀区成府路 205 号　100871
网　　　址	http://www.pup.cn　新浪微博：@北京大学出版社
电子邮箱	编辑部 wsz@pup.cn　总编室 zpup@pup.cn
电　　　话	邮购部 010-62752015　发行部 010-62750672 编辑部 010-62752022
印　刷　者	北京虎彩文化传播有限公司
经　销　者	新华书店 965 毫米 × 1300 毫米　16 开本　18.75 印张　261 千字 2003 年 4 月第 3 版 2016 年 9 月第 4 版　2024 年 8 月第 3 次印刷
定　　　价	39.00 元

未经许可，不得以任何方式复制或抄袭本书之部分或全部内容。
版权所有，侵权必究
举报电话：010-62752024　电子邮箱：fd@pup.pku.edu.cn
图书如有印装质量问题，请与出版部联系，电话：010-62756370

目　录

宋代文学

概　说 ……………………………………………………………… 3
第一章　北宋初期的文学 ………………………………………… 7
　　第一节　王禹偁 ……………………………………………… 7
　　第二节　西昆酬唱集和晚唐体诗人 ……………………… 10
第二章　柳永和宋词风格的演变 ……………………………… 12
　　第一节　柳永 ………………………………………………… 12
　　第二节　晏殊、晏幾道及其他词人 ……………………… 20
第三章　欧阳修和北宋诗文革新 ……………………………… 24
　　第一节　欧阳修 ……………………………………………… 24
　　第二节　苏舜钦和梅尧臣 ………………………………… 32
　　第三节　曾巩　王安石 …………………………………… 36
第四章　苏轼 ……………………………………………………… 42
　　第一节　苏轼的生平和思想 ……………………………… 42
　　第二节　苏轼的诗文 ……………………………………… 47
　　第三节　苏轼的词 ………………………………………… 53
　　第四节　苏洵和苏辙 ……………………………………… 59

第五章　北宋后期的文学 ·· 63
第一节　黄庭坚和江西诗派 ···································· 63
第二节　秦观　贺铸　周邦彦 ·································· 69

第六章　南宋前期的文学 ·· 76
第一节　李清照 ·· 76
第二节　张元幹、张孝祥和其他豪放派词人 ······················ 82
第三节　朱敦儒和其他词人 ···································· 87
第四节　陈与义和其他江西诗派诗人 ···························· 88
第五节　杨万里和范成大 ······································ 91

第七章　陆游 ·· 95
第一节　陆游的生平 ·· 95
第二节　陆游诗歌的思想内容 ·································· 98
第三节　陆游诗歌的艺术成就 ································· 105

第八章　辛弃疾 ··· 109
第一节　辛弃疾的生平 ······································· 109
第二节　辛弃疾词的思想内容 ································· 111
第三节　辛弃疾词的艺术特色 ································· 119
第四节　辛派词人 ··· 122

第九章　南宋后期的文学 ······································· 125
第一节　姜夔和其他词人 ····································· 125
第二节　四灵派和江湖派诗人 ································· 128
第三节　文天祥 ··· 130
第四节　朱熹、严羽的文学批评 ······························· 132

辽金文学

概　说 ··· 137

第一章	辽代文学	144
第一节	辽代的诗	144
第二节	辽代的文	148

第二章	金代文学	151
第一节	金代前期诗文	151
第二节	金代后期诗文	154
第三节	《西厢记诸宫调》	157

元代文学

概　说 ………………………………………………………… 163

第一章	元代前期诗文	168
第一节	耶律楚材、元好问等作家	168
第二节	刘因、姚燧等作家	173
第三节	刘辰翁、赵孟頫等作家	175
第四节	张炎、王沂孙等作家	179

第二章	元代后期诗文	183
第一节	虞集、揭傒斯等作家	183
第二节	萨都剌、张翥等作家	186
第三节	杨维桢、顾瑛、廼贤等作家	188

第三章	元杂剧的兴起和发展	192
第一节	戏曲的形成和元杂剧的兴起	192
第二节	元代杂剧的发展	194
第三节	元杂剧的形式	196

第四章	伟大的戏剧家关汉卿	198
第一节	关汉卿的生平和作品	198
第二节	《窦娥冤》	199
第三节	《救风尘》《调风月》	203

第四节　《单刀会》 ………………………………………… 206
　　第五节　关汉卿杂剧的艺术成就 ………………………… 208
第五章　白仁甫和马致远 …………………………………… 212
　　第一节　白仁甫 …………………………………………… 212
　　第二节　马致远 …………………………………………… 218
第六章　王实甫和他的《西厢记》 ………………………… 225
　　第一节　王实甫的生平和作品 …………………………… 225
　　第二节　《西厢记》的思想内容 ………………………… 226
　　第三节　《西厢记》的艺术特色 ………………………… 232
第七章　元前期其他杂剧作家 ……………………………… 237
　　第一节　高文秀　康进之 ………………………………… 237
　　第二节　纪君祥　尚仲贤 ………………………………… 239
　　第三节　杨显之　石君宝 ………………………………… 241
　　第四节　郑廷玉　武汉臣 ………………………………… 243
第八章　郑光祖和元后期杂剧作家 ………………………… 246
　　第一节　郑光祖　宫天挺 ………………………………… 246
　　第二节　乔吉　秦简夫 …………………………………… 249
第九章　元代的无名氏杂剧 ………………………………… 252
　　第一节　《赚蒯通》《连环计》 ………………………… 252
　　第二节　《陈州粜米》《货郎旦》 ……………………… 255
第十章　元代散曲 …………………………………………… 258
　　第一节　散曲的兴起和体制 ……………………………… 258
　　第二节　散曲的主要作家和作品 ………………………… 259
第十一章　宋元南戏 ………………………………………… 268
　　第一节　南戏的产生和发展 ……………………………… 268
　　第二节　高明和他的《琵琶记》 ………………………… 271
　　第三节　《拜月亭》及其他 ……………………………… 274

第十二章　宋金元话本 ································· 277
第一节　话本的产生 ································· 277
第二节　小说话本 ··································· 280
第三节　讲史话本 ··································· 285

参考文献 ··· 289

宋代文学

概　说

自后周恭帝元年(960)赵匡胤在陈桥驿(今河南封丘陈桥镇)发动兵变,夺取了后周的政权,建立宋王朝,到宋恭帝德祐二年(1276)降元,其间宋朝共统治三百余年。宋朝虽然结束了五代十国的割据局面,但是并没有完全统一全国。宋代三百年间,北方、西南先后存在着几个政权并立的局面,有:辽(907—1125)、西夏(1032—1227)、金(1115—1234)、大理(937—1253)以及高昌回鹘(856—1275)、喀喇汗(约840—1212)、元(1206—1368)等。历史上称宋高宗南渡(1127)以前为北宋,都城在汴梁(今河南开封市);南渡以后为南宋,都城在临安(今浙江杭州市)。从唐朝安史之乱,引发中国宗法专制社会的危机,经济结构的变化,文化方面理学的构建和市井文化的兴起,促使宋代社会经济、文化高度发展,域外交往继续扩大。

宋代经济得到全面发展。庶族地主的势力扩展,小自耕农经济得到发展。这个转变推动农业劳动生产率显著提高。北宋建立后的百年间,即出现经济繁盛的局面。南宋与金对峙时期,南宋国土减少近半,但江、淮、湖、广等农业发展地区都在南宋境内,经济发展仍处全国领先地位。多种经营、经济作物和商业性农业的发展,推动了手工业和城市商品经济的发展。北宋首都汴梁,逐渐突破了唐代坊市的界限和宵禁,随处都有商铺酒楼。官府虽曾几次想恢复原来的坊市制度,但都没有成功,反而日益扩大贸易地区,并出现繁盛的夜市。洛阳、扬州、成都等地,也出现类似情况。市集交易在各地的居民经济生活中,在政府的财政收入上,都已占有相当的地位。集市区内出现专门的游艺场所勾栏瓦肆，商业性演出活动促进了城市市井文艺的发展。城市的繁荣使宋代文化发生了明显的变化。

北宋政府为了防范晚唐五代藩镇割据局面的再现，加强了中央集权，对地方和各部门实行权力的分立与制衡。在地方上规定州郡长官由文人充任，长官之外另设通判。又把全国州郡划分为十五路，每路设转运使和提点刑狱官，总管州郡的财赋司法等事。中央政府，在宰相之下添设参知政事，并以枢密使分取宰相的军政大权，设三司使分取宰相的财政大权。军事上削弱高级将领的兵权，令文官掌握兵权，宦官做监军，而且经常调动此类官员，军队的驻屯地区也时常交换。又实行募兵制。结果，政府机构臃肿，官员人数增多，兵员名额不断增加，形成"冗官""冗兵"的局面。北宋实行"守内虚外"的政策，这虽能防止藩镇割据，却造成国家军力不振。对辽、西夏总是屈节求和，交纳岁币，割让土地。而文人十分关心国家命运，对如何改变屡弱的局面展开热烈议论。北宋庆历时期范仲淹新政和熙宁时期的王安石变法都是政治上的改革。此后，由变法引起的新旧党争，以及南宋修攘之计的论争，成为宋朝统治阶级内部的重大斗争。它对宋代文学的思想和艺术也有着直接影响。

宋朝定下以文治国的策略，重视科举和教育。科举继承唐制又有发展，选拔人才主要看重进士，其数量也大大增加。宋初科举承唐五代余风，偏重诗赋，到仁宗以后，则偏重策论，这直接影响了士人的追求和当时的文风。苏轼《居士集叙》说："自欧阳子出，天下争自濯磨，以通经学古为高，以救时行道为贤，以犯颜纳说为忠。长育成就，至嘉祐末，号称多士。"宋仁宗命郡县建学校，官办学校扩及全国，民间书院也有发展，著名的庐山白鹿洞书院（今江西九江庐山）、衡阳石鼓书院（今湖南省衡阳市石鼓区石鼓山）、睢阳应天府书院（今河南商丘睢阳区南湖畔）、长沙岳麓书院（今湖南长沙岳麓山），号称四大书院。四大书院说法不一，著名的书院还有嵩阳书院（今河南省郑州登封市）、茅山书院（今江苏句容茅山）、徂徕书院（今山东泰山）等。这些都促进了文化学术思想的发展。传统经学笺注没落,汉儒专事训诂名物传统的废弃,开启了以己意解经的新学风。作为最重要的儒家学派,理学产生并逐渐形成其体系。理学是以儒学内容为主,同时又吸收佛学和道教思想发展起来的一种新的文化学术思想。两宋出现了周敦颐、张载、程颢、程颐、朱熹、陆九渊等主要代表人物。佛教哲学、道家思想和儒家哲学的融合,在文学家的思想上,也有明显的表现。李昉等辑集的《文苑英华》一千卷,上续《文选》,是一部重要的文学总集,他还负责编辑类书《太平御览》一千卷,小说总集《太平广记》五百卷,这三部书和后来杨亿等编集的类书《册府元龟》一千卷,并称为"宋四大书"。史学方面,司马光的《资治通鉴》、郑樵的《通志》,都是杰出的历史著作,他们都注意对历代典章制度、天文地理、社会经济的研究。此外,当代史研究较前代详备,地方史志大量出现。音乐、绘画也很有成绩,山水、竹石、花鸟、人物画以及宗教画,都产生了一些名家。由于印刷术和造纸术的进步,刻书业开始发达,宋代的著书、藏书也很盛行。

宋代文学,诗词散文仍占重要位置,它继承前代的传统,又具有自己的特色。杰出作家有柳永、欧阳修、苏轼、黄庭坚、李清照、陆游、辛弃疾、姜夔等,而且诗词方面流派多,艺术上有很高的成就。戏曲小说虽然没有许多的文学作品保存下来,却标志着一个新纪元的开始。

宋词成就最高。宋初的词,直接继承五代南唐。李煜亡国后所写的作品"眼界始大,感慨遂深"(王国维《人间词话》)。由于宋初士大夫的生活与南朝不同,词风酝酿着新变化。市井间竞逐新声,词的发展经历了又一次重要的乐曲变动。短调小令逐渐定型,长调慢曲占主要地位,令、引、近、慢兼有众体,词调大备。柳永采用教坊新腔和都邑新声,"变旧声作新声"(李清照《词论》),创作大量慢词,是词的发展。晏殊、欧阳修,主要承南唐余绪,多作小令,然而也表露出某些新变化,写恋情、欢宴游乐,也写得情思婉转,风格清丽。苏轼扩大了词的题材,开拓了词的境界,而且把变革与刷新词调作为转变词风的一个重要方面,成为豪放词派的代表。周邦彦精通音律,创制慢曲,去俗多雅而又音节谐美,是格律派的代表。李清照主张词要铺叙、典重、故实,则"别是一家"。她的词当行本色,工于写情,被称为婉约派之宗。辛弃疾把苏轼开拓的词的境界再扩大,以文为词苏辛词派的确立,进一步奠定了宋词在文学史上的地位。姜夔用江西诗派瘦硬峭拔的风格写词,并打开"自度曲"的新路,又把慢词表现技法推进一步。唐五代词,在艺术上已很成熟,宋词不仅在内容方面有所开拓,艺术上也有发展,使词的创作达到最高峰。

宋诗一开始承绪中、晚唐诗风。白居易体在宋初文坛影响很大,学晚唐体则多是僧侣隐逸之士。至杨亿等"西昆体"诗人,主要是模仿李商隐,诗风一变。欧阳修、梅尧臣、苏舜钦、王安石、苏轼,真正开创了宋诗的新局面。黄庭坚和追随他的人,形成江西诗派,对后世影响很大。南宋杨万里讲活法,主张描写自然,反对以学问为诗。南宋时期诗坛最突出的人物是富于爱国主义精神的陆游。宋后期"四灵派""江湖派"学习晚唐,多抒发山水、田园的情趣。吴之振《宋诗抄序》说:"宋人之诗变化于唐,而出其所得,皮毛落尽,精神独存。"宋诗作家数目超越唐代,宋诗广泛地反映了宋代的社会生活,艺术上也有发展。宋诗以意胜,重气骨,有自己的艺术风格,形成与唐诗不同的特色,因此后世诗歌出现"尊唐""崇宋"两个派别。

宋代的散文,继承韩柳古文运动的成果,而有新的发展。古文运动经过北宋欧阳修的推进才真正深入生活各个领域,形成平易畅达,从容婉转的新风格。唐宋八大家中,欧阳修、王安石、曾巩、苏洵、苏轼、苏辙等六家都在北宋。而欧阳修、苏轼的影响更是直下元明清诸代。宋代叙事、抒情散文均有发展,文赋、笔记文多有名作。

宋金时期的戏曲,在民间说唱歌舞表演艺术基础上,有了新的发展。宋杂剧是我国古代戏曲的雏形。南宋的戏文,是在杂剧和南方民间歌舞基础上形成的戏曲形式。南宋后期市井文学有了发展,在说话艺术基础上产生书面文学作品,虽无刻本流传,但是我国俗文学的发端。

第一章　北宋初期的文学

北宋文学可分为初、中、后三期,宋仁宗天圣元年(1023)是初、中期的分界,宋神宗元丰八年(1085)为中、后期的分界。北宋初年的文坛,主要承袭五代的文风。此后随着时代的发展而逐渐变化,文坛迎来宋仁宗以后的繁盛局面。

宋初诗坛有白居易体、晚唐体、西昆体。白居易体推重唐代白居易,在士大夫中影响较大,徐铉、李昉的诗较有成绩,稍后王禹偁主盟一时。晚唐体主要学习晚唐的贾岛、姚合,作者多为隐逸僧侣,林逋等人的作品很有影响。西昆体作家有意识地学习唐代的李商隐,要求抒写诗人个人的内心世界和追求形式的华美,杨亿、刘筠为代表。西昆体的出现开始转变诗风。王禹偁与柳开,在散文方面取法韩柳,主张"革弊复古"(王禹偁《送孙何序》)。宋初词承绪南唐,李煜有影响的作品均写于宋初,柳永出入坊间标志着"伶工之词"向"士大夫词"的转化。

第一节　王禹偁

王禹偁(954—1001),字元之,晚年贬居黄州,所以人称王黄州,济州钜野(今山东巨野)人。宋太宗太平兴国八年(983)进士,先后在朝任右拾遗直史馆、左司谏知制诰、礼部员外郎知制诰、翰林学士等职,又三次被贬谪,到商州、解州、滁州、扬州、黄州等地任职。著作现存有《小畜集》和《小畜外集》等。

王禹偁现存诗歌近六百首。他对当时的诗风很不满意,批评说:

"因仍历五代,秉笔多艳冶。"(《五哀诗》)主张师法白居易,对杜甫也很推崇,自称"本与乐天为后进,敢期子美是前身"(《前赋村居杂兴二首间半岁不复省视因长男嘉祐读杜工部集见语意颇有相类者咨于予且意予窃之也予喜而作诗聊以自贺》)。他认为杜甫开辟了诗的领域:"子美集开诗世界,伯阳书见道根源。"(《日长简仲威》)由于他"世本寒族",较长时间做州县地方官,了解民情,担任谏官、史官,又使他有自觉维护国家的责任感,所以他的作品同情人民疾苦,较多地触及社会弊端。《对雪》诗,一般认为是他在宋太宗端拱元年(988)任右拾遗直史馆时的作品。诗人面对"飘飘满天地"的大雪,想到的是运送军粮的"河朔民"和"边塞兵",不仅没有"患贫居"的意思,而且为自己没有尽到谏官、史官的责任,没有提出富民的办法和安边的策略而自责。谪官商州时期是他诗歌创作的高峰时期。宋太宗淳化(990—994)初陕西关辅大旱,流亡甚多,曾专门下诏陕西诸州官吏,令设法招诱流亡。王禹偁的《感流亡》诗,记述了长安流民饥寒交迫的惨状:

> 谪居岁云暮,晨起厨无烟。赖有可爱日,悬在南荣边;高春已数丈,和暖如春天。门临商於路,有客憩檐前:老翁与病妪,头鬓皆皤然;呱呱三儿泣,茕茕一夫鳏。道粮无斗粟,路费无百钱;聚头未有食,颜色颇饥寒。试问何许人?答云家长安。去年关辅旱,逐熟入穰川。妇死埋异乡,客贫思故园。故园虽孔迩,秦岭隔蓝关。山深号六里,路峻名七盘。襁负且乞丐,冻馁复险艰;唯愁大雨雪,僵死山谷间。我闻斯人语,倚户独长叹:尔为流亡客,我为冗散官;左宦无俸禄,奉亲乏甘鲜。因思筮仕来,倏忽过十年;峨冠蠹黔首,旅进长素餐。文翰皆徒尔,放逐固宜然。家贫与亲老,睹尔聊自宽。

诗中直书所见,真实感人,而且和诗人自己的生活对比,用自我反省作结,表露了对人民的深切同情,也初步表现了宋诗散文化、议论化的风格特征。

王禹偁很注意民俗民歌。如在滁州写的《唱山歌》,就记录了滁地

的民俗,春天"接臂转若环""男女互相调"的歌舞场面。在商州曾用民歌调写了《畲田调》五首,其中:

> 北山种了种南山,相助力耕岂有偏。愿得人间皆似我,也应四海少荒田。

歌颂了人民助耕的劳动。在他的抒情写景诗中,有些小诗写得颇有情致,如他在商州写的《村行》:

> 马穿山径菊正黄,信马悠悠野兴长。万壑有声含晚籁,数峰无语立斜阳。棠梨叶落胭脂色,荞麦开花白雪香。何事吟余忽惆怅?村桥原树似吾乡。

这首诗写诗人"村行"时所见所感,即景写意,自然贴切。颔联写大景,在静谧之中包含着诗人不尽之意;颈联写棠梨落叶和荞麦花,不仅色彩缤纷,而且带有浓烈的感情。这两联都是佳句,文字清新洗练。

王禹偁与柳开同是北宋初期提倡古文的作家,他们都推崇韩愈、柳宗元。柳开(947—1000),字仲涂,大名(今属河北)人。著有《河东集》。曾给自己起名肩愈,字绍先。他认为道是第一位的,是目的,文是次要的,是手段。他的《应责》是对别人责难的回答,是全面阐述自己观点的文章。他认为:"古文者,非在辞涩言苦,使人难读诵之;在于古其理,高其意,随言短长,应变作制,同古人之行事,是为古也。"然而柳开自己的文章仍有"辞涩言苦"的缺点,并没有很好的作品。王禹偁与柳开观点相同,如称颂"韩柳文章李杜诗",认为文章的功用是"传道明心"等。但王禹偁于"有言"外,提出"有文",倡导"句之易道,义之易晓"的平实文风,也能实践自己的主张,相比之下他的创作成就较高。

王禹偁的《待漏院记》是为官员等待朝见皇帝的待漏院所写的记文。宋代中央集权加强,但宰相的权利并没有真正被削弱,宰相和副相组成的集团有很大实权。由于宋代科举扩大,执政者主要从进士中选取,他们维护王朝统治地位的责任心很强。《待漏院记》一文刻画了以天下为己任和以一己之私为出发点的两类相君。前者"皇风于是乎清夷,苍生以之而富庶";后者"政柄于是乎隳哉,帝位以之而危矣"。文章表现了作者对国事的关切。作品也批判了"窃位而苟禄,备员而全身者"的卑劣态度。这篇文章被称为"垂世立教之文"。语言骈散结合,夹叙夹议,平实晓畅,严谨精练。他贬官黄州时所写的《黄州新建小竹楼记》,把自己简单的竹楼诗意化,文笔较早年的《待漏院记》放逸,多用排比,间或用韵,简洁而富有情韵,艺术感染力较强。

王禹偁之后,有姚铉(968—1020)、穆修(979—1032)提倡古文。姚铉根据《文苑英华》选编《唐文粹》。穆修刻印韩柳文集。穆修的文章明白晓畅,不用涩语奇字,受到尹洙、欧阳修的推尊。

第二节　西昆酬唱集和晚唐体诗人

西昆体因杨亿编集的《西昆酬唱集》而得名。杨亿(974—1020),字大年,建州浦城(今属福建)人。宋真宗景德二年,王钦若、杨亿等奉命开始编纂一部巨著,这部书到大中祥符六年(1013)完成,最后定名《册府元龟》。参加这部书编纂工作的人,都聚集在秘阁里。秘阁是帝王藏书的地方。在《山海经》的《西山经》里说昆仑山之西,有一座山叫玉山,是西王母居住的地方。《穆天子传》称"天子升于昆仑之丘,至于群玉之山,先王之所谓册府"。根据这个典故,称帝王藏书的地方为册府、玉山、西昆。所以在秘阁里参加编纂工作时唱和的诗集,就叫作《西昆酬唱集》。此书编成于大中祥符元年秋,当时参加唱和的共十七人,其中有的并未参加秘阁工作。杨亿、刘筠、钱惟演三人的诗占全集的五分之四以上。刘筠(971—1031),字子仪,大名(今属河北)人。杨刘齐名,在当时影响很大。欧阳修说:"盖自杨刘唱和,'西昆集'行,后进学者争效之,风雅一变,谓之昆体。"(《六一诗话》)这个诗派注重音节铿锵,词采精丽,又喜用典故,是表现才学工力的诗歌。宋田况《儒林公议》说:"虽颇伤于雕摘,然五代以来鄙芜之气,由兹尽矣。"然而雕采过甚,失之浮艳;又因为标榜学习李商隐,把流当作源,过分地模仿和依傍,使作品失去活力。据记载,当时优人曾在演出时扮李商隐上场,衣服败裂,有人问他怎么弄成这个样子,他回答说:"被馆中学士挦扯到这个地步。"观众大笑。浮艳和挦扯是西昆体的大病。当然这些作者的政治态度各不相同,艺术水平也不尽相当。西昆体作者,也有触及现实问题的作品,如杨亿《狱多重囚》、张咏《悼蜀四十韵》等。但是,对于一个有一定影响的诗歌流派,我们还是要更多地注意代表他们艺术风格的作品。如杨亿的《泪》:

> 锦字梭停掩夜机,白头吟苦怨新知。谁闻陇水回肠后,更听巴猿拭袂时。汉殿微凉金屋闭,魏宫清晓玉壶欹。多情不待悲秋气,只是伤春鬓已丝。

对照李商隐的《泪》诗,很容易看到模拟的痕迹。诗中多处用典,词句刻意藻饰,但内容模糊晦涩。他们的散文,风格与诗相同,也称西昆体。

晚唐体的作者追踪贾岛、姚合的诗风,注意刻画清幽的意境。较早有九僧:希昼、保暹、文兆、行肇、简长、惟凤、惠崇、宇昭、怀古,其中以淮南惠崇最为著名。又有名士魏野、潘阆、林逋等,而以林逋最有名,影响也最大。林逋(968—1028),字君复,钱塘(今浙江杭州)人。著有《林和靖先生诗集》。他隐居西湖的孤山,写有不少歌咏西湖风景的诗篇,而尤以咏梅诗最为人们所称道。如《山园小梅》二首之一:

> 众芳摇落独暄妍,占尽风情向小园。疏影横斜水清浅,暗香浮动月黄昏。霜禽欲下先偷眼,粉蝶如知合断魂。幸有微吟可相狎,不须檀板共金尊。

风格清真平淡,韵味无穷。既见咏物之工,也显示了作者隐逸的高致。晚唐体诗人写律诗,注重中间二联,力求精警动人。"疏影横斜水清浅,暗香浮动月黄昏"联,受到欧阳修推赏,传诵不衰。

第二章　柳永和宋词风格的演变

北宋初期的词，仍沿袭自中唐以来以短章小词配合令曲的局面。词作多受南唐冯延巳和李璟、李煜的影响。李煜的〔浪淘沙〕〔虞美人〕〔相见欢〕等名作，都写于入宋留居汴京期间。此外，潘阆、王禹偁、寇准、林逋、杨亿等诗人，兼有可读的词作。柳永以弱冠之年，步入创作盛期，开启宋词新面貌。

第一节　柳　永

柳永（987？—1053？），原名三变，字耆卿，因官至屯田员外郎，所以人称柳屯田。

柳家先世为河东人。唐代，柳永七世祖到福州、建州为官，遂为建州（今福建建瓯）籍。祖父柳崇（918—980），拒绝闽王王审知的聘任，终身布衣，隐居崇安五夫里。父柳宜（938—？），南唐时为太子校书郎，江宁尉，宰贵溪、崇仁、建阳三邑，拜监察御史。叔柳宣试大理评事。遂迁居建康（今江苏南京）。宋太祖开宝八年（975）平江南，第二年，柳宜以"伪官"身份得雷泽（今山东菏泽东北）令、费县（今山东费县）宰。柳宜以校书郎为济州（今山东巨野县南）团练官，其家迁居济州。柳崇于太平兴国五年病逝于济州官舍。淳化元年，柳宜为任城（今山东济宁）宰。柳宜入宋十五年，连尹三邑州县之职，均在京东东、西路，今山东巨野费县、济宁等地。柳永出生于山东。

柳宜于淳化元年携文三十卷，叩阍上书，经过考试，改官芸阁，分派到荆湖南路全州(今广西全州)任通判。王禹偁有《送柳宜通判全州序》。

柳宜全州任满后，可能到淮南东路扬州(今江苏扬州)任职，后回京任国子博士。王禹偁《建溪处士赠大理评事柳府君墓碣铭并序》说："诸子诸妇，动修礼法，虽从宦千里，若在公旁。"可知柳永青少年时代，是跟随父亲、母亲度过的。据宋张津等纂修《乾道四明图经》，宋方万里、罗濬纂《宝庆四明志》记载，柳永曾在晓峰盐场有题壁词，后厄兵火，毁弃不存。然其词集中留存。即〔林钟商〕〔留客住〕：

　　偶登眺。凭小栏、艳阳时节，乍晴天气，是处闲花芳草。遥山万叠云散，涨海千里，潮平波浩渺。烟村院落，是谁家绿树，数声啼鸟。　　旅情悄。远信沉沉，离魂杳杳。对景伤怀，度日无言谁表。惆怅旧欢何处，后约难凭，看看春又老。盈盈泪眼，望仙乡，隐隐断霞残照。

宋明州鄞县(今浙江宁波鄞州区)，淳化元年(990)始置盐场。只有富都一正监。宋神宗熙宁六年(1073)，"析监为三，曰正监，曰东江，曰芦花；又有三子场：晓峰则隶正监，甬东则隶东江，桃花则隶芦花"(《乾道四明图经》记载，甬东隶正监，晓峰隶东江)。史实说明，晓峰盐场正式建制是柳永辞世以后的事，且是属于正监的一个子场。宋代盐场的场务官制，大都仍沿唐旧，大者曰监，中者曰场，小都曰务。柳永在盐场时，晓峰顶多可以称是富都正监所管的一个务。所以，可以肯定柳永并未担任过盐监，只是青年时代担任过一个普通的差役。柳永虽然从出生就跟随父亲经历了社会的变动、家庭的不幸，但他毕竟出身于一个重视儒家传统的士族家庭，必然要走仕宦的道路，而且仍然以"行道"为己任。所以，青年柳永在海岛上做着煮海盐生产地的公务，却怀着悯民的情怀和上达天听的愿望，写了《鬻海歌》(悯亭户也)：

　　鬻海之民何所营，妇无蚕织夫无耕。衣食之源太寥落，牢盆煮就汝输征。年年春夏潮盈浦，潮退刮泥成岛屿。风干日曝咸味加，

> 始灌潮波溜成卤。卤浓咸淡未得闲,采樵深入无穷山。豹踪虎迹不敢避,朝阳出去夕阳还。船载肩擎未遑歇,投入巨灶炎炎热。晨烧暮烁堆积高,才得波涛变成雪。自从潴卤至飞霜,无非假贷充糇粮。秤入官中充微直,一缗往往十缗偿。周而复始无休息,官租未了私租逼。驱妻逐子课工程,虽作人形俱菜色。煮海之民何苦辛,安得母富子不贫。本朝一物不失所,愿广皇仁到海滨。甲兵净洗征输辍,君有余财罢盐铁。太平相业惟尔盐,化作夏商周时节。
>
> (冯福京《(大德)昌国州图志》卷六名宦)

这首诗显然受到了杜甫古体诗和白居易新乐府诗的影响。

在两浙,与孙何(961—1004)交往对柳永有颇多的影响。据《宋史·孙何传》记载:"何乐名教,勤接士类,后进之有词艺者,必为称扬。"柳永有词艺,柳永的父亲和孙何,均与王禹偁交往密切。这就使得柳永与孙何有了接近的途径。罗大经《鹤林玉露》丙编卷一"十里荷花"条:

> 孙何帅钱塘,柳耆卿作〔望海潮〕词赠之。

又,宋陈元靓《岁时广记》卷三十一中秋上"借妓歌"条,引杨湜《古今词话》:

> 柳耆卿与孙相何为布衣交。孙知杭州,门禁甚严。耆卿欲见之不得,作〔望海潮〕之词,往谒名妓楚楚曰:"欲见孙相,恨无门路,欲在府会,愿借朱唇歌于孙相公之前。若问谁为此词,但说柳七。"中秋府会,楚楚婉转歌之,孙即日迎耆卿预坐。

孙何在咸平三年至景德元年(1000—1004)任两浙转运使。转运使,唐代开始置官,宋代仍之。初主一路财权,宋太宗后,各事无所不总,甚至,因各种原因不能回乡科考者,也可以由转运司进行考试。孙何任两浙转运使的时间,是柳永可能赠孙何词的时间,也是柳永可能在富都盐场任职的时间。柳永与孙何会面后,来往增多。柳永有多首词作,如〔正宫〕〔早梅芳〕等,可能也是赠孙何的。柳永词作所反映出的行踪,有相当多的时间是在两浙路,和从京城汴梁经水路到泗州、到两浙的路途上。"楚天""楚江""楚客""越娥""吴姬"等语经常出现。他不仅有多首在杭州、会稽等城市写的词,亦有到水村荒丘的词作。这并非一个浪子专门到处寻花问柳,而是"路遥山远多行役"(〔双调〕〔归朝欢〕)。我推测,柳永很可能从富都盐场开始,到景祐元年(1034)中进士为止,这三十多年中,有很长的时间是在两浙转运司下属部门,充任管勾、干办类的职务。有时到一些地方公干,被地方部门接待,得以在中小城市与营妓、官妓歌舞侑觞。只有在回家或回京城考试时,才在京城居住。所以,柳永多写乐工歌妓的俗曲,也富羁旅行役之词。他自述:"帝里风光好,当年少日,暮宴朝欢。况有狂朋怪侣,遇当歌、对酒竟留连。"(〔中吕调〕〔戚氏〕)但从他的家庭情况来看,绝没有供他挥洒的金银。

景祐二年初,柳永任睦州团练推官。虽然有人想帮助他,但始终没有得到进用。晚年在西北地区任屯田员外郎。从他的词作来看,他这段时间到过长安,并曾进入今四川境内。如:"井络天开,剑岭去横控西夏。地胜异、锦里风流,蚕市繁华,簇簇歌台舞榭。"(〔小石调〕〔一寸金〕)"长安古道马迟迟。"(〔林钟商〕〔少年游〕其一)"参差烟树灞陵桥。"(〔林钟商〕〔少年游〕其二)屯田主要在原州、渭州等地,属秦凤路。柳永约卒于皇祐五年(1053)或稍后。

柳永是"行道"的传统文人,又十分追慕宋玉、曹植的才气,对杜甫既有继承又有发展,同时也是新历史时期的文人。他的〔大石调〕〔鹤冲天〕是他心态的最直白写照。〔大石调〕〔传花枝〕可算姐妹篇:

> 平生自负,风流才调。口儿里,道知张陈赵。唱新词,改难令,总知颠倒。解刷扮,能咂嗽,表里都俏。每遇着、饮席歌筵,人人尽道,可惜许老了。　阎罗大伯曾教来,道人生、但不须烦恼。遇良辰,当美景,追欢买笑。剩活取百年,只恁厮好。若限满、鬼使来追,待倩个、掩通着到。

把这首词和关汉卿的〔南吕〕〔一枝花〕《不伏老》比较,有异曲同工之妙。

我们从柳永这一疏狂的性格特点入手,去解读他的情词、羁旅行役词、怀古词,甚至写都市繁华的词作,就容易把握一些。叶嘉莹《论柳永词》说:"柳永写的是慢词长调,柳永还不只是形式上拓展了,他把歌词所写的男女相思离别的感情,换了一个角度……不是从闺中女子的角度来写了,是从一个客子的、男子的身份口吻来写相思离别了……所以,在柳永的词中开始出现了非常可注意的一点——就是出现了高远的景物,结合了他的志意的追寻和落空。"王国维所说古今成大事业大学问的三种境界中第二种境界,所引即柳永的〔小石调〕〔凤栖梧〕其二:

独倚危楼风细细。望极春愁,黯黯生天际。草色烟光残照里。无言谁会凭栏意。　　拟把疏狂图一醉。对酒当歌,强乐还无味。衣带渐宽终不悔。为伊消得人憔悴。

柳永把恋爱相思之情的执著缠绵,经受怎样的折磨也无怨无悔的状态,描写到极致。王国维把这作为成就任何大事业大学问的一种追求的境界。这也是柳永一生不懈追求的精神的真实写照。

柳永生活的年代是宋太宗(976—997在位)、真宗(998—1022在位)、仁宗(1023—1063在位)期间。而他的词作高峰期,主要是宋真宗至宋仁宗景祐元年三十多年的时间。他比张先、晏殊约长十岁,比欧阳修约长二十五岁。张先和欧阳修都是天圣八年进士,较柳永又晚二十五年。北宋词坛,柳永实为先声。

柳永青少年时代到中年,就经历了相当今之山东、河南、湖南、湖北、广西、江淮、福建、浙江的雨露风霜,对于社会的了解,远远超越了晏殊、张先等人。他担任干办类的职务,对于官场有更深切的体会。但他心胸广阔,也并没有只是"叹下位""伤远行",而是真实地记录了经济发展的北宋城市景象。如〔仙吕调〕〔望海潮〕,在当时负盛名,发挥了柳永用赋体手法写词的长处：

> 东南形胜，三吴都会，钱塘自古繁华。烟柳画桥，凤帘翠幕，参差十万人家。云树绕堤沙。怒涛卷霜雪，天堑无涯。市列珠玑，户盈罗绮竞豪奢。　　重湖叠巘清嘉。有三秋桂子，十里荷花。羌管弄晴，菱歌泛夜，嬉嬉钓叟莲娃。千骑拥高牙。乘醉听箫鼓，吟赏烟霞。异日图将好景，归去凤池夸。

这首词上片叙形势之胜，都市的繁华、钱塘江的壮阔和士民的殷富；下片从湖山全景、四时风光、昼夜笙歌、湖中人物四方面赞咏西湖。他到过两浙及江淮的多个城市，记录京城开封节令活动的词作也反映了多彩的社会风貌（如写上元景物之〔仙吕宫〕〔倾杯乐〕）。

柳永尤工于抒发"羁旅行役"的游子情怀。羁旅，即寄居作客；行役，即服役、跋涉在外。〔双调〕〔雨霖铃〕（寒蝉凄切）和〔仙吕调〕〔八声甘州〕（对潇潇暮雨洒江天）是他的代表作。〔雨霖铃〕：

> 寒蝉凄切。对长亭晚，骤雨初歇。都门帐饮无绪，留恋处、兰舟催发。执手相看泪眼，竟无语凝咽。念去去、千里烟波，暮霭沉沉楚天阔。　　多情自古伤离别，更那堪、冷落清秋节！今宵酒醒何处？杨柳岸、晓风残月。此去经年，应是良辰、好景虚设。便纵有、千种风情，更与何人说？

〔雨霖铃〕本是一支曲的名字。唐玄宗入蜀时，至斜谷口，连天霖雨，在栈道中闻铃声，隔山相应。他正悼念杨贵妃，因实景实情写下〔雨霖铃〕曲以寄托离恨。宋代人倚旧声填词，遂成曲牌名。这首词上片写诗人离开都城，与情人话别时候的情景，下片写到别后可能出现的思绪。"凄切"，是寒蝉的鸣叫声。"寒蝉"是蝉的一种，初秋时鸣，因为当时天气已经寒冷，所以叫寒蝉。曹植《赠白马王彪》诗中有"秋风发微凉，寒蝉鸣我侧"。寒蝉凄切的鸣叫声是眼前实景，也点明时令，与下面"冷落清秋节"呼应。"对长亭晚，骤雨初歇。""长亭"是送别的地方，"晚"点明时间。"骤雨初歇"，骤雨刚停。正在送别时，天下了一阵急雨,话别的人,正好多留恋一会儿,可是现在雨停了,就再也留不住了,无论如何该分手了。"都门帐饮无绪",京城门外的饯别宴饮无情无绪。"都门",京城城门。"帐饮",饯别时设帐宴饮,指别宴。"无绪",写出别时的情绪。无情无绪,正是情绪浓重的表现。"留恋处、兰舟催发。"正处留恋难舍的状态,船夫却催着开船。"兰舟",是船的美称,传说鲁班曾经用吴王阖闾种的木兰造船。分别的时刻到来,别情达到高潮。"执手相看泪眼,竟无语凝咽。"两人手拉着手,互相看着含着泪水的眼,竟说不出话来,好像喉咙塞住,生动地描绘出离别时的心境。"念去去、千里烟波,暮霭沉沉楚天阔。"彼此越离越远,离舟则行驶在千里烟雾苍茫的水面上,日暮时深沉的云气中。这里将近景远景连成一片,且融入诗人不可名状的别情,正是整首词的主旨所在。下片是设想别后的情景。"多情自古伤离别,更那堪、冷落清秋节!"离别已是极愁苦的了,更那堪在这样冷落清秋时节呢!愁上加愁,怎么经受得起呢?"今宵酒醒何处?杨柳岸、晓风残月。"这三句是传诵的名句。它进一步点染了别后孤独寂寞没有着落的心情。本来别情使自己精神处于朦胧的状态。船夜间行驶,今夜酒醒处将在什么地方呢?想必是在拂晓,所见到的只是杨柳岸边晓风残月吧!"此去经年,应是良辰、好景虚设。便纵有、千种风情,更与何人说?"这次分别要经历很长时间,即使有良辰美景也是无用。纵然有千种恩爱之情,更向什么人倾诉呢?

〔八声甘州〕也是名篇:

> 对潇潇暮雨洒江天,一番洗清秋。渐霜风凄紧,关河冷落,残照当楼。是处红衰翠减,苒苒物华休。惟有长江水,无语东流。
>
> 不忍登高临远,望故乡渺邈,归思难收。叹年来踪迹,何事苦淹留?想佳人、妆楼颙望,误几回、天际识归舟。争知我,倚栏干处,正恁凝愁!

全词由八小段音乐组成,八韵,所以叫"八声"。上片写景,旅者登高望远,展示江上的清秋景色;下片抒情,写自身萍踪浪迹的处境和情人正妆楼颙望的形象,情深意长。"对潇潇暮雨洒江天,一番洗清秋。"开始用一"对"字领起。"潇潇",暴疾。《诗经·郑风·风雨》载"风雨潇潇"。"江天",江水与天空相连之际。"洗",洗涤。傍晚,江天之间经过一场暴疾的秋雨洗涤,秋景又深了一层。诗人对着这样的清秋景色,用"渐"字领起三句:"渐霜风凄紧,关河冷落,残照当楼。""渐",旋、还、又的意思。"霜风",寒风。"关河",指山河。经一番雨后,旋又寒风凄冷紧急,山河一片萧瑟孤寂,残阳照射在诗人所站的楼头。这三句得到苏轼的赞赏,认为"此语于诗句不减唐人高处"(赵令畤《侯鲭录》)。接下去写诗人登临所见。"是处红衰翠减,苒苒物华休。""是处",所有的地方。"红衰翠减",花木都凋零了。红指花,翠指叶。"苒苒",渐渐地。"物华",指自然景色。"休",完了。所有地方的花木都已凋零。烂漫的景物风光渐渐地都不存在了。"惟有长江水,无语东流。"无限的感慨悲愁都付之于无语的东流江水。下片写情。"不忍",不堪。"渺邈",遥远渺茫的样子。开始用"不忍"二字领,诗人正在登高临远,而面对这一幅秋景,感情上更是受不住,使不可遏制的乡思更加难以收拾。"叹年来踪迹,何事苦淹留!""淹留",滞留。屈原《离骚》云:"时缤纷其变易兮,又何可以淹留。"诗人慨叹自己近年来在外漂泊,滞留他乡究竟为了何事呢?"想佳人、妆楼颙望,误几回、天际识归舟。""颙望",抬头远望。诗人自然联想到自己所思念的对象,她必然经常在妆楼上望着天际的归舟,而好多回都错认为是自己爱的人回来了。"争知我,倚栏干处,正恁凝愁!""争知",怎知。你怎知我在这里倚栏凝愁呢?把漂泊者乡思离愁描画得十分逼真。

柳永的羁旅行役词,饱含着一个漂泊游子的悲哀、孤寂,和对天地、人生的感悟。这种感悟是痛苦的,但也形象地刻画出说不出的心境,展现了无限广阔的胸怀。

柳永词标志北宋词发展的起点。他和歌妓乐工一起,创制了以篇幅较长、句子错综不齐为特色的慢调。如〔甘州子〕只有三十三个字,他的〔甘州令〕增为七十八字;〔长相思〕本双调三十六字,他增为一百零三字;〔浪淘沙〕本双调五十四字,柳永变为三迭一百四十四字;等等。这一方面可以看到随着词乐的发展,词体繁衍的趋势;另一方面标志着词体的进一步完备,为宋词的繁盛奠定了基础。随着形式的扩展,柳词多用赋体,〔望海潮〕〔雨霖铃〕等,也多长于铺陈。柳永词另一个值得注意的特点是吸收口语入词。如〔忆帝京〕,就几乎是用口语写成:

> 薄衾小枕凉天气,乍觉别离滋味。辗转数寒更,起了还重睡。毕竟不成眠,一夜长如岁。　也拟待、却回征辔,又争奈、已成行计,万种思量,多方开解,只恁寂寞厌厌地。系我一生心,负你千行泪。

黄昇《唐宋诸贤绝妙词选》说柳永"长于纤艳之词,然多近俚俗,故市井之人悦之"。刘熙载《艺概》说:"耆卿词,细密而妥溜,明白而家常,善于叙事,有过前人。"有人因此鄙薄柳词,其实这正是柳词的长处。

柳永很长时间在"秦楼楚馆"过着"浅斟低唱"的生活,曾自称"白衣卿相"。金元的浪子才人和他一脉相承。柳永的词也下开金元曲子的先河。况周颐《蕙风词话》说:"柳屯田《乐章集》为词家正体之一,又为金元已还乐语所自出。"所以,柳永在词曲史上的地位是相当重要的。

第二节　晏殊、晏幾道及其他词人

晏殊(991—1055),字同叔,抚州临川(今属江西)人。十四岁以"神童"召试,赐同进士出身。仁宗庆历(1041—1048)中,官至集贤殿学士、同平章事,兼枢密使。他注意引进人才,范仲淹、韩琦、欧阳修都出自他门下。词和欧阳修并称,著有《珠玉词》。

晏殊词从整体来看仍延续南唐词风,但并非一味因袭,作为一个词作者,他有着自己的风格特色。他居于国家重臣的地位,对朝廷中的矛盾有亲身的体验,也曾遭到贬黜,因此在他的作品中常有一种感伤的情绪,概括了较深的人生哲理。如〔浣溪沙〕(一曲新词酒一杯),这首词有的题作《春恨》,表现了伤春的心理。其中"无可奈何花落去,似曾相识燕归来"是名句。两句对偶工巧自然,寄托了对宇宙、人生哲理的探索。这两句还见于作者的一首七律《示张寺丞王校勘》,但评论者都认为这天生是一段词。花的落去,春的归去,这是无可奈何的事,人留不住,花也不能自主。这和上片"夕阳西下几时回"是一个意思。一切美好的事物都会流逝。燕子归来是必然的,然而也非简单重复,来者也不一定是去者,所以说"似曾相识"。宇宙、人生的变化,只增加了词人的慨叹、惆怅。〔蝶恋花〕是一首有名的作品:

> 槛菊愁烟兰泣露。罗幕轻寒,燕子双飞去。明月不谙离恨苦,斜光到晓穿朱户。　昨夜西风凋碧树。独上高楼,望尽天涯路。欲寄彩笺兼尺素,山长水阔知何处?

这首词写离别相思之情。"槛菊愁烟兰泣露。""槛",栏杆,轩前栏杆。庭院内的菊花笼着轻烟,兰花带着露珠。菊花点明时令是秋天,露珠点明时间是清晨。菊花的"愁",兰花的"泣",表露了人的情绪。"罗幕轻寒,燕子双飞去。""轻寒"是秋天清晨的气候。燕子穿过帘幕飞去,燕子双飞,而人却是孤单的。"明月不谙离别苦,斜光到晓穿朱户。""谙",熟悉。月亮到天亮仍然穿过朱户照着离人,不知人离别的痛苦。接着写词人登楼远望。"昨夜西风凋碧树,独上高楼,望尽天涯路。"昨夜秋风把树上的叶子都摇落了,更显得一片寥廓,独自登楼远望,可以看到远连天边的路的尽头。"欲寄彩笺兼尺素,山长水阔知何处?"可是自己所思念的人不见归来,要寄信又没有"尺素",就是要寄的话,山这样长远,水这样广阔,又往哪里寄呢?

这首词描摹了离别相思的愁苦心情,有着较深的含义,词的意境给人以联想的广阔天地。"昨夜西风凋碧树。独上高楼,望尽天涯路。"原是写词人经过一夜相思之苦,清晨登楼远望,眼前一片空阔,离愁愈炽。这情景被王国维喻为"古今成大事,大学问者"的"第一境"。晏殊词语言疏淡闲雅,温润秀洁,写艳情不纤佻。他个人抒怀的词中,也表露了一种旷达的怀抱,如〔破阵子〕(湖上西风斜日)。他的写景词也很生动,如〔破阵子〕:

> 燕子来时新社,梨花落后清明。池上碧苔三四点,叶底黄鹂一两声,日长飞絮轻。　巧笑东邻女伴,采桑径里逢迎。疑怪昨宵春梦好,元是今朝斗草赢,笑从双脸生。

上片写初夏的景色,下片写东邻女伴斗草赢后的笑容,极富生活情趣。这些特点与宋代诗词风格的转化,也不无联系。

和晏殊同时的还有宋祁(998—1061),字子京,安陆(今属湖北)人。官至工部尚书,翰林学士承旨;张先(990—1078),字子野,乌程(今属浙江)人。官至都官郎中。宋祁有一首写春天景物的词〔玉楼春〕:

> 东城渐觉春光好,縠皱波纹迎客棹。绿杨烟外晓寒轻,红杏枝头春意闹。　浮生长恨欢娱少,肯爱千金轻一笑?为君持酒劝斜阳,且向花间留晚照。

其中"红杏枝头春意闹"为名句。张先有一首题作"春眠"的词〔天仙子〕:

> 《水调》数声持酒听,午醉醒来愁未醒。送春春去几时回?临晚镜,伤流景,往事后期空记省。　沙上并禽池上暝,云破月来花弄影。重重帘幕密遮灯,风不定,人初静,明日落红应满径。

其中"云破月来花弄影"为名句。王国维说:"'红杏枝头春意闹',著一'闹'字,而境界全出。'云破月来花弄影',著一'弄'字,而境界全出矣。"张先的〔归朝欢〕中有"娇柔懒起,帘幕卷花影",再加上"柳径无人,堕风絮无影"等词句,遂被称为"张三影""云破月来花弄影郎中"。张先称宋祁为"红杏枝头春意闹尚书"。可见他们十分注意锤炼字句。

晏幾道(1030？—1106)，字叔原，号小山，晏殊的幼子。他仕途连蹇，又不肯依傍贵人之门，生活渐趋穷困潦倒，思想趋于颓放。他的词风和他父亲相近，但多一些真切的哀思。陈廷焯《白雨斋词话》说他"工于言情"，"而措词婉妙，则一时独步"。著有《补亡》一编，即后世所传的《小山词》。〔临江仙〕(梦后楼台高锁)和〔鹧鸪天〕(彩袖殷勤捧玉钟)是他的两篇代表作。前者写对歌女小蘋的怀念，后者写与所钟爱情人的重逢。〔临江仙〕是晏幾道最著名的作品：

梦后楼台高锁，酒醒帘幕低垂。去年春恨却来时。落花人独立，微雨燕双飞。　记得小蘋初见，两重心字罗衣。琵琶弦上说相思。当时明月在，曾照彩云归。

这首词的意思是，梦回酒醒的时候，当初留下快乐回忆的地方，现在却是楼锁幕垂。去年离别时的哀愁又袭来，雨洒花落，燕子双飞，而人却孤单地立在那里。记得与小蘋初见的时候，她穿着绣着心字花纹的罗衣，用琵琶传达着相思之情。当时明月虽在，曾经照着她来归，而她呢？不知到哪里去了。

蘋、莲、鸿、云等人是晏幾道的好友沈廉叔、陈君宠家的歌女。后来随着好友的卧病和去世，歌女也散去。词中表现了晏幾道同歌女小蘋的恋情。

这首词先写今日相思，再写当时相见，〔鹧鸪天〕(彩袖殷勤捧玉钟)则先写旧时的欢乐，再写别后的相思和重逢的快乐。通过场面描摹，表达出缠绵悱恻的感情。其中"落花人独立，微雨燕双飞"和"舞低杨柳楼心月，歌尽桃花扇底风"都是名句。

第三章　欧阳修和北宋诗文革新

宋仁宗以后,欧阳修领导的诗文革新运动,开拓了诗文创作的新阶段。一方面经过北宋初的探索,古文要复韩、柳之古,诗歌逐渐形成宋人风格;另一方面也由于政治危机加深,政治改革活动的影响,促起了文人对于现实的关心,引起了文风的变革。欧阳修和先后出现的柳永、苏舜钦、梅尧臣、晏殊、晏幾道、曾巩、王安石、苏轼等共同创造了文学史上又一个繁盛时期。

第一节　欧阳修

欧阳修(1007—1072),字永叔,号醉翁,晚年号六一居士。庐陵(今属江西)人。仁宗天圣八年中进士后,任西京(洛阳)留守推官。当时西昆体作家钱惟演任留守,幕府有尹洙、梅尧臣。任满,至京师充馆阁校勘,担任三馆(史馆、昭文馆、集贤院)秘阁所藏图籍编校。因写信给谏官高若讷,责备他诋毁范仲淹,被降官为夷陵令。庆历三年知谏院。又升龙图阁直学士,河北都转运按察使。后范仲淹等新政大臣以党议罢去,欧阳修上书反对,降知制诰,知滁州。又先后知扬州、颍州、应天府。宋仁宗至和元年(1054),奉诏修《唐书》,迁翰林学士,兼史馆修撰,曾出使契丹。英宗嘉祐二年(1057)知贡举,官至参知政事、枢密副使等职。神宗时,出守青州、蔡州,在他一再请求下致仕。欧阳修对宋朝政治有比较全面的了解,多次指责朝廷因循苟且,对"骄兵""冗吏"不满,主张吏治和军事的改革;对西夏,他反对议和,主张积极备战。在学术和文学方面,他是开一代风气的宗师。苏轼在《居士集序》中说:"其学推韩愈、孟子,以达于孔氏,著礼乐仁义之实,以合于大道;其言简而明,信而通,引物连类,折之于至理,以服人心,故天下翕然师尊之。"又说:"宋兴七十余年,民不知兵,富而教之,至天圣、景祐极矣。而斯文终有愧于古,士亦因陋守旧,论卑气弱。自欧阳子出,天下争自濯磨,以通经学古为高,以救时行道为贤,以犯颜纳说为忠。长育成就,至嘉祐末,号称多士,欧阳子之功为多。"欧阳修在经学方面,对《易》《诗》《春秋》都有研究,他常常信经而不信传,对传统经说提出怀疑,开启了以"新义"(实际是根据新的时代条件)解经的新学风。他请求删修经疏,并认为古书之托为"圣人之作"者,往往是后人所作。欧阳修在史学方面的成绩是很突出的。他奉诏与宋祁一起重编《唐书》,后称《新唐书》;又独自编写《五代史》,后称《新五代史》,目的在于总结历史经验,以为当代的借鉴。治史之外,他又收集金石器物,著《集古录》,为研究历史提供实物证据,并用以破除对佛教的迷信。他的《六一诗话》在诗歌评论方面开创了一个新的形式。此外,在目录学等方面,欧阳修也颇有成就。

欧阳修早年在政治上与范仲淹接近,文学上也有共同之处。范仲淹(989—1052),字希文,吴县(今江苏苏州)人。著作有《范文正公全集》。宋真宗大中祥符八年进士,后由晏殊举荐,为秘阁校理。他泛通六经,长于《易经》。《宋史》本传说:"每感激论天下事,奋不顾身,一时士大夫矫厉尚风节,自仲淹倡之。"他多年守边,历任陕西安抚使等职,采取"屯田久守"方针,敌人不敢侵犯。他主张政治上有所更张,任参知政事时曾针对时弊提出了十条改革措施,与韩琦、富弼等推行庆历新政。但因触犯了贵族官僚的利益,不到一年,就被明令废除。他重视文章的风化作用,强调复古,认为:"国之文风,应于风化,风化厚薄,见乎文章",因此建议皇帝"可敦谕词臣,兴复古道,更延博雅之士,布于台阁,以救斯文之薄而厚其风化"(《奏上时务书》)。他认为写文章应该是"不专辞藻,为明道理"(《答手诏条陈十事》)。他的著名散文《岳阳楼记》写于庆历六年,是贬居邓州时的作品。文章首先写出了洞庭湖的胜状,接着运用写景与抒情、议论结合的方法,抓住不同景物所引起的不同感受,评述迁客的览物之情,抒发了自己以"古仁人"自勉,追求"不以物喜,不以己悲""居庙堂之高则忧其民,处江湖之远则忧其君""先天下之忧而忧,后天下之乐而乐"的崇高精神境界。立意高,使这篇文章给人一新耳目的感觉。文中间用骈句,语言参差和谐。范仲淹的〔渔家傲〕《秋思》写边塞生活,意境开阔,悲壮沉郁,突破了五代词的局限。

比欧阳修稍早的尹洙(1001—1047),字师鲁,河南(今河南洛阳)人,是提倡古文的重要人物。范仲淹为尹师鲁《河南集》所写《序》文说:"洛阳尹师鲁,少有高识,不逐时辈,从穆伯长游,力为古文,而师鲁深于《春秋》,故其文谨严,辞约而理精,章奏疏议,大见风采,士林方耸慕焉,遽得欧阳永叔,从而大振之,由是天下之文一变,而其深有功于道欤!"石介(1005—1045),字守道,兖州奉符(今山东泰安)人,也是以论道著称的人物。他著名的论道之文是《怪说》。文章痛斥佛老和杨亿的"淫巧浮伪之言"。他希望与"三二同志,极力排斥之,不使害于道"(《上范思运书》)。

欧阳修正是上继韩柳,近承柳开、王禹偁、穆修、石介等的古文提倡者,适应北宋政治改革的需要,成为领导诗文革新的宗师,是宋代的韩愈。他对文和道关系的看法与韩愈一致,认为道对文起决定作用。他说:"我所谓文,必与道俱。"(苏轼《祭欧阳文忠公文》)又说:"道纯则充于中者实,中实则发为文者辉光。"(欧阳修《答祖择之书》)但欧阳修论道更重实际,他在《与张秀才第二书》中说:

> 孔子之后,惟孟轲最知道,然其言,不过于教人树桑麻,畜鸡豚,以谓养生送死,为王道之本。夫二典之文,岂不为文?孟轲之言道,岂不为道?而其事乃世人之甚易知而近者,盖切于事实而已。

一方面欧阳修及北宋诗文革新运动中所论的道实际是论政,不同于理学家的道。另一方面,欧阳修也指出,有道之士,并不一定能写文章,而道又以文传。他说:"故其,言以载事而文以饰言,事信言文乃能见于后世。"又说:"言之所载者大且文,则其传也彰,言之所载者不文而又小,则其传也不彰。"(《代人上王枢密求先集序书》)可见,他并没有把"文"与"道"等同起来。他要求文章"中于时病而不为空言"(《与黄校书论文章书》),提倡"文简而意深"(《论尹师鲁墓志》),"简而有法"(《尹师鲁墓志铭》),主张平易自然,反对尚奇趋险。

嘉祐二年欧阳修主持礼部考试,梅尧臣负责具体事务。他们借助行政手段来改变当时的文风。《宋史·欧阳修传》说:

> 时士子尚为险怪奇涩之文,号为"太学体",修痛排抑之,凡如是者辄黜。毕事,向之嚣薄者伺修出,聚噪于马首,街逻不能制;然场屋之习,从是遂变。

当时矛盾很激烈,已出现闹事的局面,但也说明欧阳修在改革文风中的作用。在这次考试中被录取的苏轼也明白这种形势。苏轼给梅尧臣的信《上梅龙图书》中说:"轼长于草野,不学时文,词语甚朴,无所藻饰。意者执事欲抑浮剽之文,故宁取此,以矫其弊。"欧阳修正是反对"险怪奇涩之文""浮剽之文"。

欧阳修的散文成就很高,他不仅提出了影响一代文风的主张,而且创作出了优秀的作品。苏辙说他的文章:"天材有余,丰约中度,雍容俯仰,不大声色,而义理自胜,短章大论,施无不可。"(《欧阳公神道碑》)

他的论说文,都体现了他的政治观点、为人之道和文学主张。宋仁宗景祐三年,天章阁待制权知开封府尹范仲淹,因批评宰相吕夷简用人等问题,贬官为饶州知州。身为谏官的高若讷不但不敢谏诤,反而诋毁范仲淹,这引起了欧阳修的愤怒。他在《与高司谏书》中说:

> 前日范希文贬官后,与足下相见于安道家。足下诋诮希文为人,予始闻之,疑是戏言;及见师鲁,亦说足下深非希文所为,然后

其疑遂决。希文平生刚正,好学通古,今其立朝有本末,天下所共知,今又以言事触宰相得罪,足下既不能为辩其非辜,又畏有识者之责己,遂随而诋之,以为当黜,是可怪也。夫人之性,刚果懦软,禀之于天,不可勉强,虽圣人亦不以不能责人之必能。今足下家有老母,身惜官位,惧饥寒而顾利禄,不敢一忤宰相以近刑祸,此乃庸人之常情,不过作一不才谏官尔。虽朝廷君子,亦将闵足下之不能,而不责以必能也。今乃不然,反昂然自得,了无愧畏,便毁其贤以为当黜,庶乎饰己不言之过。夫力所不敢为,乃愚者之不逮;以智文其过,此君子之贼也。

并指斥高若讷说:"足下在其位而不言,便当去之,无妨他人之堪其任者也。""是足下不复知人间有羞耻事尔!"这篇文章真是"气尽语极,急言竭论",但又颇委曲婉转;看似平和,却极尽挖苦之能事。文章先说自己久闻高若讷的君子之名,但曾三度表示怀疑。接着转入正面实写,"推其实迹而较之",以谏官的职责而论,如果范仲淹不贤,为什么"不一为天子辨其不贤";如果范仲淹贤,不敢说自己畏祸不谏,而要说"不足谏",是要"欺今人","而不惧后世之不可欺邪"?从谏官的职责来检验高若讷的言行,他已丧失了做谏官的品质。联系高若讷在范仲淹贬官事件中的表现,判定他不仅不是君子,而且是"君子之贼也"。文章理直气盛,曲折条畅。欧阳修因为这封信,被贬到夷陵(今湖北宜昌)做县令。庆历四年,朝廷下诏书,批评朋党。次年,杜衍、范仲淹、韩琦、富弼等又因"朋党之议"而相继罢官。欧阳修立即上疏《论杜衍范仲淹等罢政事状》,直接反对"诏书"。同时,欧阳修还写了一篇著名的政论文《朋党论》。文章认为:"君子与君子以同道为朋,小人与小人以同利为朋。""故为人君者,但当退小人之伪朋,用君子之真朋,则天下治矣。"文章引古证今,史实俱在,是非分明,很有说服力。他参与编修的史书有四部,其中《新五代史》属于个人专著。欧阳修以旧五代史繁猥失实,重加修订。欧阳修去世后,朝廷才把它交予国子监刊行。北宋时期一些关心国事的学者,很注意研究前代治乱兴衰的经验,并将其作为现实的借鉴。《五代史·伶官传序》是一篇名作。沈德潜说："抑扬顿挫，得《史记》神髓，《五代史》中，第一篇文字。"文章通过后唐李存勖盛衰的事例，说明人事的作用以及"忧劳可以兴国，逸豫可以亡身"的道理。

欧阳修的记叙文朴质醇厚，裁节有法，并富有感情色彩。《泷冈阡表》是欧阳修在宋神宗熙宁三年为他父母墓道撰写的碑文。文章不铺陈，不藻饰，只是通过母亲的话来转叙父亲为官清廉、治狱谨慎的遗事，如实记叙母亲对他的教育，情深语挚。文中写母亲治家俭约，安于贫贱：

> 自其家少微时，治其家以俭约，其后常不使过之，曰："吾儿不能苟合于世，俭薄所以居患难也。"其后修贬夷陵，太夫人言笑自若曰："汝家故贫贱也，吾处之有素矣。汝能安之，吾亦安矣。"

文章平易明白，自然动人。

他的《醉翁亭记》可以说是一篇散文诗。文章写滁州山中四时景色的优美以及朝暮的变化，特别突出"山水之乐"。文章说："醉翁之意不在酒，在乎山水之间也。山水之乐，得之心而寓之酒也。"又说："禽鸟知山林之乐而不知人之乐，人知从太守游而乐，而不知太守之乐其乐也。"这正表现了欧阳修在遭到贬谪时仍能保持为人的大节，"处穷达，临祸福，无愧于古君子"（《尹师鲁墓志铭》），能达于进退穷通之理。所以他不作"戚戚之文"，而"盛称山水之乐"，并不是或不仅是暗示他自己治滁的政绩，或隐寓古人的"乐民之乐"，更不是消极颓唐而寄情山水。此文语言自然流畅，浓淡相济，表达了作者旷怡坦荡的心境。

欧阳修的抒情散文《秋声赋》是作者凭借自己的直接感受即兴而作的。他把秋夜的声音，用各种形象的比喻，具体细致地描绘出来，并进而沉入严肃的思考。他的忧伤是有着先天下之忧的意味的。"思其力之所不及，忧其智之所不能。"就赋体的发展而言，《秋声赋》打破了六朝到唐代的骈赋、律赋的格式，吸取韩愈柳宗元古文的成果，是代表

"古文家"赋的成熟作品。

欧阳修的诗歌也开创了北宋的诗风。他深受韩愈和李白的影响,主要表现在"以文为诗"和形式自由。"以文为诗",不仅表现在以个别文句入诗,更表现为用诗来议论。如《食糟民》首先叙述农民种糯米,官府用来酿酒专卖营利,官员日饮官酒当然很高兴,农民却连喝粥度日都做不到,只得来官府买酒糟吃,而官吏还以为做了善事。诗歌写得和他的散文一样,平易流畅。接着又发议论:

> 嗟彼官吏者,其职称长民。衣食不蚕耕,所学义与仁。仁当养人义适宜,言可闻达力可施。上不能宽国之利,下不能饱民之饥;我饮酒,尔食糟,尔虽不我责,我责何由逃!

他的这类诗歌代表了时代的特点。欧阳修在夷陵作的《啼鸟》,写他遭受流言中伤后的苍凉心情,诗句随感情自然流出:

> 我遭谗口身落此,每闻巧舌宜可憎。春到山城苦寂寞,把盏常恨无娉婷。花开鸟语辄自醉,醉与花鸟为交朋。花能嫣然顾我笑,鸟劝我饮非无情。身闲酒美惜光景,惟恐鸟散花飘零。可笑灵均楚泽畔,离骚憔悴愁独醒。

他的咏史诗《明妃曲和王介甫作》也是名篇,宋仁宗嘉祐四年,王安石作《明妃曲》,梅尧臣、欧阳修都有和作。欧阳修写了两首,第二首为:

> 汉宫有佳人,天子初未识,一朝随汉使,远嫁单于国。绝色天下无,一失难再得,虽能杀画工,于事竟何益?耳目所及尚如此,万里安能制夷狄!汉计诚已拙,女色难自夸。明妃去时泪,洒向枝上花;狂风日暮起,飘泊落谁家。红颜胜人多薄命,莫怨春风当自嗟。

诗歌借古喻今,表现了对朝廷的软弱、屈服于外力的不满。

欧阳修的一些个人抒怀和写景诗,有的沉郁顿挫,自由流畅;有的平淡清新,真切有味。如《晚泊岳阳》:

> 卧闻岳阳城里钟,系舟岳阳城下树。正见空江明月来,云水苍茫失江路。夜深江月弄清辉,水上人歌月下归;一阕声长听不尽,轻舟短楫去如飞。

欧阳修的词也很著名。他的词上承南唐遗绪,与冯延巳近似。刘熙载《艺概》说:"冯延巳词,晏同叔得其俊,欧阳永叔得其深。"他的词收在《六一词》和《醉翁琴趣外编》中的有二百四十多首,是当时创作量较大的作家。从内容来说大部分是离别相思之作,从风格来说尚有前代词人余习,但更多心理刻画,着重发挥了词的抒情功能。如〔蝶恋花〕:

> 庭院深深深几许?杨柳堆烟,帘幕无重数。玉勒雕鞍游冶处,楼高不见章台路。　雨横风狂三月暮,门掩黄昏,无计留春住。泪眼问花花不语,乱红飞过秋千去。

这首词见于欧阳修的词集,又见于冯延巳的《阳春集》。李清照说:"欧阳公作〔蝶恋花〕,有'庭院深深深几许'之句,予酷爱之。"(《词序》)可见宋人把他看作欧阳修的作品。这首词写闺中少妇由于春天将要逝去而引起的怨春情绪。"泪眼问花花不语,乱红飞过秋千去"是传诵的名句。景物融入人物的思想感情,流露出对逝去青春的惋惜。又如〔踏莎行〕,也是一篇有名的词作。这首词写旅途的游子对景怀人的思念之情:

> 候馆梅残,溪桥柳细,草薰风暖摇征辔。离愁渐远渐无穷,迢迢不断如春水。　寸寸柔肠,盈盈粉泪。楼高莫近危栏倚。平芜尽处是春山,行人更在春山外。

候馆,是旅舍。候馆、溪桥,是旅途中经行的地方。梅残、柳细,点明初春的时令,又传递游子的别情。梅花的残落、细柳的摇曳,都是增强人们离愁的景色。草薰,草发出的香气。草薰、风暖,也是伤别的语言。在令人心醉的时刻分离,不是更使人伤心吗!江淹《别赋》中说:"闺中风暖,陌上草薰。"这里用《别赋》中的词语,又有一些变化。下面直接点出离愁,却又融入无尽的春水。用春水与离愁关合,是词中常用的手法。但此处感情真挚,使读者感受强烈。这时游子不禁想到所怀念者的伤离心情。她必然柔肠寸断,泪流满面。接着又用游子对自己所怀念者的叮嘱,更表现出思念之深。不要倚楼远望了吧!能看到的只是一片丛杂的草原,以及草原尽头的春山,而人更远在春山之外,又怎能看得见呢?"平芜尽处是春山,行人更在春山外"是传诵的名句。欧阳修也有部分词直抒胸臆,寄托自己的感慨。如〔朝中措〕:

　　平山阑槛倚晴空,山色有无中。手种堂前垂柳,别来几度春风? 　文章太守,挥毫万字,一饮千钟。行乐直须年少,尊前看取衰翁。

欧阳修在庆历八年出任扬州太守,建平山堂。这首词的思想与《醉翁亭记》相近,风格沉郁而不失放达。他的言情之作,反映了他生活的另一面。如〔生查子〕:

　　去年元夜时,花市灯如昼。月上柳梢头,人约黄昏后。 　今年元夜时,月与灯依旧,不见去年人,泪湿春衫袖。

感情真挚,语言简洁明白,与秾艳作品迥然不同。

　　欧阳修的词从整体看,尚未摆脱南唐影响,但内容、风格上,又对后来词风的变化起着转化作用。所以冯煦在《宋六十一家词选·例言》中说:"宋至文忠公始复古,天下翕然师尊之,风尚为之一变。即以词言,亦疏隽开子瞻,深婉开少游。"可见他在词史上的地位。

第二节　苏舜钦和梅尧臣

　　苏舜钦(1008—1048),字子美,开封(今属河南)人,景祐元年进士,授光禄寺主簿,历任亳州蒙城、长垣县令。康定元年(1040)回京,任大理寺评事,监在京楼店务。他不顾官职卑小,多次给皇帝上疏论朝廷大事。殿中侍御使韩缜上书宋仁宗,请求在朝堂出告示,禁止百官越职言事,宋仁宗批准此议。苏舜钦就针锋相对上《乞纳谏书》,认为这"不惟亏损朝政,实亦自取覆亡之道"。他敢于说别人不敢说的话。后由于范仲淹的举荐,经召试为集贤殿校理,监进奏院。他的岳父是宰相杜衍。杜衍、范仲淹、富弼等都是推行"庆历新政"的主要人物。御使中丞王拱辰为了反对杜衍等人,借口苏舜钦等用公钱召妓乐,对有关人员进行劾治,苏舜钦以"监主自盗"罪被除名。他到苏州过起流寓生活。在苏州买水石作沧浪亭,经常写诗抒发胸中的愤懑。苏舜钦是古文家,同时又善草书,是著名的书法家。著有《苏学士集》。

苏舜钦所写的《沧浪亭记》,语言简洁流畅,叙事、言情委婉曲折,感情深切,颇似柳宗元的格调。"沧浪"取古歌谣"沧浪之水清兮,可以濯我缨;沧浪之水浊兮,可以濯我足"之义。文中流露了"安于冲旷""鱼鸟其乐",逍遥于自然的生活情趣,同时表现了对污浊官场的鄙弃:

> 形骸既适则神不烦,观听无邪则道以明;返思向之汩汩荣辱之场,日与锱铢利害相磨戛,隔此真趣,不亦鄙哉!

他的诗歌和梅尧臣齐名,但各有特色。欧阳修说:"子美笔力豪隽,以超迈横绝为奇;圣俞覃思精微,以深远闲淡为意。各极其长,虽善论者不能优劣也。"(《六一诗话》)这是很确当的说法。苏舜钦关心社会,以报国救民为己任,诗中常常流露出高昂的激情,揭露社会黑暗方面也更为大胆和直率,如《庆州败》:

> 无战王者师,有备军之志。天下承平数十年,此语虽存人所弃。今岁西戎背世盟,直随秋风寇边城。屠杀熟户烧障堡,十万驰骋山岳倾。国家防塞今有谁?官为承制乳臭儿。酣觞大嚼乃事业,何尝识会兵之机?符移火急搜卒乘,意谓就戮如缚尸。未成一军已出战,驱逐急使缘险巇。马肥甲重士饱喘,虽有弓剑何所施?连颠自欲堕深谷,虏骑笑指声嘻嘻。一麾发伏雁行出,山下掩截成重围。我军免胄乞死所,承制面缚交涕洟。逡巡下令艺者全,争献

小技歌且吹。其余剸馘放之去,东走矢液皆淋漓。首无耳准若怪兽,不自愧耻犹生归!守者沮气陷者苦,尽由主将之所为。地机不见欲侥胜,羞辱中国堪伤悲。

作者对任用只识"酣觞大嚼"的"乳臭儿",和他们在敌人面前"涕洟"求饶的丑态,进行了无情的揭露,同时为失地丧师感到羞辱。他的诗作使我们听到一个爱国忧时的志士心声。反映这方面内容的,还有《己卯冬大寒有感》《吴越大旱》等。他的《城南感怀呈永叔》更以亲见耳闻的事实,揭示了人民的苦难生活,和统治者的生活形成鲜明的对比:

所见既可骇,所闻良可悲。去年水后旱,田亩不及犁。冬温晚得雪,宿麦生者稀。前去固无望,即日已苦饥。……十有七八死,当路横其尸。犬彘咋其骨,乌鸢啄其皮。胡为残良民,令此鸟兽肥?天岂意如此,泱荡莫可知。高位厌粱肉,坐论搀云霓,岂无富人术,使之长熙熙。

苏舜钦的抒情写景诗,雄放不羁,意境开阔。如:"日落暴风起,大浪得纵观。凭凌积石岸,吐吞天外山。霹雳左右作,雪洒六月寒。"(《扬子江观风浪》)《淮中晚泊犊头》虽平夷妥帖,犹有"满川风雨春潮生"这样有气势的句子,仍然能使读者感受到他内心的激愤。

梅尧臣(1002—1060),字圣俞,人称宛陵先生。宣州宣城(今属安徽)人。以叔父荫补官,长期担任主簿、县令等职。皇祐三年五十岁时,经面试赐进士出身,累官至尚书都官员外郎。所以又称梅都官。曾受命参与编修《唐书》,著作有《宛陵先生集》。他的诗很著名。钱惟演留守西京时,把他看作忘年交,引与酬唱。欧阳修把他看作诗友,当时人把他们比作韩愈和孟郊,二人也颇以自况。《四库全书总目提要》说:"宋初佐修以变文体者尹洙,佐修以变诗体者则梅尧臣。"这不是没有原因的。据说有人从西南地区得到夷布弓衣,上面织有梅尧臣的诗句,可见他的影响之广泛。

梅尧臣认为诗歌的创作是"因事有所激,因物兴以通"(《答韩三子华、韩五持国、韩六玉汝见赠述诗》)。他主张"刺"与"美"(同上诗),批评当时浮艳雕饰的诗风:"迩来道颇丧,有作皆言空,烟云写形象,葩卉咏青红,人事极谀谄,引古称辩雄,经营唯切偶,荣利因被蒙。"(同上诗)在艺术上,他注意到了诗歌的意境,说:"诗家虽主意,而造语亦难。若意新语工,得前人所未道者,斯为善也。必能状难写之景如在目前,含不尽之意见于言外,然后为至矣。"(引自欧阳修《六一诗话》)提倡平淡,"作诗无古今,唯造平淡难"(《读邵不疑学士诗卷》)。朱自清认为:"平淡有二:韩诗云'艰宕怪变得,往往造平淡。'梅平淡是此种。朱子谓:'陶渊明平淡出于自然。'此又是一种。"(《宋五家诗钞》)也就是说,梅尧臣的平淡不是出于自然,而是生做出来的。

梅尧臣的写景诗,笔触细致,颇有新意。如《鲁山山行》:

  适与野情惬,千山高复低。好峰随处改,幽径独行迷。霜落熊升树,林空鹿饮溪。人家在何许?云外一声鸡。

又如写故乡宛溪的诗《东溪》:

  行到东溪看水时,坐临孤屿发船迟。野凫眠岸有闲意,老树着花无丑枝。短短蒲茸齐似剪,平平沙石净于筛。情虽不厌住不得,薄暮归来车马疲。

"野凫眠岸有闲意,老树着花无丑枝"是名句。这些诗句已经开创宋诗以新颖工巧取胜的途径。还有写个人生活遭遇的诗,亦不乏切至的作品。如《书哀》:

  天既丧我妻,又复丧我子。两眼虽未枯,片心将欲死。雨落入地中,珠沉入海底。赴海可见珠,掘地可见水。唯人归泉下,万古知已矣。拊膺当问谁,憔悴鉴中鬼。

语句沉痛,深挚感人。

他还有部分作品反映了社会现实,表现了对人民的同情。如《陶者》:

> 陶尽门前土,屋上无片瓦。十指不沾泥,鳞鳞居大厦。

劳动者不能享用自己的劳动成果,而"十指不沾泥"的剥削者却"鳞鳞居大厦"。这是民歌中常用的手法,用鲜明的对比,揭示生活中的不平。又如《汝坟贫女》:

> 汝坟贫家女,行哭音凄怆。自言有老父,孤独无丁壮。郡吏来何暴,县官不敢抗。督遣勿稽留,龙钟去携杖。勤勤嘱四邻,幸愿相依傍。适闻闾里归,问讯疑犹强。果然寒雨中,僵死壤河上。弱质无以托,横尸无以葬。生女不如男,虽存何所当。拊膺呼苍天,生死将奈向。

这首诗的自注说:"时再点弓手,老幼俱集。大雨甚寒,道死者百余人;自壤河至昆阳老牛陂,僵尸相继。"与史实印证,这是对西夏用兵时,在陕西河南抽征弓箭手情况的描述。这首诗用贫女的口气,追述了当时强行征兵给人民带来的惶扰愁怨,以及贫女与父亲生离死别后痛不欲生的真实情景。《田家语》《小村》《田家》《送王介甫知毗陵》等,也都表现了诗人对人民的关切。

梅尧臣对宋诗的发展起了开辟道路的作用。《宋诗钞·宛陵诗钞》引元代龚啸的话说:"去浮靡之习于昆体极弊之际,存古淡之道于诸大家未起之先,此所以为梅都官诗也。"然而梅尧臣的诗也有生硬怪巧或平淡无味的地方,甚至把琐碎丑恶得难以入诗的事物,也一本正经地写入诗里,冲散了抒情诗的韵味。

第三节　曾巩　王安石

曾巩(1019—1083),字子固,建昌南丰(今属江西)人。著有《元丰类稿》。宋仁宗嘉祐二年进士。曾任太平州司法参军、越州通判,齐州、襄州、洪州、福州、明州、亳州、沧州等地知州,后任史馆修撰、中书舍人。在任地方官时,他了解人民疾苦,颇有政绩。他的文学主张和散文风格都和欧阳修相近。《宋史·曾巩传》说:"曾巩立言于欧阳修、王安石间,纡徐而不烦,简奥而不晦,卓然自成一家,可谓难矣。"他的文章雍容平和,委婉稳重,谨严周详。他的序记文比较有名。《战国策目录序》是曾巩在校定《战国策》后写的一篇序文。方苞说:"南丰之文,长于道古,故序古书尤佳,而此篇及《列女传》《新序》目录序尤胜,淳古明洁,所以能与欧、王并驱,而争先于苏氏也。"这篇序文意在阐明"盖法者,所以适变也,不必尽同。道者,所以立本也,不可不一"。对刘向关于《战国策》的评价进行批驳,但语辞雍容平正。他的《墨池记》,记述江西临川城东的墨池,传说是王羲之洗涤笔砚的水池。作者从这一则书法家的轶事,说明王羲之成为书法家并非"天成",而是靠刻苦学习,进而"推其事以勉其学者"。文章即事生情,反复唱叹,深入理奥,而辞气从容。曾巩的书信,语意婉曲,写得较有情致。《寄欧阳舍人书》是一封致谢信,写于收到欧阳修的信及为他祖父写的墓道碑铭之后。信中说:

> 然畜道德而能文章者,虽或并世而有,亦或数十年或一二百年而有之。其传之难如此,其遇之难又如此。若先生之道德文章,固所谓数百年而有者也。先祖之言行卓卓,幸遇而得铭其公与是,其传世行后无疑也。而世之学者,每观传记所书古人之事,至其所可感,则往往蠢然不知涕之流落也,况其子孙也哉!况巩也哉!其追睎祖德,而思所以传之之由,则知先生推一赐于巩而及其三世,其感与报,宜若何而图之?
>
> 抑又思,若巩之浅薄滞拙,而先生进之,先祖之屯蹶否塞以死,而先生显之,则世之魁闳豪杰不世出之士,其谁不愿进于门?潜遁幽抑之士,其谁不有望于世?善谁不为,而恶谁不愧以惧?为人之父祖者,孰不欲教其子孙?为人之子孙者,孰不欲宠荣其父祖?此数美者,一归于先生。

《古文观止》编选者吴楚材、吴调侯认为这篇文章"在《南丰集》中,应推为第一"。这是一封致谢信,但不是泛泛地称颂对方。曾巩与欧阳修为同道,文字皆从肺腑出。"畜道德而能文章"的见解是认真提出来的。文章纡徐百折,感慨呜咽,而又不失雍容文雅。当然,由于曾巩儒学正统气味浓,文章过于雍容平和,其成就不及王安石。

王安石(1021—1086),字介甫,号半山,抚州临川(今属江西)人。著作有《临川先生文集》。宋仁宗庆历二年进士。曾任淮南判官、鄞县知县、舒州通判、常州知州等地方官,对当时的政治、经济情况了解得很清楚。他由江南东路提点刑狱调任三司度支判官,写了《上仁宗皇帝言事书》说:

> 夫以今之世,去先王之世远,所遭之变,所遇之势不一,而欲一二修先王之政,虽甚愚者犹知其难也……臣故曰,当法其意而已。法其意,则吾所改易更革,不至乎倾骇天下之耳目,嚣天下之口,而固已合乎先王之政矣。

他有矫世变俗之志,决心对政治有所"改易更革"。宋神宗熙宁元年,又上《本朝百年无事札子》,指出当时在政治、经济、文教、军事等方面存在的严重问题。次年,神宗特拔王为参知政事(副宰相),从此得以推行新法。由于新法遭到不断的反对,以及推行新法过程中产生的问题,元丰八年,新法被废除。次年,王安石病卒。

王安石主张"文贵致用",他在《上人书》中说:

> 且所谓文者,务为有补于世而已矣;所谓辞者,犹器之有刻镂绘画也。诚使巧且华,不必适用;诚使适用,亦不必巧且华。要之以适用为本,以刻镂绘画为之容而已。不适用,非所以为器也;不为之容,其亦若是乎否也?然容亦未可已也,勿先之,其可也。

他的散文和诗歌体现了他的主张。吴北江说:"荆公崛起宋代,力追韩轨,其倔强之气,峭折之势,朴奥之词,均臻阃奥,独其规摹稍狭,故不及韩之纵横排荡,变化喷薄,不可端倪。然戛戛独造,亦可谓不离其宗矣。"王安石的散文各种体裁都有,以议论文最出色。他的《上仁宗皇帝言事书》，议论多而头绪整，提挈起伏,照应收缴,动娴法则。他的《答司马谏议书》是写给右谏议大夫司马光的。司马光指责王安石变法是"侵官""生事""征利""拒谏"，劝他停止变法。王安石指出当时的习弊，"人习于苟且非一日，士大夫多以不恤国事、同俗自媚为善"。并明确说明，对方所列举的四大罪状都不符合实际。而判断事物的根本原则是"名实"，所列罪名与实际不符，是不能成立的。文章理足气盛，坚强有力，但不盛气凌人。王安石的文章精练，"往往束千百言十数转于数行中"，如《读孟尝君传》：

  世皆称孟尝君能得士，士以故归之，而卒赖其力以脱于虎豹之秦。嗟呼！孟尝君特鸡鸣狗盗之雄耳。岂足以言得士？不然，擅齐之强，得一士焉，宜可以南面而制秦。尚何取鸡鸣狗盗之力哉？夫鸡鸣狗盗之出其门，此士之所以不至也。

这样一个不足百字的短篇，却有四层转折。开始三句，举出传统的看法。接着便提出不同的观点，将上文一笔折倒。随后承上文转出正论，进行论证。末了以结语收笔。吴北江说："此文乃短篇中之极则，雄迈英爽，跌宕变化，故能尺幅中具有万里波涛之势。"

  王安石的记叙文，具有议叙结合，寓意深远的特点。《游褒禅山记》作于宋仁宗至和元年任舒州通判时期。这是一篇游记，但并不以记游为重点。而是由记叙带出议论，实际是一篇游记形式的说理文。借游褒禅山的感受，说明学人要以不流俗、不畏艰难的精神，来探求"险远"之处，才能有"非常之观"，表现了作者勇于进取的精神。用笔曲折，寓意很深。

  王安石的诗歌学习杜甫，不少诗歌表现了诗人要求改革时弊和关心人民疾苦的精神。《河北民》，写与西夏、辽临界的河北地区人民的苦辛。北宋河北路，原分东、西二路，后并为一路，包括今河北、山西、山东、河南等地，宋神宗熙宁六年，又分为河北路与河东路。这里的人民长年耕织，"输与官家事夷狄"，遭遇旱灾，仍然催逼河役，以致流落到南方。南方虽是丰年,也一样没饭吃,同样陷入危境。其他如《兼并》《收盐》《感事》《发廪》《省兵》等,都反映了当时政治、军事、经济方面的危机,以及人民遭受的灾难。

王安石有不少咏史怀古的诗篇,也都表示了他对国事朝局的愤慨。如著名的《明妃曲》,勾画了明妃的形象和她对家国的怀念,并且流露出不为人知重的感慨。当时欧阳修、梅尧臣、刘敞、曾巩、司马光等人都写了和诗,说明这首诗在当时引起了广泛的共鸣。王安石写诗也喜欢翻历史旧案,如《商鞅》:

> 自古驱民在信诚,一言为重百金轻。今人未可非商鞅,商鞅能令政必行。

用锋芒犀利的语言,果断干脆地表达了新颖的意思。同时王安石还很注意修辞的技巧。他的抒情写景诗中,名篇佳句很多。如《书湖阴先生壁》:

> 茅檐长扫净无苔,花木成畦手自栽。一水护田将绿绕,两山排闼送青来。

这是王安石退居江宁以后的绝句。湖阴先生,姓杨名德逢,是他的邻里。从王安石为杨德逢写的诗看来,杨德逢是一位隐者。如《示德逢》中说:"先生贫敝古人风。"又如《招杨德逢》中有这样的诗句:"云尚无心能出岫,不应君更懒于云。"这首诗是写杨德逢的住宅。他虽贫敝,住着普通的草屋,但这对经历世事、富贵的王安石看来,更觉得高雅。何况主人经常打扫,屋檐下的平台非常洁净,连青苔都没有。成行的花木,都是主人亲手栽种的,更是肥硕。一弯清水守护着田地,带着绿色环绕着园圃,两座山峰排闼而入,把青色送到眼前。"一水护田将绿绕,两山排闼送青来"是名句,也是王安石自己得意的诗句,曾经把它题写在金陵的墙壁上。诗中"护田"和"排闼",都是《汉书》中用过的词语。过去一些论诗的著作,谈到王安石精于对偶,就称他"史对史""汉人语对汉人语",并说这两句整个句法是从五代时沈彬的诗"地隈一水巡城转,天约群山附郭来"得来的。这些说法也未必对,王与沈的诗可能是偶同。不过王安石的绝句是有名的以工致取胜,被看作苏轼、黄庭坚的前导。又如《江上》:

> 江北秋阴一半开,晚云含雨却低回。青山缭绕疑无路,忽见千帆隐映来。

又如《泊船瓜洲》:

> 京口瓜洲一水间,钟山只隔数重山。春风又绿江南岸,明月何时照我还?

都很妥帖自然、新颖别致。王安石的诗也往往搬弄词汇和典故,对后来的作家有不小的影响。

王安石的朋友王令(1032—1059),字逢原,广陵(今属江苏)人,著有《广陵先生文集》。他是气概比较阔大的诗人。无论叙事诗、抒情诗,都有雄健的特色。如《暑旱苦热》说:"昆仑之高有积雪,蓬莱之远常遗寒。不能手提天下往,何忍身去游其间。"又如《偶闻有感》:"长星作彗倘可假,出手为扫中原清。"气魄都很壮阔。

第四章 苏 轼

苏轼一生经历了北宋仁宗、英宗、神宗、哲宗、徽宗五朝,是北宋文学最高成就的杰出代表,他的文学思想和创作,在当时和后世都有着广泛而深远的影响。

第一节 苏轼的生平和思想

苏轼(1037—1101),字子瞻,后因贬官黄州,筑室东坡,号东坡居士。眉州眉山(今属四川)人。陆游称眉山为"千载诗书城",是一个文化比较发达的地区。他又出身于一个有文化修养的家庭。祖父苏序是位诗人,"读书务知大义;为诗务达其志而已,诗多至千余首"(曾巩《赠职方员外郎苏君墓志铭》)。父亲苏洵,长于策论,文风纵横恣肆,对苏轼有明显的影响。母亲程氏亲授以书,据《宋史·苏轼传》记载:"程氏读东汉《范滂传》慨然太息,轼请曰:'轼若为滂,母许之乎?'程氏曰:'汝能为滂,吾顾不能为滂母邪?'"范滂因反对宦官专权而被杀,苏轼愿以范滂为榜样。他很崇敬当时推行庆历新政的范仲淹、欧阳修等人,关心国家的治乱。苏辙在写给他的诗中曾说:"念昔各年少,松筠阂南轩。闭门书史丛,开口治乱根。"(《初发彭城有感,寄子瞻》)后来又说:"(苏轼)初好贾谊、陆贽书,论古今治乱,不为空言。"(《东坡先生墓志铭》)

宋仁宗嘉祐二年,苏轼参加礼部考试,中第二名,接着在复试中获第一名。最后,在仁宗殿试时,苏轼与弟弟苏辙同科进士及第。这正是欧阳修决心打击"时文"改变文风的那次考试。欧阳修很赞赏苏轼,说:"更三十年,无人道着我也!"又说:"他日文章必独步天下。"苏轼在《谢欧阳内翰书》中表明了他对当时文风的看法:

> 天下之事,难于改为。自昔五代之余,文教衰落,风俗靡靡,日以涂地。圣上慨然太息,思有以澄其源,疏其流,明诏天下,晓谕厥旨。于是招来雄俊魁伟、敦厚朴直之士,罢去浮巧轻媚、丛错采绣之文,将以追两汉之余,而渐复三代之故。士大夫不深明天子之心,用意过当,求深者或至于迂,务奇者怪僻而不可读。余风未殄,新弊复作。

他既反对"浮巧轻媚",又反对"磔裂诡异"。苏轼实践了欧阳修的文学主张,其创作的成就又超越前人,成为宋人风格最突出的代表。

同年,母亲病逝,苏轼回故乡守孝。嘉祐四年,他同父亲、弟弟乘舟沿岷江、长江东下,转陆路,再赴汴京。苏轼汇编他们父子途中所写诗歌为《南行集》。嘉祐六年,经欧阳修等推荐,苏轼参加了制科的直言极谏科考试。试前,他上《进策》《进论》各二十五篇。秘阁考试时,作了《王者不制夷狄论》《礼以养人为本论》等六论。仁宗殿试时,他又有《御试制科策》一篇。这些文章代表了苏轼的政治主张。他认为当时国家的形势是"有治平之名而无治平之实","方今之势,苟不能涤荡振刷而卓然有所立,未见其可也"(《东坡应诏集》卷一《策略第一》)。他反对因循苟且和"鲁莽"从事,主张"补偏救弊"以"治气养生""宣故纳新",他提出一整套的改革措施。所以朱熹认为苏轼、王安石"二公之学皆不正","东坡初年若得用,未必其患不甚于荆公"。也就是说,苏轼是一个未能施展其政治抱负的王安石。考试后,被任命为大理评事签书凤翔府(今陕西凤翔)判官,英宗治平二年(1065)正月还朝,判登闻鼓院。英宗未继位时,就听说苏轼的文名,欲召入翰林,知制诰,准备很快提拔他。但后来接纳韩琦的建议,改为逐步培养他,经过考试,得直史馆。次年,父亲苏洵卒,苏轼回乡居丧。这一时期他出入仕途,很想干一番经世济时的事业。他的政论文,上下纵横,充满革新政治的精神;他的诗歌才情奔放,意境恣逸。

神宗熙宁二年,苏轼还朝,正是王安石执政的时期。他一再上书神宗,反对变法,强调改革吏治。他认为"天下之所以不大治者,失之于任人而非法制之罪也"。他反对骤变,主张渐变,认为"慎重则必成,轻发则多败"。由于和王安石的矛盾,他请求外调。从熙宁四年起,他先后任杭州通判,密州、徐州、湖州知州。这一时期,他除了继续写作议论文外,还写了很多出色的记叙文。诗歌创作不仅数量增多,而且很有些名篇佳作,并开始了词的创作。《文与可画筼筜谷偃竹记》所述文与可的绘画理论,实际也是苏轼的艺术理论,将"传神论"说得很透辟。正是这时,发生了著名的文字狱"乌台诗案"。元丰二年,御史李定、舒亶、何正臣摘取苏轼《湖州谢上表》中语句和前此所作诗句,以谤讪新政的罪名逮捕了刚到湖州任所不久的苏轼,苏轼的诗歌确实有些讥刺时政,包括变法过程中的问题。但这次文字狱纯属政治迫害。如苏轼《王复秀才所居双桧二首》之二:

凛然相对敢相欺,直干凌空未要奇。根到九泉无曲处,世间惟有蛰龙知。

这首诗本是赞美王复劲节不屈的,副相王珪却对皇帝说:"陛下飞龙在天,轼以为不知己,而求之地下之蛰龙,非不臣而何?"这种说法太缺乏常识,所以当有人问到苏轼时,苏轼说:"王安石诗'天下苍生待霖雨,不知龙向此中蟠',此龙是也。"甚至神宗也说:"诗人之词,安可如此论,彼自咏桧,何预朕事。"这个案件经过五个月结案,贬苏轼为黄州(今湖北黄冈)团练副使,此后他在黄州谪居五年。这次沉重的打击,使他的思想和创作都有明显的变化。苏辙在为他写的《东坡先生墓志铭》中说:"谪居于黄,杜门深居,驰骋翰墨,其文一变,如川之方至,而辙瞠然不能及矣。"

哲宗元丰八年,神宗死,哲宗立。高太后听政,任用司马光等,开始废除新法。苏轼复朝奉郎、知登州,召入京,相继任礼部郎中、起居舍人、中书舍人、翰林学士兼侍读。元祐三年(1088),权知礼部贡举。但是苏轼并不完全同意司马光的意见,苏轼担心"百官有司矫枉过直,或至于偷,而神宗励精核实之政渐至堕坏,深虑数十年之后,驭吏之法渐宽,理财之政渐疏,备边之计渐弛,则意外之忧有不可胜言者。"(《辩试馆职策问札子》二首)主张新法"不可尽废""参用所长"。这又与当政者意见不合,苏轼再次请调外任。自哲宗元祐四年起,先后任杭州、颍州、扬州知州。后迁礼部兼端明殿、翰林侍读两学士,为礼部尚书。元祐八年,高太后死,哲宗亲政,新党重新执政,苏轼又外出知定州。绍圣元年(1094),又以"讥斥先朝""诽谤先帝",贬官惠州,三年后又贬琼州别驾,居昌化。元符三年(1100),哲宗死,徽宗继位,移廉州,改舒州团练副使,徙永州。更三大赦,遂提举玉局观,复朝奉郎。建中靖国元年(1101),卒于常州。南迁岭南是他创作的又一个变化时期,《苕溪渔隐丛话》说:"余观东坡自南迁以后诗,全类子美夔州后诗,正所谓'老而严'者也。"他在黄州时期就推崇陶渊明,南迁后作和陶诗共一百多首,标志着他诗风的转变。晚年所著《答谢民师书》,代表了苏轼的散文主张。

宋徽宗时,蔡京专权,立党人碑,诏毁苏轼文集。南宋高宗时,赠资政殿学士。宋孝宗时追谥文忠,所以他的文集称《苏文忠公文集》。

苏轼在政治上几经挫折,而他始终保持着对人生和美好事物的追求,这和他的世界观密切相关。由苏轼和苏洵、苏辙合力完成的《苏氏易传》,是了解苏轼世界观的钥匙。宋元人解《易》成风,或者以象数之学解《易》,或者以义理之学解《易》。《苏氏易传》偏重于义理。《四库全书总目提要》说:"盖大体近王弼,而弼之说惟畅玄风,轼之说多切人事。"他的解《易》和他的论政相结合。他解乾卦的象辞"天行健,君子以自强不息"时说:"夫天岂以刚故能健哉?以不息故健也。"也就是说天之健靠不停地运动变化。他还认为:"以天下为无事而不事事,则后将不胜事矣。""治生安,安生乐,乐生偷,而衰乱之萌起矣。"所以他主张居安思危,政治上应当革新。他承认事物存在着矛盾,"阴阳相缊而生万物",并认为"刚柔相推而变化生"。苏轼应制科试时作的二十五篇《进论》中的前三篇《中庸论》正是他认识论方法论的基础。他认为"不知中庸,则其道必穷",主张"执其两端而用其中",但他也反对无原则的调和,说:"小人贪利而苟免,而亦欲以中庸之名私自便也。此孔子、孟子之所谓乡愿也。"他正是从这样的原则出发,既反对王安石变法,又反对守旧派全面否定变法,在他遭受政治上打击的时候,仍坚持在可能范围内实现自己的政治主张,保持自己的操守。他的思想主体是儒家思想,又吸收释老思想中他认为与儒家相通的部分。他说:"学佛老者本期于静而达。静似懒,达似放,学者或未至其期,而先得其似,不为无害。"(《答毕仲举书》)苏辙说他"后读释氏书,深悟实相,参之孔老,博辩无碍,浩然不见其涯也"(《东坡先生墓志铭》)。他谪居黄州以后佛老思想日益浓重,保持着达观的处世态度,这与其儒家思想仍是相辅相成。

苏轼的文学主张和欧阳修相近。苏轼主张有意而言,他说:"有意而言,意尽而止,天下之至言也。""战国之际,其言语文章,虽不能尽通于圣人,而皆卓然近于可用,出于其意所谓诚然者。"(《策论·总叙》)他所谓"意",即思想,指天下事的事理。他说:"天下之事,散在经史之中,不可徒得,必有一物以摄之,然后方为己用。所谓一物者,意是也。"他还要求文以致用,他在《凫绎先生诗集叙》中引用苏洵赞凫绎的话说:"先生之诗文皆有为而作,精悍确苦,言必中当世之过。凿凿乎,如五谷可以疗饥;断断乎,如药石必可以伐病。其游谈以为高,枝词以为观美者,先生无一言焉。"

苏轼在"文"与"道"的关系上,同样主张文与道俱,但他重视文学的艺术价值。他评论吴道子的画时,曾说:"出新意于法度之中,寄妙理于豪放之外。"这两句话也可用以概括他的文学理论。他在《答谢民师书》中说:

  大略如行云流水,初无定质,但常行于所当行,常止于所不可不止,文理自然,姿态横生。孔子曰:"言之不文,行而不远。"又曰:"辞,达而已矣。"夫言止于达意,即疑若不文,是大不然。求物之妙,如系风捕影,能使是物了然于心者,盖千万人而不一遇也。而况能使了然于口与手者乎?是之谓辞达。辞至于能达,则文不可胜用矣。

强调文学的灵感与兴会,如《江行唱和集序》:"夫昔之为文者,非能为之为工,乃不能不为之为工也。山川之有云雾,草木之有华实,充满勃郁而见于外。夫虽欲无有,其可得邪!"苏轼评自己的创作,所谓"吾文如万斛泉源,不择地皆可出,在平地,滔滔汩汩,虽一日千里无难,及其与山石曲折,随物赋形,而不可知也。所可知者,常行于所当行,常止于所不可不止,如是而已矣。其他,虽吾亦不能知也"(《东坡题跋》卷一《自评文》)。

第二节 苏轼的诗文

苏轼的文学创作,以诗歌的数量最多,有二千七百多首。苏辙说:"公(苏轼)本似李杜,晚喜陶渊明。"(《东坡先生墓志铭》)朱自清说:"子瞻诗气象宏阔,铺叙宛转,子美(杜甫)之后,一人而已。"(《宋五家诗钞》)苏轼诗歌题材多样,但数量最多,影响也最大的是抒发个人情感和歌咏自然景物的作品。早期如《和子由渑池怀旧》:

> 人生到处知何似?应似飞鸿踏雪泥。泥上偶然留指爪,鸿飞那复计东西。老僧已死成新塔,坏壁无由见旧题。往日崎岖还记否?路长人困蹇驴嘶。

这首诗是苏轼于嘉祐六年赴凤翔府签判任时所作。他与弟弟苏辙在郑州分手,苏辙过渑池时写了《怀渑池寄子瞻兄》,苏轼便和此诗。诗从追怀往日出川应试过渑池的情景,抒发了对人生的感慨。当时,他刚刚登上政治舞台不久,一方面迈往进取,一方面隐然感受到政治斗争的复杂性。诗的意境恣逸，已露东坡本色。"乌台诗案"，苏轼因文字入狱，出狱之后精神并没有委顿下来，他在《十二月二十八日，蒙恩责检校水部员外郎黄州团练副使，复用前韵二首》中说："却对酒杯浑似梦，试拈诗笔已如神。"刚出狱，又自矜诗笔如神，豪气不减。他还说："塞上纵归他日马，城东不斗少年鸡。"则表露虽祸福不测，自己也不会邀宠阿世。苏轼仍然思索着人生的奥秘，《正月二十日与潘郭二生出郊寻春，忽记去年是日同至女王城作诗，乃和前韵》：

> 东风未肯入东门，走马还寻去岁村。人似秋鸿来有信，事如春梦了无痕。江城白酒三杯酽，野老苍颜一笑温。已约年年为此会，故人不用赋招魂。

又如他在任杭州通判时夜宿金山寺时所写的《游金山寺》，写诗人登眺徘徊，既写江景，又写望乡，最后以归田作结。纪昀评曰："首尾严谨，笔笔矫健，笔短而波澜甚阔。"

苏轼描写自然景物的诗把寻常景物写得精警动人，如《六月二十七日望湖楼醉书》《饮湖上初晴后雨》《有美堂暴雨》等。《有美堂暴雨》作于熙宁六年：

> 游人脚底一声雷，满座顽云拨不开。天外黑风吹海立，浙东飞雨过江来。十分潋滟金樽凸，千杖敲铿羯鼓催。唤起谪仙泉洒面，倒倾鲛室泻琼瑰。

有美堂在吴山上。这首诗通篇都是写暴雨，气势雄浑，又自比谪仙，豪犷奔放。他的写景诗极富理趣。如《题西林壁》：

> 横看成岭侧成峰，远近高低各不同。不识庐山真面目，只缘身在此山中。

这首诗是苏轼在元丰七年写的，当时他由黄州团练副使改任汝州团练副使。从湖北黄冈到河南临汝赴任的途中，来到九江，和朋友同游庐山西林寺时写的题壁诗。这期间他曾多次游庐山，有了从不同方位、不同高度、不同距离看庐山的体验。他从横里看,所见的是山坡、山道,而从侧面看、远处看、近处看、高处看、低处看,都看到各自不同的景观。细想起来不认识庐山的真面目,只是由于身在此山中,只能得到某些局部的景观。苏轼从观山提出了一个有深刻哲理意味的问题。这首诗的哲理性思索,既流露出诗人对庐山看不完的美景的留恋,又以山做比喻,思索人生世事的道理。既有新意,又发人深省,使人读后余味无穷。

苏轼一生始终没有忘记他政治上的信念,在他"论事以讽,庶几有补于国"的思想指导下,他的笔始终都触及着现实的矛盾,表现了他对国家命运和人民疾苦的关切。反映赋税繁重的如《除夜大雪留潍州元日早晴遂行中途雪复作》:"三年东方旱,逃户连欹栋。老农释耒叹,泪入饥肠痛。"《陈季常所蓄朱陈村嫁娶图》:"而今风物那堪画,县吏催钱夜打门。"《五禽言》:"不辞脱袴溪水寒,水中照见催租瘢。"又如《吴中田妇叹》:

> 今年粳稻熟苦迟,庶见霜风来几时。霜风来时雨如泻,杷头出菌镰生衣。眼枯泪尽雨不尽,忍见黄穗卧青泥。茆苫一月垅上宿,天晴获稻随车归。汗流肩赪载入市,价贱乞与如糠粞。卖牛纳税拆屋炊,虑浅不及明年饥。官今要钱不要米,西北万里招羌儿。龚黄满朝人更苦,不如却作河伯妇。

诗人还反映了当时农村存在的问题,农民战胜大雨带来的灾难夺得收成后,却因免役法的实行而承受更大灾难。官吏们唯钱是求,谷贱不能抵税,农民甚至被迫卖牛拆屋。联系当时"农民出钱难于出力,若遇凶年,则卖庄田、牛具、桑柘,以钱纳官。提举常平仓司惟务多敛役钱,广积宽剩"(《宋史食货志》)和"谷贱已自伤农,官中更以免役及诸色钱督之,则谷愈贱"(《宋会要·食货十三》)等史实来看,这首诗所反映的情况是真实的。我们不能因为苏轼和王安石之间政治观点的分歧而否定它。恰恰是不同政治派别的矛盾促使他进一步揭露社会矛盾。苏轼还借用历史题材,揭露现实政治,如《郿坞》《骊山绝句》等。哲宗绍圣二年,贬居惠州。他虽屡因文字得罪,自己也想"焚砚弃笔",但他还是关心国事,写了《荔支叹》。这首诗前十六句揭露汉唐官僚争献荔枝,使人民"颠坑仆谷相枕藉",造成"惊尘溅血流千载"的惨状。但更可贵的却是诗人敢于直接联系本朝权要"争新买宠"的事实,表现了敢于抗争的精神。

苏轼诗歌也记录了各地的风土人情和生活画面。如《岁晚三首》反映了家乡农村"馈岁""别岁""守岁"的习俗。又如《和子由踏青》:

> 春风陌上惊微尘,游人初乐岁华新。人闲正好路傍饮,麦短未怕游车轮。城中居人厌城郭,喧阗晓出空四邻。歌鼓惊山草木动,箪瓢散野乌鸢驯。何人聚众称道人,遮道卖符色怒嗔。宜蚕使汝茧如瓮,宜畜使汝羊如麋。路人未必信此语,强为买符禳新春。道人得钱径沽酒,醉倒自谓吾符神。

据赵抃《成都古今记》记载:"三月三日,太守出北门,宴学射山。盖张伯子以是日上升,即此地也。男觋女巫会于此,写符篆以鬻人,云:'宜田蚕,辟灾疫。'佩者戴者信以为然。"苏辙《踏青诗叙》说:"眉之东门十数里,有山曰蟆颐。山上有亭榭松竹,山下临大江。每正月人日,士女相与游嬉饮酒于其上,谓之踏青也。"这首诗比苏辙的《踏青》诗更生动地记载了当时人民的风习。《秧马歌》记录了当时的插秧机。又如《於潜女》写劳动妇女质朴的感情,《被酒独行,遍至子云、威、徽、先觉四黎之舍三首》写与海南人民相处的情况,都很感人。

苏轼无事不可入诗,正如当时人评论说:"世间故实小说,有可入诗者,有不可入诗者。惟东坡全不拣择,入手便用。如街谈巷说,鄙俚之言,一经其手,似神仙点瓦砾为黄金,自有妙处。"(朱弁《风月堂诗话》)散文化、议论化也是苏轼诗歌的特点,但他却能恰当地触处生春,无不如意。清人赵翼《瓯北诗话》说:"以文为诗,自昌黎始,至东坡益大放厥词,别开生面,成一代之大观。"

苏轼的散文与唐宋八大家中的韩愈、柳宗元、欧阳修并称。《文章精义》说:"韩如潮,柳如泉,欧如澜,苏如海",这种说法也有助于认识这几位大家的艺术特点。明代宋濂在《文原》中甚至说:"(古文)自秦以下莫盛于宋,宋之文莫盛于苏氏(苏轼)。"他的散文自由之至,自然之至,而又极富变化。无论是论说文、记叙文、杂文、散文赋,均多佳作。

他的论说文,特别是政论文,都有明确的写作目的,从"有益于当世"(《策略》第一)出发,直接发表政见。苏轼参加"制科"考试时,写了《进策》二十五篇,其中《教战守策》主要阐明应居安思危,教民习武以备战守。文章劈头就提出问题:

> 夫当今生民之患,果安在哉?在于知安而不知危,能逸而不能劳。此其患不见于今,而将见于他日,今不为之计,其后将有所不可救者。

针对北宋苟安的现状,这是非常切中时弊的。接着先举历史事实进行论述,其次又以人之养身作例:

> 天下之势,譬如一身。王公贵人,所以养其身者,岂不至哉?而其平居,常苦于多疾。至于农夫小民,终岁劳苦,而未尝告疾。此其何故也?夫风雨、霜露、寒暑之变,此疾之所由生也。农夫小民,盛夏力作,而穷冬暴露,其筋骸之所冲犯,肌肤之所浸渍,轻霜露而狎风雨,是故寒暑不能为之毒。今王公贵人,处于重屋之下,出其乘舆,风则袭裘,雨则御盖,凡所以虑患之具,莫不备至。畏之太甚,而养之太过,小不如意,则寒暑入之矣。是故善养身者,使之能逸能劳,步趋动作,使其四体狃于寒暑之变;然后可以刚健强力,涉险而不伤。

把浅显易晓的人情物理运用于议论中,化深奥为平易,使人很容易接受他的论点。苏轼的《留侯论》是一篇翻出新意的文章。传统说法多认为张良遇圯上老人得兵书而成就大事。苏轼认为圯上老人"倨傲鲜腆而深折之",使张良能有所忍,然后可以成人事,其意不在授书于张良。接着又论述刘邦之所以胜,项籍之所以败者,就在刘邦能忍,而项籍不能忍。文章核心论点是:"天下有大勇者,卒然临之而不惊,无故加之而不怒,此其所挟持者甚大,而其志甚远也。"文字若断若续,变幻不羁。结语叙张良"魁梧奇伟","而状象乃如妇人女子",更是出人意料,又与忍字相关。

苏轼的记叙文不及韩愈、欧阳修,然而也不乏成功之作。如《方山子传》记叙陈季常的事迹,文章跌宕有奇气。文章先总叙其生平和称为方山子的缘由,接着才叙及他谪居黄州时,与方山子相遇的情况,然后写方山子少时志气和家世的富盛。结语又引出"光黄间多异人","不可得而见",结似未结。全篇文字逆顺不定,意态横生。《喜雨亭记》是嘉祐七年苏轼任凤翔府签判时所作。大旱遇雨,官舍傍亭子正好建成,所以起名"喜雨亭"。文章先点出"亭以雨名,志喜也",然后再叙述得雨的欢乐,并夹以论议,最后称颂雨的功绩。构思新颖,文笔轻松。《石钟山记》,则以探求石钟山得名的原因组织成文。文章最终通过实地考察才得出解释和结论,说明了解事物需要亲眼所见,亲耳所闻,不能单凭主观臆断。文章结合探察过程描绘了石钟山的景色,很有特色。

苏轼的书札等杂文信手拈来,极富神趣。如《答李端叔书》谈谪居后心境,亲切自然:

> 得罪以来,深自闭塞。扁舟草屦,放浪山水间,与樵渔杂处,往往为醉人所推骂,辄自喜渐不为人识。平生亲友,无一字见及,有书与之亦不答,自幸庶几免矣。

又如《传神记》记僧惟真画曾鲁公像,眉后加三纹而使形象逼真,说明细节点睛的重要性。《文与可画筼筜谷偃竹记》记叙了二人相交的情谊,又透辟地阐述了绘画理论,前文已有论及。该文带有强烈的感情色彩。《记承天寺夜游》全文仅八十四字,记贬谪中的心情和承天寺的夜景,都使读者步入一种诗的意境。

前后《赤壁赋》都写于元丰五年。黄州赤壁并不是赤壁之战的赤壁。黄州赤壁却以苏轼的《赤壁赋》而知名。苏轼在欧阳修影响下用写散文方法作赋，文字奇妙，可以看作散文诗。前篇写于秋天，是秋景，后篇写于冬天，是冬景；前篇设为问答，是实写，后篇写景叙事，是虚写。《前赤壁赋》开始先写时间、地点、人物，然后写客有吹洞箫者，其声悲凉，自然转到主客问答，联系到历史的变化，昔日曹孟德的气势已消灭无余，而长江无穷。凭吊江山，感人生如寄，流连风月，喜造物无私，于是旷然了悟。文中的主客问答，实际体现了作者内心的矛盾。

第三节　苏轼的词

苏轼的词在词史上有着特殊的地位。他扩大词境，改变词风，开创了词创作的新阶段。南宋胡寅《题酒边词》说："及眉山苏轼，一洗绮罗香泽之态，摆脱绸缪婉转之度，使人登高望远，举首高歌，而逸怀浩气，超然乎尘垢之外。于是花间为皂隶，而柳氏为舆台矣。"苏轼开始写词约在熙宁五年，至贬官黄州后遂入化境。

苏轼在任杭州通判时写的还是一些游赏山水的短调小令。如过七里滩所写的一首〔行香子〕：

> 一叶舟轻、双桨鸿惊，水天清、影湛波平。鱼翻藻鉴，鹭点烟汀。过沙溪急，霜溪冷，月溪明。　重重似画，曲曲如屏。算当年、虚老严陵。君臣一梦，今古虚名。但远山长，云山乱，晓山青。

明显可以看到欧阳修对他的影响。他的长调首见于熙宁七年移知密州时所写的一首〔沁园春〕：

> 孤馆灯青，野店鸡号，旅枕梦残。渐月华收练，晨霜耿耿，云山摘锦，朝露溥溥。世路无穷，劳生有限，似此区区长鲜欢。微吟罢，凭征鞍无语，往事千端。　当时共客长安，似二陆初来俱少年。有笔头千字，胸中万卷，致君尧舜，此事何难！用舍由时，行藏在我，袖手何妨闲处看。身长健，但优游卒岁，且斗尊前。

这首词的小序说:"赴密州,早行,马上寄子由。"词中写他回忆当年弟兄二人初到汴京时,名震京师,满怀抱负,不可一世的气概以及开始经历仕途坎坷后的感慨。次年正月,写了〔江城子〕(十年生死两茫茫)。这是一首悼亡词。苏轼十九岁时与王弗结婚,英宗治平二年王弗病卒于京师。这首词上阕写自己对王弗的思念,生死之隔,千里之遥,有无限凄凉语无处说,纵使相逢,由于自己"尘满面,鬓如霜",也应不能相识了。下阕记梦中还乡,王弗还像昔日那样正在小轩窗前梳妆,二人"相顾无言,惟有泪千行"。结尾设想王弗在黄泉下对自己的怀念,"料得年年肠断处,明月夜,短松冈"。全用白描手法,语言自然,感情深切。这年冬天,苏轼与同官梅户曹在祭常山后,会猎于铁沟。苏轼写了一首〔江城子〕(老夫聊发少年狂),抒发自己报国杀敌的志向。这是苏轼词作中最早的一首豪放词。这时,他写了《与鲜于子骏书》,说:

> 近却颇作小词,虽无柳七郎风味,亦自是一家,呵呵。数日前猎于郊外,所获颇多,作得一阕,令东州(指密州)壮士抵掌顿足而歌之,吹笛击鼓以为节,颇壮观也。写呈取笑。

由这封书信我们可以知道,当时词风是以柳永风味为代表。苏轼与友人的其他书信和谈话中,也曾多次提到柳永,有称赞的话,也颇有不满之处,也曾以自己的作品与柳词作比较。柳永对苏轼的影响是不能不提及的。但是,苏轼是柳永风味所不能规范住的,他有意要开创一个新境界。"自是一家",使"壮士抵掌顿足而歌之,吹笛击鼓以为节"就是他颇为自赏的新风格。

次年,苏轼在密州怀念分别五年的苏辙,写下〔水调歌头〕:

> 明月几时有?把酒问青天。不知天上宫阙,今夕是何年。我欲乘风归去,又恐琼楼玉宇,高处不胜寒。起舞弄清影,何似在人间! 转朱阁,低绮户,照无眠。不应有恨,何事长向别时圆!人有悲欢离合,月有阴晴圆缺,此事古难全。但愿人长久,千里共婵娟。

这首词是苏轼的名篇,也是中秋词中的名篇。上片写对月饮酒,主要抒发了词人对人生的感慨。经受政治上的挫折,面对朝廷的党争,他苦苦思索出世、入世方面的矛盾,以及人生、宇宙道理的探求。他有自己的政治主张,但无法付诸实施;他有哲学思辨的习惯,不能停止对理论问题的追寻;他有诗人的敏感,不能抑制自己丰富的情感。作品起句不凡,作者满腹疑问却无处倾诉,乘着酒兴,对月抒怀。把酒的"把",是拿着的意思。他手里端着酒杯,向明月发问。问"明月几时有",问"不知天上宫阙,今夕是何年"。明月从多么远古的时候,就已经出现了。今天晚上,月宫里不知是何年,不是问今天是什么日子,而是不知是什么样的日子,不知是什么美好的日子。李白也有过类似的诗句,李白的《把酒问月》诗,起句也是"青天有月来几时?我今停杯一问之。"古今人都曾共此明月,明月曾经窥见古今人心底的奥秘,所以问"明月几时有",正是从人生有限与无限的思考提出这样的问题。他在《前赤壁赋》中就有"挟飞仙以遨游,抱明月而长终"。"我欲乘风归去",我要到月宫去看一看。把自己作为天上来的人,所以说"归去"。但是"又恐琼楼玉宇,高处不胜寒"。恐怕天上太凄冷了,不愿到天上去。"起舞弄清影,何似在人间。"月下起舞与影儿相伴,"弄"字又写出诗人的"狂"态。还是人间胜过凄冷的月宫。这里又表露出来作者没有停止对人生的追求。对上片词的解释还有一种很有影响的说法。这种说法认为"不知天上宫阙,今夕是何年?"包含有问当今朝廷中的情况不知怎样的意味。"我欲乘风归去"是说我要回到朝廷中去。"又恐琼楼玉宇,高处不胜寒。"是怕党争激烈,难以容身。末了"起舞弄清影,何似在人间。"是说,既然天上回不去,还不如在人间好。"人间"指做地方官而言,只要奋发有为,做地方官同样可以为国出力。这样想通了,他仰望明月,不禁婆娑起舞,表现出积极乐观的情绪。由于中国诗歌有讲"寄托"的传统,这种说法也不应简单否定。

词的下片抒发对月怀人的感情。"转朱阁,低绮户,照无眠。"仍然指的是明月。月光转过了红色的楼阁,渐渐西斜了,低低地穿过了雕花的窗户,照到不能入睡的人。"不应有恨,何事长向别时圆!"月亮不应有怨恨,为什么偏偏老是在人们离别的时候圆呢?"人有悲欢离合,月有阴晴圆缺,此事古难全。"转为自我安慰的语气,人有悲欢离合,月有阴晴圆缺,自古皆然,事物不可能十全十美,这些事情自古皆然,没有什么可悲伤的了。希望彼此珍重,"人长久"就是健康幸福的意思。"婵娟"指月亮,虽不能团聚,远隔千里,却可以共赏中秋的明月。

从"把酒问青天",到"欲乘风归去",再到"起舞弄清影",真是空灵蕴藉,不知身在人间。进而写月照无眠之人,抒发对弟弟的怀念和对人世的感慨。但又自排解,作旷达语,更觉情深。当然,这也的确是他的处世思想,他以旷达的态度对待逆境,坚定自己生活的信心。这些劝慰的话,概括了深刻的人生哲学,成为人们普遍传诵的名句。据说,曾经由著名歌者袁绹歌唱这首词,苏轼起舞。这首词传达了苏轼的心声,他的思想境界很广阔,他的感情已经化入无限的宇宙中去了。

元丰五年,苏轼在黄州写下题为《赤壁怀古》的〔念奴娇〕,是他豪放词中最突出的代表:

> 大江东去,浪淘尽、千古风流人物。故垒西边,人道是、三国周郎赤壁。乱石穿空,惊涛拍岸,卷起千堆雪。江山如画,一时多少豪杰。　遥想公瑾当年,小乔初嫁了,雄姿英发。羽扇纶巾,谈笑间、樯橹灰飞烟灭。故国神游,多情应笑我,早生华发。人生如梦,一樽还酹江月。

这首〔念奴娇〕和《赤壁赋》写于同一时期,互相参照,可以使我们更好地认识当时的苏轼,有助于更好地掌握作品。上片着重写景。开头二句"大江东去,浪淘尽、千古风流人物",面对长江抒发感慨。"哀人生之须臾,羡长江之无穷",喟叹人生的短暂,长江的无穷尽。长江曾经亲眼看到无数历史事件和人物的变化,但这些事件和人物都已成过去,"而今安在哉"。以"大"形容江,以"东"说明滚滚的江水,使人从壮阔的江景,永不停息的江水,联想到岁月的演变,无数人物就像被波浪所淘汰一样,已经无影无踪了。人物虽已成为过去,但他们留给后人的遗迹,他们的功业,仍在人间。这正是"怀古"的点题。"故垒西边,人道是、三国周郎赤壁。"这三句直接由古今的感受,归到三国周郎赤壁。旧的堡垒的西边,人们传说是三国时周郎作战的赤壁。所以题目是《赤壁怀古》。下面直接描摹赤壁的风景:"乱石穿空,惊涛拍岸,卷起千堆雪。"只用三句话便给我们呈现出一副雄浑壮美的画面。"乱石穿空"四个字写江岸的险峭,"惊涛拍岸"写水势的汹涌,水石相击,"卷起千堆雪",真是声势澎湃,使人心魄为之震动。面对赤壁的水势,使人不禁想起那激烈的战争场面。"江山如画,一时多少豪杰。"面对祖国大好河山,同时想起在这个历史舞台上出现过的悲壮剧情,多少英雄的事迹在这里上演。苏轼满怀的激情昂扬奔放地飞腾起来。下片着重抒情,"赤壁之战"是群英会,战争各方都是英雄人物。曹操是英雄,苏轼在《赤壁赋》中说:"方其破荆州,下江陵,顺流而东也,舳舻千里,旌旗蔽空,酾酒临江,横槊赋诗,固一世之雄也。"诸葛亮是英雄,苏轼在《隆中》诗中说:"谁言襄阳野,生此万乘师。山中有遗貌,矫矫龙之姿。"周瑜、曹操、诸葛亮,都是一时豪杰。赤壁之战,周瑜是主帅,他集中笔墨写周瑜。"遥想公瑾当年,小乔初嫁了,雄姿英发。""当年"即正当年,正是周瑜有所作为的好时候。周瑜二十四岁,被孙策授予建威中郎将,率兵二千人。赤壁之战时,三十四岁,任前部大都督,率精兵三万,与曹操数十万军队对抗,得以施展他的才能。周瑜婚姻很美满,娶乔公第二女——小乔,是著名的美女。以美人配英雄,周瑜又正是得志得意的巅峰时期。"雄姿英发",《三国志·周瑜传》记载周瑜强壮有姿貌,又有作为,所以是少年英俊,奋发有为,气概不可一世。"羽扇纶巾,谈笑间、樯橹灰飞烟灭。""羽扇纶巾"容易使人想到诸葛亮,其实这是当时的"名士"派头,以文士面貌出现却指挥杀敌,更是惹人羡慕。这里仍是写周瑜。"谈笑间"写出他的从容不迫,结果一把火烧得曹兵大败,"樯橹灰飞烟火"。作者想象周瑜的业绩和精神面貌,实际是自比,感叹自己年龄徒长,已经四十七岁了,而无所作为。"故国神游,多情应笑我,早生华发。"神游故地,感慨满腹,牢骚太盛,自作多情,未免好笑,正是由于多情,头发早早便花白了。望着东流的江水,感叹时不待人,想着古今人事的变化,更感到自己不能成就事业,所以发出人生短暂的叹息,"人生如梦"。"酹",是把酒洒在地上表示祭奠。"一樽还酹江月"是对月敬酒。《赤壁赋》中说:"惟江上之清风,与山间之明月,耳得之而为声,目遇之而成色,取之无禁,用之不竭。是造物之无尽藏也,而吾与子之所共适。"自己尽量排解自己的精神,投身到大自然去。这与曹操《短歌行》同样苍凉悲壮,把诗人不平的心境,淋漓尽致地表现出来。俞文豹《吹剑续录》记载:

> 东坡在玉堂,有幕士善讴,因问:"我词比柳词何如?"对曰:"柳郎中词,只好十七八女孩儿,执红牙拍板,唱'杨柳岸,晓风残月';学士词须关西大汉,执铁板,唱'大江东去'。"公为之绝倒。

这个故事意在说明苏轼词的主要特色。但是我们还应看到,苏词是抒写了多样的生活内容和感受的,凡诗文所能写的内容,都可以入词。如南宋刘辰翁所说:"词至东坡,倾荡磊落,如诗如文,如天地奇观。"苏轼的词风也是多样的,正如启功《论词绝句》中所说:"无数新声传妙绪,不徒铁板大江东。"元丰元年,苏轼任徐州太守时,所写的五首〔浣溪沙〕,第一次把农事写入词里,如其三"麻叶层层苘叶光,谁家煮茧一村香?"有着浓郁的生活气息;而"捋青捣麨软肌肠,问言豆叶几时黄",则反映了民间的疾苦。又如其四、其五:

> 簌簌衣巾落枣花,村南村北响缫车,牛衣古柳卖黄瓜。　酒困路长惟欲睡,日高人渴漫思茶,敲门试问野人家。

> 软草平莎过雨新,轻沙走马路无尘,何时收拾耦耕身?　日暖桑麻光似泼,风来蒿艾气如薰,使君元是此中人。

这些词展示了普普通通的农村生活画面,读来清新可爱。

苏轼对传统爱情词的创作,亦多佳制。苏轼的咏物词,如〔水龙吟〕,虽咏杨花而意在言情:

  似花还似非花,也无人惜从教坠。抛家傍路,思量却是、无情有思。萦损柔肠,因酣娇眼,欲开还闭。梦随风万里,寻郎去处,又还被、莺呼起。　　不恨此花飞尽,恨西园,落红难缀。晓来雨过,遗踪何在?一池萍碎。春色三分,二分尘土,一分流水。细看来,不是杨花,点点是离人泪。

  上阕前四句写杨花形态,后六句写望杨花人的情绪。下阕情景交融,复用议论,神意更远。"春色三分,二分尘土,一分流水。""细看来,不是杨花,点点是离人泪。"历来为人称道。全词幽怨缠绵,清丽舒徐。又如〔蝶恋花〕:

  花褪残红青杏小。燕子飞时,绿水人家绕。枝上柳绵吹又少,天涯何处无芳草。　　墙里秋千墙外道。墙外行人,墙里佳人笑。笑渐不闻声渐悄,多情却被无情恼。

  这首词上阕伤春光的流逝,"枝上柳绵"二句是佳句,传说苏轼之妾朝云唱到这里泪满衣襟。而下阕,行人多情,佳人无情,寄托失意沦落之感,极有理趣。王士禛《花草蒙拾》说:"'枝上柳绵'恐屯田(柳永)缘情绮靡,未必能过,孰谓东坡公但解作'大江东去'耶?"

  苏词突破原来词的规范,在用调上引进不少慷慨豪放的曲调,如〔沁园春〕〔永遇乐〕〔水调歌头〕〔念奴娇〕〔贺新郎〕等,在词律上也有创新。他的词对后世影响很大,而且直接影响到后世曲的创作。如〔哨遍〕:"为米折腰,因酒弃家,口体交相累。归去来,谁不遣君归。觉从前皆非今是。"简直和散曲风味相同。

第四节　苏洵和苏辙

  苏轼的父亲苏洵和弟弟苏辙,也是著名的散文家,合称"三苏"。苏洵(1009—1066),字明允。青年时期曾游览蜀中山川,他的《忆山送人》说:"少年喜奇迹,落拓鞍马间,纵目视天下,爱此宇宙宽。"因应举失败辍学,"年二十七始大发愤,谢其素所往来少年,闭门读书为文辞"(欧阳修《故霸州文安县主簿苏君墓志铭》)。但是,他参加科试屡遭黜落,遂绝意于功名。"由是尽烧曩时所为文数百篇,取《论语》《孟子》、韩子及其他圣人贤人之文,而兀然端坐终日以读之者七八年。方其始也,入其中而惶然,博观于其外而骇然以惊。及其久也,读之益精,而其胸中豁然以明。"(《上欧阳内翰第一书》)嘉祐三年,欧阳修把他的《权书》《衡论》《机策》等二十二篇文章献给朝廷,士大夫争相传诵。嘉祐六年任命他为霸州文安县主簿,留京编纂礼书,成《太常因革礼》一百卷。不久,便病殁于京。著有《嘉祐集》。

他的成就主要在政论文,他以汉代贾谊自比,说:"洵著书无他长,及言兵事,论古今形势,至自比贾谊。所献《权书》,虽古人已往成败之迹,苟深晓其义,施之于今,无所不可。"(《上韩枢密书》)《权书》十篇,前五篇阐述战争的策略,后五篇则是评论具体的历史人物与事件。《六国论》,主旨在说明战国时六国破灭的原因是"弊在赂秦",但实际上是对当时北宋纳币赂契丹、西夏表示不满,借古伤今,淋漓沉痛。《管仲论》批评管仲不能举贤自代,尽管他曾辅助齐桓公称霸诸侯,但仍造成齐国祸乱,所以说,"仲可谓不知本者矣"。他的结论是:"贤者不悲其身之死,而忧其国之衰,故必复有贤者,而后可以死。彼管仲者,何以死哉!"苏洵这些论述完全是适应他论政的需要,为说明自己的政治观点服务,并不是很好的史论文章,但从文学角度来看,仍是很有特点。正如茅坤所说:"苏轼父子往往按事后成败立说,而非其至,然其文特雄,近《战国策》。"

苏洵的书启也写得好。《上欧阳内翰书》是一篇名作。这封信先写对庆历新政诸君子的爱慕,接着以"自己之知欧公,引出欲欧公之知己",从而深切地表露了同道相知的情意。用笔婉曲周折,章法严谨。文中评欧阳修文章的一段,可作一篇精妙的文论文章:

> 孟子之文,语约而意尽,不为巉刻斩绝之言,而其锋不可犯。韩子之文,如长江大河,浑浩流转,鱼鼋蛟龙,万怪惶惑,而抑遏蔽

掩,不使自露,而人望见其渊然之光,苍然之色,亦自畏避,不敢迫视。执事之文,纡余委备,往复百折,而条达疏畅,无所间断,气盛语极,急言竭论,而容与闲易,无艰难劳苦之态。此三者皆断然自为一家之文也。惟李翱之文,其味黯然而长,其光油然而幽,俯仰揖让,有执事之态;陆贽之文,遣言措意,切近的当,有执事之实。而执事之才,又自有过人者。盖执事之文,非孟子、韩子之文,而欧阳子之文也。

信中所表现的文学观点是很有见地的。正如郭绍虞所说:"他从作风品格,衡量文的价值,而不复拖泥带水牵及道的问题。这就是三苏文论突出的地方。"(《中国文学批评史》)

苏辙(1039—1112),字子由,晚号颍滨遗老。十九岁与苏轼一同中进士。熙宁二年,任制置三司条例司检详文字。后也因与王安石主张抵牾,请求外任。高太后听政时期,召还京师,任至翰林学士知制诰、尚书右丞、门下侍郎等职。哲宗起用新党后出知汝州,后被贬为化州别驾雷州安置,再贬循州。徽宗即位后,内移,后归颍昌(今河南许昌),闲居十二年,直至病逝。著有《栾城集》。

苏辙也以政论文见长。他早年写的《进论》《进策》,也颇有可取的识见。他认为:"天下之事,有此利也,则必有此害。""利未究而变其方,使其害未至而事已迁。"所以,他提出"当今之势,不变其法,无以求成功"。他的《六国论》寄寓现实的感慨,剖辩明晰,论理严谨。他的记叙文,常借事明理,文势汪洋。如《黄州快哉亭记》,苏轼命名谪居当地的张梦得所筑亭为"快哉亭",苏辙便写下这篇记叙文章,先从黄州江流的形势、当地的风光景物和历史遗迹,点出命名快哉亭的缘由,接着引出一段议论:

士生于世,使其中不自得,将何往而非病;使其中坦然,不以物伤性,将何适而非快?

对张梦得"不以谪为患"(实际也包括苏轼、苏辙在内),能"不以物伤性"，坦然放达的精神，表示赞慕。文章叙议结合，汪洋淡泊。《武昌九曲亭记》情兴心思，俱入佳处，也是一篇好文章。

苏辙在《上枢密韩太尉书》中，提出文章是作者气质的表现，而"养气"包括内在修养和外在阅历两个方面：

> 以为文者气之所形，然文不可以学而能，气可以养而致。孟子曰："我善养吾浩然之气。"今观其文章，宽厚宏博，充乎天地之间，称其气之小大。太史公行天下，周览四海名山大川，与燕、赵间豪俊交游，故其文疏荡，颇有奇气。此二子者，岂尝执笔学为如此之文哉？其气充乎中，而溢乎其貌，动乎其言，而见乎其文，而不自知也。

他虽然没有超出孟子养气说的范畴，但更重视客观阅历，较之传统"养气"说，有了新的补充。

第五章　北宋后期的文学

北宋后期的作家几乎无不受到苏轼直接或间接的影响。黄庭坚、秦观、晁无咎、张耒，号称"苏门四学士"。再加上陈师道、李廌，合称"苏门六君子"。然而，文风并不相同。以黄庭坚、陈师道为代表的江西诗派，另辟一条蹊径。秦观、贺铸与苏黄关系密切，但词风与苏轼大异，属于婉约派。周邦彦继秦观之后，宋末词风又有变化，他与同在大晟府供职的万俟咏、晁端礼等人的词"言情体物，穷极工巧"（《人间词话》），开南宋姜夔、吴文英的先河。

第一节　黄庭坚和江西诗派

黄庭坚(1045—1105)，字鲁直，洪州分宁（今江西修水）人。曾出游舒州怀宁（今安徽潜山）三祖山山谷寺、石牛洞，喜欢那里的林泉风景，于是自号山谷道人。宋英宗治平四年进士，任叶县尉。宋神宗熙宁五年参加学官考试，任北京（今河北大名）国子监教授。次年寄书苏轼，并附上《古诗二首》，苏、黄开始订交。后知太和县。哲宗立，高太后听政时，召为秘书省校书郎，《神宗实录》检讨官。这时期与苏轼、秦观、晁补之、张耒等交游酬唱甚乐。继迁著作佐郎，加集贤校理。元祐三年，苏轼、孙觉知贡举，黄庭坚、晁补之以及著名画家李公麟为其属，在试院中得以题画唱和。元祐六年，进《神宗实录》，擢起居舍人。这年六月，母亲病逝。章宗绍圣元年，出知宣州，改鄂州。章惇、蔡卞与其党论《神宗实录》多诬，哲宗亲政，贬官涪州别驾，黔州安置，又移戎州。

徽宗即位,地位稍有改善。后又以所作《荆南承天院塔记》中有"天下财力屈竭"等语句,被指为"幸灾谤国",羁管宜州。最后死在宜州贬所。著有《山谷内集》《山谷外集》《山谷别集》。善书法,与苏轼、米芾、蔡襄并称宋朝四大书家。

黄庭坚在诗歌方面影响很大,当时四川、江西等地文人将黄庭坚与苏轼并称为"苏黄"。黄庭坚的崇拜者很多,后又形成"江西诗派"。他的诗论颇引人注目。他在《书王知载〈朐山杂咏〉后》中说:

> 诗者,人之情性也,非强谏诤于庭,怨愤诟于道,怒邻骂座之为也。其人忠信笃敬,抱道而居,与时乖逢,遇物悲喜,同床而不察,并世而不闻,情之所不能堪,因发于呻吟调笑之声,胸次释然,而闻者亦有所劝勉,比律吕而可歌,列干羽而可舞,是诗之美也。其发为讪谤侵陵,引颈以承戈,披襟而受矢,以快一朝之忿者,人皆以为诗之祸,是失诗之旨,非诗之过也。

他的诗歌见解和苏氏父子有相通之处,即不是有意为诗,而是"情之所不能堪,因发于呻吟调笑之声"。而他要求诗歌反映的正是在北宋后期激烈的党争中"抱道而居,与时乖逢"者的悲喜。对其"讪谤侵陵,引颈以承戈,披襟而受矢,以快一朝之忿者""是失诗之旨"的看法,我们也要联系当时的背景来看,不能仅仅理解为他的保守性。他本人和苏轼都是遭遇文字之祸的放逐者,这个悲剧的命运本身就说明他们不是弱者。在诗法上,他提出"点铁成金""夺胎换骨"的说法。黄庭坚在《答洪驹父书》中说:

> 自作语最难,老杜作诗,退之作文,无一字无来处。盖后人读书少,故谓韩、杜自作此语耳。古之能为文章者,真能陶冶万物,虽取古之陈言入于翰墨,如灵丹一粒,点铁成金也。

惠洪《冷斋夜话》引黄庭坚语:

> 诗意无穷而人才有限,以有限之才追无穷之意,虽渊明、少陵

不得工也。然不易其意而造其语,谓之换骨法,规摹其意而形容之,谓之夺胎法。

这里所谓"点铁成金",是指诗人在"陶冶万物"的基础上,赋予古人的语辞以新的意蕴;所谓"夺胎换骨",是体味、模拟古人的诗意而进行新的加工创造。这是北宋后期诗人面对唐代以及北宋前辈诗人的丰富经验,在探求自己的诗歌道路时,所得出的结论。黄庭坚意在创新,但由于没有探讨诗歌与生活的关系,而是把流当作源,把古人当作今人的楷模,所以他的诗法有着致命的弱点,即以学问为诗。他的膜拜者,更是愈走愈窄。

黄庭坚作诗力求新奇,在材料的选择上避免熟滥,喜欢在佛经、语录、小说等书籍里找别人未用的典故和字面,有意造拗句,押险韵,做硬语,诗风瘦硬峭拔。如《病起荆江亭即事》十首第一、第八:

> 翰墨场中老伏波,菩提坊里病维摩。近人积水无鸥鹭,时有归牛浮鼻过。

> 闭门觅句陈无己,对客挥毫秦少游。正字不知温饱未?西风吹泪古藤州。

这组诗是黄庭坚于宋徽宗建中靖国元年在江陵贬所听候新的任命时所作。第一首写自己是文场老将,也像寺院中的病僧。唐人陈咏有"隔岸水牛浮鼻渡",黄庭坚的"时有归牛浮鼻过"被认为是"点铁成金"的范例。陈衍认为三、四两句乃"宋人写景句脍炙人口者""也不过代数人、人数语"而已。第八首采用杜甫《存殁口号》的作法,怀念两个知己的朋友。一、三句讲陈师道,陈师道有"闭门十日雨,吟作饥鸢声"的诗句,黄山谷很欣赏,所以设问,"闭门觅句"作诗,"不知温饱未";二、四句讲秦观得巧句对客挥毫,但已在广西藤州病故。他有的诗语言也颇清新流畅,如《雨中登岳阳楼望君山》。这是崇宁元年(1102),黄庭坚被赦后,从江陵回故乡时,途经湖南岳阳时所写的诗篇,共二首:

> 投荒万死鬓毛斑,生出瞿塘滟滪关。未到江南先一笑,岳阳楼

上对君山。

　　满川风雨独凭栏,绾结湘娥十二鬟。可惜不当湖水面,银山堆里看青山。

他的《寄黄几复》是传诵的名篇:

　　我居北海君南海,寄雁传书谢不能。桃李春风一杯酒,江湖夜雨十年灯!持家但有四立壁,治国不蕲三折肱。想得读书头已白,隔溪猿哭瘴烟滕。

黄几复名介,是他的同乡,又是好朋友。这首诗作于元丰八年,当时黄庭坚在山东德州德平任职,黄几复在广州四会任职。德平也称北海,四会滨南海,所以说"我居北海君南海",欲寄鸿雁传书,然鸿雁辞谢不能,因为飞不过衡阳。两人分居南北,音信难通。当年,一起在春风中欣赏着桃花,饮酒欢聚,是多么值得回忆;如今,各自流落江湖,已分别十年,灯下听着雨声,更引起对朋友的思念。写这首诗距他们同科及第整十年,当时正是春风得意,现在已经受了无数的波折,思念的感情和无数的甘辛尽在其中。"桃李春风一杯酒,江湖夜雨十年灯"是名句,用习见的词语,却能生出新意,欢聚和别离之情对比,给人以强烈的感受。以下从"持家""治国""读书"三方面表现黄几复的为人和处境。"持家"句二平五仄,"治国"句也顺中带拗。这种兀傲的句法,正有助表现黄几复刚正的性格,也表现出黄诗的特色。黄庭坚也有反映人民疾苦的诗篇,如《流民叹》,记叙了河北发生旱灾、水灾、地震后,灾民逃难的悲惨情景。

　　南宋初年吕本中作《江西诗社宗派图》,并刊行《江西宗派诗集》,首列黄庭坚、陈师道、陈与义三人,以下还有韩驹、潘大临、徐俯、洪炎、江端友等二十多人。江西诗派的名称从此确立。杨万里又增补《江西诗社宗派图》为《江西续派》,并为《江西宗派诗集》作序。元代方回《瀛奎律髓》又以杜甫为一祖,黄庭坚、陈师道、陈与义为三宗。江西诗派中黄庭坚是江西人,其他诗人倒大多不是江西人。列入江西诗派的诗人,有的本人表示不同意;没有列入江西诗派的诗人,有的人认为应该补进去。但江西诗派的存在则是事实。江西诗派以黄庭坚的诗歌理论和创作为代表,基本倾向是一致的。他们重视诗歌的内容和"闻者有所劝勉"的作用,但其主要特征体现在语言技巧方面。黄庭坚提出"以故为新"(《再次韵杨明叔小序》)的理论,讲求"点铁成金""夺胎换骨",摹古、变古,追求奇险硬涩的风格。这也是江西诗派的共同特点。江西诗派不仅在当时,对后世也有着很大影响。

与黄庭坚并称的陈师道(1053—1102),字无己,又字履常,别号后山居士,彭城(今江苏徐州)人。早年受业于曾巩。元祐初,由于苏轼等的举荐,为徐州教授,后为太学博士,又改颍州教授。曾调彭泽令,没有赴任。后又召为秘书省正字。他一生很贫困,或经日不炊,但能以清贫自守。陈师道追摹杜甫诗句的痕迹比黄庭坚来得显著。他作诗刻意求深,又要求简缩字句,以求"语简而益工"。他的名作《春怀示邻里》:

> 断墙着雨蜗成字,老屋无僧燕作家。剩欲出门追语笑,却嫌归鬓着尘沙。风翻蛛网开三面,雷动蜂窠趁两衙。屡失南邻春事约,只今容有未开花。

这首诗起二句写贫居的孤寂荒凉,五六句写春色的暄妍,通过对照和细腻的心理描写,传达了诗人衰老意绪与寻春渴望的矛盾。方回称它"淡中藏美丽,虚处着工夫"(《瀛奎律髓》)。陈师道穷得养不起家,所以他岳父郭乐去四川做官,把他妻子和儿女带走,为此他写了《别三子》:

> 夫妇死同穴,父子贫贱离。天下宁有此?昔闻今见之!母前三子后,熟视不得追。嗟呼胡不仁,使我至于斯!有女初束发,已知生离悲,枕我不肯起,畏我从此辞。大儿学语言,拜揖未胜衣;唤爷我欲去,此语那可思!小儿襁褓间,抱负有母慈;汝哭犹在耳,我怀人得知!

后来子女回家,他又写了一首《示三子》诗:

> 去远即相忘,归近不可忍。儿女已在眼,眉目略不省。喜极不得语,泪尽方一哂。了知不是梦,忽忽心未稳。

这些诗篇也有明显的学习杜甫的诗句,如"枕我不肯起,畏我从此辞",颇类杜甫"骄儿不离膝,畏我复却去"。但整首诗仍感情深挚,语言自然。

"苏门四学士"中的张耒和晁补之不属于江西诗派。

张耒(1054—1114),字文潜,号柯山,人称宛丘先生,楚州淮阴(今江苏淮安)人。著有《柯山集》。他的诗受白居易和张籍的影响颇深,诗风平易浅近。他在《东山词序》中说:"文章之于人,有满心而发,肆口而成,不待思虑而工,不待雕琢而丽者,皆天理之自然,而性情之至道也。"王安石《题张司业诗》说:"看似平常最奇崛,成如容易却艰辛。"他的作品较多反映人民生活,如《劳歌》写从事搬运的贫苦人民。暑天人们在午睡,牛马也怕犯炎酷,而他们却在担负沉重劳动,比牛马还不如。又如《和晁应之〈悯农〉》:

> 南风吹麦麦穗好,饥儿道上扶其老。皇天雨露自有时,尔恨秋成常不早。南山壮儿市兵弩,百金装剑黄金缕;夜为盗贼朝受刑,甘心不悔知何数。为盗操戈足衣食,力田竟岁犹无获。饥寒刑戮死则同,攘夺犹能缓朝夕。老农悲嗟泪沾臆:几见良田有荆棘?壮夫为盗蠃老耕,市人珠玉田家得。吏兵操戈恐不锐,由来杀人伤正气。人间万事莽悠悠,我歌此诗闻者愁。

诗歌反映春荒时节,劳动人民为饥寒所迫铤而走险的情况,表现了对人民的同情。但他忽视锤炼,诗作常失于草率。

晁补之(1053—1110),字无咎,自号归来子,济州巨野(今属山东)人。著有《琴趣外篇》。十七岁谒见苏轼,苏轼赞叹说"吾可以搁笔矣!"精于《楚辞》,《重编楚辞》《续离骚》《变离骚》选编战国至唐宋辞赋并加以研究记述。诗歌创作以古乐见长,辞格俊逸。他的七言古风《芳仪怨》写一个流落塞外的江南歌女的故事。清祖应世《宋诗啜醨集》以为"列之《琵琶》《长恨》间,亦无愧色"。

第二节　秦观　贺铸　周邦彦

秦观(1049—1100),字少游,一字太虚,号邗沟居士,人称淮海先生,扬州高邮(今属江苏)人。词作有《淮海长短句》。元丰元年秦观谒见苏轼,苏轼以为有屈宋才,又把他的诗介绍给王安石,王安石评价是"清新似鲍、谢"。高太后亲政时除太学博士,任秘书省正字兼国史院编修官。新党执政,连遭贬斥,徙至雷州。徽宗时放还,至藤州卒。

秦观是元祐时期主要词作家,他属于婉约派,词境凄婉。沈雄《古今词话》说:"子瞻词胜乎情,耆卿情胜乎辞,辞情相称者,唯少游一人耳。"王国维《人间词话》说:"词之雅郑,在神不在貌。永叔、少游虽作艳语,终有品格。"

他前期作品主要是客游汴京、扬州、越州等处和歌妓往还时所作。他的〔满庭芳〕曾经名动一时:

　　山抹微云,天连衰草,画角声断谯门。暂停征棹,聊共引离樽。多少蓬莱旧事,空回首、烟霭纷纷。斜阳外,寒鸦数点,流水绕孤村。　销魂。当此际,香囊暗解,罗带轻分。漫赢得、青楼薄幸名存。此去何时见也?襟袖上,空惹啼痕。伤情处,高城望断,灯火已黄昏。

据说苏轼曾因此戏呼秦观为"山抹微云君"。这首词上阕写离别时凄清景物,下阕着重表现别离的感伤情绪。词意吞吐含蓄、虚实兼顾,真实地刻画出离人的迷茫心境。〔鹊桥仙〕(纤云弄巧)以牛郎织女一年一度七月七日相会的传说为题材,歌颂他们之间的爱情:

　　纤云弄巧,飞星传恨,银汉迢迢暗度。金风玉露一相逢,便胜却人间无数。　柔情似水,佳期如梦,忍顾鹊桥归路?两情若是久长时,又岂在朝朝暮暮。

牛郎织女的故事是中国古代著名的神话传说。据说西王母强硬拆散这对情侣的婚姻,把他们分隔在银河两岸。每年七月七日由喜鹊搭桥,这时夫妇才能相会。天上的织女星、牵牛星,的确到七月七日相距最近。不过那是自然现象。人们口头流传的鹊桥相会,则是根据人们意愿创作的神话故事。上片写景,写牛郎织女鹊桥相会。"纤云弄巧,飞星传恨,银河迢迢暗度。""纤云"是"轻云""微云"。"弄巧",是指云朵的万千变化,词人想象这就是织女灵巧双手编织出来的。"飞星",指在空中飞过的流星,它像是信使,传递牛郎织女分离的痛楚。"迢迢"形容银河的宽阔,两人相距之遥远。"暗度",是指牛郎织女在世人不知不觉中渡河相会。"金风",是秋风;"玉露",就是白露。这是指他们在秋风白露来临的七月七日相逢,经过长期分离才得相逢一次,他们的柔情蜜意要胜过人间欢乐的好多倍。下片写情,写牛郎织女从相逢到分别。最后两句是议论:"两情若是久长时,又岂在朝朝暮暮。"以直白、豪爽的语言作结,却收到了异峰突起的效果,歌颂了忠贞不渝的爱情。这可能是表现当时青年男女私会的作品,但没有忧伤柔弱的表现,格调比较健康。

秦观描写羁旅行役的词,大多是他贬官之后的作品,表露了他在政治上遇到挫折时的绝望心情。如〔踏莎行〕:

雾失楼台,月迷津渡,桃源望断无寻处。可堪孤馆闭春寒,杜鹃声里斜阳暮。　驿寄梅花,鱼传尺素,砌成此恨无重数。郴江幸自绕郴山,为谁流下潇湘去?

这首词用字工巧,善于用对句写景,词境凄婉,情、辞俱美,表达了不胜困顿、愁苦的失意人无可告诉的心情。作品写于绍圣四年春日,当时诗人在郴州贬所。据说苏轼很爱读结语二句:"郴江幸自绕郴山,为谁流下潇湘去",曾把它抄在自己的扇子上,并说:"少游已矣!虽万人何赎?"

他的小令虽不出春愁秋悲的范围,但也有自己的特色,如〔浣溪沙〕:

> 漠漠轻寒上小楼,晓阴无赖似穷秋,淡烟流水画屏幽。　自在飞花轻似梦,无边丝雨细如愁,宝帘闲挂小银钩。

词人以具体的情物描写和形象的比喻,表达出细致幽渺、难以捉摸的空虚的感情。梁启超称"自在飞花轻似梦,无边丝雨细如愁"为奇语(梁令娴《艺蘅馆词选》)。他的少数作品,也有悲壮豪放之笔,如〔望海潮〕《广陵怀古》:

> 星分牛斗,疆连淮海,扬州万井提封。花发路香,莺啼人起,珠帘十里东风。豪俊气如虹。曳照春金紫,飞盖相从。巷入垂杨,画桥南北翠烟中。　追思故国繁雄。有迷楼挂斗,月观横空。纹锦制帆,明珠溅雨,宁论爵马鱼龙。往事逐孤鸿。但乱云流水,萦带离宫。最好挥毫万字,一饮拼千钟。

秦观的词不仅情辞得兼,而且又合乎音律。《避暑录话》说:"秦观少游亦善为乐府,语工而入律,知乐者谓之'作家歌'。"这一特点更影响到周邦彦。

贺铸(1052—1125),字方回,原籍越州山阴(今浙江绍兴),生长于卫州(今河南汲县)。贺氏本以庆为姓,后汉庆纯避汉安帝父清河王讳,改为贺姓。所在的庆湖,也转称为镜湖。所以他别号为庆湖遗老。著有《东山词》。他是宋太祖孝惠皇后的五世族孙,又娶宋朝宗室的女儿为妻。但由于他"喜谈当世事,可否不少假借,虽贵要权倾一时,小不中意,极口诋之无遗辞","竟以尚气使酒,不得美官"(《宋史·贺铸传》)。他的词风格多样,张耒《〈东山词〉序》:"夫其盛丽如游金、张之堂,而妖冶如揽嫱、施之袂,幽洁如屈、宋,悲壮如苏、李,览者自知之。"但较多慷慨豪纵之作,并影响到南宋的辛弃疾。词作多从唐诗取其藻采与故实,这种词法则影响到周邦彦。当时人以贺、周并称。

贺铸的〔青玉案〕(凌波不过横塘路)是当时传诵的名篇:

> 凌波不过横塘路,但目送,芳尘去。锦瑟华年谁与度?月台花榭,琐窗朱户,只有春知处。　碧云冉冉蘅皋暮,彩笔新题断肠

句。试问闲愁都几许？一川烟草,满城风絮,梅子黄时雨。

这首词表面是写对美人的思恋,实际上是抒发自己悒悒不得志的"闲愁",寄托自己的怀抱。上片写自己的恋情无法向美人表达,起三句"凌波不过横塘路,但目送,芳尘去。""凌波""芳尘",用曹植《洛神赋》"凌波微步,罗袜生尘"的话。"凌波微步"原是指洛神在水波上细步行走,这里是指诗人所思慕的美人走路轻盈美丽的姿态。"横塘",词人晚年在苏州居住的地方。这三句实际是"但目送,芳尘去,凌波不过横塘路"。意思是自从眼看着美人离去之后,她那轻盈美丽的姿态,再没到横塘路来。"锦瑟华年谁与度?""锦瑟华年"是引用李商隐《锦瑟》诗:"锦瑟无端五十弦,一弦一柱思华年。"我所思慕之美人的美好青春是同谁一起度过的呢？想必是很孤独的。"月台花榭,琐窗朱户,只有春知处。""月台花榭"一作"月桥花院"。"月台花榭,琐窗朱户",指美人居住的地方。住处很美,但无人与她在一起,除了虚度的春光外,无人能到,也无法表达对她的思恋之情。下片写自己的思绪。"碧云冉冉蘅皋暮,彩笔新题断肠句。""蘅皋",指在蘅这种香草生长的水边。仍是引用曹植的《洛神赋》:"尔乃税驾乎蘅皋,秣驷乎芝田。"香草生长的水边是曹植中途休息,遇到洛神的地方,也就是词人与所思慕的美人见面的地方。如今词人在这里停留,天色已经晚了,但看不到美人。提起笔来只能写断肠的诗句。最后以"一川烟草,满城风絮,梅子黄时雨"三句写春景,以烟笼罩的草,风飘飞絮,黄梅细雨的景色表述自己的愁绪。这首词借美人抒发政治的感慨,这也是中国诗歌的一种传统。一部分词是有寄托的。当然不能把所有的词都牵强地做同样的解释。"一川烟草,满城风絮,梅子黄时雨"三句,当时便脍炙人口,以致贺铸被人称为"贺梅子"(周紫芝《竹坡诗话》)。罗大经《鹤林玉露》说:"贺方回云'试问闲愁都几许？一川烟草,满城风絮,梅子黄时雨。'盖以三者比愁之多也,尤为新奇,兼兴中有比,意味更长。"他的〔将进酒〕是一篇咏史作品:

城下路,凄风露,今人犁田古人墓。岸头沙,带蒹葭,漫漫昔时,流水今人家。黄埃赤日长安道,倦官无浆马无草。开函关,掩函关,千古如何不见一人闲? 六国扰,三秦扫,初谓商山遗四老。驰单车,致缄书,裂荷焚芰,接武曳长裾。高流端得酒中趣,深入醉乡安稳处。生忘形,死忘名,谁论二豪,初不数刘伶?

这首词与一般咏史作品不同,不是指某一具体历史事件,而是概括整个历史现象,对不同类型追逐名利的仕者、隐者表示轻蔑,借以抒发心中的不平。作品可以帮助我们了解词人"尚气使酒"的真面目。词风颇近于苏轼。

宋徽宗崇宁四年九月设立国家音乐机构大晟府,至宣和七年(1125)撤销。这对于推进北宋末年词曲的兴盛,起了一定的作用。

周邦彦(1057—1121),字美成,号清真居士,钱塘(今浙江杭州)人,著有《清真词》。他青年时代好声色,博涉百家之书。元丰七年,在太学读书时,因献《汴都赋》,擢为试太学正。后曾任庐州教授,知溧水县。绍圣四年,还朝为国子监主簿。哲宗时除秘书省正字,历校书郎、考功员外郎、卫尉宗正少卿,兼议礼局检讨,以直龙图阁知河中府。徽宗时曾知隆德府、明州,入拜秘书监,进徽猷阁待制,提举大晟府。后又知顺昌府,徙处州。病死于扬州。

周邦彦前期有过和柳永类似的生活经历,后期则是宫廷文人。他也长于写羁旅离别之苦,所以有人把他和柳永并称;又由于他的词律工巧,用语清新,则与秦观并称。他的词在南宋影响很大。他精通音律,继柳永之后,又把慢词推进一步。柳永的许多词调尚未定型,周邦彦凭借他掌管朝廷音乐的地位和个人的音乐才能,总结一代词乐,使得音律严整。周邦彦制调甚多。张炎说:"美成诸人又复增衍慢、曲、引、进,或移宫换羽,为三犯四犯之曲,按月律为之,其曲遂繁。"他的慢词继承了柳永的铺叙,而艺术手法更为丰富,善于运用复杂的联想表现情绪变化的曲折过程,而且善于概括。如〔兰陵王〕《柳》:

柳阴直,烟里丝丝弄碧。隋堤上、曾见几番,拂水飘绵送行色?登临望故国,谁识、京华倦客?长亭路,年去岁来,应折柔条过千尺。　　闲寻旧踪迹。又酒趁哀弦,灯照离席,梨花榆火催寒食。愁一箭风快,半篙波暖,回头迢递便数驿,望人在天北。　　凄恻,恨堆积。渐别浦萦回,津堠岑寂,斜阳冉冉春无极。念月榭携手,露桥闻笛。沉思前事,似梦里,泪暗滴。

这首词第一叠借咏柳写别情,用柳阴、柳丝、柳絮、柳条,极力渲染愁绪。经历无数事变、离散的"京华倦客",感慨无人相识。第二叠、第三叠,随着时地的推移,描摹眼前景物和对往事的回忆,抒发了抑郁惆怅的感情。他擅长融化唐人诗句入词,如〔瑞龙吟〕:

　　章台路,还见褪粉梅梢,试花桃树。愔愔坊陌人家,定巢燕子,归来旧处。　　黯凝伫。因念个人痴小,乍窥门户。侵晨浅约宫黄,障风映袖,盈盈笑语。　　前度刘郎重到,访邻寻里,同时歌舞。唯有旧家秋娘,声价如故。吟笺赋笔,犹记燕台句。知谁伴、名园露饮,东坡闲步。事与孤鸿去。探春尽是,伤离意绪。官柳低金缕。归骑晚、纤纤池塘飞雨。断肠院落,一帘风絮。

这首词写重游旧地不见旧日情人的怅惘之情。其中融化杜甫、刘禹锡、杜牧、李贺、温庭筠等人诗句及宋人诗句多处。又如他在金陵因怀古而作的〔西河〕(佳丽地),主要檃栝刘禹锡《金陵五题》诗而成。他的小令也颇清新,如〔苏幕遮〕(燎沉香),是词人客居京华清夏思乡之作:

　　燎沉香,消溽暑。鸟雀呼晴,侵晓窥檐语。叶上初阳干宿雨,水面清圆,一一风荷举。　　故乡遥,何日去?家住吴门,久作长安旅。五月渔郎相忆否?小楫轻舟,梦入芙蓉浦。

上片写景,下片写情。词人点燃沉水香,来消湿热。鸟雀高兴地迎接天晴,天刚亮就在房檐边窥探着鸣叫。朝阳照干了荷叶上昨夜的雨滴,水面清圆的荷叶一一擎着。遥远的故乡啊,什么时候才能回去呢?家在钱塘,已经做了很长时间的京城客人了。家乡五月渔郎还记得吗？我梦中乘着小船在开满荷花的水湾内飘荡。词中写鸟、写荷,都很传神,不但写出事物的外在形状,而且点化出它们的动态美,表现了周邦彦善于摹写物态的特点。最后词人做了一个归乡梦,使词境更为空灵,颇有情致。

第六章　南宋前期的文学

宋钦宗靖康二年(1127),宋徽宗第九子宋高宗赵构在归德(今河南商丘)即位,改元建炎。直至绍兴十一年(1141),宋金达成绍兴和议,划定宋、金以东起淮河中流,西至大散关为界,南宋与金对峙的局面正式形成。孝宗时期是南宗一代较好的阶段。光宗在位时间很短。至宁宗即位(1295),韩侂胄、史弥远先后擅权,便进入南宋后期。

前期文学,诗歌有江西诗派的陈与义和"中兴四大诗人"陆游、杨万里、范成大、尤袤等;词人有李清照、朱敦儒、张元幹、张孝祥以及南宋大家辛弃疾等。南宋后期词有姜夔等格律词派作家,诗歌以四灵派和江湖派影响最大。爱国精神在南宋许多作家作品中均有强烈表现。

第一节　李清照

李清照(1084—1155?),自号易安居士,济南府章丘县(今山东章丘)人。父亲李格非,著《洛阳名园记》,以文章受知于苏轼。母亲王氏,王拱辰之孙女,亦工文章。李清照幼有诗名,建中靖国元年,与太学生赵明诚结婚。二人志趣相谐,嗜爱古器书画,又诗词唱和,生活非常美满。大观元年(1107),赵明诚的父亲被指控"力庇元祐奸党",落职病故,他们回到青城居住。宣和三年赵明诚知莱州以及靖康元年任淄州知州时,她都随至任所。靖康二年,她和赵明诚相继避兵江南,丧失多年珍藏的大部分金石书画。后建炎三年(1129),赵明诚病死。经受家国的变乱,李清照辗转漂流于杭州、越州、金华一带,于孤苦中度过了晚年。李清照在宋代刊有《漱玉词》，现已失传，今辑录所得仅七十余首，除去伪作和存疑作品，约有词六十首，诗十九首，文五篇。

李清照是我国文学史上的著名女作家，在诗、词等方面都有所成就。就今天可以见到的诗作而论，李清照诗的风格完全不同于词，表现出对现实的强烈关注，如《浯溪中兴颂碑和张文潜韵》《上枢密韩公工部尚书胡公》等诗。《金石录后序》是她仅存的五篇散文之一，文章介绍了《金石录》的内容与成书经过，回忆了婚后三十四年的忧患得失，文笔优美动人，感情真挚，堪称散文杰作。

李清照作词是南北宋之交的大家，是婉约派的代表。明代杨慎说："宋人中填词，李易安亦称冠绝。使在衣冠，当与秦七、黄九争雄，不独雄于闺阁也。"(《词品》) 王士禛《花草蒙拾》："婉约以易安为宗。"沈谦说："男中李后主，女中李易安，极是当行本色。"(《填词杂说》)

李清照词的主要内容是踵继前人抒写爱情与离情别恨。尽管南渡后，其词作在内容上有所扩展，表现出更深沉的感伤，但从整体上来说并没有超出传统的范围。然而，正是对真情实感的抒写和清新自然的语言特色，使李清照最终成为宋代词坛的杰出作家之一。

宋词作家多为男性，以男性作家描写女性的生活，代女主人公立言，对女性的思想、内心缺乏深入的了解。只有到了李清照，才开始真正深刻地描绘女性内心世界。李清照以自己的生活体验为基础，描写自己对生活、对自然的热爱，表达对丈夫的真挚感情，于委婉细腻中一洗过去词作中红绿绮艳的媚妩气氛，为词坛带来一种清高生活的意趣，咏抒出一种淡远的情怀，创造出一种空灵的意境。如〔醉花阴〕：

　　薄雾浓云愁永昼，瑞脑消金兽。佳节又重阳，玉枕纱厨，半夜凉初透。　东篱把酒黄昏后，有暗香盈袖。莫道不消魂，帘卷西风，人比黄花瘦。

这首词抒写了词人独居寂寞无聊的心绪。沉闷难承受的天气和漫长难消磨的时间，是那么不容易度过。偏偏又值重阳佳节，倍加思念亲人。

重阳节赏菊饮酒，菊花幽香沾满了衣袖。往日曾一起饮酒一起赏花，共同陶醉于沁人心脾的香气之中，今天却无法把香气送给远在他方的赵明诚。结尾三句"莫道不消魂，帘卷西风，人比黄花瘦"，更把词人由于离愁的萦绕而魂消形减的形态描摹出来。"消魂"，由于离情的浓重，如同魂将离体。憔悴的人比秋风中飘摇的菊花还要清瘦。词中"帘卷西风"也是很巧妙的说法。据记载，李清照把这首词寄给赵明诚，赵明诚非常叹赏，自愧不能做这样好，又想超过她。于是闭门谢客，废寝忘食，用了三天三夜的时间写得五十阕。把李清照的作品混在里面，请朋友看，朋友品味了半天，经过再三的选择之后，说："只三句绝佳。"赵明诚问是哪三句，朋友回答说："莫道不消魂，帘卷西风，人比黄花瘦。"正好是李清照的这首词。又如〔一剪梅〕：

> 红藕香残玉簟秋，轻解罗裳，独上兰舟。云中谁寄锦书来，雁字回时，月满西楼。　　花自飘零水自流，一种相思，两处闲愁。此情无计可消除，才下眉头，却上心头。

这两首词都是思念赵明诚时寄送的作品，自然不是温庭筠、柳永的同类作品所能比类的。作者在词中以女性特有的敏感捕捉稍纵即逝的真切感受，将抽象而不易捉摸的思想感情，以素淡的语言表出，使之成为非常具体、非常容易为人理解的东西。在李清照的词中很少有对人物动作的刻画，而是多写景物，给景物以情感，以生命。在她的笔下，景物体现着她的心情，显示着她的形象特征，情与景融合为一。

抒情的含蓄委婉、耐人寻味，是李清照词取得突出成就的一个重要原因。如〔如梦令〕：

> 昨夜雨疏风骤，浓睡不消残酒。试问卷帘人，却道海棠依旧。知否？知否？应是绿肥红瘦。

全词篇幅虽短，却在一问一答中，表达出无限的惜春之情，委婉、曲折，含蓄不尽。又如〔声声慢〕：

> 寻寻觅觅,冷冷清清,凄凄惨惨戚戚。乍暖还寒时候,最难将息。三杯两盏淡酒,怎敌他、晚来风急?雁过也,正伤心,却是旧时相识。　满地黄花堆积,憔悴损,如今有谁堪摘?守着窗儿,独自怎生得黑?梧桐更兼细雨,到黄昏、点点滴滴。这次第,怎一个、愁字了得?

词人经历了家国的变化,情感比以前深沉痛切,所抒发的愁怀已不是往日的"闺情"可比。起头三句用十四个叠字,表达了词人空虚迷惘、孤寂沉痛的心理状态。"寻寻觅觅",经历了巨大的打击,往日欢乐已成梦寐,丈夫已经去世,生活已经破碎,一切都消失了,她好像彷徨于歧路,在寻觅着什么,但自己也说不出,也不可能有所得。"冷冷清清"承上句,是"寻寻觅觅"的结果,写她丧失一切以后,劫余的处境,极为恰切。"凄凄惨惨戚戚",写词人内心的凄凉悲苦、惨戚的情绪。这时的心境极难叙说,词人以大量叠字渲染感情,怅惘之感充溢于字里行间,表达得十分准确,又很有层次。"乍暖还寒时候,最难将息",季节转换忽冷忽热的时候,对于年岁已经增长,又经受了如此多的不幸遭遇的人来说,是很难将养对付的。"三杯两盏淡酒,怎敌他、晚来风急?"淡酒敌不住风寒,饮酒也难消愁闷。"雁过也,正伤心,却是旧时相识。"正伤心时,有雁飞过,这南来的大雁原是替她带过书信的"旧时相识"。更引起她旧时的回忆,过去的将永不会复返,只能带来无限的悲痛。下片承上片,"满地黄花堆积,憔悴损,如今有谁堪摘?"这完全不是往日赏菊的环境,满地的黄花都已憔悴凋损,有谁去摘她、赏玩她呢?这里写花,也有自比的意思。"守着窗儿,独自怎生得黑。"独自一人坐在窗前,在这样的心绪,这样的天气中,怎样挨到黄昏呢?即便挨到黄昏,"到黄昏、点点滴滴。这次第,怎一个、愁字了得?"秋夜梧桐雨点点滴滴打在心上。"这次第",这许多情况,"一个愁字"怎么能包容得了呢?以一个"愁"字写出了无尽的愁绪,传达出种种难以言传的哀痛。〔声声慢〕原来的韵脚押平声字,这里改押入声韵,调子变得急促凄厉,更能表现词意。而以寻常语写出不寻常的意境,正是李清照词艺术魅力所在。

李清照词中今与昔的对比,是其词作能够打动人心的一个重要因素。如〔武陵春〕:

> 风住尘香花已尽,日晚倦梳头。物是人非事事休,欲语泪先流。闻说双溪春尚好,也拟泛轻舟。只恐双溪舴艋舟,载不动、许多愁。

又如〔永遇乐〕:

> 落日熔金,暮云合璧,人在何处?染柳烟浓,吹梅笛怨,春意知几许?元宵佳节,融和天气,次第岂无风雨。来相召,香车宝马,谢他酒朋诗侣。　中州盛日,闺门多暇,记得偏重三五。铺翠冠儿,捻金雪柳,簇带争济楚。如今憔悴,风鬟雾鬓,怕见夜间出去。不如向帘儿底下,听人笑语。

〔武陵春〕与〔永遇乐〕两首词中对往昔繁华岁月的回忆,与今天的漂泊孤苦,形成了鲜明的对照。在深深的叹婉中,表达出不尽的感伤。"如今憔悴,风鬟雾鬓,怕见夜间出去。不如向帘儿底下,听人笑语。"深情苦调,凄凉如此,真可谓"物是人非事事休,欲语泪先流",沉重的感情使李清照的词具有了强烈的感人力量。对往昔的追怀,对岁月流逝的感叹,对老年凄苦心境的抒写,使多少人流下辛酸的苦泪。

在李清照的词作中,也有风格豪放的作品,如〔渔家傲〕,以高迈飞动之笔述写了作者的人生追求,与《晓梦》诗一致,流露出李清照希望踵武古仙人,飞蹑云霞,高蹈尘寰,长作域外游的理想:

> 天接云涛连海雾,星河欲转千帆舞。仿佛梦魂归帝所,闻天语,殷勤问我归何处。　我报路长嗟日暮,学诗漫有惊人句。九万里风鹏正举,风休住,蓬舟吹取三山去。

神仙之说的虚妄,是大多作高蹈梦的人都很明白的事实,只不过借此表达自己愤世的怀抱。从本质上说,咏歌神仙就是咏歌退隐,〔渔家傲〕

词正是李清照随夫屏居青州乡里期间精神状态的一种写照,或者说是当时严重的政治压力及艰窘的客观处境的曲折反映。这种在遭受现实政治上的挫折后,所表现出来的对退归田园的肯定,深刻地体现了植根于孔孟、老庄哲学的人生意识。

李清照以俗为雅,以极普通的口语入词,杨慎认为山谷所谓"以故为新,以俗为雅者,易安先得之矣"(《词品》)。李清照依凭自己深厚的文学修养,恰到好处地运用俗字俚语,以发清新之思。如〔添字采桑子〕:

> 窗前谁种芭蕉树?阴满中庭。阴满中庭,叶叶心心舒卷有余情。 伤心枕上三更雨,点滴霖霪。点滴霖霪,愁损离人不惯起来听。

又如〔如梦令〕:

> 常记溪亭日暮,沉醉不知归路。兴尽晚回舟,误入藕花深处。争渡,争渡,惊起一滩鸥鹭。

其他如"独自怎生得黑"的"黑","怎一个愁字了得"的"愁",都是以最通俗的语言,表达最深刻最丰富的感情,成为"淡语中致语"。浅近平易的语言,使李清照的词深具朴素之美,成为词中本色当行的代表。清代刘体仁说:"周美成不止不能作情语,其体雅正,无旁见侧出之妙。柳七最尖颖,时有俳狎,故子瞻以是呵少游。若山谷亦不免,如'我不合太撋就'类。下此则蒜酪体也。惟易安居士'最难将息''怎一个愁字了得',深妙稳雅,不落蒜酪,亦不落绝句,真此道本色当行第一人也。"(《七颂堂词绎》)白描手法是李清照词在艺术表现上的一个突出特点,她以饱藏着生动形象、具体感人的文字,直抒胸臆,披露真情实感,给人以具体的感受、强烈的感染力量。饱满的感情、自然的音节,无斧凿之痕、造作之态的情境,使李清照在宋代词人中独树一帜。

李清照之词极富韵味,她以空灵之气驾驭词作,创造境界,写情含蓄不尽,诗意醇厚。陈廷焯曾称赞李清照的〔点绛唇〕(寂寞深闺)是

"情词并胜,神韵悠然"(《云韶集》)。

王国维在《人间词话》中曾经指出:"大家之作,其言情也沁人心脾,其写景也必豁人耳目。其辞脱口而出,无矫揉妆束之态。以其所见者真,所知者深也。"以此为标准,则李清照应无愧于词作大家之称。

李清照的《词论》一文,对柳永、苏轼到秦观、黄庭坚等一系列作家进行了评论。她主张"词别是一家",要求协音律,铺叙,典重,有情致,反对"词语尘下"。李清照的《词论》可能作于早年,与她的创作实践并不一致,有一定的差距。尽管她的某些作品体现了她的理论主张,但更多的作品,尤其是她最好的作品,却是对其主张的自我突破,真情实感与平淡朴素的语言成为李清照的本色。当然,我们也应看到,李清照的《词论》在对词人的评论中,对词的特点进行了论述,对词的创作做了历史性总结。这篇文章无论是在词的研究史上,还是对我们今天的词学研究,都有相当的价值。

第二节　张元幹、张孝祥和其他豪放派词人

宋室南迁,士大夫身经丧乱,一些抗金将帅又先后遭受迫害,许多关心国事的作家,用词来抒发他们的心志。词风上慷慨激发,成为上承苏轼,下接辛弃疾的豪放派的重要作家。其中,以张元幹、张孝祥的作品成就较高。

张元幹(1091—1161?),字仲宗,自号芦川居士,永福(今属福建)人,著有《芦川词》。北宋末年就以词著称。宣和时曾任陈留县丞。宋高宗绍兴元年,不愿在朝为官,以将作监丞致仕。晚年寓居三山(今福州市)。宋高宗绍兴八年,金朝使臣到临安,宋高宗命大臣"详思条奏"。李纲已罢官寓居长乐,也上书反对,张元幹写了一首〔贺新郎〕寄给李纲:

曳杖危楼去,斗垂天,沧波万顷,月流烟渚。扫尽浮云风不定,未放扁舟夜渡。宿雁落、寒芦深处。怅望关河空吊影,正人间,鼻

息鸣鼍鼓,谁伴我,醉中舞? 十年一梦扬州路,倚高寒,愁生故国,气吞骄虏。要斩楼兰三尺剑,遗恨琵琶旧语。谩暗涩、铜华尘土。唤取谪仙平章看,过苕溪尚许垂纶否?风浩荡,欲飞举。

词中表现了对李纲抗金主张的支持,抒发了报国无门的愤慨。

绍兴八年,胡铨上书,反对秦桧主和,请斩秦桧,结果被以"鼓众劫持"罪,诏除名编管明州。后迫于公论,使胡铨监广州盐仓,后又改签书威武军判官;绍兴十二年,又以"饰非横议"罪名,诏除名编管新州。张元幹又写了一首〔贺新郎〕(梦绕神州路)送胡铨:

梦绕神州路。怅秋风、连营画角,故宫离黍。底事昆仑倾砥柱,九地黄流乱注。聚万落、千村狐兔。天意从来高难问,况人情、易老悲如许。更南浦,送君去。 凉生岸柳催残暑。耿斜河、疏星淡月,断云微度。万里江山知何处?回首对床夜语。雁不到、书成谁与?目尽青天怀今古,肯儿曹、恩怨相尔汝!举大白,听金缕。

上阕悲悼中州沦丧,志士被流放,下阕表现了他们志同道合的深厚情谊。《四库全书总目提要》对这首词给予很高评价:"慷慨悲凉,数百年后,尚想其抑塞磊落之气。"

张元幹还有很多妩秀的作品,毛晋《芦川词跋》:"人称其长于悲愤,及读《花庵》《草堂》所选,又极妩秀之致,其堪与《片玉》《白石》,并垂不朽。"然而传世知名的仍是表现他悲愤之情的作品。

与张元幹同时的向子諲、岳飞、胡铨等,有的本人就是抗金将领,不以词知名,但他们写的一些词,也颇为人们所称道。向子諲(1085—1152),字伯恭,临江(今江西清江)人。他曾在潭州率部抵抗过金兵,官至吏部侍郎,著有《酒边词》。他有一些怀念故国的作品,如〔鹧鸪天〕:

紫禁烟花一万重,鳌山宫阙隐晴空。玉皇端拱彤云上,人物嬉游陆海中。 星转斗,驾回龙,五侯池馆醉春风。而今白发三千丈,愁对寒灯数点红。

第六章 南宋前期的文学

从词的小序来看,这首词是在上元灯节,怀念旧日都城的盛况和南渡后的景况对比,感慨很深。岳飞(1103—1141),字鹏举,相州汤阴(今属河南)人。历任河南北诸路招讨使,枢密副使。他的〔满江红〕(怒发冲冠),是长期传诵的名篇:

> 怒发冲冠,凭栏处,潇潇雨歇。抬望眼,仰天长啸,壮怀激烈。三十功名尘与土,八千里路云和月。莫等闲,白了少年头,空悲切。
> 靖康耻,犹未雪;臣子恨,何时灭?驾长车踏破、贺兰山缺。壮志饥餐胡虏肉,笑谈渴饮匈奴血。待从头,收拾旧山河,朝天阙。

他还写有〔小重山〕:

> 昨夜寒蛩不住鸣。惊回千里梦,已三更。起来独自绕阶行。人悄悄,帘外月胧明。　白首为功名。旧山松竹老,阻归程。欲将心事付瑶琴。知音少,弦断有谁听。

据说这首词写于绍兴八年,当时南宋向金乞和,岳飞写这首词,抒发忧国的惆怅心情。与〔满江红〕中"莫等闲,白了少年头,空悲切"有相通之处,但这首词感情更低沉。胡铨(1102—1180),字邦衡,江宁(今江苏南京)人。建炎二年进士,任枢密院编修官,因上书反对和议要求斩秦桧,被贬,又除名流放。秦桧死,官至权兵部侍郎。著有《澹庵词》。绍兴十八年被贬谪广东新州时写了〔好事近〕:

> 富贵本无心,何事故乡轻别?空使猿惊鹤怨,误薜萝秋月。囊锥刚要出头来,不道甚时节。欲驾巾车归去,有豺狼当辙。

因为其中有"豺狼当辙"句,被秦桧私党检举为"谤讪、怨望",又移谪到海南岛。

张孝祥(1132—1169),字安国,号于湖居士,历阳乌江(今安徽和县)人。宋高宗绍兴二十四年考取进士第一。因忤秦桧,被诬入狱。秦桧死后释罪,历任秘书正字、校书郎、尚书礼部员外郎、起居舍人、权中书舍人,出知抚州。宋孝宗时,经张浚举荐,复集英殿修撰,知平江府,历任中书舍人、都督府参赞军事、建康留守、广南西路经略安抚使、荆南、荆湖北路安抚使等职。著有《于湖居士乐府》。他的诗词学习苏轼,以雄丽著称。叶绍翁《四朝闻见录》"张于湖"条,说他"尝慕东坡,每作为诗文,必问门人曰:'比东坡如何?'"陈应行《于湖先生雅词序》,说他有"自在如神之笔,迈往凌云之气"。

宋高宗绍兴三十一年,虞允文在采石矶击溃金完颜亮的部队,张孝祥写了〔水调歌头〕:

> 雪洗虏尘静,风约楚云留。何人为写悲壮?吹角古城楼。湖海平生豪气,关塞如今风景,剪烛看吴钩。剩喜燃犀处,骇浪与天浮。　忆当年,周与谢,富春秋。小乔初嫁,香囊未解,勋业故优游。赤壁矶头落照,肥水桥边衰草,渺渺唤人愁。我欲乘风去,击楫誓中流。

表示决心为国而战。宋孝宗隆兴元年,张浚的北伐军在符离溃败,南宋又积极与金国通使议和。他在建康写了一首长调〔六州歌头〕:

> 长淮望断,关塞莽然平。征尘暗,霜风劲,悄边声。黯销凝!追想当年事,殆天数,非人力。洙泗上,弦歌地,亦膻腥。隔水毡乡,落日牛羊下,区脱纵横。看名王宵猎,骑火一川明。笳鼓悲鸣,遣人惊。　念腰间箭,匣中剑,空埃蠹,竟何成?时易失,心徒壮,岁将零。渺神京。干羽方怀远,静烽燧,且休兵。冠盖使,纷驰骛,若为情?闻道中原遗老,常南望、翠葆霓旌。使行人到此,忠愤气填膺,有泪如倾。

〔六州歌头〕词调多三字句,音节短促,如鸣咽吞声,读起来苍凉悲痛。词的上片写词人北望中原所见到的景象。"长淮望断,关塞莽然平。""长淮望断"即望断长淮。关塞,即边塞。宋金隔淮水对峙,故北望长淮。远望淮河尽处,广阔辽远的边塞,"征尘暗,霜风劲,悄边声"。尘土飞扬昏暗不明,西风劲吹,边塞上静悄悄的,没有声响。"黯销凝",凝神远望,黯然销魂。"追想当年事,殆天数,非人力。洙泗上,弦歌地,亦膻腥。"洙泗,是流经曲阜的水名。弦歌,以琴瑟伴奏而歌,古代以琴瑟伴奏歌诗颂,是为诗乐教化。这几句的意思是回忆当年宋室南迁,中原沦丧的事情,大概是天数决定,不是人力所能改变的。孔子讲学的洙水泗水上面,曾施行诗乐教化之地方,也已经变为充满腥膻的地方。"隔水毡乡,落日牛羊下,区脱纵横。"区脱,是匈奴语,《汉书》注说是土屋,指在边塞所筑的土堡哨所。淮河的对面已遍布北人毡帐,落日下可以看到回家的牛羊和许许多多敌人的土堡哨所。"看名王宵猎,骑火一川明。笳鼓悲鸣,遣人惊。"名王,是匈奴王,这里指金将。金将夜晚行动,骑马打着火把,照得河水一片通明,吹笳擂鼓的声音,十分悲凉,使人惊心。下片抒写词人的悲愤。"念腰间箭,匣中剑,空埃蠹,竟何成? 时易失,心徒壮,岁将零。渺神京。"这几句直接倾泻了诗人志不得伸,老守边防的愤慨。想腰中箭,匣中剑,这些武器不用,白让它积了尘土,生了蛀虫,能够成什么事呢? 时机轻易失掉,心中空有壮志,年岁一天天老了,岁月将尽。"渺神京",汴京遥远,何日收复。"干羽方怀远,静烽燧,且休兵。冠盖使,纷驰骛,若为情?""干羽方怀远"是借用舜帝以教化使有苗来服。干、羽都是乐舞时的用具。这里指朝廷与金朝主和。现在朝廷是不主张抗战的,朝廷派出的使臣往来奔走,让人难以为情,令人难堪! "闻道中原遗老,常南望、翠葆霓旌。使行人到此,忠愤气填膺,有泪如倾。""翠葆霓旌",指皇帝的车驾,代表宋朝统治。听说中原的父老,经常向南望盼望宋朝打回来。要是有人到中原看到人民这种情绪,必然激起满胸的思愤,眼泪如雨一样流下来。这首词把词人对中原人民的深厚感情,对中原国土未复的痛惜,对朝廷不思抵抗的不满以及志不得伸的愤慨,淋漓痛快地抒发出来。"忠愤气填膺"的情绪贯串全篇,令读者受到激励鼓舞。据无名氏《朝野遗记》载:张浚正召集山东、两淮忠义之士于建康,上书反对和议。张孝祥在宴席上作〔六州歌头〕,张浚听了,罢饮而入。陈廷焯《白雨斋词话》说:"淋漓痛快,笔饱墨酣,读之令人起舞。"

宋孝宗乾道元年(1165),张孝祥任广南西路经略安抚使,时以谗言罢官。第二年,词人从桂林北归,过洞庭湖时作〔念奴娇〕(洞庭青草),以"肝胆皆冰雪"表示自己忠贞高洁的品质,用"尽挹西江,细斟北斗,万象如宾客"表示自己凌云的气度。这首词从意境到风格,都近似苏轼。

第三节　朱敦儒和其他词人

在南渡词人中,豪放词风是时代的主流,除李清照婉约词风外,朱敦儒为代表的歌咏隐逸生活的旷放词风也颇有影响。

朱敦儒(1081—1159),字希真,洛阳(今属河南)人。他在北宋时已很有声望,颇以清高名世。金兵南下时,他经过江西流落到肇庆府。绍兴二年,应召到临安,赐进士出身,官秘书省正字兼兵部郎官,迁两浙东路提点刑狱。后以"专立异论,与李光交通"的罪名被劾,遂罢归。李光是指斥秦桧"怀奸误国"的名臣,由此可以推测朱敦儒当时言论的内容。时秦桧专权,用朱敦儒为鸿胪少卿。他时值晚年,为了幼子的前途复出,所以被评为"其节不终"。

朱敦儒在北宋时,词风与"大晟派"词人相近,经过离乱,随着南宋初词风的变化,这个风流词客也唱出时代的悲凉。如他的〔水龙吟〕:

放船千里凌波去,略为吴山留顾。云屯水府,涛随神女,九江东注。北客翩然,壮心偏感,年华将暮。念伊嵩归隐,巢由故友,南柯梦,遽如许!　　回首妖氛未扫,问人间、英雄何处?奇谋报国,可怜无用,尘昏白羽。铁锁横江,锦帆冲浪,孙郎良苦。但愁敲桂棹,悲吟《梁父》,泪流如雨!

这是他忧时念乱,关怀国事,最为沉痛的词章。但朱敦儒影响最大的还是具有旷放风格的闲适词。朱敦儒绍兴十九年被劾离开朝廷时,寓居嘉禾(今浙江嘉兴),在城南放鹤洲经营了一座别墅,他先后用〔好事近〕写了六首渔父词。如:

> 摇首出红尘,醒醉更无时节。活计绿蓑青笠,惯披霜冲雪。晚来风定钓丝闲,上下是新月。千里水天一色,看孤鸿明灭。(其一)
>
> 眼里数闲人,只有钓翁潇洒。已佩水仙宫印,恶风波不怕。此心那许世人知,名姓是虚假。一棹五湖三岛,任船儿尖耍。(其二)

作品通过飘逸消闲的渔夫的形象,表达了避世的思想。语言清浅,在南宋词坛是有代表性的作家。

此外,通俗词及滑稽词至南宋也渐为士大夫采用,多用寻常口语,风格近于民歌,如蔡伸的〔长相思〕:

> 我心坚,你心坚。各自心坚石也穿,谁言相见难?　小窗前,月婵娟。玉困花柔并枕眠,今宵人月圆。

这首词写情人只要两心坚定,就能得到圆满结果,颇类后世散曲。

第四节　陈与义和其他江西诗派诗人

陈与义(1090—1138),字去非,自号简斋,洛阳(今属河南)人,著有《简斋集》。北宋徽宗时,曾任太学博士等职。南宋高宗时,历任吏部侍郎、中书舍人、翰林学士、知制诰、参知政事等重要职务。他是北宋与南宋之交的重要诗人。他推重苏轼、黄庭坚、陈师道,通过揣摩这些人的作品来学习杜诗。如《中牟道中》:

> 雨意欲成还未成,归云却作伴人行。依然坏郭中牟县,千尺浮屠管送迎。
>
> 杨柳招人不待媒,蜻蜓近马忽相猜。如何得与凉风约,不共尘沙一并来!

其中"千尺浮屠管送迎",显然受苏轼〔南乡子〕词"谁似临平山上塔,亭亭,迎客西来送客行"的影响。他的诗不像黄庭坚、陈师道那样生硬,比较明净易读。如《襄邑道中》:

>飞花两岸照船红,百里榆堤半日风。卧看满天云不动,不知云与我俱东。

但在南渡以前,他的诗所反映的社会生活面较窄,大都表现个人生活情趣。靖康之难发生,他经商水、襄阳到湖南,漂泊于岳阳、长沙、衡阳间,后越南岭,经广东、福建到临安。五年的流离生活,使他对杜诗有深刻的体会。他逃难的第一首诗《发商水道中》说:"草草檀公策,茫茫杜老诗。"后来写的《正月十二日自房州城遇虏至》又说:"但恨平生意,轻了少陵诗。"由于他有更多机会接触社会现实生活,诗风渐趋雄阔慷慨。《四库提要》说,陈与义南渡后的诗"感时抚事,慷慨激越,寄托遥深,乃往往突过古人"。《伤春》诗表现了他伤时忧国的情绪:

>庙堂无策可平戎,坐使甘泉照夕烽。初怪上都闻战马,岂知穷海看飞龙。孤臣霜发三千丈,每岁烟花一万重。稍喜长沙向延阁,疲兵敢犯犬羊锋。

诗歌抒发了国事多艰的感慨,批评了权臣的误国,歌颂了在长沙"率军民死守"以抵抗金兵的向子諲。李白《秋浦歌》第十五首有"白发三千丈,缘愁似个长"句,杜甫《伤春》第一首有"关塞三千里,烟花一万重"句,陈与义把两句古人名句合成一联,构成精巧对仗,赋予新的含意。《牡丹》诗寄寓了他怀念故乡的感情。诗人当时在浙江桐乡看到牡丹,不禁想到"一自胡尘入汉关,十年伊洛路漫漫",不胜感慨。

他的《简斋集》中存有词十八首,词风接近苏轼,如〔临江仙〕:

>忆昔午桥桥上饮,坐中多是豪英。长沟流月去无声。杏花疏影里,吹笛到天明。 二十余年如一梦,此身虽在堪惊!闲登小阁看新晴。古今多少事,渔唱起三更。

这首词小序说:"夜登小阁忆洛中旧游",是回忆年轻时在洛阳度过的生活。战乱和流离的生活像梦一样,虽然经过了二十余年,"此身虽在堪惊",真实地表现出幸存者的感情。

吕本中(1084—1145),字居仁,学者称为东莱先生,寿州(今安徽寿县)人,有《东莱先生诗集》。他的曾祖是元祐宰相吕公著,以荫补职。绍兴六年特赐进士出身,官至中书舍人,兼权直学士院。因为与赵鼎相知,忤秦桧罢官。吕本中是《江西诗社宗派图》的作者,所以后人也把他列入江西诗派。他的诗始终没摆脱黄庭坚、陈师道的影响。但他后来亦发现黄庭坚也有短处,认为专学杜甫和黄庭坚是不够的,还应该师法李白和苏轼。论及诗的艺术技巧,他主张"活法",既要精熟艺术技巧,又不为它束缚,运用自如,给人"不费力"的印象。对于继承前人的诗歌艺术,他主张"悟入",而不受桎梏。他的诗不像一般江西派作品那样艰涩,比较明朗轻松。如早期作品《春日即事》:

> 病起多情白日迟,强来庭下探花期。雪消池馆初春后,人倚阑干欲暮时。乱蝶狂蜂俱有意,兔葵燕麦自无知。池边垂柳腰支活,折尽长条为寄谁?

其中,"雪消池馆初春后,人倚阑干欲暮时"为人所称赞。南渡以后,对军民的抗金斗争和统治者妥协懦弱均有所反映,题材较前广阔,思想也较前深邃。如《兵乱后杂诗》之一:

> 万事多翻覆,萧兰不辨真。汝为误国贼,我作破家人!求饱羹无糁,浇愁爵有尘。往来梁上燕,相顾却情亲。

这组诗原作共二十九首,有的已佚。上引诗对误国者的斥责十分决绝,对世事更是感慨万端。又如《柳州开元寺夏雨》:

> 风雨潇潇似晚秋,鸦归门掩伴僧幽。云深不见千岩秀,水涨初闻万壑流。钟唤梦回空怅望,人传书至竟沉浮。面如田字非吾相,莫羡班超封列侯。

表露了流亡者思乡的心境。

曾几(1084—1166),字吉甫,赣县(今属江西)人。徽宗时,曾任校书郎、应天少尹。高宗时,官江西提刑、浙西提刑。当时他的哥哥曾开任礼部侍郎,与秦桧争论和议之事,秦桧怒,曾开去职,曾几也罢官。不久,任广西转运副使,又徙荆湖南路。后辞职侨居江西上饶茶山,于是自号茶山居士。秦桧死后,官至权礼部侍郎、集英殿修撰、敷文阁待制。曾几没有被吕本中列入江西诗派,但他与江西诗派关系很深,曾经向韩驹和吕本中请教过诗法。他的诗比吕本中更轻快活泼。如《三衢道中》:

梅子黄时日日晴,小溪泛尽却山行。绿阴不减来时路,添得黄鹂四五声。

南渡之后,他的诗歌增添了关切时事的篇章。如《寓居吴兴》:

相对真成泣楚囚,遂无末策到神州。但知绕树如飞鹊,不解营巢似拙鸠。江北江南犹断绝,秋风秋雨敢淹留?低回又作荆州梦,落日孤云始欲愁。

诗的主题和陈与义的《伤春》相似。

第五节　杨万里和范成大

杨万里(1127—1206),字廷秀,自号诚斋野客,吉水(今属江西)人。宋高宗绍兴二十四年进士。历漳州等地地方官,入为东宫侍读、秘书少监。光宗时曾任江东转运副使。韩侂胄当权,他家居十五年不出,忧愤国事而死。著有《江湖集》《荆溪集》《西归集》等九部诗集,共存诗四千二百多首。

他开始学江西诗派,后来逐渐认识江西诗派的弊病,转向唐代诗人学习,并把青少年时期学江西诗派所写的一千多首诗全部烧掉。他在《荆溪集自序》中说:"予之诗,始学江西诸君子,既又学后山五字律,既又学半山老人七绝句,晚乃学绝句于唐人。"后来又转而师法自然,他说:"戊戌(1178)作诗,忽若有悟,于是辞谢唐人及王、陈、江西诸君子皆不敢学,而后欣如此。""步后园,登古城,采撷杞菊,攀翻花竹,万象毕来,献余诗材。"他终于创辟了一种新鲜泼辣的写法,被称为"诚斋体"。杨万里主张"活法",这本是江西诗派吕本中提出来的口号。除了吕本中要诗人既不破坏规矩,又能够变化不测的要求外,杨万里提出要师法造化,恢复耳目观感的天真状态。这就不仅是写作手法的问题,而属于创作思想的范畴,体现了内容上的要求。"诚斋体"的特点,首先是构思新颖奇特,善于表现人物情态的特征和稍纵即逝、转瞬即改的场景。钱锺书在《谈艺录》中说:"诚斋则如摄影之快镜;兔起鹘落,鸢飞鱼跃。""眼明手快,踪矢蹑风,此诚斋之所独也。"其次笔调幽然诙谐,语言通俗活泼,风格爽朗轻快,也是"诚斋体"鲜明的特点。

杨万里的诗以写景咏物见长。描绘自然景物的诗,如《闲居初夏午睡起》:

> 梅子留酸软齿牙,芭蕉分绿与窗纱。日长睡起无情思,闲看儿童捉柳花。

从这首诗我们可以感到作者胸襟透脱,悟得生活情趣后的自然流露。又如《春晴怀故园海棠》:

> 竹边台榭水边亭,不要人随只独行。乍暖柳条无气力,淡晴花影不分明。一番过雨来幽径,无数新禽有喜声。只欠翠纱红映肉,两年寒食负先生!

生动地传达出大自然的情趣。

杨万里也写过一些田园诗,如《插秧歌》:

> 田夫抛秧田妇接,小儿拔秧大儿插。笠是兜鍪蓑是甲,雨从头上湿到胛。唤渠朝餐歇半霎,低头折腰只不答。秧根未牢莳未匝,照管鹅儿与雏鸭。

全诗写农家劳动的情景。淳熙元年(1190)杨万里奉命迎接金使,写下《初入淮河四绝句》,表现淮河中流为界,淮河两岸人民丧失交往自由,希望恢复国家统一的心情。

范成大(1126—1193),字致能,号石湖居士,平江吴郡(今江苏苏州)人,有《石湖居士诗集》。绍兴二十四年进士,曾任秘书省正字、吏部郎官、礼部员外郎兼崇政殿说书等职。乾道四年,宋孝宗为索取河南"陵寝"地,派他出使金国。在金国,"词气慷慨","全节而归"。回国后,先后任静江(桂林)府知府,四川制置使。宋孝宗淳熙五年,曾任参知政事。淳熙九年,因病退居苏州石湖。著有《石湖集》。范成大的诗,开始也受江西诗派的影响,后来才逐渐摆脱束缚。他所写的田园诗不是从退隐者疏离的眼光看田园,而是使田园有了泥土和血汗的气息。他的诗风轻巧婉丽、温润精雅,不愧为南宋的一位大诗人。

他出使金国写下七十二首七绝和一卷日记《揽辔录》。这组诗有的描写中原的山川人物,有的通过凭吊历史上卫国抗敌的英雄人物和蔺相如、张巡、许远、韩琦等,表达对统治集团昏庸误国的谴责,同时也反映了在金国统治下人民所受到的压迫以及他们思念故国的心情。如《州桥》:

州桥南北是天街,父老年年等驾回。忍泪失声询使者:"几时真有六军来?"

《清远店》:

女僮流汗逐毡车,云在淮乡有父兄。屠婢杀奴官不问,大书黥面罚犹轻。

《蔺相如墓》:

玉节经行庌障深,马上酾酒奠疏林。兹行壁重身如叶,天日应临慕蔺心。

范成大反映农村生活的诗篇,在《催租行》和《后催租行》这两首诗中,揭露了官府、里正、乡官对农民的敲诈勒索。《后催租行》写农民遭水灾后,无力交租,变卖衣服家口,大女、二女都已卖掉。诗歌最后说:"室中更有第三女,明年不怕催租苦。"这是多么沉痛的控诉声音。

《四时田园杂兴》是范成大退居石湖时写下的一组田园诗。共六十首,原分"春日""晚春""夏日""秋日""冬日"五组,每组十二首,反映了农村生活的各个方面:

  昼出耘田夜绩麻,村庄儿女各当家。童孙未解供耕织,也傍桑阴学种瓜。

  新筑场泥镜面平,家家打稻趁霜晴。笑歌声里轻雷动,一夜连枷响到明。

  采菱辛苦废犁锄,血指流丹鬼质枯。无力买田聊种水,近来湖面亦收租。

  黄纸蠲租白纸催,皂衣旁午下乡来。"长官头脑冬烘甚,乞汝青铜买酒回。"

前面两首写农村农民劳动的场面,后面二首写农民所受的剥削,不仅种地要交租,而且到湖里采菱也得交租。

  尤袤(1127—1194),字延之,自号遂初居士,无锡(今属江苏)人。他的诗集已散失,现有辑本《梁谿遗稿》。从现存作品看,他的成就不能和陆游、范成大、杨万里并论。

第七章 陆　游

陆游是南宋时期最杰出的诗人,他出自江西诗派而又不局限于江西诗派,他的诗歌以其独具一格的"放翁体",在文学史上享有崇高的声誉。

第一节　陆游的生平

陆游(1125—1210),字务观,晚号放翁,越州山阴(今浙江绍兴)人。他生长在一个富有学术和文学空气的仕宦之家,曾祖陆珪、祖父陆佃、父亲陆宰,在经学或文学方面,都有很深造诣。

陆游降世时,正值金军灭辽后南下攻宋的动乱时期。他的父亲任职淮南计度转运副使,在卸任回京的途中,陆游出生于淮水之滨。尚在襁褓之中的他随着家人流寓荥阳。次年,金兵攻陷北宋国都汴京。陆游的父母带着他自中原"渡河、沿汴、涉淮、绝江,间关兵间",归山阴(《诸暨县主簿厅记》)。金兵过长江后,又逃到东阳(今属浙江),直到他九岁时才重返山阴,他的童年是在"儿时万死避胡兵"的颠沛流离中度过的。

陆游父辈交往中的言谈对陆游思想有着深刻的影响。陆游在他晚年所写的《跋傅给事帖》里回忆当时的情况说:"绍兴初,某甫成童,亲见当时士大夫相与言及国事,或裂眦嚼齿,或流涕痛哭,人人自期以杀身翊戴王室,虽丑裔方张,视之蔑如也。"在他的幼年时期,就已经萌生了忧国忧民的思想,"少小遇丧乱,妄意忧元元"(《感兴》),青年时代便立下报国的壮志。

陆游以荫补登仕郎,绍兴二十二年,陆游被荐参加锁厅试,即在职考试,第二年,他参加礼部考试。当时秦桧因孙子秦埙被降低名次发怒,加以陆游又"喜论恢复""语触秦桧",因此竟遭黜免。从此他返归乡里,一面致力于诗歌的写作,一面研读兵书,学习剑法。绍兴二十八年,陆游赴福建宁德任主簿,后改授敕令所删定官,绍兴三十一年被罢归乡里。这时,曾几也住在会稽。陆游十八岁就从曾几学诗,这时来往更密切,他说:"无三日不进见,见必闻忧国之言。"(《跋曾文清公奏议稿》)孝宗即位,朝廷中主战的老将张浚被起用,准备北伐。陆游迁枢密院编修官兼编类圣政所检讨官。据《宋史·陆游传》记载,这一年"史浩、黄祖舜荐游善词章,谙典故",被孝宗召见,皇帝称赞"游力学有闻,言论剀切",遂赐进士出身。这时陆游乘机提出了许多军政方面的建议,我们从他所写的《论选用西北士大夫札子》和《代乞分兵取山东札子》两个奏折里可以看出他的政治军事见解。陆游积极支持张浚北伐。此后,由于陆游议论孝宗皇帝宠信的龙大渊、曾觌"招权植党,荧惑圣听",激怒了孝宗,遂被放出为镇江通判。乾道二年,陆游又被以"交结台谏,鼓唱是非,力说张浚用兵"的罪名,被免除了隆兴通判的职务,返归山阴。

乾道五年,陆游为夔州(今四川奉节)通判。次年五月,他自山阴启程,溯江而上,沿路游览山水,凭吊了李白、白居易、苏轼、屈原、杜甫等大诗人的遗迹,"道路半年行不到,江山万里看无穷"(《水亭有怀》)。到夔州以后不久,他被任命为四川宣抚使司干办公事兼检法官。四川宣抚使王炎以副丞相名义任职,积极准备收复失地,大军进驻南郑(今属陕西汉中)。陆游从夔州到南郑,终于走上了当时的军事前线。从此他不断来往于前线和南郑中间,有时射猎深山,有时戍守要塞,亲身感受了这里的民众迫切希望抗击敌人的热情,考察了南郑一带的地理形势,并为王炎出谋献策,提出了经由周至县西南骆谷直取长安的路线。这时期从军的豪迈生活,报国的战斗热情,必胜的坚定信念,对他以后的诗歌创作产生了深刻影响。他自己也认为南郑的生活使他获得了"诗家三昧"。但是由于南宋统治者根本无心北伐，他虽在前线，却不能出兵杀敌。王炎被调离川陕后，陆游也被调回成都，任成都府路安抚使司参议官。他怀着壮志难酬的悲愤心情，吟诵着"衣上征尘杂酒痕，远游无处不消魂，此身合是诗人未？细雨骑驴入剑门"（《剑门道中遇微雨》），问自己是否算得上一个诗人，抒发他报国志愿不得实现的忧愤。

陆游调回成都以后，相继在蜀州（今四川崇州）、嘉州（今四川乐山）、荣州（今四川荣县）等地供职。嘉州是唐代边塞诗人岑参做过刺史的地方。陆游这时写下不少回忆边防前线生活的诗歌。他在《观大散关图有感》一诗里说："上马击狂胡，下马草军书，二十抱此志，五十犹癯儒。""偏师缚可汗，倾都观受俘。上寿大安宫，复如正观初。丈夫毕此愿，死与蝼蚁殊！"诗人认为如果能够完成杀敌报国的志愿，即使死了也是有意义的。同时写的《金错刀行》"楚军三户能亡秦，岂有堂堂中国空无人"，更进一步表达了他复国的决心。这时期调遣频繁，陆游颇不如意。淳熙二年，诗人范成大来成都，节制四川军事，以陆游为参议官。他们二人本来有文字之交，这时更是往来频繁，诗酒交欢，又因陆游不拘礼法，言官说他"燕饮颓放"，他干脆自号为"放翁"。《剑南诗稿》原来是陆游在四川所作诗集，后来郑师尹、苏林为陆游编辑，扩充了三倍，陆子虡再编全诗集，沿用旧名。

淳熙五年，由于他的作品"寄意恢复，书肆流传"（《四朝闻见录》），受到朝廷注意，被召回临安，先后担任提举福建常平茶盐公事、江南西路常平茶盐公事。淳熙十三年，权知严州。淳熙十五年，除军器少监。次年，光宗立，除朝议大夫礼部郎中。他针对当时弊政提出的建议，非但没有被接受，反而被罢斥，退居山阴。

从光宗绍熙元年（1190）开始，到他去世的二十年间，除去约一年的时间到临安主修孝宗、光宗实录以外，他的晚年生活基本上都是在山阴三山村度过的。这一时期，他的生活清苦平静，如《贫甚戏作绝句》

其八:"籴米归迟午未炊,家人窃闵乃翁饥。不知弄笔东窗下,正和渊明乞食诗。"陆游也写和陶诗,注意学习陶渊明,如《自勉》诗中说"学诗当学陶"。诗风也趋平淡。诗中不时流露出消沉的心境,但爱国热情并未消退,如"一闻战鼓意气生,犹能为国平燕赵"(《老马行》)。直到临终之际,还写了著名的《示儿》诗:"王师北定中原日,家祭无忘告乃翁。"

陆游的诗今存九千二百多首。其中四十二岁以前的诗百余首,晚年在山阴写的诗七千多首。他的作品除悲愤激昂的爱国诗篇外,还有大量闲适诗,对后世影响很大。

第二节　陆游诗歌的思想内容

陆游是一个具有多方面创作才能的作家,他的作品有诗、词、散文。著作除《剑南诗稿》八十五卷以外,尚有《逸稿》二卷、《渭南文集》五十卷(包括词二卷、《入蜀记》六卷)、《南唐书》十八卷、《老学庵笔记》十卷。陆游以诗著称,他从十二岁起开始学诗,到八十四岁时仍是"无诗三日却堪忧",所以他自称"六十年间万首诗"。陆游的诗歌内容十分丰富,差不多涉及了南宋前期社会生活的各个方面。作品里洋溢着收复中原、统一祖国的愿望和请缨无路、壮志未酬的悲愤,表现了强烈的爱国主义精神。

陆游生活在南宋前期,南宋统治者偏安江南,屈膝事敌。这种妥协乞和的政策与行为,激起了当时广大人民和爱国志士的愤慨,他们强烈要求收复中原,统一祖国。这一时代的呼声构成了陆游诗歌的基本主题。所以,前人说他的作品"多豪丽语,言征伐恢复事"(见《鹤林玉露》)。《夜读兵书》是诗人早期的诗歌,写于绍兴二十六年。当时中原沦落于金朝之手,南宋政权置失地于不顾,而陆游个人参加礼部考试,又被秦桧黜免。诗人在这样的形势下,返回家乡,努力研读兵书,希望能有机会施展抱负,杀敌报国:

> 孤灯耿霜夕,穷山读兵书。平生万里心,执戈王前驱。战死士所有,耻复守妻孥。成功亦邂逅,逆料政自疏。陂泽号饥鸿,岁月欺贫儒。叹息镜中面,安得长肤腴。

这首诗大气磅礴,表现出作者不计个人安危得失,不畏牺牲的英雄气概。绍兴三十一年,金主完颜亮率金兵大举南侵,曾一度逼近南京附近,并攻占瓜洲镇。陆游听到消息心急如焚,写下了《送七兄赴扬州帅幕》:

> 初报边烽照石头,旋闻胡马集瓜洲。诸公谁听刍荛策,吾辈空怀畎亩忧。急雪打窗心共碎,危楼望远涕俱流。岂知今日淮南路,乱絮飞花送客舟。

表达了诗人对国家局势的忧虑不安。乾道六年十二月,陆游被任命为夔州军州通判。次年五月自山阴登程入蜀时,他在《投梁参政》一诗中表达了自己献身报国的决心:"游也本无奇,腰折百僚底。流离鬓成丝,悲咤泪如洗。""但忧死无闻,功不挂青史。"他一面希望南宋能有像霍去病率领的那样善于作战的军队,出兵打击敌人;一面表示自己也要投身抗敌的斗争:"士各奋所长,儒生未宜鄙。复毡草军书,不畏寒堕指。"

入蜀以后,陆游生活在宋金交界的前线,满怀高昂的斗志,写下了许多热情洋溢的爱国诗篇。《三月十七日夜醉中作》是陆游于乾道七年在成都任参议官时所写:

> 前年脍鲸东海上,白浪如山寄豪壮。去年射虎南山秋,夜归急雪满貂裘。今年摧颓最堪笑,华发苍颜羞自照。谁知得酒尚能狂,脱帽向人时大叫。逆胡未灭心未平,孤剑床头铿有声。破驿梦回灯欲死,打窗风雨正三更。

抒发了诗人誓死讨伐入侵敌人的心愿。乾道九年写的《八月二十二日嘉州大阅》:

> 陌上弓刀拥寓公,水边旌旆卷秋风。书生又试戎衣窄,山郡新添画角雄。早事枢庭虚画策,晚游幕府愧无功。草间鼠辈何劳磔,要换天河洗洛嵩。

从自己主持秋操检阅想到自己并不是不能打仗的文弱书生,只是苦于没有抗战立功的机会。十月,诗人又写了《观大散关图有感》和《金错刀行》,这些诗同样抒发了诗人的抗敌理想和为国立功的誓愿,对复国斗争充满信心。又如诗人在第二年写的《书愤》:

> 早岁那知世事艰,中原北望气如山。楼船夜雪瓜洲渡,铁马秋风大散关。塞上长城空自许,镜中衰鬓已先斑。出师一表真名世,千载谁堪伯仲间。

这是书写胸中愤慨的诗篇。诗人一生主张用军事力量收复中原,到六十多岁,仍是壮志难酬,满腔愤懑。首联写年轻时的雄心。早年哪里懂得世界上的事情是多么艰难险恶,没有考虑有多少障碍,北望中原"气如山",豪气磅礴,信心很足。表面上看来好像自悔当年不知世事,实际上是为世上有这么多邪恶的东西感到愤慨。颔联是回顾自己在抗敌斗争中值得回忆的事迹。"楼船夜雪瓜洲渡,铁马秋风大散关。"陆游任镇江通判时,曾经为加固防线、添置战舰尽力,后来陆游还因"力说张浚"被免职。陆游也曾戍守大散关,还曾提出"进取之策"。这些在诗人心中都是永远不能忘记的,然而又都是未能实现志愿的恨事,回忆起来愈增愤慨。自己的志向未能实现,空有自比为国家长城的雄心,镜中照见自己的两鬓已经花白了。南朝时刘宋的名将檀道济北伐有功,被人诬陷,临死时说:"乃复坏汝万里长城。"词句充满英雄暮年难平的愤慨。"出师一表真名世,千载谁堪伯仲间",虽然世事艰难,诸葛亮却毫不动摇坚持北伐,他真是足以名扬后世,千年以来谁能和他相比呢?借史咏怀,更是对南宋无人坚持北伐的现实无比愤慨。庆元三年(1197)春天,诗人在他所写的《书志》里更加痛快淋漓地唱出他为国复仇的决心:"肝心独不化,凝结变金铁。铸为上方剑,衅以佞臣血。匣藏武库中,出参旄头列。三尺粲星辰,万里静妖孽。"诗人表示自己死后要把心肝凝成金铁,铸为利剑,去为国雪耻。在另一首《书愤》中,又表示死后要变厉鬼,痛击侵略者:"壮心未与年俱老,死去犹能作鬼雄。"陆游杀敌报国的雄心,至死不衰。在他八十二岁的高龄时,又写下了"蹈海言犹在,移山志未衰,何人知壮士,击筑有余悲"(《杂感》其三)的诗句,炽热的爱国热情不减当年。

由于陆游对国家有着强烈的爱,所以对那些腐败无能、妥协投降的统治者自然表现出无比的憎恶。他在许多作品中都愤怒地谴责了南宋统治集团苟安误国的罪行。陆游在诗里不止一次地揭露了和议的恶果。如《关山月》是一首反对统治当局不抵抗政策,以及揭露与金人订立和约罪行的著名诗篇:

> 和戎诏下十五年,将军不战空临边。朱门沉沉按歌舞,厩马肥死弓断弦。戍楼刁斗催落月,三十从军今白发。笛里谁知壮士心,沙头空照征人骨。中原干戈古亦闻,岂有逆胡传子孙?遗民忍死望恢复,几处今宵垂泪痕。

这一首七言乐府古诗,全诗十二句,四句一韵。宋孝宗隆兴二年,张浚恢复无功,又值金世宗刚刚即位,不准备用兵,所以达成和议。南北讲和后,金世宗注意内治,宋孝宗也重视休养生息。南北三十多年无战事。陆游写这首诗时距和议共十四年,说十五年是约数。诗人对宋孝宗下求和诏书以后不思恢复的局面不满。开头四句写将军长期不战,徒然驻守边境,忘记了抗击敌人的责任。贵族的深宅大院内按节歌舞,沉迷声色之中,忘记了偏安的局面。战马在马房内养得肥死,弓长期不用都断了弦,荒废了战备。中间四句写戍边战士的苦闷心情。在戍楼上听着敲起刁斗的声音,一遍一遍地催着月落。随着时间的推移,人也由壮而老,已是白发苍苍。谁明白笛曲所传达的壮士心志呢?明月徒然照着留在沙场上的征人尸骨。难道人们把这些都忘了吗?最后四句写人民希求恢复的愿望。中原的动乱古时曾有,但是胡族政权岂能长久?中原的人民忍受着痛苦盼望恢复,今夜不知多少地方的人民在落泪。作者在他七十七岁时写的《追感往事》诗里,更尖锐地指出:"诸公可叹善谋身,误国当时岂一秦!"苟安投降的罪责不只是秦桧一人,而是整个统治集团。他大胆地揭露了他们的罪行:"公卿有党排宗泽,帷幄无人用岳飞。"(《夜读范至能揽辔录……》)悲愤地控诉了"诸公尚守和亲策,志士虚捐少壮年"(《感愤》)。锋芒毕露的诗句中流动着诗人沸腾的爱国热情。

但是,由于陆游的报国理想,长期遭到冷酷现实的扼杀,因此他的诗歌在回荡着昂扬斗志的同时,又充满了壮志未酬的愤懑,带有浓厚的苍凉、沉郁色彩;另一方面,由于破敌卫国的宏愿在现实中难于实现,诗人便通过梦境或醉酒的幻化境界来寄托他的报国理想。清赵翼《瓯北诗话》谈到陆游的纪梦诗时说:"核计全集共九十九首,人生安得有如许多,此必有诗无题,遂托之于梦耳。"其实诗人是借助梦境来表达在现实中不可实现的向往。如《九月十六日夜梦驻军河外,遣使诏降诸城,觉而有作》,是诗人于乾道九年在嘉州时写的一首诗。这首诗所写都是梦境中发生的事情,于梦里表现诗人在现实中不可能实现的立功万里的决心。"昼飞羽檄下列城,夜脱貂裘抚降将。""更呼斗酒作长歌,要遣天山健儿唱。"又如《楼上醉书》,诗人写自己醉中如一员猛将,跃马高呼,斩将夺关:"三更抚枕忽大叫,梦中夺得松亭关。"淳熙七年,陆游在抚州(今江西临川)所作《五月十一日夜且半,梦从大驾亲征,尽复汉唐故地,见城邑人物繁丽,云:西凉府也。喜甚,马上作长句,未终篇而觉,乃足成之》:

天宝胡兵陷两京,北庭安西无汉营。五百年间置不问,圣主下诏初亲征。熊罴百万从銮驾,故地不劳传檄下。筑城绝塞进新图,排仗行宫宣大赦。冈峦极目汉山川,文书初用淳熙年。驾前六军错锦绣,秋风鼓角声满天。首蓿峰前尽亭障,平安火在交河上。凉州女儿满高楼,梳头已学京都样。

诗中说,自从唐代天宝之乱以后,直到南宋孝宗淳熙年间,五百年来,北庭安西地区一直没有收复。而他在梦中却看到了偏安的皇帝实现了收复失地的盛事。特别是全国一心,只要大军一出,各地纷纷响应,很快平定了辽远的北方,并通用南宋王朝"淳熙"的年号。各地群众都为太平盛世而欢呼,边境的妇女梳头打扮也学着京都的式样。诗人向往着"尽复汉唐故地",一统天下的太平景象,在现实中无法实现的愿望,只有在梦境里去寻求。嘉定元年(1208)六月,陆游在《异梦》一诗里叙述了自己见到的奇异梦境,他梦到自己身穿铠甲去作战,收复了中原:"山中有异梦,重铠奋雕戈。敷水西通渭,潼关北控河。凄凉鸣赵瑟,慷慨和燕歌。"表达了作者收复失地的迫切愿望和为国奋战的决心。

陆游的爱国热情,渗透在他的全部生活之中,日常生活中的一切事物,无不可以引起诗人的联想,或游圣地,或凭吊古人,或读古书,或看地图,或闻雁声,或赏雨雪,或睡梦,或醉酒,无不使他浮想联翩,感慨万千。正如清赵翼在《瓯北诗话》里所说:"凡一草一木,一鱼一鸟,无不裁剪入诗。"

反映南宋农民生活,描写农村风光的诗,在陆游诗集中也占有相当的位置。如《农家叹》:

> 有山皆种麦,有水皆种粳,牛领疮见骨,叱叱犹夜耕,竭力事本业,所愿乐太平。门前谁剥啄?县吏征租声。一身入县庭,日夜穷笞榜,人孰不惮死?自计无由生。还家欲具说,恐伤父母情。老人倘得食,妻子鸿毛轻。

全诗写出了农民的辛勤劳动,以及县吏们对他们的掠夺。《秋获歌》:"数年斯民厄凶荒,转徙沟壑殣相望。县吏亭长如饿狼,妇女怖死儿童僵。"写出了残暴官吏对人民的剥削压榨。《太息》其三,更为我们如实地描绘了一幅农村的惨景,农民在豪吞暗蚀的迫害下,成批逃亡:

> 北陌东阡有故墟,辛勤见汝昔营居。豪吞暗蚀皆逃去,窥户无人草满庐。

开禧二年（1206）七月，陆游写《书叹》，斥责了官府对人民的掠夺："有司或苛取，兼并亦豪夺。正如横江网，一举孰能脱！"诗人把这种剥削与掠夺比喻为横截江河的大网，使人民无法逃脱厄运，揭示了南宋严重的社会矛盾。陆游在《上殿札子》里曾经指出："今日之患，莫大于民贫，救民之贫，莫先于轻赋！"又说："赋敛之事，宜先富室，征税之事，宜核大商，是之谓至平，是之谓至公。"然而现实与他的意见截然相反。因此诗人以极大的不平，揭露了"公子皂貂方痛饮，农家黄犊正深耕"（《作雪寒甚有赋》）、"富豪役千奴，贫老无寸帛"（《岁暮感怀》）的贫富悬殊的现象。

陆游还是写景咏物的能手，他擅长刻画各种风物，描绘出丰富多样的生活画面，如《游山西村》：

> 莫笑农家腊酒浑，丰年留客足鸡豚。山重水复疑无路，柳暗花明又一村。箫鼓追随春社近，衣冠简朴古风存。从今若许闲乘月，拄杖无时夜叩门。

这首诗生动地描绘了当地农村的淳朴民风、习俗与风光，表现了诗人对农村生活的挚情。又如《牧牛儿》：

> 溪深不须忧，吴牛自能浮。童儿踏牛背，安稳如乘舟。寒雨山坡远，参差烟树晚。闻笛翁出迎，儿归牛入圈。

只是寥寥数笔，就把牧童的形象勾勒出来。

陆游晚年写的《沈园》是为悼念他的妻子唐琬而作：

> 城上斜阳画角哀，沈园非复旧池台。伤心桥下春波绿，曾是惊鸿照影来。
>
> 梦断香销四十年，沈园柳老不吹绵。此身行作稽山土，犹吊遗踪一泫然。

陆游大约二十岁时和唐琬结婚。陆游的母亲不喜欢唐琬，迫使他们离婚。但陆游对唐琬的爱情始终如一，离婚后两人曾在山阴城东禹迹寺南的沈园相遇。几十年后重游沈园,感情仍是那样深沉。

陆游也擅长填词。刘克庄说:"其激昂感慨者,稼轩不能过。"(《后村诗话续集》)晚年的〔诉衷情〕,概括了诗人壮志未酬的悲愤。又如〔鹧鸪天〕一词:

> 家住苍烟落照间,丝毫尘事不相关。斟残玉瀣行穿竹,卷罢《黄庭》卧看山。　　贪啸傲,任衰残,不妨随处一开颜。元知造物心肠别,老却英雄似等闲。

极写放达闲适的生活,却掩饰不了才不得施的悲辛。他的咏梅词〔卜算子〕也为大家所熟悉。

第三节　陆游诗歌的艺术成就

陆游诗歌出自江西诗派,开始学诗私淑吕本中,他在《吕居仁集序》中说:

> 某自童子时,读公诗文,愿学焉。稍长,未能远游,而公捐馆舍。晚见曾文清公,文清谓某:"君之诗渊源殆自吕紫微,恨不一识面。"某于是尤以为恨。

从这里可以看出陆游对这位江西派诗人的倾慕和他当时的诗风。他直接师事曾几,多次谈到从曾几学诗的情况,在《追怀曾文清公呈赵教授》诗中说:"忆在茶山听说诗,亲从夜半得玄机。"但是中年以后,他否定了自己从吕本中、曾几处所学的东西。他自己删定诗稿时,按照中年以后的标准去取,以至我们今天几乎看不到他早期受江西诗派影响所写的诗篇了。当然,模拟的痕迹虽抹去了,但不能完全去掉已完全融化到自身技法中的艺术传承。他诗歌中的炼字炼句、工致的对偶,乃至善于用典,都是这种影响的表现。正如赵翼《瓯北诗话》所说:"无意不搜而不落纤巧,无语不新亦不事涂泽。""才气豪健,议论开辟,引用书卷,皆驱使出之,而非徒以数典为能事。"

陆游还熟读了屈原、陶渊明、王维、岑参、孟浩然、李白、杜甫、白居易、李商隐、林逋、梅尧臣、苏轼等人的作品,宋以前的作家,他最尊崇屈原和杜甫。屈原、杜甫都是忧国忧民的诗人,他们在思想意境与表现手法方面,都给陆游以深刻的影响。杨万里在评陆游诗时说:"重寻子美行程旧,尽拾灵均怨句新。"既说明了陆游所师承的诗歌传统,又指出了陆游的创作特色。宋代诗人中,陆游与梅尧臣无论是生活的时代,还是出身与遭遇,都有许多相似之处。他们都比较关心人民的疾苦,种种社会矛盾在两人的作品中都得到了充分的反映。因此陆游也最推重梅尧臣,并不断地向梅尧臣学习,最终在成就上远远超过了梅尧臣。陆游不是向前人乞求残余,而是把各家熔铸在自己的诗歌创作之中。

陆游的诗风更与他的生活经历直接相关。他在绍熙三年写的《九月一日夜,读诗稿有感,走笔作歌》:

> 我昔学诗未有得,残余未免从人乞。力孱气馁心自知,妄取虚名有惭色。四十从戎驻南郑,酣宴军中夜连日。打毬筑场一千步,阅马列厩三万匹;华灯纵博声满楼,宝钗艳舞光照席;琵琶弦急冰雹乱,羯鼓手匀风雨疾。诗家三昧忽见前,屈贾在眼元历历。天机云锦用在我,剪裁妙处非刀尺。世间才杰固不乏,秋毫未合天地隔。放翁老死何足论?广陵散绝还堪惜。

他认为自己悟到"诗家三昧"是到达南郑后的变化。正是生活实践使他突破了江西派的樊篱,走出了自己的路。他的杰出成就是他所生活的南宋时代赋予他的。他置身于时代的洪流之中,生活在民众中间;他有饱满的爱国热情,渴望杀敌报国,再加上他善于向前代和同时代的诗人学习,他的诗歌终于具有了自己的内容与风格。

陆游的诗歌广泛地反映了他所处时代的社会面貌,真实而又深刻地反映了时代的主要矛盾。从这方面来看,他的诗很接近杜甫的风格,因而获得一代"诗史"的称誉。陆游善于抒写自己对现实的主观感受,很少对客观现实生活做具体的铺叙与细致的描绘。他把复杂丰富的现实内容经过高度概括,凝聚在简练的诗句之中,着重写出自己的感情,抒情味道浓厚。如:"诸公可叹善谋身,误国当时岂一秦?不望夷吾出江左,新亭对泣亦无人?"(《追感往事》)"公卿有党排宗泽,帷幄无人用岳飞。"(《夜读范至能揽辔录……》)"遗民泪尽胡尘里,南望王师又一年。"(《秋夜将晓出篱门迎凉有感》)凝练而又概括的诗句,表现了诗人深沉而又丰富的感情。陆诗中很少有像杜甫"三吏""三别"那样的叙事诗,也没有白居易那样的夹叙夹议的讽刺诗。陆游的诗具有概括性强、抒情性强的特点。

陆游诗理想主义色彩也十分浓厚,尤以七言古诗更为突出。这些诗多侧重于抒写诗人的理想抱负,和为国家献身的豪情壮志、慷慨激昂、乐观自信,表现出诗人执着的追求、热烈的向往。古体诗的形式,平仄束缚少,韵脚自由,也适于表现热烈奔放的激情。如《醉歌》《楼上醉书》《醉中下瞿塘峡》《江楼吹笛饮酒大醉中作》《对酒歌》《神君歌》等等,从构思到表现手法,都带有浓重的浪漫色彩。他在嘉州时写的《醉歌》:

> 我饮江楼上,阑干四面空。手把白玉船,身游水精宫。方我吸酒时,江山入胸中。肺肝生崔嵬,吐出为长虹。欲吐辄复吞,颇畏惊儿童。乾坤大如许,无处著此翁。何当呼青鸾,更驾万里风。

诗人在江天空阔的高楼之上饮酒,醉后神游看到大好河山遭到侵略,顿生无限崔嵬不平的愤慨。最后两句写出诗人热烈的憧憬,他希望能收复失地,乘青鸾驾万里风自由遨游。这首诗想象丰富、气魄宏伟,有气吞山河、神游天外的气势。又如《江楼吹笛饮酒大醉中作》:

> 世言九州外,复有大九州。此言果不虚,仅可容吾愁。许愁亦当有许酒,吾酒酿尽银河流。酌之万斛玻璃舟,酣宴五城十二楼。天为碧罗幕,月作白玉钩,织女织庆云,裁成五色裘。披裘对酒难为客,长揖北辰相献酬。一饮五百年,一醉三千秋,却驾白凤骖班虬,下与麻姑戏玄洲。锦江吹笛余一念,再过剑南应小留。

这首诗是淳熙四年陆游在成都时写的。诗人从古代神话故事中吸取素材,发挥他瑰丽奇幻的想象,抒发了沉积在胸底浓郁的愁闷感情。他永远怀念在蜀中前线的戎马生活,希望能驰骋战场杀敌立功,拯救被侵略的家园。即使自己能如传说中人物一样,化仙而去的时候,仍然有一个念头不能放下,那就是再过剑南时,要稍作停留,不忍立即离去。"锦江吹笛余一念,再过剑南应小留。"诗人对国家、对理想怀有何等深沉炽烈的热情!从这些作品中,我们又看到李白诗风对陆游的深刻影响,难怪在当时有人称他为"小李白"了。

  陆游写诗兼及各种体裁,无论古诗、律诗或是绝句,都有佳作,尤以七律为佳。沈德潜在《说诗晬语》中说:"放翁七言律,对仗工整,使事熨贴,当时无与比埒。"他写诗重锤炼,赵翼《瓯北诗话》说:"或者以其平易近人,疑其少炼,抑知所谓炼者,不在乎奇险诘曲,惊人耳目,而在乎言简意深,一语胜人千百。此真炼也。放翁工夫精到,出语自然整洁,他人数言不了者,只在一二语了之,此其炼在句前,不在句下,观者并不见其炼之迹,乃真炼之至矣。"对诗句的锻炼决定了陆诗的语言特色,即晓畅平易,精练自然,圆转流畅。刘熙载在《艺概》中也说:"放翁体明白如话,然浅中有深,平中有奇,故是令人咀味。"这些评论,都非常贴切地指出了陆游诗歌语言方面的特点。

  陆游是南宋一代杰出的诗人,他的诗歌无论在思想上、艺术上都取得了高度的成就,无论在当代或者对后世,都产生了深远的影响。元明时期,陆游作品广泛流传,许多人向他学习。王世贞在《艺苑卮言》里称:"广大教化主……于南渡后得一人,曰陆务观,为其情事景物之悉备也。"到了清代,许多人为他写诗话,编年谱,选印他的作品,高度赞扬、肯定他的诗歌成就。陆游的爱国诗篇一直教育和鼓舞着后人。

第八章　辛弃疾

第一节　辛弃疾的生平

辛弃疾(1140—1207),字幼安,退居江西时取"人生在勤,当以力田为先"之义,别号稼轩居士,历城(今山东济南)人。少时师事蔡伯坚,与党怀英同学。《宋史·辛弃疾传》称:"始筮仕,决以蓍,怀英遇'坎',因留事金,弃疾得'离',遂决意南归。"绍兴三十一年,金主完颜亮举兵南侵,山东人耿京"怨金人征赋之骚扰,不能聊生",聚众二十多万起义,自号"天平节度使,节制山东、河北忠义军马"。辛弃疾亦集合二千多人,举起抗金旗帜,随后参加耿京军,并在军中掌书记。完颜亮南侵失败后,辛弃疾劝耿京"决策南向",与南宋王朝联系,在军事上配合行动。绍兴三十二年,耿京令贾瑞、辛弃疾等十一人奉表归宋。高宗召见后授辛弃疾承务郎、天平节度使掌书记,委任耿京为天平军节度使。当辛弃疾从南宋北归时,义军中叛逆张安国等已谋杀了耿京,率部分起义军投降了金人。辛弃疾得到这个消息,与王世隆等直趋金营,把正在与金将饮酒的张安国绑缚马上,长驱渡淮,奔向南宋。后仍授前官,改差江阴金判。辛弃疾南归的第二年,张浚北伐失败,南宋朝廷再度倾向于和议。辛弃疾不顾自己位卑职贱,作《美芹十论》,上于宋孝宗。论文前三篇详细分析了北方人民对女真统治者的怨恨,以及女真统治集团内部的尖锐矛盾。后七篇就南宋方面应如何充实国力,积极准备,及时完成恢复大计等,提出一些具体的规划。乾道四年,辛弃疾任建康通判。乾道六年,辛弃疾又作《九议》上书宰相虞允父。《九议》

除包括《美芹十论》里一些重要论点外,更根据刘邦、项羽率吴楚子弟北上灭秦的史实,驳斥存在于士大夫间的"吴楚之脆弱不足以争衡于中原"的谬论。他一面认为"胜败兵家之常事",不能因一次的失败而丧失胜利信心,用以驳斥那些借口符离之败"欲终世而讳兵"的妥协派;一面又认为"欲速则不达",要求国家作长期的准备,而反对那些轻举妄动、"欲明而亟斗"的速战派。辛弃疾的主张,虽未为南宋统治者所采纳,却在有志之士中引起巨大反响。同时,也深刻地体现出辛弃疾对恢复事业的关心,以及对形势的清楚认识。

辛弃疾南归以后,统治集团内部一直是主和派当权。主战的辛弃疾,始终不能施展他的抱负。先后任滁州知州、江西提点刑狱,知隆兴府兼江西安抚使、大理少卿、荆湖北路转运副使,知潭州兼荆湖南路安抚使等职。在任地方官期间,他积极为作战准备力量,排击豪强、淘汰贪吏、训练军队、安定民生。他的抗敌主张、坚强的性格,使他与南宋王朝的当权人物发生矛盾。淳熙八年,辛弃疾因言官弹劾,落职,退居江西上饶。在以后的二十多年中,文武全才的辛弃疾,除短期出任福建路的提点刑狱和安抚使外,一直住在江西上饶。

嘉泰三年(1203),当辛弃疾六十四岁时,金国后方受到蒙古部族的重大威胁,当权的韩侂胄想乘机用兵以提高自己的威望。于是辛弃疾被起用,知绍兴府兼浙东安抚使。次年,改任镇江知府。这时,距辛弃疾南归已四十余年,辛弃疾终于有机会为实现自己的抱负做些实际工作,终于可以把理想付诸现实了。辛弃疾在镇江时,一面派遣人去金国侦察形势,一面积极准备招募沿边士兵训练。然而,就在一切刚刚开始之时,由于与韩侂胄的主张不合,辛弃疾竟又被罢免。开禧二年,以龙图阁待制,召他进都陈奏政见,被任为兵部侍郎。次年,回铅山养病。韩侂胄主持出兵北伐,一败涂地。对于韩侂胄的失败,辛弃疾早有预见,并提出过对策,但均未被韩侂胄接受。但是,在韩侂胄失败以后,辛弃疾却也受到南宋统治集团的攻击,这对辛弃疾无疑是重大的刺激。开禧三年,也就是韩侂胄北伐失败的第二年,辛弃疾空抱一腔报国热诚,与世长辞了。

第二节　辛弃疾词的思想内容

辛弃疾的创作以词为主,《稼轩词》存词六百多首,不但在数量上超越前人及同时的作家,而且在思想内容上也表现出极大的丰富性。生活在宋金对峙时期的辛弃疾,他的词不只是词人的词,而是一名报国志士的心声。他以赤诚之心爱着自己的国家,渴望为她战斗,因此在他的词中,爱国思想与战斗精神成为主要内容。以此为主旋律,辛弃疾的词作或表现对抗敌斗争的颂扬,或表现壮志难酬的愤懑与慨叹,或表现对南宋苟安局面的不满,即使是田园题材,也常常不自觉地流露出对国事的关注,及无法掩饰的孤苦心境。辛词中的抒情主人公具有突出的特色,他表达了我国古代要求报国而受到挫折者的共同感受。

辛弃疾的词,激荡着"整顿乾坤"的豪情壮志。如〔水龙吟〕:

渡江天马南来,几人真是经纶手?长安父老,新亭风景,可怜依旧!夷甫诸人,神州沉陆,几曾回首!算平戎万里,功名本是,真儒事,君知否?　况有文章山斗,对桐荫、满庭清昼。当年堕地,而今试看,风云奔走。绿野风烟,平泉草木,东山歌酒。待他年、整顿乾坤事了,为先生寿。

这是一篇为韩南涧尚书祝寿的词,他在祝寿时仍不忘国事,而且把国事放在了第一位。他以裴度、李德裕、谢安勉励自己的好友,也勉励自己。文笔激扬,读来使人心神为之摇荡。其他如〔破阵子〕《为陈同甫赋壮词以寄之》表现的也是一番豪壮情怀:

醉里挑灯看剑,梦回吹角连营。八百里分麾下炙,五十弦翻塞外声。沙场秋点兵。　马作的卢飞快,弓如霹雳弦惊。了却君王天下事,赢得生前身后名。可怜白发生!

他无法忘记昔日抗金,他渴望这一种生活。尽管在对自己豪迈情怀的尽情抒写后,他不得不以"可怜白发生"来结束全篇,但这却更增加了全篇的悲壮。

这些词作从正面抒写作者自己的心志,深切地表达了作者坚定的抗战决心,强烈的报国热情,顽强的斗争精神,以及豪迈的英雄气概,并以此确立了辛词的基调,恢宏的气势使辛词在豪放词的创作上独树一帜。

辛弃疾虽以满腔的报国热情,率义军从北方来到南方,但他恢复中原统一国家的政治抱负却与偏安的南宋朝廷发生了冲突,"归正人"的身份也使他受到种种歧视。他在政治上屡受打击,政治上孤危的境地和对政局的失望使他产生种种悲愤。忧虑国事与感叹自己的遭遇成为辛词的一个重要内容。如〔水龙吟〕:

楚天千里清秋,水随天去秋无际。遥岑远目,献愁供恨,玉簪螺髻。落日楼头,断鸿声里,江南游子。把吴钩看了,栏干拍遍,无人会,登临意。 休说鲈鱼堪脍,尽西风,季鹰归未?求田问舍,怕应羞见,刘郎才气。可惜流年,忧愁风雨,树犹如此!倩何人、唤取红巾翠袖,揾英雄泪?

这是词人登建康赏心亭时写的作品。建康,就是现在的江苏省南京市,据记载赏心亭是南京下水门城上的亭子,下面是秦淮河。上片写景抒情。起二句"楚天千里清秋,水随天去秋无际"写江天景色。词人登高望远,秋日天空辽阔,大江流向天边,秋色没有边际,"遥岑远目,献愁供恨,玉簪螺髻"。遥望远山,有的像玉簪,有的像妇女头上的发髻,可是它给予人的却是愁和恨。傍晚落日照到楼头,孤雁哀鸣声中,站着我这个江南游子。"把吴钩看了,栏干拍遍,无人会,登临意。"把佩刀看了许久,拍打着栏杆。这两个动作集中表现了作者抑郁苦闷,空有杀敌的志向而无法施展的心情。有谁能理解词人登高临远的心情呢?下片则直接言志。"休说鲈鱼堪脍,尽西风,季鹰归未?"不要说鲈鱼如何美味,尽管西风吹起来,"季鹰"归去没有呢?这里引用了张季鹰思乡的典故:张季鹰名翰,吴地人,在洛阳做官,看到秋风起,便想起家乡的鲈鱼脍、莼菜羹,于是弃官回家。辛弃疾是山东人,当时不可能回到家乡,所以用这个典故,意义并不完全相同。辛弃疾也动了思念家乡的情绪,但中原尚未统一,所以说不要提起家乡的风味。一方面,尽管西风吹来动了思乡情,词人不可能回到故乡。另一方面,皇帝恢复大业尚未完成,大丈夫何以为家?不能只想着自己的家,须以国之大家为重。家乡沦丧,也只有国家统一之日才能归去。所以感触比张季鹰更为复杂。"求田问舍,怕应羞见,刘郎才气。"这里又用了一个典故。三国时,许汜忘怀国事,只想到买房子置地。许汜去看望陈登,陈登让许汜睡下床,自己睡在上床。许汜把这件事告诉刘备,刘备说:"天下大乱,你忘记了国家大事,只想自己买房置地,陈登当然瞧不起你。如果是我,我睡在高楼上,岂止上下床之别呢?"这里刘郎就是指刘备。这三句话的意思是,那种只知道置备经营自己家庭的人,怕是没有面目见像刘备那样关心国家命运的英雄人物。"可惜流年,忧愁风雨,树犹如此!"这里也用了一个典故。东晋桓温北征,经过金城,见到自己过去栽种的柳树,已经长得很粗大了,感慨地说:"木犹如此,人何以堪?"意思是说:"树尚且这样,人怎么不老呢?"辛弃疾在这里也是慨叹时光流逝,经历无限忧愁风雨后,自己的志向不能实现,但时不待我。这是辛弃疾最痛心的事。"倩何人、唤取红巾翠袖,揾英雄泪?"请谁,招呼美人为我擦去英雄泪。这里是作者自伤得不到同情和慰藉。辛弃疾在南宋得到了相当的官职,生活条件相当优越。然而辛弃疾所追求的不是个人的求田问舍,他所追求的是恢复中原的统一大业。但当时统治集团中主和派占据上风,所以他始终有一种难以排遣的孤独感以及壮志未伸的悲痛,伴随着忧郁、惆怅,不为人知的失落感。报国无路,知音难觅,多年来所受到的冷遇与闲置,此时终于不可遏止地迸发了。这是一种怎样的悲哀与苦闷。没有人理解,更无处诉说,空有壮志,而无用武之地。下片的"可惜流年,忧愁风雨,树犹如此"更以用典,淋漓地表达了作者对光阴虚掷的感慨。又如〔菩萨蛮〕《书江西造口壁》:

郁孤台下清江水,中间多少行人泪。西北望长安,可怜无数山。 青山遮不住,毕竟东流去,江晚正愁余,山深闻鹧鸪。

全词在对景物的描写和对历史的回顾中,抒发了作者对北方山河的深切忆念,表达了作者壮志难酬的痛苦心情。造口,即皂口。宋朝南渡时金军分两路南下。一路经南京,直指临安;一路进军江西。江西一路追隆祐太后至造口以后才退兵。词人至造口不能不回想到这段历史,不能不想到宋金对峙的现实。开篇二句"郁孤台下清江水,中间多少行人泪",词人面对赣江的江水,不能不想其中有多少行人的泪水。其中既包含宋室南迁时经行此处的人们的悲辛,也包括了无数登临者的哀痛。"西北望长安,可怜无数山。"长安,指京城。远望故都,无奈无数山峦挡住了视线。下片"青山遮不住,毕竟东流去",青山能遮住人的视线,但青山遮阻不住江水,它毕竟向前流去。作者心随江水前进,心志同样不可阻挡,写景同时抒发了作者的情感。"江晚正愁余,山深闻鹧鸪。"江畔傍晚,暮色正使人愁,深山里传来鹧鸪的叫声。据说鹧鸪的叫声是"行不得也哥哥",更感到世事艰难。

怀古之作是辛弃疾的一大成就,作者往往借登临怀古来抒发自己的苦闷、忧愤。他有感于古代的事件、人物,以古写今,抒写自己的愤懑与不平。如〔八声甘州〕:

故将军饮罢夜归来,长亭解雕鞍。恨灞陵醉尉,匆匆未识,桃李无言。射虎山横一骑,裂石响惊弦。落魄封侯事,岁晚田园。 谁向桑麻杜曲,要短衣匹马,移住南山。看风流慷慨,谈笑过残年。汉开边、功名万里,甚当时、健者也曾闲。纱窗外、斜风细雨,一阵轻寒。

西汉武帝时,锐意开边,本应是豪杰之士施展抱负,建立功名的时代。但李广这样的名将却也郁郁不得志,这不能不使辛弃疾感到困惑,对自己实现抱负的可能也更加不确定了。又如〔永遇乐〕:

千古江山,英雄无觅、孙仲谋处。舞榭歌台,风流总被、雨打风吹去。斜阳草树,寻常巷陌,人道寄奴曾住。想当年,金戈铁马,气吞万里如虎。　　元嘉草草,封狼居胥,赢得仓皇北顾。四十三年,望中犹记、烽火扬州路。可堪回首、佛狸祠下,一片神鸦社鼓。凭谁问、廉颇老矣,尚能饭否?

这首词曾被杨慎评为辛词第一,全篇在怀古中陶写自己的情怀,以古人写自己的忧愤,表达自己对战斗与英雄的渴望。辛弃疾六十五岁时,任镇江知府,第二年,因与韩侂胄意见不合,被调离镇江。这首词是他六十六岁时写的。这首词的题目是"京口北固亭怀古"。京口,即镇江。北固亭在镇江城北岸,北固山上,下临长江。词上片开头二句"千古江山,英雄无觅、孙仲谋处",意思是江山千古依旧,但是却无处寻觅当年的英雄孙仲谋了。孙仲谋,即三国时吴国的孙权,曾在京口建都,并曾在这里抗击北方的曹操。"舞榭歌台,风流总被、雨打风吹去"二句,"舞榭歌台",指繁华景象;"风流",指英雄事业的风流余韵。一代繁华景象,英雄的文采风流,经历了历史的风风雨雨,随着时光一起流逝了。"斜阳草树,寻常巷陌,人道寄奴曾住。"夕阳里,草树掩映的普通小巷,人们说刘裕曾经居住过。"寄奴"是南朝宋武帝刘裕的小名。刘裕曾经率兵北伐,消灭南燕及后秦,是南朝宋朝的开国皇帝。所以接下去三句是:"想当年,金戈铁马,气吞万里如虎。"意思是想当年,他统率军队,气势不可阻挡,吞纳万里如同猛虎。作者在上片歌颂了三国时吴国的孙权和南朝时宋朝的刘裕,通过追怀往事,思念历史上南北对立时期有作为的人物来抒写自己抗敌的心情。下片又提到了刘裕的儿子刘义隆:"元嘉草草,封狼居胥,赢得仓皇北顾。""元嘉"是宋文帝刘义隆的年号。"草草",即轻率的意思,"封狼居胥",即西汉汉武帝时大将军霍去病北伐匈奴取胜,登上狼居胥山,在那里筑坛祭天刻石记功的故事。据记载,宋文帝刘义隆时,王玄谟多次向刘义隆讲北伐的事情,刘义隆就有了"封狼居胥"的想法。刘义隆用王玄谟北伐后魏失败,后魏军队追到长江边,刘义隆登烽火楼北望,张皇失色,并写下"北顾泪交流"的诗句。这三句的意思是:元嘉时文帝轻率用兵,想要封狼居胥,结果落得失败下场。从词人举出刘义隆的事迹,可以看出辛弃疾主张用兵,但又反对草率用兵。接下去作者直接宣泄自己的抑郁之情:"四十三年,望中犹记、烽火扬州路。"辛弃疾绍兴三十二年到南宋,到这时,正好是四十三年。扬州路,宋时的行政区划。宋金对峙时,这里曾发生多次战争,也是南北来往的重要通道,这三句的意思是:已经四十三年了,现在登楼北望,仍然清楚地记得扬州一路烽火弥漫的情景。"可堪回首、佛狸祠下,一片神鸦社鼓。""佛狸",北魏太武帝拓跋焘的小名。宋文帝刘义隆元嘉北伐失败时,北魏太武帝拓跋焘率兵追到瓜步,在瓜步山上建行宫,后来成了魏太武庙,即佛狸祠。"神鸦",指吃祭品的乌鸦。"社鼓",指社日迎神祭祀的鼓声。这两句的意思是,还能够回首吗? 竟在佛狸祠下迎神祭祀,神鸦的叫声和祭祀的鼓乐声响成一片。乡民已经认不清佛狸是谁? 把南侵的敌人当成了神灵。国家在北伐统一问题上如何决策使人忧虑,乡民在佛狸祠祭神的鼓乐更使辛弃疾感到心惊。辛弃疾认为南宋的决策人物,没有认清形势,没有正确的决策,一般乡民又无知无识,这更使他感到危机的严重和自己的使命。他要求能报国杀敌,"凭谁问、廉颇老矣,尚能饭否?"这里用了一个典故。廉颇晚年不得志,在魏国居住。赵王想再起用他,就派使臣去看望他。廉颇在使臣面前,吃了一斗米,十斤肉,并且披甲上马,表示自己还能征战。但使臣接受了贿赂,对赵王说:"廉颇将军虽老,还能吃饭;但是和我坐了一会,上了三次厕所。"赵王以为廉颇已经老了,就没有召用。这里词人自叹不如廉颇,廉颇老了,还有人探问,自己现在有谁来探问呢? 以廉颇的典故,写出自己暮年无人知赏,壮志难酬的悲剧结局。悲歌慷慨,满纸英雄恨。

在南宋,辛弃疾曾被统治者长期弃置不用,赋闲居家。这一时期,他写作了大量表现田园退居生活的作品。然而,辛弃疾虽然闲居农村,虽然写下一些与世相忘的作品,但他内心深处却是不平静的,他不能忘怀国事,不能压抑内心的激动,"夜半狂歌悲风起,听铮铮、阵马檐间铁。南共北,正分裂"(〔贺新郎〕《用前韵送杜叔高》)。在他表现田园

生活的作品中,自觉或不自觉地流露着对国事的关注,传达出壮志难酬的悲愤,孤独寂寞的凄苦。如〔清平乐〕《独宿博山王氏庵》:

  绕床饥鼠,蝙蝠翻灯舞。屋上松风吹急雨,破纸窗间自语。
  平生塞北江南,归来华发苍颜。布被秋宵梦觉,眼前万里江山。

如〔鹊桥仙〕《己酉山行书所见》:

  松岗避暑,茆檐避雨,闲去闲来几度。醉扶怪石看飞泉,又却是、前回醒处。 东家娶妇,西家归女,灯火门前笑语。酿成千顷稻花香,夜夜费、一天风露。

他不能忘情世事,"布被秋宵梦觉,眼前万里江山";他深切地感受着被弃置后的孤苦,"绕床饥鼠,蝙蝠翻灯舞。屋上松风吹急雨,破纸窗间自语"。长期的闲居生活,精神上的折磨,使辛弃疾感慨万端,他努力劝说自己要满足"若要足时今足矣,以为未足何时足?"(〔满江红〕《山居即事》)但他又怎能满足?他无法抹去心上的阴影,时时发出英雄失路,老大无成的喟叹:"追往事,叹今吾,春风不染白髭须。却将万字平戎策,换得东家种树书。"(〔鹧鸪天〕)

辛弃疾是太想有所作为了,所以他对迟暮,对体力的衰弱非常敏感,并反映到词作中:"不知筋力衰多少,但觉新来懒上楼。"(〔鹧鸪天〕《鹅湖寺道中》)"少日春怀似酒浓,插花走马醉千钟。老去逢春如病酒,唯有:茶瓯香篆小帘栊。"(〔定风波〕《暮春漫兴》)衰病使他更加真切地感受到时光虚掷,功业无成的痛苦。然而,尽管辛弃疾因为坚持抗金的立场,屡受打击,尽管闲居的孤独使他感到寂寞,但他并不准备改变自己的立场,仍坚持自己的理想、自己的操守:"翁比渠侬人谁好,是我常、与我周旋久,宁作我,一杯酒。"(〔贺新郎〕)

辛弃疾表现田园生活题材的词作,既寄寓了作者壮志难酬的复杂感情,也有许多歌咏农村自然风光和农村习俗的恬淡之作。如〔西江月〕《夜行黄沙道中》:

明月别枝惊鹊,清风半夜鸣蝉。稻花香里说丰年,听取蛙声一片。　七八个星天外,两三点雨山前。旧时茅店社林边,路转溪桥忽见。

这首词是辛弃疾表现农村题材的代表作,他以轻快的笔调向我们展示了农村夏夜的景色,以飞鹊、蝉鸣、蛙声写出夏夜的宁静,又以星与雨的同时出现,写出夏夜多变的天气。全词风格清新,处处使人感到夏夜的宜人,与夏夜的喜悦。在〔丑奴儿近〕《效李易安体》中,辛弃疾更以浅显流利的语言,写出一种闲情,画出一段明静的山光水色:

　　千峰云起,骤雨一霎儿价。更远树斜阳风景,怎生图画!青旗卖酒,山那畔别有人家。只消山水光中,无事过这一夏。　午醉醒时,松窗竹户,万千潇洒。野鸟飞来,又是一般闲暇,却怪白鸥,觑着人欲下未下。旧盟都在,新来莫是,别有说话?

他的〔鹧鸪天〕《陌上柔桑破嫩芽》一词,则通过初春农村的欣欣向荣、赏心悦目,表达出作者对农村生活的留恋。辛弃疾描写村居生活的作品,有许多极富情致,更表现出作者对生活的热爱。如〔清平乐〕:

　　连云松竹,万事从今足。拄杖东家分社肉,白酒床头初熟。　西风梨枣山园,儿童偷把长竿。莫遣旁人惊去,老夫静处闲看。

　　茅檐低小,溪上青青草。醉里吴音相媚好,白发谁家翁媪?　大儿锄豆溪东,中儿正织鸡笼。最喜小儿无赖,溪头卧剥莲蓬。

这便是辛弃疾眼中、笔下的乡村生活,散诞而和乐,充满生机。

辛弃疾的创作中同样继承了词的传统内容,抒写相思离别及悲秋之情,且有不少脍炙人口的佳作。如〔祝英台近〕(宝钗分)、〔鹧鸪天〕(困不成眠奈夜何)、〔临江仙〕(金谷无烟宫树绿)等等,写情诉怨,缠绵婉转,代表了辛词的另一种风貌。如〔临江仙〕:

金谷无烟宫树绿,嫩寒生怕春风。博山微透暖薰笼。小楼春色里,幽梦雨声中。　　别浦鲤鱼何日到,锦书封恨重重。海棠花下去年逢。也应随分瘦,忍泪觅残红。

全词在回忆与现实的交织中,写出一段刻骨的相思,感情缠绵深挚,清人陈廷焯曾称叹此词"婉雅芊丽,稼轩亦能为此种笔路,真令人心折"(《白雨斋词话》)。〔祝英台近〕(宝钗分)是辛弃疾情词中的力作,全词感情深切,余韵悠然,尤其是结语三句,更是婉转细腻,道出无尽的幽怨。沈谦曾就此词赞叹辛弃疾的才华,认为"稼轩词以激扬奋厉为工,至'宝钗分,桃叶渡'一曲,昵狎温柔,魂消意尽,才人伎俩,真不可测"(《填词杂记》)。

辛弃疾一方面写别情,写相思,一方面又在其中寄托自己的心境,表现个人的思想怀抱。"众里寻他千百度。蓦然回首,那人却在、灯火阑珊处。"〔青玉案〕《元夕》词中所写的那人,实际上也是作者的化身,是作者出污泥而不染的精神品格的写照。其他一些送别词,如〔贺新郎〕《别茂嘉十二弟》、〔满江红〕《送信守郑舜举被召》、〔鹧鸪天〕《送人》等,就更明显地具有借题发挥的意味,远非一般的离情别绪可比了。

第三节　辛弃疾词的艺术特色

辛弃疾用词这种形式来抒发自己渴望战斗的热情,壮志蹉跎的悲愤。他继承苏轼开创的豪放词风,并加以发展。他不仅打破诗与词的界限,而且打破了诗与散文的界限。他创造性地融会了诗歌、散文、辞赋等多种文学形式,丰富了词的表现手法与语言技巧,从而形成辛词独特的风格。

辛弃疾以"英雄之才、忠义之心、刚大之气"写词,充满英雄主义色彩。英雄的胸襟使辛弃疾词作的境界不同凡响。宏阔的意境是辛弃疾在艺术上的独特成就。他的词作与远大的政治抱负相联系,常出现阔

大的场景,气势飞动。如〔太常引〕《建康中秋夜为吕叔潜赋》:

> 一轮秋影转金波,飞镜又重磨。把酒问姮娥:被白发、欺人奈何! 乘风好去,长空万里,直下看山河。斫去桂婆娑,人道是、清光更多。

以俯瞰宇宙的气势起笔,以超迈的气概作法,读后使人难忘作者与宇宙同在的浩气。辛弃疾参加过抗金斗争,又渴望能打退金兵收复中原。因此,在他的作品中,草木丘壑,无不打上作者思想的烙印;在他的笔下,万物无不体现着同一的追求。如〔沁园春〕:

> 叠嶂西驰,万马回旋,众山欲东。正惊湍直下,跳珠倒溅;小桥横截,缺月初弓。老合投闲,天教多事,检校长身十万松。吾庐小,在龙蛇影外,风雨声中。 争先见面重重,看爽气、朝来三数峰。似谢家子弟,衣冠磊落;相如庭户,车骑雍容。我觉其间,雄深雅健,如对文章太史公。新堤路,问偃湖何日,烟水濛濛。

在辛弃疾的眼中,自然景色也带着战斗的氛围,山势如万马回旋,茂密的松林如雄兵十万,想象生动,夸张极富个性。

比兴手法的运用是辛词的又一特点。辛弃疾在政治上的孤危地位,南宋朝廷的苟安政策,使他不能不采取比兴手法,曲折地表现自己百折不回的战斗精神。他继承《离骚》香草美人的传统,以及婉约派词人的影响,或托儿女之情以写君臣之事,如〔摸鱼儿〕(更能消几番风雨);或以花为喻,表达自己内心的忧虑,如〔蝶恋花〕:

> 谁向椒盘簪彩胜?整整韶华,争上春风鬓。往日不堪重记省,为花长把新春恨。 春未来时先借问,晚恨开迟,早又飘零近。今岁花期消息定,只愁风雨无凭准。

他对新的一年有良好的祝愿,却又担心会出现意外的波折。在〔鹧鸪天〕(陌上柔桑破嫩芽)一词中,辛弃疾更以桃李与荠菜花对举,在桃李的飘零与荠菜花的怒放对比中抒发作者的情怀,对农村生活的热爱以及对南宋统治集团的厌恶。

辛弃疾写词大量运用典故,曾被前人称为"掉书袋"。但辛词的用典并非全是滥用书本材料以炫耀自己的渊博,相反,有不少词用典恰切,以古喻今,加强了全词的表达。如〔鹧鸪天〕:

枕簟溪堂冷欲秋,断云依水晚来收。红莲相倚浑如醉,白鸟无言定自愁。　书咄咄,且休休,一丘一壑也风流。不知筋力衰多少,但觉新来懒上楼。

其中"书咄咄,且休休,一丘一壑也风流"三句用典,却不着痕迹,与整首词完全融为一体。

辛词取径甚广。词为艳科的说法,对辛词来说已过为狭小。辛词所反映的内容更加阔大,既写战斗场面,英雄无用武之地的感慨,又写怀古之思、田园风光、相思离别,真可谓包罗万象,无事无意不可入词。辛弃疾作词不仅用古近体诗的句法,而且吸收散文、骈文、民间口语及经书之句入词。他可以用药名写词,如〔定风波〕(仄月高寒水石乡);用《庄子》的章句入词,如〔哨遍〕《秋水观》。更有〔踏莎行〕一词全用五经四书上的成句写成,全词是这样的:

进退存亡,行藏用舍。小人请学樊须稼。衡门之下可栖迟,日之夕矣牛羊下。　去卫灵公,遭桓司马。东西南北之人也。长沮桀溺耦而耕,丘何为是栖栖者。

全词引用了《易》《诗》《论语》《孟子》《礼记》等书的语句,但写来从容不迫,挥洒自如,毫无捏合之感。可见作者对词这一体裁及其文学的运用,掌握得已很纯熟。他效法楚辞,用《天问》体写〔木兰花慢〕(可怜今昔月);又以"些"作语尾收声,"些"是巫术中专门用语,他也把它入词,写成〔水龙吟〕(听兮清,琼瑶些),独创一格;他效李易安体作《丑奴儿近》……他向一切探寻,无适不可,却又绝不丧失自己的风格。

辛弃疾虽然与苏轼并称"苏辛",同为豪放词派的代表,但两人的词风仍有很大不同。辛弃疾一方面继承苏轼,高唱大江东去,一方面又以词体的当行本色出之,加以改造,豪放而谐音律。他立足"本色",加以创新,寓"雄心高调"于传统词风的"温婉"之中,"稼轩敛雄心,抗高调,变温婉,成悲凉"(《宋四家词选目录序论》),从而独成悲凉之调,表现为一种悲壮苍凉、沉郁顿挫之美。他的作品真正做到了纵而能收,婉曲盘旋。如〔水龙吟〕:

> 举头西北浮云,倚天万里须长剑。人言此地,夜深长见,斗牛光焰。我觉山高,潭空水冷,月明星淡。待燃犀下看,凭栏却怕,风雷怒,鱼龙惨。　峡东沧江对起,过危楼,欲飞还敛。元龙老矣,不妨高卧,冰壶凉簟。千古兴亡,百年悲笑,一时登览。问何人又卸,片帆沙岸,系斜阳缆。

全词奇幻苍莽,曲折抒怀,道出作者渴望报国,又伤于谗讥的复杂心情。《庄子》的《说剑》篇,说有一把长剑,可以"上决浮云,下决地纪",辛弃疾正是要用此长剑来澄清寰宇。但剑没有在手。剑潭的水欲飞,却被峡谷阻挡。有着壮志豪情的人,只能高卧。

辛弃疾的词风,以苍凉、雄奇、沉郁为主调,但并不拘于一格,而是表现出多样性与丰富性,有的慷慨激昂,有的含蓄婉转,有的清新明媚。正如刘克庄所说:"公所作大声镗鞳,小声铿鍧,横绝六合,扫空万古,自有苍生所未见。其稼纤绵密者,亦不在小晏、秦郎之下。"(《后村大全集》卷九十八)辛弃疾以豪杰之士而作词,以淋漓的笔墨挥写英雄的怀抱,形成豪雄悲郁的词风。但作为一名大家,辛弃疾又不主故常,时或在悲凉的主旋律中,奏出婉丽、清新之调。他以刚柔相济、创新与传统的结合,确立了自己在词坛的地位,他的词作亦因此而传唱不衰。

第四节　辛派词人

以辛弃疾为首的豪放词派与姜白石的格律词派,成为南宋词的两大流派。重要的辛派词人不下数十人,和辛弃疾同时的有陈亮、刘过等,稍后有刘克庄等。他们的词慷慨激昂,把词推向抚时感事、散文化、议论化的道路。虽在音律精切、辞藻秀丽方面不及姜白石、吴文英,但有着高昂的气势。

陈亮(1143—1194),字同甫,婺州永康(今属浙江)人,有《龙川词》。为人才气超迈,喜谈兵。孝宗时曾多次上书,皇帝打算任命他做官,他说:"吾欲为社稷开数百年之基,宁用以博一官乎!"渡江回到家乡。因酒后大言犯上,下狱。孝宗说:"秀才醉后妄言,何罪之有!"得免。后又因家僮杀人入狱,被辛弃疾等营救,又得免。光宗时策进士,皇帝擢为第一,授建康府判官厅公事,未至官而卒。陈亮以政论著名,与辛弃疾互相器重。曾往上饶访辛弃疾,别后寄词唱和。他的〔贺新郎〕词中说:"二十五弦多少恨,算世间那有平分月?胡妇弄,汉宫瑟。"对南北分裂的局面,表示极大的激愤。又有一首〔水调歌头〕:

不见南师久,漫说北群空。当场只手,毕竟还我万夫雄。自笑堂堂汉使,得似洋洋河水,依旧只流东。且复穹庐拜,会向藁街逢。

尧之都、舜之壤、禹之封,于中应有,一个半个仗孤忠。万里干戈如许,千古英灵安在,磅礴几时通!天运何须问,赫日自当中。

这是送章德茂使金时写的,词中怒斥朝廷主和派,对恢复大计满怀信心,豪气逼人。陈亮作词也采取做文章的方法,往往以词纵论国事,艺术上不及辛词丰富多彩。

刘过(1154—1206),字改之,号龙洲道人,吉州太和(今属江西)人,著有《龙洲词》。他也曾上书主张北伐。曾写了两首〔六州歌头〕悼岳飞。他流落江湖,辛弃疾召他做幕僚,他以一首〔沁园春〕作答:

斗酒彘肩,风雨渡江,岂不快哉!被香山居士,约林和靖,与东坡老,驾勒吾回。坡谓:"西湖,正如西子,浓抹淡妆临照台。"二公者,皆掉头不顾,只管衔杯。　白云:"天竺去来,图画里、峥嵘楼阁开。爱东西二涧,纵横水绕,两峰南北,高下云堆。"逋曰:"不然,暗香浮动,不若孤山先访梅。"须晴去,访稼轩未晚,且此徘徊。

词中用散文笔调集白居易、林逋、苏轼三人的诗句,造成对话格局,狂逸清俊,表现了作者高旷的胸怀。他作词学辛弃疾,有时得其豪壮,却未得其婉转沉郁。

刘克庄(1187—1269),字潜夫,号后村居士,莆田(今属福建)人。宁宗嘉定二年补将仕郎,开始出仕。因咏《落梅诗》得罪,闲废多年。后通判潮州,改吉州。宋理宗淳祐中特赐同进士出身,任史事,官至工部尚书,升兼侍读。有《后村大全集》一九六卷,诗有《后村诗集》,词有《后村别调》。他在诗词里表达了对人民疾苦和国家危机的关怀。方孚若多次使金,以口舌折强敌。在以悼念方孚若为内容的〔沁园春〕中说:

何处相逢?登宝钗楼,访铜雀台。唤厨人斫就,东溟鲸鲙;圉人呈罢,西极龙媒。天下英雄,使君与操,余子谁堪共酒杯?车千乘,载燕南赵北,剑客奇才。　饮酣画鼓如雷,谁信被晨鸡轻唤回。叹年光过尽,功名未立;书生老去,机会方来。使李将军,遇高皇帝,万户侯何足道哉!披衣起,但凄凉感旧,慷慨生哀。

又有送陈子华出知真州时写的〔贺新郎〕:

北望神州路,试平章、这场公事,怎生分付?记得太行山百万,曾入宗爷驾驭。今把作握蛇骑虎。君去京东豪杰喜,想投戈下拜真吾父。谈笑里,定齐鲁。　两河萧瑟惟狐兔,问当年,祖生去后,有人来否?多少新亭挥泪客,谁梦中原块土。算事业须由人做。应笑书生心胆怯,向车中、闭置如新妇。空目送,塞鸿去。

作者希望陈子华到临近金地的真州后,能招抚抗金豪杰,收复失地。从这些词中,可以看到他深受辛弃疾的影响。他学到辛词的奔放疏直,终不似辛词精深沉着。刘克庄曾受辛弃疾孙子的嘱托,撰《辛稼轩集序》。

第九章　南宋后期的文学

第一节　姜夔和其他词人

姜夔(1155？—1220？),字尧章,号白石,鄱阳(今属江西)人,他终身不仕,曾在张鉴、范成大门下做客。姜夔诗、词、音乐、书法俱精。他的诗早年学黄庭坚、陈师道,后来又学晚唐陆龟蒙。他的《除夜自石湖归苕溪》,就自称是"三生定是陆天随"。所写的诗"清妙秀远",有《白石道人诗集》。他精通音律,能自度曲,〔扬州慢〕〔秋宵吟〕等十七首自度曲都旁注音谱,是现存仅见的完整宋人词曲谱。姜夔词集名《白石道人歌曲》。他的词格律严密,词风清峻峭拔。张炎《词源》说:"(白石词)不惟清空,又且骚雅,读之使人神观飞越。""清空""骚雅",代表了南宋雅词的风格。所谓"清空",就是表面看似平淡,实则意蕴无穷,富有深远的意趣。"骚雅"即有格调。

他的词多是纪游和咏物之作,他的名篇是〔扬州慢〕:

> 淮左名都,竹西佳处,解鞍少驻初程。过春风十里,尽荠麦青青。自胡马、窥江去后,废池乔木,犹厌言兵。渐黄昏,清角吹寒,都在空城。　杜郎俊赏,算而今、重到须惊,纵豆蔻词工。青楼梦好,难赋深情。二十四桥仍在,波心荡、冷月无声。念桥边红药,年年知为谁生。

这首词的前面有一段小序,对理解词的内容很有帮助。这段小序是:

> 淳熙丙申至日,予过维扬。夜雪初霁,荠麦弥望。入其城则四

顾萧条,寒水自碧。暮色渐起,戍角悲吟。予怀怆然,感慨今昔,因自度此曲,千岩老人以为有《黍离》之悲也。

扬州于宋高宗在位期间,曾两次遭到金兵的破坏,一次是在建炎三年,一次是在绍兴三十一年。这首词是作者在扬州第二次被劫后的十六年,路过扬州时写的。这首词上片写景,着重写经历战乱后扬州的萧条、空阔、冷清、荒芜的面貌;下片写情,作者用杜牧重新来到扬州的假想,追怀丧乱,感慨今昔,感情怆楚。陈廷焯在《白雨斋词话》中说"写兵燹后情景逼真","'犹厌言兵'四字,包括无限伤乱语,他人累千百言,亦无此韵味"。虽通篇只写眼前实景,但言外却包含着无穷哀感,这便是姜词"清空"的特征。

宋淳熙十四年,作者经吴淞时写的〔点绛唇〕也是吊古伤今的作品。词中"数峰清苦,商略黄昏雨""今何许,凭阑怀古,残柳参差舞",都透过景物,传达了自己空虚凄凉的心情,韵味深长。

姜夔的咏梅词〔暗香〕〔疏影〕一向被认为是他的代表作。张炎《词源》说:"词之赋梅,惟白石〔暗香〕〔疏影〕二曲,前无古人,后无来者,自立新意,真为绝唱。"〔暗香〕:

旧时月色,算几番照我,梅边吹笛。唤起玉人,不管清寒与攀摘。何逊而今渐老,都忘却、春风词笔。但怪得、竹外疏花,香冷入瑶席。 江国,正寂寂。叹寄与路遥,夜雪初积。翠尊易泣,红萼无言耿相忆。长记曾携手处,千树压、西湖寒碧。又片片、吹尽也,几时见得?

〔疏影〕:

苔枝缀玉,有翠禽小小,枝上同宿。客里相逢,篱角黄昏,无言自倚修竹。昭君不惯胡沙远,但暗忆、江南江北。想佩环、月夜归来,化作此花幽独。 犹记深宫旧事,那人正睡里,飞近蛾绿。莫似春风,不管盈盈,早与安排金屋。还教一片随波去,又却怨、玉龙哀曲。等恁时、重觅幽香,已入小窗横幅。

他在自己写的小序中说："辛亥(1191)之冬,予载雪诣石湖。止既月,授简索句,且征新声。作此两曲。石湖把玩不已,使工妓隶习之,音节谐婉,乃名之曰〔暗香〕〔疏影〕。"这是姜白石应范成大之请,所写的两首自度曲。前者咏梅香,后者写梅影,从而写出梅魂、梅恨,寄托了词人理想品格,表现了词人经历了坎坷世路,努力逃避现实,在风花雪月的天地里孤芳自赏的情调。

史达祖,字邦卿,号梅溪,汴(今河南开封)人,著有《梅溪词》,居杭州。韩侂胄当权时,他在其门下掌机宜文字,韩败,受黥刑。他写词善于咏物,辞藻工丽。他的咏燕词〔双双燕〕中"红楼归晚,看足柳昏花暝"二句和咏春雨的〔绮罗香〕中"临断岸,新绿生时,是落红、带愁流处",受到姜白石的欣赏。

吴文英(1207?—1269?),本姓翁,出为吴氏后嗣,字君特,号梦窗,晚年又号觉斋,四明(今浙江宁波)人。绍定五年(1232)起,在苏州仓幕供职。淳熙九年后,又在越州做浙东安抚使吴潜和嗣荣王赵与芮的幕僚。他创作的盛期大约在淳祐(1241—1252)年间。今传《梦窗词》甲乙丙丁四稿。据沈义父《乐府指迷》记载,吴文英讲作词之法有四条:"音律欲其协""下字欲其雅""用字不可太露""发意不可太高"。吴文英的词作讲究音律,能自度曲,词风纷丽典雅,雕琢堆砌。《四库全书总目提要》说:"梦窗天分不及周邦彦,而研练之功过之。词家有吴文英,如诗家之有李商隐。"

他约有三百五十首词,在南宋词作家中,除辛弃疾外,以他的作品最多。他的〔八声甘州〕是代表作:

渺空烟四远,是何年、青天坠长星。幻苍厓云树,名娃金屋,残霸宫城。箭径酸风射眼,腻水染花腥。时靸双鸳响,廊叶秋声。

宫里吴王沉醉,倩五湖倦客,独钓醒醒。向苍波无语,华发奈山青。水涵空、阑干高处,送乱鸦、斜日落渔汀。连呼酒,上琴台去,秋与云平。

这首词是词人在苏州登灵岩山怀古之作。灵岩山,也叫砚石山。上有西施住过的馆娃宫和琴台、响屧廊。上阕写他想象的幻境,下阕写他的感慨。作品中随词人感情意识的流动,打破古今的界限,造成幻境,颇有特色。

第二节　四灵派和江湖派诗人

四灵派是指四位温州诗人,因他们每人的名字中都有个"灵"字而得名。其中,徐玑(1162—1214),字文渊,一字致中,号灵渊,有《二薇亭诗集》;徐照(？—1211),字道晖,一字灵晖,号山民,有《芳兰轩诗集》;翁卷,字续古,一字灵舒,有《苇碧轩诗集》;赵师秀(1170—1219),字紫芝,号灵秀,有《清苑斋诗集》。温州古称永嘉郡,故世称"永嘉四灵"。这些诗人不满于理学家的诗论,也反对江西诗派"资书以为诗",抬出晚唐姚合和贾岛来对抗。他们的诗专工近体,尤其是五律。他们刻意在炼字炼句上下功夫,虽写景琐屑,但有点灵秀的意致。如徐玑的《夏日怀诗友》:

　　流水阶除静,孤眠得自由。月生林欲晓,雨过夜如秋。远忆荷花浦,谁吟杜若洲？良宵恐无梦,有梦即俱游。

翁卷《野望》:

　　一天秋色冷晴湾,无数峰峦远近间。闲上山来看野水,忽于水底见青山。

赵师秀《德安道中》:

　　餐余行数步,稍觉一身和。蚕月人家闭,春山瀑布多。莺啼声出树,花落片随波。前路东林近,惭因捧檄过。

他们的作品多咏物,写萧散野逸之趣,追求一种平淡闲远的情调;有的作品也接触一点社会现实,如徐照《促促词》:

> 促促复促促,东家欢欲歌,西家悲欲哭。丈夫力耕长忍饥,老妇勤织长无衣。东家铺兵不出户,父为节级儿抄簿。一年两度请官衣,每月请米一石五。小儿作军送文字,三旬一轮怨辛苦。

同情民间疾苦,揭露社会不合理现象,也很真切。但是这不代表他们作品的主要面貌。

江湖派以陈起曾刻印的诗集《江湖集》而得名。《江湖集》收录的基本上是在野诗人的作品。由于该集中有一些作品议论朝政,讥刺当权者,激怒了丞相史弥远,因而造成江湖诗祸,书商遭流放,诗集被劈板,不少诗人受牵连。江湖派诗人中较出色的是戴复古、刘克庄。戴复古(1167—1248?),字式之,号石屏,黄岩(今属浙江)人。他一生没做官,足迹遍布福建、浙江、江苏、安徽、湖南、江西等地。自称:"阻风中酒,流落江湖成白首。"(〔减字木兰花〕)著有《石屏新语》《石屏集》《石屏词》。他在《论诗十绝》中推崇陈子昂、杜甫,又自拟贾岛,作品受"四灵"提倡晚唐的影响。戴复古是江湖派的名家,但较一般江湖派作家格调高,诗笔俊爽,清健轻快。他曾从陆游学诗,也有一些伤时忧国的作品,如《闻时事》:

> 昨报西师奏凯还,近闻北顾一时宽。淮西勋业归裴度,江右声名属谢安。夜雨忽晴看月好,春风渐老惜花残。事关气数君知否?麦到秋时天又寒。

诗人指出南宋联合蒙古灭金的胜利是靠不住的,必然使国家遭遇更大的危机。又如《庚子荐饥》六首选一:

> 饿走抛家舍,纵横死路歧。有田不雨粟,无地可埋尸。劫数惨如此,吾曹忍见之?官司行赈恤,不过是文移!

这是记录宋理宗嘉熙四年(1240)大旱后的饥荒。诗歌揭露官府赈灾,不过是一纸空文。

他的写景诗清新自然,颇有情趣,如《江村晚眺》之二:

> 江头落日照平沙,潮退渔船阁岸斜。白鸟一双临水立,见人惊起入芦花。

刘克庄的诗开始效法晚唐姚合、贾岛、许浑等,后又学习陆游。他曾说:"忧时原是诗人职,莫怪吟中感慨多。"他的诗中有不少忧国爱民的作品,如《军中乐》:

> 行营面面设刁斗,帐门深深万人守。将军贵重不据鞍,夜夜发兵防隘口。自言虏畏不敢犯,射麋捕鹿来行酒。更阑酒醒山月落,彩缣百段支女乐。谁知营中血战人,无钱得合金疮药。

诗人早年参加过军队,对士卒的劳苦和边将的享乐生活有所了解,诗中两者形成鲜明对比。这首诗感情沉重,笔锋犀利。

诗人还写有反映征役给人民造成的疾苦的诗篇,如《筑城行》:

> 万夫喧喧不停杵,杵声丁丁惊后土。遍村开田起窑灶,望青斫木作楼橹。天寒日短工役急,白棒呵责如风雨。汉家丞相方忧边,筑城功高除美官。旧时旷野无城处,而今烽火列屯戍。君不见高城矗矗如鱼鳞,城中萧疏空无人!

第三节　文天祥

文天祥(1236—1283),字宋瑞,又字履善,号文山,吉州庐陵(今属江西)人。宋理宗宝祐四年(1256)参加礼部考试中选,集英殿对策,理宗亲擢进士第一名。送他应试的父亲病逝,丁忧守制。开庆元年(1259),文天祥差签书宁海军节度判官厅公事,授承事郎。景定二年(1261),任秘书省正字,兼景献府教授,充殿试考官,进校书郎。四年,除著作佐郎,兼权刑部郎官。以上书指斥内侍董宋臣,出知瑞州,迁江西提刑。宋度宗咸淳元年(1265),被免职返乡。三年,后起用为尚书左郎。四年,举学士院权直,兼国史院编修、实录院检讨,被吕臣奏免,除福建提刑,又被吕臣奏免新命。五年,复被起用为宁国府知府。六年,兼崇欧殿说书、学士院权直、玉牒所检讨。因忤贾似逆意,再次被免职。九年,被任命为湖南提刑,乞返郡侍亲,差知赣州。宋恭帝德祐元年,元兵渡江,奉诏起兵勤王。二年正月十九日,除右丞相兼枢密使,二十日,以端明殿学士身份赴元营与伯颜谈判。二十一日,太皇太后谢氏派遣宰相吴坚、贾余庆以国降。二月五日宋祈请使奉降表赴大都,文天祥不在祈请使之列,却被胁迫北行。脱险逃走,经京口、真州、扬州、温州,至福州。时陈王中、张世杰拥立赵昰,为端宗,年号景炎。元年(1276),文天祥仍拜右丞相、枢密使。兵败,端宗死,赵昺嗣帝位于碙州,年号祥兴。元年(1278)八月,授文天祥少保,信国公。十二月,文天祥在海丰被元兵所俘。囚于大都三年,始终不屈,从容就义。著有《文山先生全集》。

文天祥以忠义要求自己,决心殉国。他狱中给继子文陞的家书中说:"庙社沦亡,吾以备位将相,义不得不徇国,汝生父与汝叔姑全身以全宗祀。惟宗惟孝,各行其志矣。"他以"殷有三仁",敕其弟文璧还归尽情伦纪,弟文堂隐居读书。要求儿子文陞"诗书继业"。文天祥不是愚忠,在与元博罗丞相论辩时,问他"弃嗣君而立二子,果忠臣乎?"文天祥说:"德祐不幸失国,当此之时,社稷为重,君为轻,所以为宗庙社稷臣,故为忠臣。"文天祥的仕途几起几落,为权臣排挤,与元军作战,内部也多纷争。皇室已呈降表,他仍以自己的地位职责,以义殉国,成为民族英雄。

他的重要作品都收在《指南录》《指南后录》和《吟啸集》中。他在《扬子江》诗中曾说:"臣心一片磁针石,不指南方誓不休。"这说明他以《指南录》命名的本意。他出使元军被拘以后所作的诗,直抒胸臆,慷慨悲壮,感人至深,如《过零丁洋》:

  辛苦遭逢起一经,干戈寥落四周星。山河破碎风飘絮,身世浮沉雨打萍。惶恐滩头说惶恐,零丁洋里叹零丁。人生自古谁无死,留取丹心照汗青。

祥兴元年十二月,文天祥在五坡岭(今广东海丰县北)兵败被俘。祥兴二年,元至元十六年(1279)正月,元军挟持文天祥经过零丁洋,当时元军都统帅张弘范要文天祥写信招降宋朝将领张世杰。文天祥坚决拒绝,并写下了这首诗作为回答。"人生自古谁无死,留取丹心照汗青",已成为后世一些爱国志士的座右铭。

八月,在金陵驿写下《金陵驿》其一:

草合离宫转夕晖,孤云漂泊复何依?山河风景元无异,城郭人民半已非。满地芦花和我老,旧家燕子傍谁心?从今别却江南日,化作啼鹃带血归。

宋高宗建国初曾在金陵留驻,建有行宫,如今已夕阳西下,满地芦花,也是一片萧瑟景象。自己身如狐云,如归燕,无所依傍。只有化作啼鹃带血归。

文天祥早期散文深受理学影响,多为理学家言。他的上书对策,关切民生疾苦,指陈时弊,多愤慨之词。历尽国破时艰,所作更加悲歌慷慨,真切动人。如《指南录后序》是他生命最后的实录,也表现了他不屈的意志,表现了中华民族的浩然正气。

第四节　朱熹、严羽的文学批评

宋代,随着诗文革新运动的发展,其文坛盟主欧阳修、苏轼在文学理论方面,也相应达到很高水平,黄庭坚、吕本中、陈与义、杨万里、戴复古、刘克庄的诗说,在诗法方面,都有独到的见解。自欧阳修《六一诗话》创传之后,这一具有民族特色的论诗形式大量出现。在文学思想上,道学和禅宗思想影响最大。特别是濂洛之学兴起,更有所发展。以道学思想而论文学的,以朱熹为代表;以禅喻诗的,以严羽最为突出。

朱熹(1130—1200),字元晦,一字仲晦,晚号晦翁,徽州婺源(今属江西)人。侨寓建州,宋高宗绍兴十八年进士。历知南康军、秘阁修撰、宝文阁待制。他是南宋著名的理学家。著有《四书集注》《诗集传》《楚辞集注》《韩文考异》等,存诗一千三百多首。

朱熹修正"作文害道"与"文以载道"的说法,提出"文道一贯",他在《与汪尚书》中说:"道外有物,固不足以道;且文而无理,又安足以为文乎?盖道无适而不存者也,故即文以讲道,则文与道两得而以一贯之,否则亦将两失之矣。"他把"正心""诚意"的功夫,看作诗文的先决条件,他说:"察之情性隐微之间,审之言行枢机之始。"(《诗集传》序)这已涉及心性方面的问题了,朱熹在《与杨宋卿书》一文中,还提出了两个重要问题:一是衡量一个诗人,主要是看他所言的志。志之所向者高,则诗格自高,所以德足以求其志,而诗可不学而能。二是词华和声韵格律的讲求,是魏、晋以后的事,而魏、晋以前尽多好诗,因此这方面的工与拙,不能成为评价诗歌的标准和尺度。朱熹曾准备编选诗集,以选陶渊明以前的古诗为主,另外也择其近于古者(见《答巩仲至》),可见他是宗唐以前古诗的。

朱熹以道学家的眼光看待文学创作,以义理为根本,文章为末务,持论不免有过偏之处,但他也认为道需要文来载:"然古亡圣人,欲明是道于天下,而垂之万世,则其精微曲折之际,非托于文字亦不能以自传也。"(《徽州婺县学藏书阁记》)在具体评述作家作品时,也不乏真知灼见,在《楚辞辨证》中,他认为汉代拟《骚》之作,"词气平缓,意不深切"的原因,在于"无所病痛,而强为呻吟";他在《清邃阁论诗》中说:"陶渊明诗,人皆说平淡,据某看,他自豪放,但豪放来的不觉耳。其露本相者,是《咏荆轲》一篇,平淡的人如何说得出这样言语来。"又说:"李太白诗,非无法度,乃从容于法度之中,盖圣于诗者也。"

严羽(1192?—?),字仪卿,一字丹丘,自号沧浪逋客,邵武(今属福建)人。他主要活动于宋宁宗、理宗时代。他一生未参加科举,晚年过的是隐逸生活,为人"粹温中有奇气,好结江湖间名士"。严羽是南宋后期的文学批评家。他的《沧浪诗话》是一部系统的诗论著作。这部诗话共分"诗辨""诗体""诗法""诗评""考证"五部分,其中"诗辨"

最为重要。

"诗法"和一般诗话中的体裁相同。"诗辨"和"诗体"探究了诗歌原理,叙述了历代诗派和各种诗体。在"诗辨"中,他说:

> 夫诗有别材,非关书也;诗有别趣,非关理也。而古人未尝不读书,不穷理。所谓不涉理路,不落言筌者,上也。诗者,吟咏情性也。盛唐诗人惟在兴趣,羚羊挂角,无迹可求。故其妙处透彻玲珑,不可凑泊,如空中之音,相中之色,水中之月,镜中之象,言有尽而意无穷。

正由于他认为"诗有别材,非关书也;诗有别趣,非关理也""诗者,吟咏情性也",所以他反对宋代许多诗人"以文字为诗,以才学为诗,以议论为诗",主张"以汉、魏、晋、盛唐为师""以盛唐为法"。他认为:盛唐之诗像禅的第一义,"禅道惟在妙悟,诗道亦在妙悟",盛唐诸公有"透彻之悟",所以"言有尽而意无穷"。严羽认识到诗歌的特质是具有形象性、抒情性和深远的意境,同时提出了文艺不同于"书""理"的思维表现特点,很有见地,在诗歌批评史上占有重要的地位。但严羽没有正确回答情性和哲理的关系。诗歌并不一概排斥哲理,诗歌同样要求诗人反映对时代、社会、人生的哲理性思辨。宋诗在这方面就取得了很高的成就。严羽的论述是有片面性的。严羽以禅论诗,主张从前人诗中学诗,也同样是宋代普遍存在的弊病。

《沧浪诗话》对明清文学批评和论诗,有广泛而深刻的影响。明代前后七子的拟古主张,清代王士禛的神韵说都和《沧浪诗话》有很深的关系。

辽金文学

概　说

辽是契丹人建立的与五代梁、唐、晋、汉、周、北宋同时存在的北方政权。契丹出自古部落葛乌菟，后为匈奴冒顿可汗(前209—前175在位)所袭，守鲜卑山以居，号鲜卑氏。既而前燕慕容元真(325—338在位)晋显宗咸康三年(337)称燕王，咸康八年自棘城(今辽宁义县西北)迁都龙城(今辽宁朝阳县)。慕容元真破鲜卑，析其部，曰宇文、库莫奚、契丹。此时始名契丹。隋唐时形成部落联盟。唐初，契丹臣于突厥；唐贞观三年(629)，其首领窟哥举部内属，唐乃置松漠都督府，以窟哥为都督；封无极男，赐姓李。天宝四年(745)，其首领八部大帅迪辇俎里降唐，拜松漠都督府、赐姓名李怀秀。(《辽史》卷六十三世表)唐末，与唐约为兄弟。

耶律阿保机，汉名亿。契丹迭剌部人。唐天复元年(901)，授大迭烈府夷离堇(统军马大官)；唐昭宗天祐三年(906)契丹迭列部痕德堇可汗卒，群臣奉遗命拥立耶律阿保机为可汗，次年正月，即皇帝位，称天皇帝。五代梁末帝贞明二年(916)，建年号神册。至金太宗完颜晟天会三年(1125)灭于金，共有二百二十余年的历史。与宋对立共存一百六十六年。辽初建国，国号契丹，辽太宗耶律德光大同元年(947)，改国号为大辽。辽圣宗耶律隆绪统和二年(984)，改国号为大契丹国。辽道宗耶律洪基咸雍二年(1066)复号大辽。辽亡前一年，耶律大石领兵北逃，金天会元年，自立为王。次年称帝，号天祐皇帝，重建辽朝，年号延庆，史称西辽。有国八十八年。西辽疆域北至巴尔喀什湖一带，东至喀什噶尔、和阗，西南达阿母河。

辽的境内包括契丹、汉、渤海等族群,契丹有若干部族,部落称部,氏族称族。有族而部者,有部而族者,有部而不族者,有族而不部者。辽圣宗耶律隆绪(982—1030在位)时有三十四部,附庸于辽者十部。

契丹人本以游牧为主。唐玄宗开元时期(713—741),其统帅涅里始制部族,各有分地,开始"究心农工之事""教耕织"。阿保机的叔父述澜"始兴板筑,置城邑,教民农桑,习织组"。

契丹人、汉人、渤海人居住地,有的地方为单一族群相对集中,有的地方则是混居。其北部地区,以契丹人为多,南部以汉人为多,东部为原渤海国人。辽太宗耶律德光(927—947)时期,制定"以国制治契丹,以汉制治汉人"的办法:统治契丹人和其他游牧族群,用契丹贵族,办事处所设在皇帝牙帐之北,称为北面官;统治汉人和原渤海国人,用契丹贵族和汉人,办事处所设在皇帝牙帐之南,称为南面官。南面朝官有三公、三省、六部、台、院、寺、监、诸卫、东宫之官;地方行政官制,也大略采用唐制,分设刺史、县令,并有节度使、观察使、防御使等等名号。国主与汉官皆汉服,国母与番官皆番服,俗皆汉服。辽代学校教育和科举,基本采用中原规制。五京设国子学、国子监,地方设府州县学。《论语》《五经传疏》为主要内容。科举是在汉人居住区施行。共举行考试56次,录取进士2479人。国家军政要员,主要通过世选,契丹人不准应试。但辽末天祚帝天庆五年(1115),耶律大石就考中进士。辽太宗耶律德光以皇都临潢府为上京(今内蒙古自治区巴林左旗南),经辽圣宗、辽兴宗,先后共设五京。中京大定府(今内蒙古自治区宁城县),东京辽阳府(今辽宁辽阳县),西京大同府(今山西大同市),南京析津府(今北京市)。辽代最盛时,总计:京五,府六,州、军、城百五十六,县二百有九,部族五十二,属国六十。据粗略估计,辽国约有户760,000,口3,800,000人。其中汉人户480,000,口2,400,000;契丹人户150,000,口750,000;渤海人户90,000,口450,000;其他蕃部户40,000,口200,000。汉人占总人口的三分之二。(据魏特夫格、冯家升《辽代中国社会史》,二氏根据《辽史·地理志》所记各地户数,并大致测定各族人口的地理分布状况,从而得出各族户数,然后按每户五口推算。)疆域东至海,西至金山,暨于流沙,北至胪朐河(今蒙古国克鲁伦河),南至白沟(五代后泛指西东流向的巨马河,故道自今河北雄县西北白沟镇北,东流经霸县及其以东信安镇,达于今天津市)。

契丹人和其他游牧族群原来主要是"渔猎以食,车马为家"。但今考古发现的辽金立国期间古城址三百多处。可知其发展之脚步。东北边境谐里河(今海拉尔河)流域,从辽太宗时已开始经营农业。胪朐河流域则是置戍屯田的地方,农业也占重要位置。潢水以北适合农耕的地方,也安置了汉人、渤海人混居,南京、东京更是农业发展的地域。根据考古发现,铁锄、铁犁铧,与近代基本相同。大定府灵河流域的弘政县、白川州一带,是出产绢帛的地方。手工业也得到发展,临潢城有很多手工业作坊,也是商贩聚居地,南城叫汉城,不仅有汉人,也有回鹘等多族属人。辽代铁制生活用具,制作精良;金属工艺品,呈现很高的技术水平;丝制品包括绢、纱、罗、绫、锦和刻丝等七类九十多个品种,制造精细;刻丝用金,为同时期首次发现丝制品用金的标本。大定府的泽州有银冶。辽饶州(今内蒙古巴林右旗巴林桥西北)、永州城(今内蒙古翁牛特旗白音他拉附近)、柳河县(今辽宁昌图县八面城),均有冶铁遗址。陶瓷业也有发展。渤海湾制盐产量高,还向宋走私。从东北向南京(今属北京)运粮的海运是辽代开始的。

辽朝和中原王朝发生过的战争不少,但也有长时期的文化交流。契丹虽处统治地位,但汉人人口占多数,且汉文化水平最高,所以汉人仍占有重要位置。契丹人崇尚信奉天地、祖先的原始宗教,同时沿袭唐代三教并奉的传统,对儒及佛、道都信奉。辽太祖阿保机神册三年(918)五月诏建孔子庙、佛寺、道观。次年秋八月丁酉,谒孔子庙,命皇后、皇太子分谒寺观。佛教至辽圣宗以后,更为兴盛。辽道宗大康四年(1078),皇帝行香饭僧达三十六万人。佛寺规模很大,寺院经济也占有重要位置。辽代刻印的汉文大藏经,共五百七十九帙。辽兴宗时命搜集各地佛经,校勘雕印。1974年在山西应县辽代木塔四层佛像腹内发现,辽藏半日卷十二卷。刻经三十五卷,写经八卷。还发现了俗文学写本。道教地位不及佛教,辽圣宗认为"释道二教通其旨",也重道教。开泰十年(十一月改元太平,1021)冬十月,皇帝两次到通天观,观鱼龙曼衍之戏。

契丹人,原没有文字,在表达上往往汉语夹杂契丹语,辽汉交往的文书皆用汉字。契丹上层都通汉字。帝王、贵族均有汉名。圣宗好读唐《贞观事要》,喜好白居易诗,亲以契丹字译白著讽谕诗。辽神册五年辽太祖和汉人以隶书之半增损之,作文字数千,即契丹大字;数年后,辽太祖之弟迭刺,仿回鹘文作,笔画基本上和汉字笔画相同,称契丹小字。辽代文学受唐宋文学影响很深,辽太祖长子耶律倍,自署乡贡进士黄居难乐地,辽圣祖耶律隆绪说"乐天诗集是吾师"。苏辙出使辽国寄其兄说"谁将家集过幽州,逢着胡人问大苏"(《栾城集》卷十六)。这几件事说明白居易、苏轼在辽国颇受推崇。契丹人、汉人文学作品留存者,也多为汉文,然数量较少,主要为诗文,也有小说;戏剧也有一些史料。根据陈述《全辽文》等统计,辽代作家姓名可考者约百家,有集名者约四十家,虽然文学成就不能与金元比肩,但仍然不能磨灭其历史传承的作用。

金是女真人建立的王朝。女真源于勿吉部族,与肃慎、挹娄为同一族系。隋称靺鞨。唐初,有黑水靺鞨、粟末靺鞨。黑水靺鞨居肃慎地,东濒海,南接高丽。唐开元中,置黑水府,以其部长为都督、刺史。五代时,附属于契丹,其在南者籍契丹,称熟女真;其在北者不在契丹籍,称生女真。其地有混同江(黑龙江)、长白山,所谓"白山黑水"是也。金太祖完颜阿骨打,辽时为生女真节度使。在统一生女真诸部的基础上,会同熟女真诸部、渤海、契丹的一些部族抗辽。辽天祚帝天庆五年(宋徽宗政和五年,1115),即帝位,国号金,更名旻。元太宗六年(宋理宗端平元年,1234)亡。有国一百一十九年,其中与宋对立共存一百零七年。

金朝建立,在灭辽过程中,宋徽宗宣和二年、辽天庆十年、金天辅四年,宋廷派人与金廷订"海上盟约",两国联合夹击辽,长城以北由金军负责,以南由宋军负责。战后,燕云之地归宋,宋将此前送与辽的岁币,贡于金。但宋兵失败,金攻占燕京后,经多次交涉,金同意将燕京、涿、易、檀、顺、景、蓟交割宋,宋增加岁币百万贯。五年后,金军俘获辽天祚帝,随即乘胜攻宋。宋钦宗靖康二年、金太宗天会五年,北宋亡。南宋高宗绍兴十一年、金熙宗皇统元年(1141)绍兴和议始定,东取淮河中流,西至大散关为金宋边界。金盛时之京府州凡百七十九,县六百八十三城寨堡关百二十二,镇四百八十八。东极海,西逾积石,北过阴山。金初会宁府(今黑龙江阿城白城子)称内地、御寨,金太宗时建都,名上京,称会宁府。海陵王完颜亮贞元元年(1153)定都燕京(今属北京),改称中都。(根据《金史》之《食货志》载:金章宗泰和七年(1207)户数为8,413,164(《地理志》载:金末户数为9,879,624),口数53,532,151(较宋光宗绍熙四年,统计南宋口数多近一倍,见梁方仲编著《中国历代户口、田地、田赋统计》)。金朝新拓展地区多为汉人,所以汉人占全金口数百分之八十强。

金朝农业、手工业有进一步的发展,其制多仿宋。金朝把女真人移向经济发展地区,把汉人移向需开发地区,虽是一种歧视措施,但客观上加速了族群融合。金朝建立之后,信奉佛教,多种佛教派别并存,辽以密宗为主,金以禅宗为主。道教较辽为盛,有全真教、太一道教、大道教。金朝盛行儒、佛、道三教融合的理论。全真教初祖王喆(1112—1170)、曹洞宗释行秀(1166—1246)、名儒李纯甫(1177—1223),皆倡三教融合说。金熙宗完颜亶(1119—1150)师从韩昉(1082—1149),崇尚儒家,天眷二年(1139),以孔子四十九代孙孔璠袭封衍圣公,也曾亲自拜谒孔庙。熙宗经常读《尚书》《论语》《贞观政要》,与大臣议论唐太宗、唐明皇、周公之为政。金太宗天会元年,恢复汉人科举;五年,定分设南北两榜,对原辽、宋两地儒生分区考试。金熙宗天眷元年,规定以经义、辞赋两科取士,允许兼考两科。金世宗大定十三年(1173)正式实行女真人的策论进士考试。这也是汉人以外,其他部族人第一次开辟了通过科举入仕的制度化渠道。女真人科举考试内容,逐渐向汉人靠拢,于五经内试以论题。

金朝天辅三年(1119),太祖命完颜希尹仿汉字,沿用契丹文字规范创制女真文字,后称女真大字;金熙宗时,又制女真小字,天眷元年颁布,皇统五年始用。然现存女真文字是大字,抑或小字,尚无统一意见。现存女真文诗文不多,尚待研究。金朝文学主要为汉文作品,明显受辽与宋影响。金朝文学以金世宗大定建元为界,可分前后两期:前期近半个世纪,后期逾六十年。《四库全书总目提要》说:"宋自南渡以后,议论多而事功少,道学盛而文章衰。中原文献,实并入金。"元好问《闲闲公墓铭》说:

> 国初,因辽宋之旧,以词赋、经义取士。预此选者,选曹以为贵科荣路所在,人争走之……至于经为通儒,文为名家,良未暇也。及翰林蔡公正甫,出于大学,大丞相之世业,接见宇文济阳、吴深州之风流,唐宋文派,乃得正传。然后诸儒得而和之。

金世宗、章宗时期,经济、文化均有进一步发展,这是金朝文学繁盛时期。元好问《中州集·甲集》蔡珪传:

> 国初文士如宇文大学、蔡相国、吴深州之等,不可不谓之豪杰之士,然皆宗儒,难以国朝文派论之。故断自正甫为正传之宗,党竹溪次之,礼部闲闲公又次之。自萧户部真卿倡此论,天下迄今无异议云。

清阮元《金文最序》说:

> 金之奄有中原,条教诏令,肃然丕振,故当大定以后,其文章雄健直继北宋诸贤。

由此可以看出金世宗大定前后文学发展的大趋势和代表人物。

贞祐二年(1214),金被迫迁都南京,国势危殆,诗学转盛。元好问《陶然集诗序》:

> 贞祐南渡后,诗学为盛。洛西辛敬之,淄川杨叔能,太原李长源,龙坊雷伯威,北平王子正之等,不啻十数人,称号专门。

此二十年内,赵秉文仍为文坛盟主,元好问为最有影响力的诗人。

金代文学文献,元好问编有《中州集》录诗二百四十六家,《中州乐府》录词三十六家。清代张金吾辑文编有《金文最》。近年学界又进行了认真整理,金代文献将有更完整的呈现。

第一章 辽代文学

第一节 辽代的诗

辽代皇室汉文写作有相当高的水平。太祖长子耶律倍(909—946),曾被立为皇太子,封东丹王。太祖死,倍被迫让位于辽太宗耶律德光。太宗疑倍,倍投后唐李嗣源,赐姓李,名慕华,后又赐名赞华。清赵翼《廿二史札记》卷二十七,说:"辽太祖起朔漠,而长子人皇王倍已工诗画,聚书万卷,起书楼于西宫,又藏书于医巫闾山绝顶。倍所作田园乐诗,为世传诵;画本国人物,射猎雪骑千鹿图,皆入宋秘府。后让位于弟德光,反见疑而浮海适唐也。刻诗海上曰:'小山压大山,大山全无力。羞见故乡人,从此投外国。'情词凄婉,言短意长,已深有合于风人之旨矣。"辽圣宗耶律隆绪(971—1031),晓音律,好绘画,喜吟诗,曾出题诏宰相以下赋诗,优者赐金带。他还以契丹大字译白居易《讽谏集》,制曲百余首,今存有《鼓吹曲》词。辽兴宗耶律宗真(1016—1055),《全辽文》收其文四十五篇。他曾在萧无曲宅曲水流觞赋诗,以萧韩家奴为诗友;《辽史》记载其多次与群臣宴饮赋诗,并与宋使臣一同钓鱼赋诗。存有《以司空大师不肯赋诗,以诗挑之》诗:

> 为避绮吟不肯吟,既吟何必昧真心。吾师如此过形外,弟子争能识浅深。(《辽东行部志》)

司空辅国大师郎思孝和诗:

> 为愧荒疏不敢吟,不吟恐忤帝王心。本吟出世不吟意,以此来批见过深。天子天才已善吟,那堪二相更同心。直饶万国犹难敌,一智宁当三智深。

由此可知辽朝君臣吟诗风气之盛。辽道宗耶律洪基(1032—1101),习儒学,喜吟咏,通音律,善书画。《老学庵笔记》载:辽相李俨作《黄菊赋》献道宗,道宗作《题李俨黄菊赋》诗:

> 昨日得卿黄菊赋,碎剪金英填作句。袖中犹觉有余香,冷落西风吹不去。

颇有韵致。辽道宗皇后萧观音(1040—1075),工诗,旁及经子。好音乐,善弹筝、琵琶。能自制歌词。萧观音慕唐徐贤妃行事,每每进谏得失,道宗颇厌烦。咸雍末年,被疏。作有《回心院》词十首,其一、五、十:

> 扫深殿,闭久金铺暗。游丝络网尘作堆,积岁青苔厚阶面。扫深殿,待君宴。(其一)
> 装绣帐,金钩未敢上。解却四角夜明珠,不教照见愁模样。装绣帐,待君贶。(其五)
> 张鸣筝,恰恰语娇莺。一从弹作房中曲,常和窗前风雨声。张鸣筝,待君听。(其十)

歌词幽怨,辞藻华丽,颇受后世称道。据辽王鼎《焚椒录》载:辽先后为枢密院使的耶律乙辛令人伪造《十香词》,诬皇后萧观音与伶人赵惟一私通,致萧观音被赐自尽。《十香词》作者无考,其一、其七,写女性发香、手香:

> 青丝七尺长,挽作内家装。不知眠枕上,倍觉绿云香。(其一)
> 既摘上林蕊,还亲御苑桑。归来便携手,纤纤春笋香。(其二)

这篇作品可以让我们了解当时俗词的水平。

天祚帝文妃萧瑟瑟的《咏史》诗:

> 丞相来朝兮佩剑鸣,千官侧目兮寂无声。养成外患兮嗟何及?祸尽忠良兮罚不明。亲戚并居兮藩屏位,私门潜蓄兮爪牙兵。可怜往代兮秦天子,犹向宫中兮望太平。

这首诗斥奸书愤,忧时伤国,也很有特色。

辽道宗寿昌五年(1099)有二十四人唱和的《玉石观音唱和诗》(《增订辽诗话》卷下《玉石观音唱和诗碑》二十五首。碑在辽宁朝阳南天庆寺,今尚存)。天庆寺僧偶然发现一块积年弃石为玉质,寻来工匠镌刻观音,寺僧与信众吟诗唱和。李师范诗曰:

> 相见巍巍佛力哉,立承瞻奉亦时哉。谁知韫玉贞顽质,自是观音应现胎。天庆门前遗旧隐,补陀山内悟新来。幽岩此石知多少,不遇知人是不材。

韩资让诗曰:

> 贞珉未用似湮埋,选造观音众快哉!募匠俄镌大士相,成形不自凡夫胎。琳琅光彩院内满,冰雪威仪天上来。珍重吾师能鉴物,从今免屈非常材。

这样的多人唱和,也说明辽朝咏诗的风气。

契丹语诗歌流传甚少。辽寺公大师用契丹语写成《醉义歌》,耶律楚材于元太祖十七年(1222),译为汉语七言歌行,共一百二十句。序曰:

> 辽朝寺公大师者,一时豪俊也。贤而能文,尤长于诗歌,其旨趣高远,不类世间语,可与苏黄并驱争先耳。有《醉义歌》,乃寺公之绝唱也。昔先人文献公尝译之。先人早逝,予恨不得一见。及大朝之西征也,遇西辽前郡王李世昌于西域,予学辽字于李公,期岁颇习,不揆狂斐,乃译是歌,庶几形容其万一云。

诗曰:

> 晓来雨霁日苍凉,枕帏摇曳西风香。困眠未足正辗转,儿童来

报今重阳。吟儿苍苍浑塞色,客怀衮衮皆吾乡。敛衾默坐思往事,天涯三载空悲伤。正是幽人叹幽独,东邻携酒来茅屋。怜予病窜伶仃愁,自言新酿秋泉麹。凌晨未盥三两卮,旋酌连斟折栏菊。我本清癯酒户低,羁怀开拓何其速。愁肠解结千万重,高谈几笑吟秋风。遥望无何风色好,飘飘渐远尘寰中。渊明笑问斥逐事,谪仙遥指华胥宫。华胥咫尺尚未及,人间万事纷纷空。一器才空开一器,宿醒未解人先醉。携樽挈榼近花前,折花顾影聊相戏。生平岂无同道徒,海角天涯我遐弃。我爱南村农丈人,山溪幽隐潜修真。老病犹耽黑甜味,古风清远途犹迍。喧嚣避遁岩麓僻,幽闲放旷云泉滨。旋舂新黍饎香饭,一樽浊酒呼予频。欣然命驾匆匆去,漠漠霜天行古路。穿村迤逦入中门,老幼仓忙不宁处。丈人迎立瓦杯寒,老母自供山果醋。扶携齐唱雅声清,酬酢温语如甘澍。谓予绿鬓犹可需,谢渠黄发勤相论。随分穷秋摇酒卮,席边篱畔花无数。巨觥深斝新词催,闲诗古语玄关开。开怀嘱酒谢予意,村家不弃来相陪。适遇今年东鄙阜,黍稷馨香栖畎亩。相邀斗酒不浃旬,爱君萧散真良友。我酬一语白丈人,解释羁愁感黄耇。请君举盏无言他,与君却唱醉义歌。风云不与世荣别,石火又异人生何。荣利傥来岂苟得,穷通夙定徒奔波。梁冀跋扈德何在,仲尼削迹名终多。古来此事元如是,毕竟思量何怪此。争如终日且开樽,驾酒乘盃醉乡里。醉中佳趣欲告君,至乐无形难说似。泰山载斫为深盃,长河酿酒斟酌之。迷人愁客世无双,呼来掐耳充罚卮。一杯愁思初消铄,两盏迷魂成勿药。尔后连浇三五卮,千愁万恨风蓬落。胸中渐得春气和,腮边不觉衰颜却。四时为驭驰太虚,二曜为轮辗空廓。须臾纵辔入无何,自然汝我融真乐。陶陶一任玉山颓,藉第为茵天作幕。丈人我语真非真,真兮此外何足云。丈人我语君听否,听则利名何足有?问君何事徒劬劳,此羁为卑彼岂高。蜃楼日出寻变灭,云峰风起难坚牢。芥纳须弥亦闲事,谁知大海吞鸿毛。梦里蝴蝶勿云假,庄周觉亦非真者。以指喻指成虚,马喻马兮马非马。天地犹一马,万物一指同。胡为一指分彼此,胡为一马奔东西。人之富贵我富贵,我之贫困非予穷。三界惟心更无物,世中物我成融通。君不见千年之松化仙客,节妇登山身变石。木魂石质既我同,有情于我何瑕隙。自料我身非我身,电光兴废重相隔。农丈人千头万绪几时休,举觞酩酊忘形迹。

诗说古人则举孔子、庄子、陶渊明、李白;说山河,则论泰山、长河;写重阳节饮酒赏菊,则以李白自比,形神与李白相通。虽然是用契丹文字写成,其精神完全是与中华文化一脉相承。

第二节　辽代的文

辽文存世的文不多,文集未见流传,当前以陈述《全辽文》最为完备。近六十余年以来,考古出土有相关的汉文、契丹文资料。文体主要有诏令、奏议、书牍、序记、传状、碑志等。辽圣宗统和五年,蓟州军事判官李仲宣《祐唐寺创建讲堂碑》叙蓟州盘山形势:

夫幽燕之分,列郡有四,蓟门为上。地方千里,籍冠百城。红稻青糠,实鱼盐之沃壤;襟河控狱,当旗戟之奥区。于古堞之外,西北一舍,有盘山者,乃箕尾之巨镇也。深维地轴,高阙天门。暖碧凝霄,寒青压海。珠楼璇室,仰窅窱于昆邱;宝洞琼台,耀磅礴于恒狱。崆峒左倚,太行右连,怀珠之水派其阳,削玉之峰峭其后。岭上时兴于瑞雾,谷中虚老于乔松。奇树珍禽,异花灵草。绝顶有龙池焉,向旱岁而能兴雷雨;岩下有潮井焉,依旦暮而不亏盈缩。(《全辽文》卷五)

辽文喜用骈体,可略知辽代文风。

萧韩家奴(875—1046),字休坚,涅剌部人。博览经书,通辽汉文字。辽圣宗统和十四年出仕,辽兴宗命为诗友,诏作《四时逸乐赋》。时诏问天下言治道之要。兴宗擢为翰林都林牙,兼修国史。著有《六义集》,译有《通历》《贞观政要》《五代史》;与耶律庶成录遥辇可汗至兴宗以来事迹,合著《礼典》三卷。兴宗制问:"徭役不加于旧,征伐亦不常有,年谷既登,帑廪既实,而民重困,岂为吏者慢、为民者惰欤?今之徭役何者最重?何者尤苦?何所蠲省则为便宜?补役之法何可以复?盗贼之害何可以止?"

韩家奴对策中说:

> 如欲均济天下,则当知民困之由,而窒其隙。节盘游,简驿传,薄赋敛,戒奢侈。期以数年,则困者可苏,贫者可富矣。

又说:

> 自昔有国家者,不能无盗。比年以来,群黎凋弊,利于剽窃,良民往往化为凶暴。甚者杀人无忌,至有亡命山泽,基乱首祸。所谓民以困穷,皆为盗贼者,诚如圣虑。今欲芟夷本根,愿陛下轻徭省役,使民务农。衣食既足,安习教化,而重刑法,则民趋礼义,刑罚罕用矣。臣闻唐太宗问群臣治盗之方,皆曰:"严刑峻法。"太宗笑曰:"寇盗所以滋者,由赋敛无度,民不聊生。今朕内省嗜欲,外罢游幸,使海内安静,则寇盗自止。"由此观之,寇盗多寡,皆由衣食丰俭,徭役重轻耳。

不仅表述了民本思想,文字也很通达。

王鼎(?—1106),字虚中,涿州人。辽道宗清宁五年(1059)进士,累迁翰林学士,乾文阁直学士、知制诰充史馆修撰,升观书殿学士。因酒后狂言,流镇州。后召还复职。著有《焚椒录》一卷,述辽道宗懿德皇后萧观音被诬事。

其《焚椒录序》曰:

> 鼎于咸、太之际,方侍禁近,会有懿德皇后之变。一时南北面官,悉以异说赴权,互为证足,遂使懿德蒙被淫丑,不可湔浣。嗟嗟!大墨蔽天,白日不照,其能户说以相白乎?鼎妇乳媪之女蒙

哥,为耶律乙辛宠婢,知其奸拘最详,而萧司徒复为鼎道其始末,更为有加于媪者。因相与执手叹其冤诬,至为涕淫淫下也。观变以来,忽复数载,顷以待罪可敦城。去乡数千里,视日如岁。触景兴怀,旧感来集,乃直书其事,用俟后之良史。若夫少海翻波,变为险陆,则有司徒公之实录在。

此书作于大安五年(1089),辽天祚帝耶律延禧乾统元年(1101)为耶律乙辛所诬案平反前。

契丹大字与契丹小字出土资料,屡有发现,主要是墓志。随着对于契丹文的解读,我们也会进一步了解契丹文章的情况。

第二章　金代文学

第一节　金代前期诗文

金朝建国初期,作家是一些辽宋旧臣。韩昉(1082—1149),字公美,燕京人。辽天祚帝天庆二年中进士第一。累迁少府少监,乾文阁待制。入金,加卫尉卿知制诰,充高丽国信使。金太宗天会十二年至金熙宗天眷三年,任礼部尚书,翰林学士,兼太常卿、修国史;皇统元年作为除济南尹,拜参知政事。六年,除汴京留守,封郓国公。以仪同三司致仕。善属文。所作《太祖睿德神公碑》,为当时所称道。虽然流传作品很少,但他对金初文化与文学的影响仍值得注意。

宇文虚中(1079—1146),字叔通,成都人。仕宋,官资政殿大学士。宋建炎二年,应诏为祈请使使金,奉迎二帝(徽宗、钦宗),未能完成使命,自己要求留金。天会十三年,金加以官爵,即受之。天眷间,累官翰林学士知制诰兼太常卿,封河内郡开国公。皇统二年,移文索其家属,其子携家北来。转翰林承旨、礼部尚书。据《金史》记载,虚中恃才轻肆,好讪,被诬谋反,有司鞫治无状,乃罗织虚中家图书为反具,与高士谈并被杀。南宋有关记载,则曰:结死士,欲发兵挟渊圣(《宋史》卷二十三钦宗本纪:靖康二年五月康王即位于南京,遥上尊号曰孝慈渊圣皇帝)。南归,事泄被杀。南宁孝淳熙六年,谥肃愍。考史实,金皇统元年,改封徽宗为天水郡王,钦宗为天水郡公;二年、三年诏给他们的子孙佽婿俸禄。而且,宗室故官相随,族类甚蕃。虚中欲从黑龙江挟钦宗至江南,疑非事实。然虚中在初期被羁留时,曾有报忠宋君志向;仕金后内心也很愤懑,表现轻肆,其异志及交游,或为金疑。

其诗文在金初期颇有影响,天会七年作《己酉岁书怀》:

> 去国匆匆遂隔年,公私无益两茫然。当时议论不能固,今日穷愁何足怜。生死已从前世定,是非留与后人传。孤臣不为沉湘恨,怅望三韩别有天。

虚中于宋被围议降时,数次受钦宗命,往来金营。反被言者劾以议和之罪。建炎二年,又作为祈请使,奉命北上欲迎徽钦二帝。是年十月,二帝徙韩州(今辽宁昌图县)。从诗句来看,他不惧生活困窘、不惧生死、不惧身后声名,同时也未忘自己的使命。

《过居庸关》,可能是他在金任职前,北去上京时作:

> 奔峭从天拆,悬流赴壑清。路回穿石细,崖裂与藤争。花已从南发,人今又北行。节旄都落尽,奔走愧平生。

写居庸关陡峭形势,无修饰,却伟岸精细具现,用韵亦险。

吴激(?—1142),字彦高,自号东山,建州(今福建建瓯)人。工诗能文,字画俱佳,尤精乐府,著有《东山集》。宋高宗建炎元年奉命使金,因知名被留,任翰林待制。天会十四年,为高丽王生日使。皇统二年出知深州,到官三日而卒。其诗如画,自然得之。《晚春言怀寄燕中知旧》:

> 闲云泄泄日晖晖,林斧溪春响翠微。天气乍晴花满树,人家久住燕双飞。邻村社后容借酒,客舍新来未绽衣,遥忆东郊亭畔柳,归时相见亦依依。

文字不假刻琢,情谊却很深远。

吴激也是金元词的创始者,元好问称其词为"国朝第一手"。其〔人月圆〕词:

> 南朝千古伤心事,犹唱后庭花。旧时王谢,堂前燕子,飞向谁

家？ 恍然一梦,仙肌胜雪,宫鬓堆鸦。江州司马,青衫泪湿,同是天涯。

南宋洪迈《容斋随笔》卷十三:

先公在燕山,赴北人张总侍御家集。出侍儿佐酒,中有一人,意状摧抑可怜,叩其故,乃宣和殿小宫姬也,坐客翰林直学士吴激赋长短句纪之,闻者挥涕。

洪迈父洪皓,宋高宗建炎三年使金,逼仕伪齐,不从。又力拒受金官职,八年后废齐设置行台尚书省,主要用燕人。洪皓后居燕京,留金十五年。吴激自注也曰:"宴北人张侍御家有感"。可知,此次宴集,座中有不止一位来自南宋的羁留使者,歌者又有宋宫姬,情景凄清。堂前歌舞,联想兴亡。词中用王谢堂前燕喻世运变化,或形容沦为金人歌姬的宋朝宫姬,并与自己遭遇相比,流露了内心的苦痛,凄婉沉郁。

蔡松年(1107—1159),字伯坚,号萧闲。其父蔡靖,宋宣和末,守燕山,松年随父,管勾机宜文字。靖降金,松年为真定府判官,自此为真定人。熙宗时任汴京行台尚书省刑部郎中。累官户部尚书、吏部尚书、参知政事、尚书左丞、右丞相、封卫国公。死谥文简,加封吴国公。著有《萧松年文集》原六卷,今存一至三卷。词集名《明秀集》。有以苏轼〔念奴娇〕韵与友人唱和的著名词作:

仆来京洛将三年,未尝饱见春物。今岁江梅始开,复事远行。虎茵丹房东岫诸亲友折花酌酒于明秀峰下,仍借东坡先生赤壁词韵,出妙语以惜别。辄亦继作,致言叹不足之意。

倦游老眼,负梅花京洛,三年春物。明秀高峰人去后,冷落清辉绝壁。花底年光,山前爽气,别语挥冰雪。摩挲庭桧,耐寒好在霜杰。 人事长短亭中,此身流转,几花残花发。只有平生生处乐,一念犹难磨灭。放眼南枝,忘怀樽酒,乃此青青发。从今归梦,暗香千里横月。

又

> 还都后诸公见追和赤壁词,用韵者凡六人,亦复重赋。

> 离骚痛饮,笑人生佳处,能消何物。夷甫当年成底事,空想岩岩青壁。五亩苍烟,一邱寒玉,岁晚忧风雪。西州扶病,至今悲感前杰。　我梦卜筑萧闲,觉来岩桂,十里幽香发。块垒胸中冰与炭,一酌春风都灭。胜日神交,悠然得意,遗恨无毫发。古今同致,永和徒记年月。

从作者的小序可以知道,词约作于天眷三年,时在汴京。这是当时一些仕人的具有相当规模的宴集唱和活动,也说明苏轼的巨大影响。词作评论了历史人物谢安、王夷甫,寄托了自己的情志,感慨豪宕,意境深厚。吴激和蔡松年的乐府齐名,时号"吴蔡体"。

第二节　金代后期诗文

金世宗、章宗时期,经济、文化均有进一步发展,这是金朝文学繁盛的时期。元好问《内相文献杨公神道碑铭》说:"维金朝大定以还,文治既洽,教育亦至,名士之旧,与乡里之彦,率由科举之选。父兄之渊源,师友之讲习,义理益明,利禄益轻,一变五代辽季衰陋之俗。"蔡珪(?—1174),字正甫。海陵王天德二年(1154)进士。历官澄州军事判官、三河簿、翰林修撰、户部员外郎兼太常丞、礼部郎中等职。识古文字,精于考古,有《续欧阳文忠集古录》《古器类编》等。有文集五十五卷。蔡珪主要以散文著称。党怀英(1134—1211),字世杰,冯翊(今陕西大荔)人,他父亲在泰安军做官,所以徙家泰安。他和辛弃疾同拜刘岩老为师。金世宗大定十年进士,官至泰定军节度使、翰林学士承旨。赵秉文《中大夫翰林学士承旨文献党公神道碑》:"公之文似欧公,不为尖新奇险之语;诗似陶谢,奄有魏晋。"他的《雪中》四首之一:

> 诗人固多贫,深居隐茅蓬。一夕忽富贵,独卧琼瑶宫。梦破窗

明虚,开门雪迷空。萧然视四壁,还与向也同。闭门撚须坐,愈觉生理穷。天公巧相幻,要我齐穷通。冲寒起沽酒,一洗芥蒂胸。

又如《宿宣湾》:

清颖去无极,悠悠楚甸深。人家半临水,村径曲穿林。积雨犹行潦,荒烟易夕阴。夜凉淮浦月,寂寞照边心。

这些诗歌确实受魏晋古诗影响,但他的七绝却使我们看到唐人的影响。王寂(1128—1194),字元老,蓟州玉田(今属河北)人,海陵王天德三年进士,历官通州刺史、中都副留守、中都路转运使,著有《拙轩集》。王庭筠(1156?—1202),字子端,熊岳(今属辽宁)人,世宗大定十六年进士,官至翰林修撰。他们都是知名的作家。

金朝迁都汴京以后,国势日衰,但文学还是很有成绩。赵秉文(1159—1232),字周臣,号闲闲,磁州滏阳(今河北磁县)人,官至礼部尚书。杨云翼(1170—1228),字之美,平定乐平(今山西昔阳)人,官至礼部尚书、吏部尚书、翰林学士。他们的主要成就主要在散文方面。王若虚(1174—1243),字从之,号慵夫,人称滹南遗老,真定藁城(今属河北)人。金章宗承安二年(1197)进士,官至直学士等职。著有《滹南遗老集》。他的文论和杂文都值得重视。其文集有《诗话》三卷,《文辨》四卷。他推崇苏轼,批评江西诗派,论文以意为主,重在"真",他说:"夫文章须求真是而已,须存古意何为哉?"(《文辨一》)他论诗文,主张"平易""典实",但不以矜尚自然而流于空疏。他要"辞顺理达""恰得其易",而且不笼统地反对藻饰。他的文论不仅在金朝有代表性,对元代也有重要的影响。他的杂文《焚驴志》,假白驴托梦,以寓言形式,对官吏委过于无辜,焚驴祈雨的愚昧行为进行了嘲讽。

金末赵秉文主盟文坛,但影响最大的诗人是元好问。元好问(1190—1257),字裕之,因曾在遗山(在今山西定襄县城东北)读书,自号遗山山人。忻州秀容(今属山西)人。父亲元德明累举不第,放浪山水间,以诗知名。他从小过继给叔父元格,随居掖县、陵川县。从十四岁起,从陵川郝天挺学习六年,淹贯经传百家。金宣宗贞祐二年,蒙古军至山西。次年,他从家乡流亡到福昌(今河南宜阳县西),兴定二年(1218)又移家登封。兴定五年进士,不就选。金哀宗正大元年(1224),中宏词科,授儒林郎,充国史馆编修。先后任内乡令、代镇平令、应征入邓州帅移剌瑗幕、南阳令、行尚书省左司员外郎等职。金亡,被羁管于聊城,时四十三岁。北渡后,元好问成为文坛宗主。

金宣宗兴定元年,以诗文拜见赵秉文,《箕山》《琴台》等诗,良被赞赏。同年,元好问在福昌县三乡镇时写下了著名的《论诗绝句三十首》,评论自汉魏迄于宋代的诗人和诗人流派,发表了自己对诗歌的主张,目的是分清诗歌发展中的正伪之别。他主张诗歌应表现真情实景,诗人应当立诚,不自欺,不伪饰,因此他标榜真淳自然、刚健豪放的诗风。如:

  曹刘坐啸虎生风,四海无人角两雄。可惜并州刘越石,不教横槊建安中。

  邺下风流在晋多,壮怀犹见缺壶歌。风云若恨张华少,温李新声奈尔何?

  一语天然万古新,豪华落尽见真淳。南窗白日羲皇上,未害渊明是晋人。

  望帝春心托杜鹃,佳人锦瑟怨华年。诗家总爱西昆好,独恨无人作郑笺。

  笔底银河落九天,何曾憔悴饭山前。世间东抹西涂手,枉著书生待鲁连。

  古雅难将子美亲,精纯全失义山真。论诗宁下涪翁拜,未作江西社里人。

  池塘春草谢家春,万古千秋五字新。传语闭门陈正字,可怜无补费精神。

从这些诗歌中,我们可以看到元好问对建安以来诗歌优良传统的肯定和对西昆体、江西诗派的批评,这些观点直接关系到元明文学的发展,在文学史上有着深远的影响。

第三节 《西厢记诸宫调》

诸宫调产生于北宋,盛行于金及南宋,至元便渐趋衰亡。它用若干宫调的套曲联成长篇来演唱各种故事,所以称"诸宫调"。现存诸宫调有《刘知远诸宫调》(残本)、《西厢记诸宫调》(全本)、《天宝遗事诸宫调》(辑本)。《西厢记诸宫调》是现存金代唯一完整而又代表诸宫调兴盛期艺术水平的作品。

《西厢记诸宫调》的作者董解元的名字、籍贯、生平事迹均未详,"解元"可能是对读书人的敬称。据《录鬼簿》《辍耕录》等书记载,他是活动于金章宗(1190—1208)时期的人。在作品开端,作者有一段自述:

〔仙吕调·醉落魄缠令〕吾皇德化,喜遇太平多暇,干戈倒载闲兵甲,这世为人白甚不欢洽。　秦楼谢馆鸳鸯幄,风流稍似有声价,教惺惺浪儿每都伏咱,不曾胡来,俏倬是生涯。

〔整金冠〕携一壶儿酒,戴一枝儿花,醉时歌、狂时舞、醒时罢。每日价疏散不曾着家,放二四,不拘束,尽人团剥。

说明他是一位放浪才人,与秦楼谢馆伎艺人为伍的作家。

《西厢记诸宫调》又称《弦索西厢》或《西厢挡弹词》。现存海阳适适子重刻本,全书共分八卷:"引辞"至"老夫人莺莺做道场"为卷一,"孙飞虎率兵围普救寺"至"张生献解围策"为卷二,"白马将军来援"至"红娘请张生鼓琴"为卷三,"张生鼓琴"至"跳墙受责归舍闷卧"为卷四,"张生梦见莺莺"至"酬简幽会"为卷五,"老夫人拷问红娘"至"张生廷试及第"为卷六,"张生赋诗报喜"至"郑恒离间张牛来会"为卷七,"张生睹物兴悲"至"崔张团圆"为卷八。这可能是为了便于演唱而分的段落。从作品内容和形式看,都和之前的《莺莺传》《调笑转踏》《蝶恋花鼓子词》有着很大的差异。《莺莺传》以张生始乱终弃为结局,并称许张生为"善补过者",反诬莺莺为"尤物","不妖其身,必妖于人"。毛滂的《调笑转踏》是歌舞曲,只写到莺莺答书寄环而止,内容没有超越《莺莺传》的范围。赵令畤的《蝶恋花鼓子词》是采用民间说唱形式,内容有所扩展,特别是结尾否定了元微之传末"善补过"的一段话,结束曲为:

> 镜破人离何处问,路隔银河,岁会知犹近。只道新来销瘦损,玉容不见空传信。弃掷前欢俱未忍,岂料盟言,陡顿无凭准。地久天长终有尽,绵绵不似无穷恨。

《西厢记诸宫调》则从根本上改变了原作的主题,作品歌颂崔张爱情,认为"从今至古,自是佳人合配才子",以君瑞、莺莺美满团圆为结局。张生从始乱终弃变成用情专一的人物,莺莺也从柔弱哀婉、无力左右自己命运而成为追求爱情、敢于反抗的人物。同时红娘也变得很重要。其中法本、孙飞虎,也各自有他的面目和个性,从而为此后戏曲小说中这类人物形象的塑造开创了先例。

《西厢记诸宫调》是很成熟的以唱为主的说唱艺术。它一共使用了十四种宫调的一百九十三套曲,共五万多字,结构宏伟,情节曲折多变。整个作品的第八卷自然是大转折处,而每一本中又由若干片断组成,也是环环相扣。在故事紧要关头,故意迟回不发,如第一本先写张生随喜普救寺,突然他"瞥然一见如风的,有甚心情更待随喜,立挣了浑身森地"。便自然过渡到惊艳,这时有一段说白,开头几句是:"当时张生却是见甚的来?见甚的来?与那五百年前疾憎的冤家正打个照面儿。"充分发挥了说唱文学的特长。

董词吸取诗词的意境和词汇,并运用生动活泼口语,写成流畅的曲辞,无论叙述故事、点染景物、刻画人物,都十分成功。如莺莺与张生小亭相别:

〔大石调·玉翼蝉〕蟾宫客,赴帝阙,相送临郊野。恰俺与莺莺,鸳帏暂相守,被功名使人离缺。好缘业!空悒怏,频嗟叹,不忍轻离别。早是恁凄凄凉凉,受烦恼,那堪值暮秋时节! 雨儿乍歇,向晚风如凛冽,那闻得衰柳蝉鸣凄切!未知今日别后,何时重见也。衫袖上盈盈,揾泪不绝。幽恨眉峰暗结。好难割舍,纵有千种风情,何处说?

〔尾〕莫道男儿心如铁,君不见满川红叶,尽是离人眼中血!

《西厢记诸宫调》和王实甫《西厢记》相比,还使我们看到诸宫调对杂剧的直接影响,对我们考查元杂剧的形成有着重要的意义。

元代文学

概　说

元是以蒙古贵族为主建立的中央集权王朝。元代历史一般从金章宗泰和六年、宋宁宗开禧二年成吉思汗建立大蒙古国算起，元顺帝至正二十八年（1368），朱元璋建立明王朝为止，共计一百六十余年。成吉思汗于金卫绍王大安三年、宋宁宗嘉定四年发兵攻金。金宣宗贞祐元年、宋宁宗嘉定六年，成吉思汗攻至金中都（今属北京）北郊，占有黄河以北部分地区。贞祐三年、嘉定八年，蒙古军进占中都。窝阔台于金哀宗正大六年、宋理宗绍定二年继汗位。金哀宗天兴元年、宋理宗绍定五年，蒙古军进入汴京（今属开封），天兴三年（1234）正月，金哀宗自缢，末帝战死，金亡。蒙古军占据淮河以北地区。此后与南宋对峙四十五年。宋理宗景定元年、元中统元年（1260）元世祖忽必烈即位，宋度宗咸淳七年、元至元八年，元世祖定国号大元。元至元十三年、宋恭帝德祐二年正月，宋帝奉表投降，至元十六年，宋军全面溃败，元统一全国。目前学术界有的观点，或以忽必烈即位，或以元建国号，或以宋帝奉表投降，或以元统一全国的时间为元朝起点。但从文化传承与现存文学作品来看，仍以将大蒙古国建立后的全部历史包括在研究蒙元范围内为宜。

蒙古名称始见于《魏书》，作"失韦"，隋唐时，汉文译名为"蒙兀"。辽、金、宋时，有多种同音译名。或与其他部族被泛称"鞑靼"。唐末，活动于斡难河（今鄂嫩河）上游不儿罕山（今肯特山）地区。辽、金时期，蒙古都曾受节制。金后期，乞颜部铁木真，征服蒙古诸部，并击败临近蔑里乞、克烈、乃蛮、塔塔儿诸部。建立大蒙古国，奉为大汗，尊号成吉思汗。乃蛮部掌印官塔塔统阿成为他的重臣，多次劝他进据中原。后又起用耶律楚材为占卜和司天文之官，召丘处机求保身之术，言忧民当世之务。他离世前，已确定伐宋灭金的战略，并下不杀命令。窝阔台占有淮河以北的中原地区后，采取中书令耶律楚材的建议，委任原中原地区的人为官员，建立户籍赋役制度。汰三教，僧道试经，通者给牒受戒，许居寺观。选儒士，史称"戊戌选试"，试经义、词赋和论，通过选试，儒籍制度正式确立。命中书令杨惟中提举国子学事，立四教读，令蒙古子弟学习汉文。忽必烈于蒙哥即位（1251）时，受命总领"漠南汉地军国庶事"。此前他已开始招揽中原人才，此后，他进一步考虑采取符合中原社会、经济基础的政策。在即位后的建元诏书中，更明确提出要"稽列圣（祖宗）之洪规，讲前代（唐宋）之定制"。加强了中央集权制度，同时也保留部分保障蒙古贵族特权的种种制度。年号中统、至元，国号大元，均取《易经》之义。元世祖忽必烈统一全国，"其地北踰阴山，西极流沙，东尽辽左，南越海表。盖汉东西九千三百二里，南北一万三千三百六十八里，唐东西九千五百一十一里，南北一万六千九百一十八里，元东南所至不下汉唐，而西北则过之，有难以里数限者矣，"（《元史地理志》）在辽金的基础上东北地区得到进一步发展，在西藏设立十三个万户府，在云南设行省，奠定西南郡县版图。西北各部族是蒙古统治的主要助力，不少部族人员在进入中原后，很快融入当地社会。西北也加速了与中原的联系。元代是中国民族形成的重要时期，也是各族相互融合，共同推动中华文化发展的重要历史时期。

　　元代据有广袤的国土，各时期、各地区经济发展差异很大。北方腹里地区，蒙古灭金战争初期杀戮和掳掠人口严重。蒙古贵族不知农业的重要性，也曾占领一部分农田为牧场。但在金亡十五年后，主要地区已大体恢复到金末水平。江浙地区，战争中受到的破坏较少，仍然是全国经济发展的中心。四川地区在战争中被破坏得很严重，通过大量移民，到元大德以后，才逐渐恢复。随着国家制度逐步完善，元世祖忽必烈把农业放在重要位置，他曾多次颁布诸王贵族不得因田猎践踏田亩和改田亩为牧场的禁令,农业生产有明显发展。司农司编《农桑辑要》,多辑自前代农书。这是中国古代政府颁行、指导全国农业生产的最早的一部农书。这些措施对农业生产的恢复有很大作用。这一时期在兴修水利方面也取得显著的成绩。郭守敬在中统初年,就进行了大都地区和华北平原水系的治理规划。后又领导南北大运河的工程。

随着农业的恢复和发展,适应消费的需要,手工业也有所发展。江浙一带的棉丝织业、茶叶加工业、陶瓷业、冶炼业、造纸业和印刷业,都很发达。中统元年,开始由政府统一发行纸钞"中统元宝交钞"。至元十七年,废宋铜钱,全国货币实现了统一。又加上海运和漕运的沟通,商业日趋繁盛,国内外贸易规模都较前扩大。城市经济在宋、金两朝的基础上继续发展。《马可波罗行纪》记载当时大都的情况,说,"外国巨价异物及百物之输入此处者,世界诸城无能与比。盖各人自各地携物而至,或以献君主,或以献宫,或以供广大之城市,或以献众多之男爵骑尉,或以供屯驻附近之大军。百物输入之众,有如川流不息。"又说:"娼妓为数亦夥,计有二万有余。"南宋灭亡后,杭州的繁华仍不弱于作为南宋首都时的状况。关汉卿在当时写的《杭州景》套曲中说:"满城中绣幕风帘,一哄地人烟辏集","百十里街衢整齐,万余家楼阁参差"。马可波罗认为,杭州的富庶繁华是世界上任何城市都比不上的。此外,汴梁、平阳(今山西临汾)、济南、东平、真定(今河北正定)、彰德(今河南安阳)、大名、太原、京兆(今陕西西安)、苏州、温州、泉州、广州等地,工商业也很繁盛,为杂剧和南戏的发展准备了物质条件。

元代不仅是多民族融合的时代,也是与世界有着广泛交流的时代。在宗教方面比较宽容,佛教、道教、伊斯兰教、基督教、摩尼教以及蒙古原有的萨满教,都有信奉,呈现出多样化现象。在中原地区则仍以佛教和道教的影响为大。佛教以禅宗最盛,道教在北方以全真教、南方以正一教为最盛。儒家思想和佛、道教思想在元代文学作品中均有显著的反映。世祖忽必烈为了稳定统治,由是标榜文治。窝阔台在灭金战争进行时,就曾命修孔庙,并"诏以孔子五十一世孙元措袭衍圣公"。元世祖更在上都大都诸路府州县设孔庙。立庙学,孔庙和学校合一成为普遍现象。在中央设置国子学、蒙古国子学、回回国子学,地方教育建社学,并在州县普遍设医学、阴阳学。私学和官办书院均得到发展。南宋朱熹的理学在元代北方和南方都得到传播,并成为官学。理学家姚枢、窦默、许衡等,都官居要位。这说明儒家思想仍占据统治地位。由于国家统一,在宋金基础上,天文历法占有世界最高水平。郭守敬主持进行了空前规模的观测工作,从南海到北海,每十度设立一个天文观测站,凡二十七所,并编制新历——授时历。朱思本完成《舆地图》,这个全国地图精确程度超过前人。元代纂修辽、金、宋史,正确解决正统问题,使三朝史料得以存世。

元朝没有文禁,宋、金、元朝代更迭之际,抨击暴君酷吏的进步思想也有突出的表现,并得以流传。异端的空想社会思想家邓牧在《伯牙琴》的《君道》《吏道》中说:"所谓君者非有四目两喙、鳞头而羽臂也,状貌咸与人同,则夫人固可为也。今夺人之所好,聚人之所争,慢藏诲盗,冶容诲淫,欲长治久安,得乎?"又说"小大之吏,布于天下,取民愈广,害民愈深。"并认为"夫夺其食,不得不怒;竭其力,不得不怨。人之乱也,由夺其食;人之危也,由竭其力。而号为理民者,竭之而使危,夺之而乱!"他还提出:"得才且贤者用之。若犹未也,废有司,去县令,听天下自为治乱安危,不犹愈乎!"随着戏曲、小说等通俗文学的兴起,钟嗣成的《录鬼簿》有意识肯定"门弟卑微,职位不振,高才博识"的杂剧作家地位,保存了他们的生平及创作资料。元代作家,特别是杂剧作家的作品,更强烈地传达了民众的呼声。

元代文学在中国文学发展过程中是一个新的转折期。戏曲、散曲、小说在元代得到了长足发展,它们逐渐取代诗、词、散文而占据文坛的重要位置。同时诗、词、散文也起着承前启后的作用,有着自己的特点。元代文学,以大德十一年(1307)为界,可以分为前后两期。前期,以元世祖统治阶段,文学最为繁盛。有关汉卿、白仁甫、马致远、赵孟頫、张炎、姚燧诸大家,有一批传世名作。

杂剧、散曲,合称"曲",成为有元一代文学的代表,在文学史上取得了和唐诗、宋词并称的地位,南戏也在南宋以来戏文的基础上,产生了《琵琶记》等著名作品。

元代是中国戏曲发展的黄金时期。杂剧文学剧本的出现,标志着中国戏曲进入一个新的时期。它反映了戏曲集表演,唱、念、做于一体的综合性的艺术特征。曲词继承了诗词的传统,又吸收了活的语言,形成具有独特民族风格的剧诗。现有作品流传的作家有四十余人,现存作品一百四十种左右。明代臧晋叔编的《元曲选》,收入作品一百种。近人隋树森汇编的《元曲选外编》,收入《元曲选》以外的北杂剧六十二种。这两部书都收入少量明初人的作品。《元刊杂剧三十种》为杂剧最早刻本,原为明人李开先旧藏,后为清人黄丕烈收藏,题为《元刻古今杂剧乙编》,后经王国维整理,改题今名。明刻本主要来自内府本,其中不少作品经过明人润色,与元本有一定距离,但这仍是研究元杂剧的重要依据。散曲是与剧曲相对而言的,它是元代的流行歌曲,是词的通俗唱法,在文学史上,它属于一种新兴的诗体。杂剧散曲都是在通俗文学的基础上发展起来的,它们给文坛带来了新的面貌。

元代前期的诗、词、文,在北方主要是继承金朝的传统,由金入元的元好问继续领导文坛,刘因、姚燧、卢挚等都是有影响的作家;南方则承受南宋的余绪,以刘辰翁、戴表元、王沂孙、张炎、吴澄、赵孟𫖯为代表。仁宗以后,终于形成自己的特色,出现虞集、杨载、范梈、揭傒斯四大家。元末以萨都剌、杨维桢、张翥成就较高。在江浙的吴中、浙东、婺州,江西,湖广,福建等地诗文活动非常繁盛,对明代诗文起着开路的作用。

元代北方,自"戊戌选试"至延祐二年(1313)恢复科举,科举停止八十余年,自南宋咸淳十年最后一次科举取士计算,也近四十年。又由于士人阶层分化,仕进多歧,士人对于仕进道路和自己价值的认识,与宋季有了明显地变化。士人以标致自高,以文雅相尚,无意乎事功。诗、书、画,都有新的时代特色。文坛前所罕见的出现多族作家,为多族融合,共同发展中华文化做出重大贡献。

第一章 元代前期诗文

元代自元太祖成吉思汗元年,至明太祖朱元璋建国(1368),共一百六十二年。以元成宗铁木耳大德十一年为界,可分前后两期。元太祖、太宗时期,耶律楚材的影响最大。他与丘处机的西域诗开启了元诗的序幕。金亡以后,则是元好问主盟文坛。元世祖、成宗时期,赵孟頫开启了一个新的历史阶段。张炎、王沂孙等,在词的领域也有新的创获。元武宗、仁宗,至元文宗时期,虞集与元诗四家,以及萨都剌、张翥颇负盛名。元顺帝时期,杨维桢、顾瑛是重要作家。清顾嗣立《元诗选》初集《杨维桢传》中说:

> 元诗之兴,始自遗山。中统、至元而后,时际承平,尽洗宋金余习,则松雪为之倡。延祐、天历间,文章鼎盛,希踪大家,则虞杨范揭为之最。至正改元,人才辈出,标新领异,则廉夫为之雄。

顾嗣立是清代研究元诗的大家,对于元代文学的发展,概括得非常准确。

第一节 耶律楚材、元好问等作家

元军攻入中都,占有黄河以北地区,至灭金以前。文坛以耶律楚材(1190—1244)为最有影响,耶律楚材,字晋卿,号湛然居士。契丹皇族后裔。其父耶律履仕金,累官至礼部尚书、参知政事、尚书左丞。蒙古军围中都(今属北京)时,耶律楚材在行尚书省任左右司员外郎。中都被蒙古军攻破后,师从行秀(1166—1246)学禅。元太祖十二年(金兴定三年),受成吉思汗征召,三月从燕京出发,七月到达怯绿连河畔的成吉思汗大帐,得到接见。此后跟随成吉思汗远征近十年,楚材精通占卜术,随侍左右,以备咨访。期间曾久驻原西辽首府河中府(今乌兹别克斯坦撒马尔汗市),任职司天台。元太宗任命为"必阇赤",主管汉地文书,故汉人尊称中书令。著有《湛然居士文集》。

耶律楚材与随后应召到西域的全真教宗师丘处机(1148—1227)有诗歌唱和。元太祖十五年夏五月,攻取河中府(撒马尔汗,又译寻思干),丘处机于农历十一月十八日到达。当时耶律楚材在蒲华城(不花剌城,今乌兹别克斯坦布哈拉)。次年春,二人在河中府会面,有诗唱和。二人宗教旨趣不同,但以儒治国的理念一致,且在他乡相遇,二人春游夜话,颇多共同语言,联句和诗已知的多达四十余首。二人西行路线不尽相同,但自金山(今阿尔泰山),由东而西到别石把(又译别失八里,今新疆济木萨尔县)、轮台(今新疆轮台县)和不剌城(今新疆博乐市东南)、过圆池(今赛里木湖)、出阴山(今天山),至阿里马城(又译阿力麻里,今新疆伊犁州霍城县东克干山南麓)这段路程是相同的。只不过,耶律楚材是夏天经过,两年后,丘处机秋天到此。依行进时间次序,丘处机在元太祖十五年八月中旬过沙陀,赋《阴山途中》:

高如云气白如沙,远望那知是眼花。渐见山头堆玉屑,远观日脚射银霞。横空一字长千里,照地连城及万家。从古至今常崇伟,吟诗写向直南夸。

耶律楚材在元太祖十六年春,于河中府和诗(《过阴山和人韵》其三):

八月阴山雪满沙,清光凝目眩生花。插天绝壁喷晴月,擎海层峦吸翠霞。松桧丛中疏畎亩,藤萝深处有人家。横空千里雄西域,江左名山不足夸。

丘处机八月二十九至别石把,大唐时都护府所在地,回纥王部族劝葡萄酒,侍坐者有僧、道、儒,且列侏儒伎乐,赋《夜宿葡萄园》:

> 夜宿阴山下，阴山夜寂寥。长空云暗暗，大树叶萧萧。万里征途远，三冬气候韶。全身都放下，一任断蓬飘。

耶律楚材和诗(《过阴山和人韵》其二)：

> 羸马阴山道，悠然远思寥。青峦云霭霭，黄叶雨萧萧。未知行周礼，谁能和舜韶。嗟吾浮海粟，何碍八风飘。

丘处机九月二十七日至阿里马城，以诗纪行，其《自金山至阴山纪行》：

> 金山东畔阴山西，千岩万壑横深溪。溪边乱石当道卧，古今不许通轮蹄。前年军兴二太子，修道架桥彻溪水。今年吾道欲西行，车马喧阗复经此。银山铁壁千万重，争头竞角夸清雄。日出下观沧海近，月明上与天河通。参天松如笔管直，森森动有百余尺。万株相倚郁苍苍，一鸟不鸣空寂寂。羊肠孟门压太行，比斯大略犹寻常。双车上下苦顿撷，百骑前后多惊惶。天池海(指今赛里木湖)在山头上，百里镜空含万象。悬车束马西下山，四十八桥低万丈。河南海北山无穷，千变万化规模同。未若兹山太奇绝，磊落峭拔如神功。我来时当八九月，半山已上皆为雪。山前草木暖如春，山后衣衾冷如铁。

天池海，指今赛里木湖；塔勒奇山峡，今名果子沟，即松关。成吉思汗西征时，其子察合台在此凿石通道为四十八桥，今尚存三十二桥。耶律楚材和诗(《过阴山和人韵》其一)：

> 阴山千里横东西，秋声浩浩鸣秋溪。猿猱鸿鹄不能过，天兵百万驰霜蹄。万顷松风落松子，郁郁苍苍映流水。天丁何事夸神威，天台罗浮移到此。云霞掩翳山重重，峰峦突兀何雄雄。古来天险阻西域，人烟不与中原通。细路萦纡斜复直，山角摩天不盈尺。溪风萧萧溪水寒，花落空山人影寂。四十八桥横雁行，胜游奇观真非常。临高俯视千万仞，令人凛凛生恐惶。百里镜湖山顶上，旦暮云烟浮气象。山南山北多幽绝，几派飞泉练千丈。大河西注波无穷，

> 千溪万壑皆会同。君成绮语壮奇诞,造物缩手神无功。山高四更才吐月。八月山峰半埋雪。遥思山外屯边兵,西风冷彻征衣铁。

二人的诗篇,第一次描绘了西域丝绸北路奇绝的风景,揭开了元代文学的新篇章。

元好问的后半生生活在元代,他成为当时文坛的领袖。元太宗五年四月,元好问上书耶律楚材,荐士数十人,他认为,"衣冠礼乐、纪纲文章,尽在于是",希望能助耶律楚材"主盟吾道"。同年四月二十九,他以伪官身份被羁押赴聊城。一年后客严实幕。不仅对东平地区教育有重要作用,而且在各汉人世侯统治地区,有广泛的活动。海迷失后元年(1249),真定奉忽必烈旨修建真定庙学,元好问作《令旨重修真定庙学记》,主张继承周制,以文治为永图。称颂忽必烈,实则希望能善继儒业。后两年,又与张德辉,"奉启"请忽必烈为儒教大宗师。元好问与耶律楚材、耶律铸父子也有较密切的联系。他的目的就是希望能保护中华文化,以儒治国。经历了兴亡巨变,痛苦的磨砺,他不惧物议,一心为国家的命运做出自己的努力。

元好问的诗题材比较广泛,真实地记录当时的社会现实,特别是蒙古军灭金过程中的暴行。

元好问等于四月二十九日被蒙古军押解出汴京,暂住青城。元好问作《癸巳四月二十九日出京》:

> 塞外初捐宴赐金,当时南牧已駸駸。只知灞上真儿戏,谁谓神州遂陆沉!华表鹤来应有语,铜盘人去亦何心?兴亡谁识天公意,留着青城阅古今!

五月三日,元好问等又被从青城北渡押送聊城,他在途中作《癸巳五月三日北渡三首》:

> 道旁僵卧满累囚,过去辎车似水流,红粉哭随回鹘马,为谁一步一回头!
>
> 随营木佛贱于柴,大乐编钟满市排,房掠几何君莫问,大船浑

载汴京来!

　　白骨纵横似乱麻,几年桑梓变龙沙,只知河朔生灵尽,破屋疏烟却数家。

诗歌反映了蒙古灭金战争中的杀戮和掳掠的罪行,抒发了诗人面对国破家亡的沉痛心情。这些诗中可以看到杜甫的影响,称得上是金亡的史诗。此外,元太宗窝阔台十年元好问自山东返回故乡途中写的《雁门道中书所见》,揭露蒙古统治者对人民多方面的迫害,"食禾有百螣,择肉非一虎",诗人觉得只能写一首诗,但"感讽复何补!"心情十分悲痛。赵翼在《瓯北诗话》中说:"(元好问)盖生长云朔,其天禀本多豪健英杰之气;又值金源亡国,以宗社邱墟之感,发为慷慨悲歌,有不求而自工者:此固地为之也,时为之也。"

他在《赠答赵仁甫》诗中,表达了两人情感的契合:

　　我友高御史,爱君旷以真。昨朝识君面,所见胜所闻。江国辞客多,玉骨无泥尘。轩昂见野鹤,过眼无鸡群。想君夜醉浔阳时,明月对影成三人。散著紫绮裘,草裹乌纱巾。浩歌鱼龙舞,水伯不敢嗔。何意醉梦间,失脚堕燕秦。万世一旦暮,万里犹比邻。世无鲁连子,黑头万蚁徒纷纷。君居南海我北海,握手一杯情更亲。老来诗笔不复神,因君两诗发兴新。都门回首一大笑,袖中知有江南春。

元好问与赵仁甫是元初文化重建中的一代人物,这首诗充分表现了元好问卓荦的胸怀。

元好问有不少描写自然景物和个人情感的作品。如《游黄华山》,记诗人游河南林县黄华山(即林虑山)观瀑布,全诗气势雄伟,动荡心魄。又有描写历史人物的诗篇,如《赤壁图》:

　　马蹄一蹴荆门空,鼓声怒与江流东。曹瞒老去不解事,误认孙郎作阿琮。孙郎矫矫人中龙,顾盼叱咤生云风。疾雷破山出大火,旗帜北卷天为红。至今图画见赤壁,仿佛烧虏留余踪。令人长忆眉山公,载酒夜俯冯夷宫。事殊兴极忧思集,天澹云闲今古同。得意江山在眼中,凡今谁是出群雄。可怜当日周公瑾,憔悴黄州一秃翁。

作品写赤壁之战历史英雄叱咤风云的业绩,又因事感人,对周郎、坡公的命运,也包括诗人个人的命运,颇多不平。

元好问也是文章大家,文章自然平易,无所雕饰。其《市隐斋论》批评那些假隐士欺世盗名,所发议论,颇为尖锐:

今夫干没氏之属,胁肩以入市,叠足以登垄断,利嘴长距,争捷求售,以与佣儿贩夫血战于锥刀之下,悬羊头,卖狗脯,盗跖行,伯夷语,曰"我隐者也"而可乎?

他在《东平府新学论》中批评学政的坏风气,更是疾恶如仇,语言十分锋利,绝对无"空议""腐语"。正如徐世隆所说,他是"接夫千百世之传""兼诸家之长,成一代之典"的重要作家。

第二节　刘因、姚燧等作家

元好问之后,北方文坛重要作家有刘因、姚燧、卢华等。刘因(1249—1293),字梦吉,号静修,又号雷溪真隐,保定容城(今属河北)人。著有《静修文集》。他精研理学,闭门教授弟子,诗歌很有名。至元十九年,不忽木荐于朝,擢承德郎、右赞善大夫,不久辞归。至元二十八年,再征召为集贤学士、嘉议大夫,不肯应召。元世祖称他为"不召之臣"。至元五年,元师伐宋,他曾作《渡江赋》,力陈宋不可伐。他在《白沟》诗中,更揭示了宋代亡国的历史教训:

宝符藏山自可攻,儿孙谁是出群雄。幽燕不照中天月,丰沛空歌海内风。赵普元无四方志,澶渊堪笑百年功。白沟移向江淮去,止罪宣和恐未公。

这是一首咏史诗,作者概括北宋的历史,指出北宋亡于金的原因在于一味妥协退让。开始二句用赵简子的典故。赵简子曾经对他的几个儿子说,我有宝符藏在常山上,谁先得到它有赏。几个儿子跑到常山上,什么也没有发现,只有毋恤回来说,已经得到符了。毋恤说:"从常山上临代,代可取也。"毋恤所说正符合赵简子的心意。这里是说,赵氏子孙哪一个是"出群雄"呢?从赵普到寇准为相,根本没有四方之志,一味退让,最后酿成北宋的灭亡,是长期妥协的必然结果。刘因不是金遗民,更不是宋遗民,但是他作为中原的文人,作为一个理学家,对宋金以来兴亡的历史,一生系念不忘。他对现实也十分关心,在《送人官浙西》中,他这样写道:"江海十年几战酣,劫灰飞尽到耕蚕。乱翻文物想犹在,彫弊征科恐未堪。"

他论诗受元好问影响,说:"魏晋而降,诗学日盛,曹刘陶谢其至者也;隋唐而降,诗学日变,变而得正,李杜韩其至者也;周宋而降,诗学日弱,弱而后强,欧苏黄其至者也。"他的诗歌有豪迈不羁的气概。如《过镇州》:

太行迎马郁苍苍,两岸滩声带夕阳。霜与秋容增古淡,树因烟景恣微茫。阅人岁月真无谓,得意江山差自强。曾记城南旧时路,十年回首尽堪伤。

又如《山中月夕》:

满怀幽思自萧萧,况对空山夜正遥。四壁晴秋霜著色,一天明月水生潮。歌传岩谷声豪宕,酒泛星河影动摇。醉里似闻猿鹤语,百年人境有今朝。

他的五古多学陶渊明,有学陶诗一卷。五言小诗《村居杂诗》:

邻翁走相报,隔窗呼我起。数日不见山,今朝翠如洗。

清新自然,颇有陶诗韵味。

他的散文也有一定成就。《辋川图记》指责王维降安禄山的失节行为,指出文学艺术家应注重品德名节。《上宰相书》情辞婉转。

姚燧(1239—1314),字端甫,号牧庵,洛阳(今属河南)人。官至陕西汉中道提刑按察司副使、大司农丞、翰林学士、江东廉访使、江西行省参知政事等职。著有《牧庵文集》。以文章著称。他的《送畅纯甫文》记叙了他学文的经过和对文章的见解,《序牡丹》从牡丹佳品的移植感悟人生的道理。文风豪而不宕、刚而不厉。卢挚(1242?—1314?),字处道,号疏斋。卢挚诗与刘因齐名,文与姚燧并称。他的《文章宗旨》可以使我们看到元初诗文理论的面目,寻出金元明诗文发展的线路。他的诗以五言为最著名,风致淡泊。如《清华观西轩》：

琳宇夏天晓,官曹今日闲。深松欲无路,疏竹不遮山。静对黄冠语,时看白鸟还,平生林壑趣,聊复此窗间。

他的散曲,语言本色平易,也有自己的特点。

从刘因、姚燧、卢挚等诗文作品可以看到元初诗风的变化,姚燧、卢挚的散曲也体现了散曲艺术多样化的倾向。

第三节　刘辰翁、赵孟頫等作家

元代江南文学最盛在江西、江浙行省。江西,刘辰翁是首倡者。刘辰翁(1232—1297),字会孟,号须溪,庐陵(今江西吉安)人。宋理宗景定元年补太学生。三年,进士。出任赣州濂滨书院山长。恭帝德祐元年五月,召入史馆,辞未就。十月,授太学博士,路已阻,未行。冬十二月,避乱吉水虎溪,自叹："非无意斯世,命也。"入元,积极参与兴学,与地方官员、文士唱和,是江西文坛有影响的作家。吴澄为其子刘将孙撰《刘尚友文集序》说："国初庐陵刘会孟氏突兀而起,一时气焰,震耀远迩,乡人尊之,比于欧阳。"程钜夫《严元德诗序》："自刘会孟尽发古今诗人之秘,江西诗为之一变。"其词较受后人推重。况周颐《蕙风词话》卷二："须溪词中,间有轻灵婉约之作,似乎元明正统词派导源乎此。

讵时代已入元初,风会所趋,不期然而然者耶?"如其词〔西江月〕《新秋写兴》:

> 天上低昂似旧,人间儿女成狂。夜来处处试新妆,却是人间天上。　　不觉新凉似水,相思两鬓成霜。梦从海底跨枯桑,阅尽银河风浪。

此词写七夕节日盛况,天上景象依旧,夜晚儿童女子,不论家境如何,都穿上新衣。在欢愉的气氛中,作者引发了很深的感慨,体味人生的风雨变故。

刘辰翁评点批评文学,实开文言评点的先河。评点著作有:《李长吉歌诗评》《杜工部诗集评》《孟浩然诗集评》《王荆公诗文评》《苏东坡诗评》《须溪精选陆放翁诗评》《须溪评点简斋集》,以及《班马异同评》《老子》《庄子》《列子》《世说新语评》等。他的文学理论主张,情真品高,而又通过"兴寄深远"的艺术表现;师古,而又"生新"。

刘将孙(1257—?),字尚友,因其父号须溪,人称小须。至元末曾任临汀书院山长、延平教授。著有《养吾斋集》。他继承发展其父的诗论,主张"诗本出于情性",又有"清气"之说。其特点是"得之于情性""不知其然而然""发之真",其表现为"神"。父子成一家言,在江西以他们为中心,出现一个文人群体,一直影响到延祐,才有变化。

吴澄(1249—1333),字幼清,居室程钜夫题为草庐,故学者称其为草庐先生,抚州崇仁(今属江西)人。历任江西儒学副提举、国子监丞、国子监司业、翰林学士,泰定元年(1324)开经筵,为讲官。修《英宗实录》,命总其事。他是著名的理学家,也是著名的文章家。他的《送何太虚北游序》,批评把出游当作奔走利禄的手段:

> 方其出而游乎上国也,奔趋乎爵禄之府,伺候乎权势之门,摇尾而乞怜,胁肩而取媚,以侥幸于寸进。及其既得之,而游于四方也,岂有意于行吾志哉?岂有意于称吾职哉?苟可以夺攘其人,盈厌吾欲,囊橐既充,则阳阳而去尔。

主张"游者为道",认为"若夫山川风土,民情世故,名物度数,前言往行,非博其闻见于外,虽上智亦何能悉知也?"他为同时人诗文集所写的序文,较系统地阐述了自己的文学见解。其所言偏主陆氏心学,其文学理论也多受心学影响。主张继承,但强调继承要革新;而革新,"品之高,其机在我"。他的诗歌清婉超逸,时有一些可诵的诗句。

江浙行省作家,有方回、戴表元、赵孟頫。方回的诗论有重要影响,戴表元主张宗唐得古,赵孟頫与戴表元的诗学观点一致,但赵孟頫的诗书画均为大家,实为文学复古思潮的旗帜。

方回(1227—1307),字万里,号虚谷居士。浙东道徽州路歙县(今属安徽)人。宋理宗景定三年,与刘辰翁同科进士。初提池阳茶盐,累迁严州知州。入元后官建德路总管,至元十八年离任,往来杭州、歙县之间。著有《桐江集》和《桐江续集》。并选唐宋近体诗,加以评论,名为《瀛奎律髓》,是著名的诗论著作。他提出"一祖(杜甫)三宗(黄庭坚、陈师道、陈与义)"说,在诗统中重视宋诗的地位。这是针对宋末四灵和江湖诗派师法晚唐提出的,同时也是为了提出江西诗派的品格。方回认为"诗以格高为第一""意为脉""律为骨"。

戴表元(1244—1311),字帅初,一字曾伯,庆元奉化(今属浙江)人。宋建康教授,元信州教授。著有《剡源集》。他的散文作品较多。他的《二歌者传》写两个歌妓的友谊,娓娓动人。《送张叔夏西游序》记叙张炎在宋亡前后的变化,也很具体形象。他的诗多伤时悯乱之作。如《剡民饥》:

> 剡民饥,山前山后寻蕨萁,副萁得粉不满掬。皮肤皴裂十指秃,皮皴指秃不敢辞,阿翁三日不供糜。不如抛家去作挽船士,却得家人请官米。

《感旧歌者》则流露了故国之思:

> 牡丹红豆艳春天,檀板朱丝锦色笺。头白江南一尊酒,无人知是李龟年。

他的诗仍有江湖派的影响,如《秋尽》:

> 秋尽空山无处寻,西风吹入鬓华深。十年世事同纨扇,一夜交情到楮衾。骨警如医知冷热,诗多当历记晴阴。无聊最苦梧桐树,搅动江湖万里心。

赵孟𫖯(1254—1322),字子昂,号松雪道人,湖州(今浙江吴兴)人。宋末,为真州司户参军,元至元中,由程钜夫推荐入朝,任兵部郎中、济南总管府同知、江浙等处儒学提举、翰林学士承旨等职。著有《松雪斋集》。他诗书画均为大家,宋濂《赵子昂像赞》:"文运中微,颓波日靡,公起东南,作天一柱。"他在文学上主张尊古,戴表元《松雪斋集序》:"余评子昂,古赋凌历顿迅在楚汉之间,古诗沉潜鲍谢。自余诸作,犹傲睨高适、李翱云。"如《峨眉亭》颇有风致:

> 天门日涌大江来,牛渚风生万壑哀。青眼故人携酒共,两眉今日为君开。苍崖直下蛟龙吼,白浪横空鹅鹳回。南眺青山怀李白,沙头官渡苦相催。

他的题画诗、写景诗,也多佳作,如《趵突泉》:

> 泺水发源天下无,平地涌出白玉壶。谷虚只恐元气泄,岁旱不愁东海枯。云雾润蒸华不注,波涛声震大明湖。时来泉上濯尘土,冰雪满怀清兴孤。

赵孟𫖯精于诗画,他的夫人管仲姬,也工诗善画。两人有《渔父词》唱和,成为文坛佳话。管仲姬题《渔父图》原作:

> 人生贵极是王侯,浮名浮利不自由。争得似,一扁舟。弄月吟风归去休。

赵孟𫖯和词:

> 渺渺烟波一叶舟,西风木落五湖秋。盟鸥鹭,傲王侯,管甚鲈鱼不上钩。

第四节　张炎、王沂孙等作家

由宋入元后,江浙行省仍是全国文学最繁盛的地域。杭州、绍兴、庆元一路,仍是诗词作家活跃的地方。周密、王沂孙、戴表元、张炎、仇远等多次在杭州唱和诗词。

张炎(1248—1320?),字叔夏,号玉田,又号乐笑翁,祖籍凤翔,临安(今浙江杭州)人。他是南宋"中兴四将"之一张俊的六世孙。宋亡之后,过了三十年漂泊流落的生活。至元二十七年元世祖糜金三千多两,缮写金字藏经,张炎北上参加写经,没有做官。存词约三百首,词集名《山中白云词》。《四库全书总目提要》说:"所作往往苍凉激楚,即景抒情,备写其身世盛衰之感,非徒以剪红刻翠为工。"他的《高阳台》题咏西湖,借以抒发自己的哀痛:

> 接叶巢莺,平波卷絮,断桥斜日归船。能几番游?看花又是明年。东风且伴蔷薇住,到蔷薇、春已堪怜。更凄然,万绿西泠,一抹荒烟。　当年燕子知何处?但苔深韦曲,草暗斜川。见说新愁,如今也到鸥边。无心再续笙歌梦,掩重门、浅醉闲眠。莫开帘,怕见飞花,怕听啼鹃。

凄凉幽怨,主要是写个人身世之感。他的词继承了周邦彦、姜夔的传统。清代浙派论词,以张炎上配姜夔,合称姜张。他也以咏物词见称。他的《南浦》词赋春水,《解连环》赋孤雁,都很有名。人称"张春水""张孤雁"。如《解连环》:

> 楚江空晚,怅离群万里,恍然惊散。自顾影、欲下寒塘,正沙净草枯,水平天远。写不成书,只寄得、相思一点。料因循误了,残毡拥雪,故人心眼。　谁怜旅愁荏苒?漫长门夜悄,锦筝弹怨。想伴侣、犹宿芦花,也曾念春前,去程应转。暮雨相呼,怕蓦地、玉关重见。未羞他、双燕归来,画帘半卷。

作者以失群的孤雁寄托自己的胸怀，比喻羁旅漂泊的生涯。用苏武的典故，据《汉书》记载，苏武被囚北海，匈奴诡称苏武已死。汉使至匈奴，苏武与使者偷偷会面，使者假说汉天子于上林苑射得一雁，雁足系帛书，知苏武在泽中。匈奴单于才承认苏武还在。上片写孤雁的心境。下片写孤雁的羁旅哀怨之情和幻梦中与伴侣重逢。词中"写不成书、只寄得、相思一点"是名句。张炎词直接关系元词的发展。

张炎著有《词源》二卷，上卷论五音十二律，律吕相生，以及宫调、管色等问题；下卷论词，是周邦彦、姜夔词学的总结。《词源》论词，以雅词为依归，主雅正、清空。张炎一生追求的是清空的词风。

王沂孙（1238？—1306？），字圣与，号碧山，又号玉笥山人。会稽（今浙江绍兴）人。有词《花外集》一卷，又名《碧山乐府》。据《延祐四明志》，王沂孙为庆元路第一任学正，他就任时间是至元十五年至二十三年。戴表元《杨氏池堂谦集诗序》记载，至元二十三年，王沂孙客于杭。他参加了与周密、玚简、冯应瑞、唐兴孙、吕国老、李彭老、陈恕可、彦珏、赵汝钠、李君仁、张炎、仇远等多次词的唱和。收录《乐府补题》的五次唱和，他参加了四次。他所作的〔六香〕《龙涎香》、〔水龙吟〕《白莲》、〔齐天乐〕《蝉》，皆为传诵的篇目。他现存最晚的词为〔一萼红〕《玉婵娟》，序曰"丙午春赤城山中题花光卷"，词中自称"东南倦客"，不可能作于少年，应为元成宗大德十年。所以他后三十余年是在元朝生活的，他现存的词主要写作于这一时期。

王沂孙的词传世者有六十四首，而其中近四十首为咏物词。因此王沂孙词以咏物词而名。由宋入元的文人，经历了精神靡化不开到接受新王朝的过程，随着时间的推移，由于元朝尊儒兴学，他们的态度逐渐变化，但思想上仍存在困惑和对于故宗的怀念，所以，这类具有隐语之喻托与巧谈之铺陈性质的咏物词成为表现他们情感的最好形式。他们相聚唱和，都是写词的名家，自然要逗才华，极尽思力，用字、用典、句构、章法，都有层次和法度。思想情感相合，喻托也是很容易引起共鸣的。但用心太过,有伤自然率真之美。后世读者自然感到晦涩,甚至以己意来做解释。但无论评价如何,王沂孙都是有代表性的词人。

名篇〔齐天乐〕《蝉》:

一襟余恨宫魂断,年年翠阴庭树。乍咽凉柯,还移暗叶,重把离愁深诉。西窗过雨,怪瑶珮流空,玉筝调柱。镜暗妆残,为谁娇鬓尚如许? 铜仙铅泪似洗,叹移盘去远,难贮零露。病翼惊秋,枯形阅世,消得斜阳几度?余音更苦,甚独抱清商,顿成凄楚?谩想薰风,柳丝千万缕。

据五代后唐马缟《中华古今注》载:"牛亨问曰:'蝉名齐女者何?'答曰:'齐王后忿而死,尸变为蝉,登庭树嘒唳而鸣,王悔恨,故世名蝉曰齐女也。'"所以,首句指齐王后这位还有"一襟余恨"的女子的魂断,在树下,倾诉离愁。经历风雨而憔悴哀鸣的她,"为谁娇鬓尚如许?"下半阕,"铜仙铅泪似洗,叹移盘去运,难贮去露"这句用李贺《金铜仙人辞汉歌》的典故,汉宫金铜仙人手中所擎的承露,已与金铜仙人一同被移去,"难贮零露"。餐风饮露的蝉,生存更加凄苦,还"甚独抱清高","谩想薰风,柳丝千万缕",梦想好的时日。很显然,这里的蝉,就是这些由宋入元文人的心境。

仇远(1247—1328?),字仁近,号近村,又号山村民,人称山村先生,钱塘(今浙江杭州)人。以诗名,著有《金渊集》,已佚,清人从《永乐大典》中辑出六卷;另有清人项梦昶编辑《山村遗集》。大德元年高克恭为其作《山村图》,二年持《山村图》求有力者资助其建山村住宅。后出为镇江路学正。八年迁溧阳州学教授,以杭州路知事致仕。泰定五年六月尚存。

他的诗,古体主选,近体主唐。吴郡僧守卫评曰:"书传来晋法,诗接晚唐人。"他的《卜居白龟池上》:

一琴一鹤小生涯,陌巷深居几岁华。为爱西湖来卜隐,却怜东野又移家。荒城雨滑难骑马,小市天明已卖花。阿母抱孙闲指点,疏林尽处是栖霞。

这首诗反映了他的生活,也代表了他的诗风,他的词风与张炎的主情趋向一致,诗词在江浙行省都很有影响。

第二章　元代后期诗文

元武宋、仁宗至文宗时期,虞集极具盛名,他与杨载、揭傒斯、范梈并称"元诗四大家",他与欧阳玄、揭傒斯,又以古文名世。萨都剌、张翥也是诗词重要作家。元顺帝时期,杨维桢、顾瑛、倪瓒、廼贤等作家影响很大。

第一节　虞集、揭傒斯等作家

虞集(1272—1348),字伯生,世称邵庵先生。宋丞相虞世文五世孙,祖籍成都仁寿(今四川仁寿)人,父汲侨居江西临川。大德初荐授大都路儒学教授,官至秘书少监、翰林直学士兼国子祭酒、奎章阁侍书学士,修《经世大典》,进侍讲学士。著有《道园学古录》五十卷、《道园遗稿》六卷。在延祐、至顺间,他是最负盛名的诗文作家,"一时宗庙朝廷之典册,公卿大夫之碑版咸出其手"(《元史·虞集传》)。论诗宗尚淡泊、闲雅、深远。其咏史赠别诗,不乏佳作,如《寄丁卯进士萨都剌天锡》:

> 江上新诗好,亦知公事闲。投壶深竹里,系马古松间。夜月多临海,秋风或在山。玉堂萧爽地,思尔佩珊珊。

他也有反映现实的作品,如《次韵陈溪山棕履》二首之二:

> 六月乃屡雨,良田不忧槁。独念桂林戍,触热赴南讨,道路备攘掠,所过净于扫。缚人夜送军,吏卒何草草,蛮獠亦人类,义利启

戎好。寻原可制乱,机要贵及早。夜来送者还,颇言暍横道。诸军四面集,同月约皆造。谁为饥渴谋,性命安可保?藜藿虽满盘,对之令人老。

他的寄柯敬词〔风入松〕,也为一时传诵:

画堂红袖倚清酤,华发不胜簪。几回晚直金銮殿,东风软,花里停骖。书诏许传官烛,轻罗初试朝衫。　御沟冰泮水挼蓝。飞燕语呢喃。重重帘幕寒犹在,凭谁寄银字泥缄。为报先生归也,杏花春雨江南。

他的文章法度谨严,辞旨精核。如《尚志斋说》谈立志:

既有定向,则求所以至之之道焉,尤非有志者不能也。是故从师、取友、读书、穷理,皆求至之事也。于是平居无事之时,此志未尝慢也。应事接物之际,此志未尝乱也。安逸顺适,志不为丧。患难忧戚,志不为慑。必求达吾之欲至而后已,此立志始终不可渝者也。

杨载(1271—1323),字仲宏,浦城(今属福建)人,后徙家杭州。曾召为国史院编修官,延祐初,应试,登进士第,官至宁国路总官府推官。著有《仲弘集》。他由于得到赵孟頫的推重而知名,当时论诗法者,以杨载称首。他的《宗阳宫望月》被视为绝唱:

老君台上凉如水,坐看冰轮转二更。大地山河微有影,九天风露寂无声。蛟龙并起承金榜,鸾凤双飞载玉笙。不信弱流三万里,此身今夕到蓬瀛。

又如《宿浚仪公湖亭》三首之二:

两两三三白鸟飞,背人斜去落渔矶,雨余不遣浓云散,犹向前山拥翠微。

写景自然生动。

范梈(1272—1330),字亨父,一字德机,清江(今属江西)人。曾为左卫教授,迁翰林院编修。历转江西湖东,选充翰林应奉,改闽海道知事,天历二年(1329),接湖南岭北廉访司经历,未赴任。著有《燕然》《东方》等稿十二卷。他文风雅正雄健,好为歌行,工近体。如《题秋山图》:

我爱秋景好,自缘秋气清。江空石露骨,木落风无声。偶向画中见,犹如云外行。只疑豺与虎,无地得纵横。

因其多年出官江西、闽、粤,诗亦多反映南国风光,如《闽州歌》,既反映民俗,也表现了对社会弊病、民生疾苦的关怀。

揭傒斯(1274—1344),字曼硕,龙兴富州(今江西丰城)人。延祐初荐授翰林国史院编修,官至翰林侍讲学士,总修辽、金、元三史。著有《秋宜集》。《四库全书总目提要》说他的诗"清丽婉转,别饶风韵"。如《夏五月武昌舟中触目》:

两髯背立鸣双橹,短蓑开合沧江雨。青山如龙入云去,白发何人并沙语。船头放歌船尾和,篷上雨鸣篷下坐。推篷不省是何乡,但见双双白鸥过。

又如《春日杂言》之五,气势豪放,颇有李白诗风:

祝融九千丈,潇湘地底流。汹涌洞庭野,崩腾江汉秋。上有飞仙人,身披紫云裘。昔日尝相遇,渺若乘丹丘。同歌黄鹤渚,共醉岳阳楼。思之忽不见,独立怅悠悠。

揭傒斯为人刚正不阿,诗歌中较多忧时忧民的作品。如《杨柳青谣》:"连年水旱更无蚕,丁力夫徭百不堪。惟有河边守坟墓,数株高树晓相参。"又如《送吏部段尚书赴湖广行省参政二十韵》:"罢氓贫到骨,文吏细如毛。麟凤饥为膢,鹰鹯饱在绦。"另外他还有一些记录民俗的诗歌。

揭傒斯为文叙事严整,语简而当,是当时有名的文章家。他的文章

《王鼎翁文集后序》,是表彰文天祥和王炎午的。当然表彰前朝忠烈,也是当时社会道德教育的需要。他的古文一味泥古,有的就不通难懂了,如他的《龚先生碑》。由此也可看到由元到明文章的演变。

此外,欧阳玄、黄溍、柳生、马祖常也是名家。

第二节　萨都剌、张翥等作家

萨都剌(1282?—1355?),字天锡,号直斋,祖父以功留镇云、代,遂为雁门(今山西代县)人。他的生年、族属说法不一,依其后裔所记谱系,为蒙古人。而其或长期在江南生活,又多与汉人同。青少年时经商,泰定四年进士,历京口录事长、应奉翰林文字、江南诸道行御史台掾史、燕南宪使照磨、官闽海廉访知事、河南江北道廉访经历。至正三年,任江浙行省郎中,六年为江南诸道行台侍御史,去职。十年,降职为淮西江北道廉访司经历。著有《雁门集》三卷,集外诗一卷,并有《天锡词》传世。他的诗笔清丽,如《过嘉兴》:

> 三山云海几千里,十幅蒲帆挂烟水。吴中过客莫思家,江南画船如屋里。芦芽短短穿碧沙,船头鲤鱼吹浪花。吴姬荡桨入城去,细雨小寒生绿纱。我歌水调无人续,江上月凉吹紫竹。春风一曲鹧鸪吟,花落莺啼满城绿。

清而不佻,弱而不缛。他所写的塞北风光,也不乏亲切之情,如《上京即事》之三:

> 牛羊散漫落日下,野草生香乳酪甜。卷地朔风沙似雪,家家行帐下毡帘。

他也善词曲,如登石头城所写《百字令》:

> 石头城上,望天低吴楚,眼空无物。指点六朝形胜地,唯有青山如壁。蔽日旌旗,连云樯橹,白骨纷如雪。一江南北,消磨多少

豪杰。　　寂寞避暑离宫,东风辇路,芳草年年发。落日无人松径里,萤火高低明灭。歌舞尊前,繁华镜里,暗换青青发。伤心千古,秦淮一片明月。

感慨古今之变迁,抒发豪杰逝去、青春不在的悲伤,感染力很强。

张翥(1287—1368),字仲举,号才庵,晋宁襄陵(今山西临汾)人。青年时,至江东向李存、仇远学习。入仕前游于江南诸名郡,以诗文知名。至元初召为国子助教,分教上都,不久退居淮东,三年,起为翰林国史院编修官,参加修宋、辽、金三史。历任翰林应奉、修撰太常博士、礼仪院判官、国子祭酒等,以翰林学士承旨致仕。著有《蜕庵集》五卷,《蜕岩词》二卷。他以词著称。清陈廷焯《去韶集》卷一评其词曰:"仲举词自是祖述清真,取法白石,其一种清逸之趣、渊深之致,固不减梦窗。南宋自姜白石出乃有大宗,后有作者,总难越其范围,梦窗诸人师之于前,仲举效之于后,词至是推极盛焉。"他的〔六州歌头〕《孤山寻梅》:

孤山岁晚,石老树搓桠。逋仙去,谁为主?自疏花,破冰芽。乌帽骑驴处,近修竹,侵荒藓,知几度?蹋残雪,趁晴霞。空谷佳人,独耐朝寒峭,翠袖笼纱。甚江南江北,相忆梦魂赊。水绕云遮,思无涯。　　又苔枝上,香痕沁,幺凤语,冻蜂衙。瀛屿月,偏来照,影横斜。瘦争些。好约寻芳客,问前度,那人家。重呼酒,摘琼朵,插鬓鸦。唤起春娇扶醉,休辜负锦瑟年华。怕流芳不待,回首易风沙,吹断城笳。

上片写寻梅,下片写赏梅,自然清妙。张翥有很长时间在大都生活,所以词作也受北方词的影响,如〔摸鱼儿〕:

问西湖、旧家儿女,香魂还又连理。多情欲赋双蕖怨,闲却满帘秋意。娇旖旎。爱照影,红妆一样新梳洗。王孙正拟。唤翠袖轻歌,玉筝低按,凉夜为花醉。　　鸳鸯浦,凄断凌波梦里。空怜心苦丝脆。吴娃小艇应偷采,一道绿萍犹碎。君试记。还怕是、西风吹作行云起。阑干漫倚。便载酒重来,寻芳已晚,余恨渺烟水。

这首词与元遗山咏并蒂莲的〔摸鱼儿〕比较,明显可以看到对元调的命意、意象的化用。

第三节　杨维桢、顾瑛、廼贤等作家

杨维桢(1290—1370),字廉夫,号铁崖、东维子,又号铁笛道人,绍兴路诸暨州(今浙江诸暨)人。泰定四年进士。历天台县尹、钱清场盐司令。至正初年,献《宋辽金正统辨》,不果,游吴兴、姑苏。至正八年除杭州四务提举,转建德路推官,升奉训大夫江西等处儒学提举,未就职。十二年,避地富春山。后依元帅刘九九于建德。九九败后,携家归钱塘。张士诚欲召见,徙松江。明洪武二年(1369)诏修礼乐书。百日肺兵作,乃还归云间九山行斋。三年卒。著有诗文集《东维子文集》三十卷,诗集《铁崖古乐府》十六卷,《铁崖咏史注》十八卷,《铁崖赋稿》《史义拾遗》二卷等。

杨维桢师古,反对模拟,认为"摹拟愈倡而去古愈远",主张"得古之情性神气"。他在《赵氏诗录序》中说:"嘻!学诗于晚唐、季宋之后,而欲上下陶、杜、二李,以薄乎骚雅,亦落落乎其难哉!然诗之情性神气,古今无间也。得古之情性神气,则古之诗在矣。"在《李仲虞诗序》中说:

> 删后求诗者,尚家数,家数之大,无上乎杜。宗杜者,要随其人之资所得尔。资之拙者,又随其师之所传得之尔。诗得于师,固不若得于资之为优也。诗者,人之情性也。人各有情性,则人各有诗也。得于诗者,其得为吾自家之诗哉!

杨维桢诗歌诸体皆备,最著名者为古乐府、竹枝词、香奁体。他有西湖竹枝、吴下竹枝、海乡竹枝。如《西湖竹枝歌》之四:

> 劝郎莫上南高峰,劝郎莫上北高峰。南高峰云北高雨,风雨相

催愁杀侬。

又如《吴下竹枝歌》：

> 家住越来溪上头，胭脂塘里木兰舟。木兰风起飞花急，只逐越来溪上流。（其二）

语言自然，又有独特韵味。他的古乐府《五湖游》：

> 鸱夷湖上水仙舟，舟上仙人十二楼。桃花春水连天浮，七十二黛吹落天外如青沤。道人谪世三千秋，手把一枝青玉虬。东扶海日红桑樛，海风约住吴王洲。吴王洲前校水战，水犀十万如浮鸥。水声一夜入台沼，麋鹿已舞台上游。歌吴歌，舞吴钩，招鸱夷兮狎阳侯。楼船不须到蓬丘，西施郑旦坐两头。道人卧舟吹铁龠，仰看青天天倒流。商老人，桔几奕？东方生，桃几偷？精卫塞海成瓯窭，海盗邛山漂髑髅。胡为不饮成春愁。

这首诗表现诗人自己游乎古今的感慨，随着思路任意挥洒，风光奇丽，胸襟广阔，逸气飘然。

顾瑛（1310—1369），一名德辉，又名阿瑛，昆山（今属江苏）人。尝举茂才，署会稽教谕，辟行省属官，皆不就。其子元臣为元水军副都万户，封其为武略将军、飞骑尉、钱塘县令。其家自入元以来，好治园池。顾瑛时筑玉山草堂，有亭馆三十六处。结交四方名士，喜诗酒雅集。张士诚据吴，一再征辟，他削发在家为僧。入明，随其子流放到临濠。卒于编管地。编有《玉山草堂集》二卷，有明毛晋刻本，以及毛晋、冯武编订的《玉山集外诗》。

顾瑛玉山草堂之名取自杜甫《崔氏东山草堂》诗。诗曰："爱汝玉山草堂静，高秋爽气相鲜新。有时自发钟磬响，落日更见渔樵人。"取此堂名，明显有与世隔离之意。至正年间，玉山草堂进行近二十次集会，至正八年至十七年，更定期举行觞咏。

倪瓒（1306—1374？），字元镇，号云镇、云林，又号风月主人，无锡

(今属江苏)人。祖出昭武九姓之一。诗、书、画均深得要旨。他家的清闷阁、顾瑛的玉山草堂和杨维桢的宅邸都是元末诗人的聚集地,他们都沉溺于自己的艺术追求。这一文学思潮,是值得重视的。

王冕(1300?—1359),字元章,号煮石山农,诸暨(今属浙江)人。幼年自力苦学,后从学者韩性受教。应进士举不中,曾游历过吴、淮、楚、大都,晚年移家隐居于浙东九里山。著有《竹斋集》。他善画没骨梅花,题画的梅花诗也很有名。如《墨梅》:

> 我家洗砚池头树,个个花开淡墨痕。不要人夸好颜色,只留清气满乾坤。

颇能表现他豪迈孤傲的性格。他写有不少反映元末社会现实的诗歌,如《伤亭户》,写出一个盐亭工人的家庭在课税催逼下的悲惨遭遇:

> 清晨度东关,薄暮曹娥宿。草床未成眠,忽起西邻哭。敲门问野老,谓是盐亭族。大儿去采薪,投身归虎腹。小儿出起土,冲恶入鬼箓。课额日以增,官吏日以酷。不为公所干,惟务私所欲。田关供给尽,鹾数屡不足。前夜总催骂,昨日场胥督。今朝分运来,鞭笞更残毒。灶下无尺草,瓮中无粒粟。旦夕不可度,久世亦何福。夜永声语冷,出咽向古木。天明风启门,僵尸挂荒屋。

黄镇成(1287—1362),字元镇,邵武(今属福建)人。著有《秋音集》。他艺术成就较高的作品是山水诗,如《东阳道中》:

> 山谷苍烟薄,穿林白日斜。崖崩迁客路,木落见人家。野碓喧春水,山桥枕浅沙。前村乌桕熟,疑是早梅花。

写江南山村景物,很有特色。

元建国初期,蒙古人、色目人就有习儒者;元后期,习儒者数以万计。文化知名人物以百计。文学方面也有数十人。如廼贤(1309—1368),字易元,葛逻禄人。葛逻禄辖巴尔喀什湖东、伊犁河和楚河一带。元太祖六年,其首领杀西辽少监降成吉思汗。后其家族定居南阳

(今河南南阳),所以自称"南阳廼贤"。葛逻禄,译言马,故汉姓马,号河朔外史、紫云山人。他少年随父亲移居鄞县,师从地方名儒郑觉民、高岳,得其所学。元仁宗延祐五年,其兄塔海中进士。后惠宗至元六年(1340),他返南阳,准备参加科举考试,未举居京。三年,将居京所作诗结集,为《金台前稿》。五年,再北游京师,历齐、鲁、陈、蔡、晋、魏、燕、赵之墟,成《河朔访古记》。九年,曾至上都。十二年,又结集《金台后稿》。二十二年召其入京为翰林编修,因战争路阻未能成行。在鄞曾任东湖书院山长。二十三年,由海路赴京,又领命祀南镇、南岳、南海。二十七年,受命参军驻直沽(今属天津),中风卒。现存《金台集》二卷,和从《永乐大典》重辑《河朔访古记》二卷。

廼贤诗、书具佳。其《南城咏古》十六首,皆五言律诗。如《黄金台》:

> 落日燕城下,高台草树秋。千金何足惜,一士固难求。沧海谁青眼,空山尽白头。还怜易水河,今古只东流。

《悯忠阁》:

> 高阁秋天迥,金仙宝络齐。青山排闼见,紫气隔城迷。朱拱浮云湿,雕檐落照低。因怀百战士,惆怅立层梯。

《黄金台》悲士不遇,《悯忠阁》思报国之士。格高韵响,宛如唐音。

元末,文学作家甚多。明初文学是元末文学的继续。元代文学的复古思潮也直接影响到明代。

第三章　元杂剧的兴起和发展

第一节　戏曲的形成和元杂剧的兴起

中国古代戏剧发展的脉络，已逐渐清晰。《诗经·颂》和《楚辞·九歌》中祀神的歌舞，是由歌舞、音乐、舞蹈三者组织而成，有的包含故事情节，又由巫觋装扮成神或其他人物，配合音乐、歌舞队共同表演，所以可以说它是歌舞剧的雏形。但正如闻一多在《文学的历史动向》中所说："故事与雏形的歌舞剧，以前在中国本土，不是没有，但从未发展成为文学的部门。"秦汉有"角抵戏"，包括杂技等多种表演艺术。如《东海黄公》扮演"东海黄公，赤刀粤祝，冀厌白虎，卒不能救"的故事，实际上是一场有规定情节的竞技表演。南北朝时出现了"代面""踏摇娘"等具有一定故事内容的歌舞表演。到唐代，以科白滑稽为主的参军戏和以歌舞为主的歌舞戏均有所发展。这些表演艺术的逐步成熟，为我国后世戏曲艺术的形成准备了条件。

北宋时杂剧逐渐从众多杂戏中独立出来。南宋灌园耐得翁《都城纪胜》"瓦舍众伎"条中说："散乐，传学教坊十三部，唯以杂剧为正色。"十三部即筚篥部、大鼓部、杖鼓部、拍板色、笛色、琵琶色、筝色、方响色、笙色、舞旋色、歌板色、杂剧色、参军色，包括乐器、歌唱、舞旋、滑稽及杂剧表演。杂剧在北宋末年，逐步形成自己的体制，已构成戏剧的雏形。吴自牧《梦粱录》"妓乐"条中说：

> 且谓杂剧中末泥为长，每一场四人或五人。先做寻常熟事一段，名曰"艳段"。次做正杂剧、通名两段。末泥色主张，引戏色分

付,副净色发乔,副末色打诨。或添一人,名曰"装孤"。先吹曲破断送,谓之"把色"。大抵全以故事,务在滑稽,唱念应对通遍。此本是鉴戒,又隐于谏诤,故从便跣露,谓之无过虫耳……又有杂扮,或曰"杂班",又名"纽元子",又谓"拔和",即杂剧之后散段也。顷在汴京时,村落野夫,罕得入城,遂撰此端。多是借装为山东、河北村叟,以资笑端。

其中明确说明杂剧"大抵全以故事",特点是"务在滑稽",而且"唱念应对通遍",已经成为综合的艺术。南宋周密《武林旧事》中《官本杂剧段数》载有剧目名称。宋杂剧,在金称院本。元陶宗仪《辍耕录》载有院本剧目名称。从文献资料记载和出土戏曲文物看来,金院本在发展中日益形成更为成熟的戏曲形式,成为元代杂剧的前身。

元杂剧在艺术形式上直接承宋大曲、唱赚、金院本和诸宫调,并在诗词、讲唱文学基础上创造了成熟的文学剧本。从而脱离了戏曲的雏形阶段,以新的面貌出现在元代舞台上。从钟嗣成《录鬼簿》所记载的最早的杂剧作家活动年代来看,杂剧兴盛的年代开始于十三世纪五十年代。

元杂剧兴盛的社会原因,首先是宋金后期教育的发展,有相当数量的文人进入瓦肆伎艺领域。不仅才人有书会组织,而且说唱伎艺人都有相当系统的培养计划。蒙古灭金初期战争中的屠杀掠夺,给金朝的文人留下了不可磨灭的痛苦伤痕,使他们对社会矛盾有了深刻认识。他们中间不少人甚至曾被俘为奴,据《元史·耶律楚材传》记载,窝阔台第一次考试儒生,就有四分之一是"免为奴者"。元世祖时经济得到恢复发展,也开始注意收揽儒生,但科举还没正式恢复,仍继续推行金朝已实行的由吏入官的制度。下层吏员和一些书会才人经常与艺人为伍,他们表面上过着放浪形骸的生活,或者干脆自称"浪子班头"。这些作家心灵深处郁结着深沉的悲愤不平,他们度过悲剧的一生,却扮演喜剧角色。他们把自己的才能贡献给杂剧创作,从而使长期在民间流传的剧目的文学水平大大提高,以崭新面貌出现于文坛之上。元代杂剧艺人在宋代的基础上，表演水平又有新的提高。特别是社会变乱中，一些具有较高文化素养的妇女沦为伎艺人，这些都对杂剧的兴盛起了推动作用。宋金元城市经济的发展为杂剧的兴盛创造了条件。适应宴乐和广大市民的文化要求，各大城市都出现了集中各种伎艺进行商业性演出的勾栏瓦肆，大都、东平、真定、平阳在金之后，成为戏曲演出最为盛行的城市；宋之后，扬州、杭州等地更为繁盛。同时，在农村也经常开展戏曲演出活动，晋东南发现的大量戏曲文物便是很好的证明。节日、庙会是农村的演出日，一些著名演员也经常到各地作场。这样就保持了戏曲在发展过程中同广大人民群众的密切联系。此外，元代的统一密切了民族之间的关系。各民族之间的文化交流，特别是北方诸民族乐曲的传播，对杂剧的兴盛也有一定的作用。

第二节　元代杂剧的发展

杂剧经历了形成期，至元代而兴起。由于蒙古灭金前，对社会的破坏很大，所以杂剧兴起的时间，约在忽必烈于蒙哥元年（1251）受命主管"漠南汉军国庶事"以后。元末明初渐趋衰落。关于元代杂剧的发展和分期问题，说法不一。在文学史方面，近年来多以元成宗大德划界，分为前后两期。蒙古灭金至大德为前期。大德以后为后期。这主要是着眼于杂剧的南移和趋于衰微的演变。

元前期作家，主要指钟嗣成《录鬼簿》中所列"前辈名公才人"五十六人。这些作家都是北方人，主要活跃于大都、真定、平阳、东平、彰德等地。如大都的关汉卿、杨显之、马致远、王实甫、纪君祥等，真定的白仁甫、侯正卿、李文蔚、尚仲贤等，平阳的石君宝等，东平的高文秀等，彰德的郑廷玉等，都是著名的杂剧作家。这些地区是金朝诸路的首府，也是蒙古初期所设十路的几个首府，是具有重要政治、文化、经济地位的城市。大都为金首都，蒙古灭金后是燕京行省所在地，建元以后又定为首都；真定为金末军事重镇，蒙古灭金后定为忽必烈母亲的汤沐邑；东平是元初培养太常乐工的地方；平阳设有经籍所；彰德元初最盛时领怀、孟、卫、辉四州。

这些作家创作了大量杂剧剧本，现存剧本中约有八十种，是这半个世纪内的作品，后期作家创作的作品存二十余种，此外，无名氏的作品存三十余种。更重要且著名的优秀剧作，大都是前期的作品。特别是著名的悲剧作品，如《窦娥冤》《梧桐雨》《汉宫秋》《赵氏孤儿》等，都产生在前期，可以说这是一个产生悲剧的时代。这是元初杂剧作家经历社会变动后，进行痛苦反思的结果。没有元世祖时期经济、政治的发展，杂剧就没有兴盛的社会条件；没有这种反思，作品不可能具有深刻的思想内容和强烈的时代精神。前期杂剧作品真实地反映了当时的社会现实，并且塑造了一些勇于抗争的人物形象。杂剧的语言是以北方中原地区的口语为基础写成的，吸收了民间讲唱文艺的营养，具有质朴自然、生动泼辣的特点。许多杂剧大家还吸收了诗词散文中富有表现力的词汇与句法，使语言更加优美。同时，元杂剧和舞台演出结合得十分紧密，杂剧作家和伎艺人来往密切，所以杂剧作品充分反映了舞台艺术特点。由于杂剧大家都有自己的艺术风格，所以前期剧坛呈现十分绚丽的局面。

元代灭宋统一全国后，杂剧创作活动逐渐南移。如白仁甫、关汉卿、马致远等都先后到南方，有的还开始在南方定居。至大德以后，杂剧创作的中心转向杭州。后期杂剧作家有姓名可考者二十多人，有作品流传下来的十多人。其中重要作家多是流寓在南方的作家，如郑光祖、宫天挺、乔吉、秦简夫等；也有不少本就是南方人，如萧德祥、沈和甫等。

杂剧创作在维持一段兴盛局面之后，便渐渐转向衰微。后期作家以流寓南方的郑光祖、宫天挺、乔吉、秦简夫等影响最大。由于这时期是元朝统治的稳固时期，所以杂剧作品大都缺乏前期杂剧的现实性。爱情剧、文人事迹剧及神仙道化剧有所发展。艺术上也偏向曲辞的丁丽华美和追求情节的曲折离奇。杂剧与南戏并存的过程中，逐渐发生变化，在南戏和杂剧的基础上孕育着明代戏曲的新发展，杂剧形式的衰微便不可避免了。

第三节　元杂剧的形式

元杂剧产生了韵文和散文结合的结构完整的文学剧本。它是元杂剧演出本，是场上之曲。所以，青木正儿访问王国维时，王国维说："明以后无足取，元曲为活文学，明清之曲，死文学也。"明以后当然不是无足取，明清时戏曲才是中国戏曲艺术的巅峰时期。然而，就元杂剧剧本与演出之密切程度而言，这话也不是没有道理的。元杂剧形式有其独具的特点，组织有一定的惯例。

剧本的结构，一般都是由四折组成。"折"最早只是无论什么角色上下一场，都作一折，到明代才将元杂剧的段落分清，以同一宫调的一套乐曲唱完为一折。所以折是音乐的单元。它也是故事情节发展的大段落，相当于今天的一幕，包括一场或若干场戏。一场是指上场的演员全部下场。只有个别的剧本是一本五折、六折（如《赵氏孤儿》《秋千记》），或多本连演（如《西厢记》）。有的杂剧还有"楔子"。楔子本来是木工做活时在木器缝隙中所插入的榫片。元杂剧借来指四折以外所加的场次。一般放在戏剧的开端，相当于序幕，或放在折与折之间，与过场戏相似。楔子不用套曲，只用一支或两支曲子。剧本的后面标明"题目正名"。一般是两句或四句对子，总括全剧的内容，习惯以最后一句作为剧名。如《窦娥冤》：

　　题目　秉鉴持衡廉访法
　　正名　感天动地窦娥冤

杂剧的剧本主要由曲辞和宾白组成。曲辞受诗词的影响，又由于杂剧具有超时空和虚拟性的表演特点，它也重在写意，用于主人公心情的抒发和咏叹，同时也起渲染场景的作用。如《西厢记》中《长亭送别》

一折,莺莺唱:

〔正宫·端正好〕碧云天,黄花地,西风紧,北雁南飞。晓来谁染霜林醉?总是离人泪。

又如《窦娥冤》第一折,窦娥唱:

〔仙吕·点绛唇〕满腹闲愁,数年禁受,天知否?天若是知我情由,怕不待和天瘦。

同时,它也起对话和贯串情节的作用。曲辞有严格的韵律要求,但它比散曲使用衬字更多,又可以变格增句,有利于比较自由地表达情意。宾白包括对白和独白,由白话和韵语组成。韵语,包括诗词和数板。诗词有的也加了衬字。剧本还有演出提示,以此规定主要动作表演和舞台效果,叫作科范,简称"科",如"把盏科""做掩泪科""张驴儿做扯正旦拜科,正旦推跌科""取白练挂旗上科""内做起风科"等。

元杂剧角色分工较宋杂剧、金院本有重大变化,角色分工更趋细密,主次更明显。一本戏中主要人物为正色,男主角则为正末,女主角则为正旦。杂剧只有主要角色独唱,正末唱为末本,正旦唱为旦本。末、旦之外,还有副末、贴旦、净、孤、卜儿、孛老、细酸、俫儿等。

杂剧每折一套曲子同属一个宫调。宫调是中国古代音乐理论用语,类似今天歌曲的曲调,如 A 调、B 调等。元杂剧实际用九个宫调,即正宫、中吕宫、南吕宫、仙吕宫、黄钟宫、大石调、双调、商调、越调。根据现存文献资料对元杂剧音乐,包括宫调,都不能做出明确的解释。曲韵,根据当时中原地区的实际语音为基础,共分为十九个韵部,与今天北京话十三辙已接近,与诗词用韵不同。曲韵平仄通押,不忌重韵、赘韵。分阴平、阳平、上、去四声,没有入声字,入声字归并到平、上、去三声,具体归并到哪一声,和今天北京话不完全相同。一套曲要求一韵到底。曲辞中可以用衬字,衬字是对曲谱正字而言的。衬字不限于虚词,有大量实词,而且有加强和提示的作用。

第四章 伟大的戏剧家关汉卿

第一节 关汉卿的生平和作品

关汉卿是我国戏曲史上最早最伟大的作家。钟嗣成《录鬼簿》把他列为元代杂剧作家的第一人。明初《录鬼簿续编》的作者贾仲明在挽词中说他是"驱梨园领袖,总编修帅首、捏杂剧班头"。元周德清《中原音韵》、明何良俊《四友斋丛说》,将关汉卿、马致远、白仁甫、郑光祖合称为"元曲四大家"。关汉卿是元代杂剧的奠基人和前期剧坛的领袖。

关汉卿的生年约与白仁甫(1226—?)同时,卒年可能在元成宗大德年间。一般认为他写作的散曲〔大德歌〕,是元成宗大德时流行的曲调。关汉卿,以字行,名不详。据《录鬼簿》记载,他号已斋叟,大都(今属北京)人;据清姚之骃《元明事类钞》引《元史补遗》说,他是解州(今属山西)人;又据清乾隆时修的《祁州志》,疑他是祁州伍仁村人。清抄本《祁州乡土志》说,关汉卿墓"在伍仁桥东南,近滋河",今属河北安国。陶宗仪《辍耕录》记载了中统时,关汉卿和王和卿在燕京(后改称大都)活动的情况。与他交好的杨显之、费君祥、梁进之,也都是大都人。梁进之曾任警巡院判,大兴府判等职。据《元史·百官志》,左、右警巡二院至元六年置,所以,可以推定关汉卿在中统至至元前期都在大都活动。宋亡后不久,他到过杭州,写过一套散曲歌咏杭州的景物。在扬州,又曾写过一套散曲赠给著名杂剧演员朱帘秀。

关汉卿有多方面的艺术才能,在带有自述性质的散曲《不伏老》套曲中,他说:"我也会吟诗、会篆籀、会弹丝、会品竹,我也会唱鹧鸪、舞垂手、会打围、会蹴踘、会围棋、会双陆。""分茶、擷竹、打马、藏阄、通五音六律滑熟。"这些都是关汉卿在戏剧方面取得伟大成就的重要条件。他还参加杂剧演出,"躬践排场、面敷粉墨……偶倡优而不辞"(臧懋循《元曲选序》)。他自称"我是个普天下郎君领袖,盖世界浪子班头"(《不伏老》)。他在戏曲界有很高声望,所以当时北方青年杂剧作家高文秀有"小汉卿"之称,而南方杂剧作家沈和甫被称为"蛮子汉卿"。

他一生写了六十多种杂剧,吴晓铃等编《关汉卿戏曲集》,共收现存作品十八种:《窦娥冤》《救风尘》《蝴蝶梦》《鲁斋郎》《拜月亭》《调风月》《望江亭》《金线池》《谢天香》《玉镜台》《绯衣梦》《单刀会》《西蜀梦》《哭存孝》《陈母教子》《裴度还带》《五侯宴》《单鞭夺槊》。其中,《鲁斋郎》《五侯宴》《单鞭夺槊》,可能不是关汉卿的作品。《单刀会》《西蜀梦》《拜月亭》《调风月》四种见《元刊古今杂剧三十种》,是现传关剧最早的刻本。

从关汉卿现存杂剧所反映的社会内容来看,大致可分为三类。第一类是公案剧,揭露政治黑暗和统治者的残暴,触及尖锐的社会矛盾,如《窦娥冤》《蝴蝶梦》。第二类是描写妇女的生活和斗争,突出她们的勇敢和机智,如《救风尘》《调风月》《望江亭》。第三类是历史剧,如《单刀会》《西蜀梦》。

除杂剧外,他还存有散曲小令五十七首、套数十四套。这些作品具有自己的特色,也是研究关汉卿生平的重要资料。

第二节 《窦娥冤》

《窦娥冤》全名为《感天动地窦娥冤》,是关汉卿公案剧中最杰出的作品,也是元杂剧中最著名的悲剧。王国维在《宋元戏曲史》中说:"其最有悲剧之性质者,则如关汉卿之《窦娥冤》,纪君祥之《赵氏孤儿》。剧中虽有恶人交构其间,而其蹈汤赴火者,仍出于其主人翁之意志,则列之于世界大悲剧中,亦无愧色也。"《窦娥冤》的戏剧冲突非常尖锐,窦娥的性格非常鲜明。作品通过窦娥和黑暗社会现实的冲突,表现了妇女的悲剧命运和她们的反抗情绪。

戏剧开场的"楔子",写窦端云(后改名窦娥)因为父亲借高利贷被抵债卖给蔡婆婆做童养媳。她父亲是一个穷秀才,叫窦天章,送下女儿后便"上朝应举"去了。这是窦娥悲剧命运的开始,是全剧的序幕。第一折的时间是十三年以后,窦娥已是一个失去丈夫的寡妇,她面对着生活中接连而来的灾难,发誓要恪守道德,服从命运的安排。她说:

〔油葫芦〕莫不是八字儿该载着一世忧?谁似我无尽头!须知道人心不似水长流。我从三岁母亲身亡后,到七岁与父分离久,嫁的个同住人,他可又拔着短筹,撇的俺婆妇每都把空房守,端的个有谁问,有谁偢?

〔天下乐〕莫不是前世里烧香不到头,今也波生招祸尤?劝今人早将来世修。我将这婆侍养,我将这服孝守,我言词须应口。

然而,社会却不肯给她出路,就是当时社会所标榜的"守节",也是很难做到的。蔡婆外出向赛卢医讨债,赛卢医在路上要把蔡婆勒死,而救人的恰是泼皮恶棍张驴儿父子。蔡婆婆被迫引狼入室,张驴儿要强逼窦娥与自己成亲。从而揭开了主人公意志和社会现实的必然冲突。这是戏剧矛盾的开端。外在环境迫使善良的窦娥走上反抗的道路。第二折中,张驴儿想趁蔡婆婆生病,用从赛卢医那里买来的毒药把蔡婆毒死,好歹逼窦娥成婚。张驴儿把毒药下在蔡婆想吃的羊肚汤里,谁知汤却让张驴儿父亲吃了。张驴儿借机要挟窦娥。窦娥对官府缺乏认识,情愿和他见官。这样就使矛盾进一步发展,反映出昏庸贪暴的官府对人民的迫害。窦娥虽经受严刑,她的坚强意志并未屈服。只是为了救出婆婆,才委屈地招认。官府未经复审就判处窦娥死刑。第三折是全剧的高潮。窦娥带着无限的怨苦悲愤心情走向法场,她百思不得其解,强烈地指控天地:

〔滚绣球〕有日月朝暮悬,有鬼神掌着生死权。天地也只合把清浊分辨,可怎生糊突了盗跖、颜渊!为善的受贫穷更命短,造恶的享富贵又寿延。天地也做得个怕硬欺软,却原来也这般顺水推船。地也!你不分好歹何为地?天也,你错勘贤愚枉做天!哎,只落得两泪涟涟。

她至死不屈,临刑发下三桩誓愿:第一,要丈二白练挂在旗枪上,若系冤枉,刀过头落,一腔热血都飞在白练上;第二,三伏天降下三尺瑞雪,遮掩尸首;第三,着楚州大旱三年。这种手法强烈地表现了窦娥对自己行动的肯定,对黑暗现实的否定。第四折的时间是窦娥死后三年。窦天章官拜参知政事,并加两淮提刑肃政廉访使。经过窦娥鬼魂亲自奔走,冤狱得以平反。

作者塑造出一个善良妇女,她坚持守节守孝,而最终被宣扬节孝道德的社会所吞噬,正如她自己所说:"我不肯顺他人,倒着我赴法场;我不肯辱祖上,倒把我残生坏。"她作为一个软弱的妇女,在泼皮无赖、贪官恶吏等强大恶势力面前,却意志坚强,始终不屈。她的死是惨痛的,唤起人们无限的同情;她的死是悲壮的,感发了人们生存的力量。窦娥的悲剧形象是非常成功的。《窦娥冤》揭示了"官吏每无心正法,使百姓有口难言"的黑暗现实,强烈地表现了人民怨愤反抗的情绪。

《窦娥冤》是反映社会现实的作品,并不是一个以历史上的传说故事为题材的剧本。但是,《窦娥冤》的产生确实受"东海孝妇"故事的影响。"东海孝妇"一事,见于《汉书·于定国传》:

东海有孝妇,少寡,亡子,养姑甚谨,姑欲嫁之,终不肯。姑谓邻人曰:"孝妇事我勤苦,哀其亡子守寡。我老,久累丁壮,奈何?"其后姑自经死,姑女告吏:"妇杀我母。"吏捕孝妇,孝妇辞不杀姑。吏验治,孝妇自诬服。具狱上府,于公以为此妇养姑十余年,以孝闻,必不杀也。太守不听,于公争之,弗能得,乃抱其具狱,哭于府上,因辞疾去。太守竟论杀孝妇。郡中枯旱三年。后太守至,卜筮其故,于公曰:"孝妇不当死,前太守强断之,咎倘在是乎?"于是太守杀牛自祭孝妇冢,因表其墓,天立大雨,岁孰。郡中以此大敬重于公。

最早见于传说的记载是刘向的《说苑》,其传说部分着重写于公的事:

> 于公筑治庐舍,谓匠人曰:"为我高门,我治狱未尝有所冤,我后世必有封者,令容高盖驷马车。"及子,封西平侯。

晋时干宝《搜神记》则着重写孝妇所受的迫害:

> 官收系之,拷掠毒治,孝妇不堪苦楚,自诬服之。

关于孝妇受刑的描写更富有传奇色彩:

> 长老传云:"孝妇名周青。青将死,车载十丈竹竿,以悬五旗,立誓于众曰:'青若有罪,愿杀,血当顺下;青若枉死,血当逆流。'既行刑已,其血青黄,缘幡竹而上极标,又缘幡而下云。"

这个故事在流传过程中,又有增润发展,如《窦娥冤》第四折中说:

> 昔日汉朝有一孝妇守寡,其姑自缢身死。其姑女告孝妇杀姑,东海太守将孝妇斩了。只为一妇含冤,致令三年不雨。后于公治狱,仿佛见孝妇抱卷哭于厅前。于公乃将文卷改正,亲祭孝妇之墓,天乃大雨。

元代与关汉卿同时的作家,如王实甫著有杂剧《东海郡于公高门》,关汉卿的朋友梁进之也有《东海郡于公高门》,是旦本,可知梁进之所著同名杂剧是以孝妇为主要角色的。元代杂剧作家王仲元又有《厚阴德于公高门》杂剧。这几个剧本已失传,我们推想:它们和原记载故事接近,重点放在歌颂于公,可能道德观念和迷信思想都比较浓重。

关汉卿是了解这一传说故事的,自然也看到了一些据此改编的杂剧作品。关汉卿还注意到历史上其他的冤狱,如"六月飞霜因邹衍"等。作者联想到这些历史上的不平而感到悲愤,但他的目光更注视着布满疮痍的现实。关汉卿《窦娥冤》的产生是历史上这类题材故事新的发展创造，是人民反抗精神的产物，表现了作者抨击现实的政治态度。郭沫若在《蔡文姬·序》中说："蔡文姬就是我。"我们完全可以说，窦娥就是关汉卿，窦娥的控诉，饱含着关汉卿的愤懑不平。通过窦娥这一形象表现了作家不屈不挠的斗争精神。

《蝴蝶梦》写权豪势要和平民的矛盾。中牟县农民王老汉到长街市上买纸笔，路遇皇亲葛彪骑马出游，责怪王老汉冲着他马头，把王老汉活活打死。王老汉的三个儿子寻找葛彪论理，将葛彪打死。兄弟三人被解到开封府。开封府尹包拯刚审过偷马贼，觉得困倦，伏案而睡。梦见在一座花园内，看见一个蝴蝶撞进蜘蛛网里，忽然一个大蝴蝶飞来把它救了出来，一个小蝴蝶又撞进网里，大蝴蝶却不救而去。醒来正好审理王家三兄弟打死葛彪一案。三兄弟都把打死人的罪名揽在自己身上。包公判大的、二的抵命，王母都反对，判小儿偿命，王母却不救了。当包公了解到小儿是王母亲生时，有感于他们母子的贤孝，便设计以偷马贼顶替，救了她小儿的性命。这个剧本揭露了权豪势要的横暴，同情人民的反抗斗争。当葛彪打死平民时，剧中主人公王妈妈说："若是俺到官司时，和你对情词。使不着国戚皇亲、玉叶金枝，便是他龙孙帝子，打杀人也吃官司。"当三兄弟惩罚了葛彪后，她又说："则道你长街上妆好汉，谁想你血泊内也停尸。正是将军着痛箭，还似射人时。"这也正是作者的态度。

第三节　《救风尘》《调风月》

关汉卿表现妇女问题的作品最多，《救风尘》《金线池》《谢天香》《调风月》《望江亭》《拜月亭》《玉镜台》等都是被人们称道的作品。其中《救风尘》《调风月》，可以列为关汉卿喜剧的代表作。

《救风尘》全名是《赵盼儿风月救风尘》，作品写汴梁城中一个歌妓叫宋引章，初与洛阳秀才安秀实相恋，誓相嫁娶。后来又结识了郑州同知的儿子、富商周舍,因贪图周舍的钱财和虚情假意,又允诺嫁给周舍。安秀实知道后,找到与宋引章八拜之交的姐姐赵盼儿帮他去劝宋引章。宋引章不听,她说:"我嫁了安秀才,一对只好打莲花落!"执意要嫁给周舍,并说:"一年四季,夏天我好的一觉响睡,她替你妹子打着扇;冬天替你妹子温的铺盖儿暖了,着你妹子歇息;但你妹子那里人情去,穿的那一套衣服,戴的那一副头面,替你妹子提领系,整钗镮。只为他知重你妹子,因此上一心要嫁他。"赵盼儿告诉她周舍是个喜新厌旧的家伙,宋引章不听,坚持嫁与周舍。

宋引章嫁给周舍后,果不出赵盼儿所料,一进门就挨了五十杀威棒。从此朝打暮骂,几乎要死在周舍手里。宋引章托隔壁王货郎带信给赵盼儿求救。赵盼儿决计去郑州救宋引章。

赵盼儿收拾了两箱衣服,来到郑州,假意要嫁给周舍,但要求周舍先休弃了宋引章。周舍怕尖担两头脱,要赵盼儿说誓。赵盼儿发誓说,"你若休了媳妇,我不嫁你呵,我着堂子里马踏杀,灯草打折臁儿骨。"周舍要去准备酒羊红罗,赵盼儿早已准备好带来。周舍才放心地回去写休书。

宋引章得到休书后与赵盼儿一起回汴京,周舍一路追赶,从宋引章手里抢走休书并当场撕碎,但他没有想到那是赵盼儿早已准备好的一张假休书。他们争执着到郑州官衙告官,最后郑州太守李公弼判定:周舍杖六十,与民一体当差;宋引章归安秀实为妻。

作品同情妓女和儒生,揭露了官商的凶暴和虚伪。元代官商有着特殊的地位,关汉卿运用多种喜剧手法揭露周舍的丑恶面目,但并不满足于表面现象的描述,而深入地刻画他那喜新厌旧、狡诈残忍的无耻灵魂。对妓女则写出她们蕴藏着的精神上的苦闷和悲愁。这本杂剧的主角是赵盼儿。长期的风尘生活使她看透了有钱的子弟们所惯用的伎俩,她抓住周舍喜新厌旧、酷爱女色的弱点,安排下周密的计划,使他中计。周舍曾用欺骗的手段娶到宋引章,赵盼儿"即以其人之道,还治其人之身",用风月的手段救出了宋引章,并制服了这个恶少,从而收到大快人心的喜剧效果。

《调风月》全名为《诈妮子调风月》，只见于《元刊古今杂剧三十种》，由于只有唱词，宾白极不完全，所以有的地方还看不明白。这是写金朝的故事，小千户带领书童住到亲戚家，这家主妇命婢女燕燕去服侍小千户，小千户向燕燕献殷勤，燕燕爱上了小千户，并产生攀高思想，希望做他的小夫人。燕燕一心爱着小千户，和女伴打秋千，也急忙跑回家。谁知小千户外出踏青又遇上了一位莺莺小姐，并互赠信物。燕燕发现莺莺小姐赠给小千户的手帕，悔恨交集。谁知小千户竟要求主人派燕燕去代他说亲，而且莺莺小姐答应了亲事。举行婚礼时，燕燕当众说出小千户的事，最后燕燕做了小千户的小夫人。燕燕是一个聪明伶俐、为追求幸福而斗争的妇女形象。由于她有攀高的思想，被小千户诱惑，遭受了欺骗污辱。作者用喜剧手法揭露了统治者的虚伪，也对燕燕的弱点所造成的尴尬处境进行了善意的讽刺。

《望江亭》，全名是《望江亭中秋切鲙旦》，写谭记儿为维护爱情与豪强斗争的故事。权豪势要杨衙内，为了夺取谭记儿，在皇帝面前妄奏谭记儿的丈夫白士中贪花恋酒不理公事，皇帝赐他势剑金牌，叫他前往潭州取白士中首级。谭记儿假扮渔妇在望江亭赚得杨衙内的势剑金牌，救了丈夫。谭记儿在和杨衙内对词时说："有这等倚权豪贪酒色滥官员，将俺个有儿夫的媳妇来欺骗，他只得强拆开我长挨挨的连理枝，生摆断我颤巍巍的并头莲，其实负屈衔冤，好将俺这穷百姓可怜见。"这些话传达了受迫害者的心声。

《拜月亭》是富有抒情气息的爱情剧，作品歌颂了大家闺秀王瑞兰对爱情的坚贞，指责了阻碍他们婚姻的家长制，同时也反映了动荡乱离的时代氛围和战争带给人民的灾难。

此外，《谢天香》《金线池》等剧，主要表现受人侮辱的妓女的痛苦遭遇。由于作者对勾栏生活很熟悉，这些人物形象也写得非常真实生动。

第四节 《单刀会》

《单刀会》的全名是《关大王独赴单刀会》,是关汉卿的主要历史剧,也是七百多年来,唯一基本上按杂剧原面貌在舞台上演出的一个剧目。

剧本的历史背景是:东汉末年,曹操、刘备、孙权争夺天下。赤壁之战后,刘备还没有立足之地,他趁孙权与曹操争夺荆州之际,用计取了荆州。当时孙权兵力比刘备大,刘备只好说借荆州安身,待取西川后归还。刘备进川后,仍无意归还,命关羽镇守荆州。

为争夺荆州而产生的单刀会,发生在赤壁之战后七年,即建安二十年(215)。《三国志》中《吴书·鲁肃传》《蜀书·刘备传》均有记载。《鲁肃传》说:

> 备既定益州,权求长沙、零、桂,备不承旨,权遣吕蒙率众进取。备闻,自还公安,遣羽争三郡。肃住益阳,与羽相距。肃邀羽相见,各驻兵马百步上,但诸将军单刀俱会。肃因责数羽曰:"国家区区本以土地借卿家者,卿家军败远来,无以为资故也。今已得益州,既无奉还之意,但求三郡,又不从命……"语未究竟,坐有一人曰:"夫天地者,惟德所在耳,何常之有?"肃厉声呵之,辞色甚切。羽操刀起谓曰:"此自国家事,是人何知!"目使之去。备遂割湘水为界,于是罢军。

裴松之注引《吴书》记载,则是鲁肃"趋就羽",鲁肃数说关羽,"羽无以答"。

杂剧《单刀会》与历史记载有很大不同:鲁肃为了索取荆州,先设下三计。"第一计:趁今日孙刘结亲,以为唇齿,就江下排宴设乐;修一书以贺近退曹兵,玄德称主于汉中,赞其功美,邀请关公江下赴会为庆。此人必无所疑,若渡江赴宴,就于饮酒席间,以礼索取荆州。如还,此为万全之计。倘若不还,第二计:将江上应有战舡,尽行拘收,不放关公渡江回去,淹留日久。自知中计,默然有悔,诚心献还。更不与呵!第三计:壁衣内暗藏甲士,酒酣之际,击金钟为号,伏兵尽举,擒住关公,囚于江下。此人是刘备股肱之臣,若将荆州复还江东,则放关公还益州。如其不然,主将既失,孤兵必乱,乘势大举,觑荆州一鼓而下,有何难哉!"鲁肃自以为有胜利的把握。他先后同乔公、司马徽商量,这便是第一、二折。乔公、司马徽,都不赞成此计,认为必然失败。他们一再讲述关羽的英雄业绩,在他们眼里,关羽威猛神勇,有万夫不当之勇:

〔金盏儿〕他上阵处赤力力三绺美髯飘,雄赳赳一丈虎躯摇,恰便似六丁神簇捧定一个活神道。那敌军若是见了,唬的他七魄散,五魂消。你则索多披上几副甲,剩穿上几层袍,便有百万军当不住他不刺刺千里追风骑,你便有千员将,闪不过明明偃月三停刀。

作者在前二折先不正面写关羽,而是通过乔公与司马徽的口来描绘关羽的神武,从侧面加以烘托,使关羽的英雄形象在人们心目中造成深刻的印象,渲染了气氛,为人物的正式出场做了反复的铺垫。

第三折,现在舞台演出本称"训子"。写关羽接到鲁肃约请赴会的请帖前后的情况。先是他自述生平,以及镇守荆州的过程。关羽看到请帖,立即识破鲁肃的诡计,明知"不是待客的筵席",而是"杀人的战场",但仍要"亲身前往"。这一折戏,主要通过关羽父子的谈话,直接塑造关羽无所畏惧的英雄气概。

第四折,现在舞台演出本称"刀会"。写关羽驾一叶小舟,单刀过江赴会,面对浩瀚的长江,追抚赤壁血战的历史,沉雄悲壮,慷慨激昂。关羽在酒筵上以自己的威武和正义慑服了鲁肃,保卫了蜀汉的利益,鲁肃完全为关羽所控制,不得不亲自送关羽上船回荆州。最后通过〔离亭宴带歇拍煞〕表现了关羽胜利后的喜悦心情。这个剧是一本颂剧,是在过去祭神剧的基础上创作的,所以关羽的英雄形象非常突出。

关汉卿在剧中还强调了关羽的"汉家节",作品中关羽在单刀赴会时与鲁肃为了荆州主权展开舌战,反复说明刘备"合承受汉家基业"。最后,他拔剑逼鲁肃送自己上船,胜利而归。关羽对鲁肃讲:"说与你两件事,先生听者,百忙里趁不了老兄心,急切里倒不了俺汉家节!"这在当时特定的历史条件下,是有一定的现实意义的。

《西蜀梦》写关羽战死荆州,张飞起兵报仇又中途遇害,两人幽魂不灭,到西蜀去见刘备,决心共同复仇。张飞生前的勇猛之气犹在,却不知做鬼的处处不自由:

〔倘秀才〕往常真户尉见咱当胸叉手,今日见纸判官趋前退后。原来这做鬼的比阳人不自由!立在丹墀内,不由我泪交流,不见一班儿故友。

语含辛酸,凄楚动人。作品中张飞感伤郁愤,立志要报仇雪恨。他说:

〔尾〕饱谙世事慵开口,会尽人间只点头。火速的驱军校戈矛,驻马向长江雪浪流,活拿住糜芳共糜竺,阆州里张达槛车内囚。杵尖上排定四颗头,腔子内血向成都闹市里流,强如与俺一千小盏黄封头祭奠酒。

这种强烈的复仇情绪,也有着时代的特殊意义。

第五节　关汉卿杂剧的艺术成就

关汉卿在杂剧由民间伎艺人创作发展到作家文学的过程中,是贡献最巨大的作家。他是关心社会现实,同情人民的文学家,也是最熟悉舞台表演,全面继承杂剧艺术传统的剧坛宗匠。

关汉卿继承了杂剧艺术的表现手法。杂剧艺术最重要的特点是"务为滑稽",有着滑稽剧的传统。不仅在喜剧中,就是在悲剧中也保持这一特点,如《窦娥冤》中赛卢医、张驴儿的多处表演,尤其是桃杌太守上场时的那段描写,更是寓嘲讽于滑稽之中:

（净扮孤引祇候上，诗云）我做官人胜别人，告状来的要金银；若是上司当刷卷，在家推病不出门。下官楚州太守桃杌是也。今早升厅坐衙，左右，喝撺厢。（祇候么喝科）（张驴儿拖正旦、卜儿上，云）告状，告状。（祇候云）拿过来。（做跪见。孤亦跪科）云，请起。（祇候云）相公，他是告状的，怎生跪着他？（孤云）你不知道，但来告状的，就是我衣食父母。

官府贪财受贿都在暗地进行，这里却让他自己掀露出来，官府狐假虎威十分威严，这里却让他跪在告状人面前，使邪恶的反面人物当众出丑，彻底揭露出官府昏庸贪暴的本质。这是一种很成功的喜剧手法。又如窦娥说婆婆"女大不中留"，也是言语失当，但又恰当地讽刺了蔡婆婆行为的某些缺点，同样是喜剧手法。插科打诨是我国戏曲的传统，即由净角表演滑稽动作或语言使人发笑。《单刀会》作为一部颂剧，是歌颂神道关羽，却于剧中通过司马徽道童的科诨，说明了鲁肃讨取荆州行为的愚蠢。鲁肃请司马徽陪宴，司马徽拒绝。道童却插话说："关云长是我酒肉朋友，我教他两只手送与你那荆州来。"并唱道：

〔隔尾〕我则待拖条藜杖家家走，着对麻鞋处处游。（云）我这一去，（唱）恼犯云长歹事头。周仓哥哥快争斗，轮起刀来劈破了头。唬的我恰便似缩了头的乌龟则向那汴河里走。

鲁肃是认认真真地用计索取荆州，却被道童这样一个小人物，着实地嘲弄一番，收到强烈的喜剧效果。夸张重复也是杂剧常用的手法，如《救风尘》中写宋引章不会做活计，周舍说："来到家中，我说：'你套一床被我盖。'我到屋里，只见被子倒高似床，我便叫：'那妇人在哪里？'则听的被子里答应道：'周舍，我在被子里面哩！'我道：'被子里面做什么？'他道：'我套棉被，把我翻在里头了。'我拿起棍来，恰待要打，他道：'周舍，打我不打紧，休打了隔壁王婆婆。'我道：'好也！把邻居都翻在被里面。'"又说宋引章缀褡护带缀在肩头上等，这都有着浓郁的民间文学色彩。

早期杂剧多是依据不同类型人物(如老妇、小孩、官员、秀才等),以不同表演技法(如唱、念、打、舞等)分别表演某些小段的剧目,而表演某些故事时,则自由地把这些内容穿插进去,就如早期南戏《张协状元》和今天能看到的《目连救母》那样。这就出现类型化、模式化的问题。关汉卿所创作的剧本,则突出了主要的故事内容,特别是集中力量塑造人物形象,使杂剧的水平上升到一个新的高度。关汉卿的杂剧广泛地反映了社会现实,并触及某些本质的方面。其中的人物形象,特别是一系列的妇女形象塑造得非常成功。如窦娥这一人物形象是元代特定历史条件下的产物,同时又是中国古代受迫害妇女的典型。他笔下的人物有着鲜明的个性。《望江亭》中的谭记儿用智谋骗惑了杨衙内,《救风尘》中赵盼儿用风月手段使周舍上了圈套,两个人物有相近之处,情节也有类似的地方。但谭记儿是个寡妇,赵盼儿是个妓女,赵盼儿见义勇为的精神,不仅表现了大胆泼辣的性格,而且颇有豪侠气概。中国戏曲有写意的特点,关汉卿杂剧中的人物往往带有理想主义的色彩,如《单刀会》中关羽的形象就不是按照生活中的面貌去写的;《窦娥冤》中窦娥临刑前的精神面貌和三桩誓愿的实现,也把窦娥的形象提升到新的高度。

关汉卿作为一个当行的戏剧家,他创作的杂剧情节发展自然,场面安排紧凑、集中,关目处理变化多端,很富有戏剧性。如《窦娥冤》故事的发展并无奇巧的安排,但又移步换形,变化多端,使人不能预测它的发展。全剧以悲剧性戏剧冲突为主线,但穿插喜剧片断,使冷热场结合,而又不影响悲剧的效果。关汉卿在剧中还善于设伏笔埋伏下一定的"悬念",如《救风尘》撕毁的休书是假的,《蝴蝶梦》中安排偷马贼赵顽驴为王三替死等。但他并不片面追求戏剧效果,特殊情节和人物的性格、剧本的主题完全吻合。

关汉卿熟悉城市各阶层社会的生活,又熟悉他们的语言,他在人民群众活的语言的基础上创造了新的文学语言,剧本的语言通俗生动,真正达到了"人习其方言,事肖其本事,境无旁溢,语无外假"(臧懋循《元曲选序》)的地步。王国维《宋元戏曲史》说:"关汉卿一空倚傍,自铸伟词,而其言曲尽人情,字字本色,故当为元人第一。"例如《窦娥冤》第三折"法场",嘱咐蔡婆的唱段:

〔快活三〕念窦娥葫芦提当罪愆,念窦娥身首不完全,念窦娥从前已往干家缘,婆婆也,你只看窦娥少爷无娘面。

〔鲍老儿〕念窦娥伏侍婆婆这几年,遇时节将碗凉浆奠,你去那受刑法尸骸上烈些纸钱,只当你把亡化的孩儿荐。婆婆也,再也不要啼啼哭哭,烦烦恼恼,怨气冲天。这都是我做窦娥的没时没运,不明不暗,负屈衔冤。

这两支曲文如泣如诉,全是日常口语,生动感人。关汉卿也善于向古代作家学习,在《单刀会》中,他就融化了杜牧的诗、苏轼的词,如:

〔双调·新水令〕大江东去浪千叠,引着这数十人,驾着这小舟一叶,又不比九重龙凤阙,可正是千丈虎狼穴。大丈夫心别,我觑这单刀会似赛村社。

(云)好一派江景也呵!(唱)

〔驻马听〕水涌山叠,年少周郎何处也?不觉的灰飞烟灭。可怜黄盖转伤嗟,破曹的樯橹一时绝,鏖兵的江水犹然热,好教我情惨切!

(云)这也不是江水。(唱)二十年流不尽的英雄血!

这是关羽赴会时的唱词,曲文檃栝了苏轼〔念奴娇〕(大江东去)的词意。

第五章　白仁甫和马致远

第一节　白仁甫

白仁甫,原名恒,字仁甫,后改名朴,字太素,号兰谷。是元前期杂剧著名作家。约与关汉卿、庚吉甫等同时。原籍隩州(今山西河曲)。因后来移居真定,所以《录鬼簿》说他是真定人。父亲白华,字文举,贞祐三年进士,官至枢密院判官,是金朝著名的文士。

白仁甫生在金王朝走向灭亡,蒙古帝国兴起的时候。金末虽然文化兴盛,但在政治上却存在着复杂错综的矛盾。由于金统治集团内部女真族和汉族的矛盾,以及军事指挥的错误,未能抵抗新兴的蒙古帝国军队,终于在金哀宗天兴三年被蒙古所灭。当时白仁甫年仅七岁。金朝首都南京(即汴梁,今河南开封)陷落时,他父亲随金哀宗外出就兵,母亲也在变乱中失落。白仁甫的逃难生活,一直是与他父亲的同学、密友,著名诗人元好问一起度过的。王博文在《天籁集序》里说:

> 元、白为中州世契,两家子弟每举长庆故事,以诗文相往来。太素即寓斋仲子,于遗山为通家侄,甫七岁,遭壬辰之难,寓斋以事远适,明年春,京城变,遗山遂挈以北渡……尝罹疫,遗山昼夜抱持,凡六日,竟于臂上得汗而愈。盖视亲子弟不啻过之。读书颖悟异常儿,日亲炙遗山,謦咳谈笑,悉能默记。

白仁甫少年时代国破家亡的悲惨境遇以及元好问潜移默化的影响,都对他以后的成长有重要作用。

白仁甫的父亲白华于金天兴二年在邓州降宋,元太宗七年十月,在均州和范用吉(即孛术鲁久住)又一起投降蒙古。白华在金朝时曾参与军事决策,临危变节,因此遭到人们的责备。白华回到北方后,经过一段漂泊,最后带着儿子卜居真定,受到北方最早降蒙的史天泽的庇护。白华虽然依附于史天泽,但由于接受儒家教育,对于是否出仕,其内心的矛盾却十分激烈。他一心教育儿子读书,不准备让他们出仕。他在《示恒》(《永乐大典》卷一三三四四)一诗里表示:

忍教憔悴衡门底,窃得虚名玷士林!

《是日又示恒》(同上)二首之一:

潦倒吾何用,文章汝未成。
过庭思父训,坠地有家声。

白仁甫在父亲的教育与影响下,终生没有出仕。他在应酬之作中,虽然也时有歌颂皇元的词句,但在他的作品中,表现更多的还是兴亡之恨,其中充满抑郁消极的情绪。

真定是他早年活动的重要地方之一。在此期间,他还曾往来于河南、江淮、燕京等地。白仁甫的作品中不时流露出浓郁的故国之思。如,他的〔石州慢〕《丙寅九日期杨翔卿不至书怀用少陵诗语》:

千古神州,一旦陆沉,高岸深谷。梦中鸡犬新丰,眼底姑苏麋鹿。少陵野老,杖藜潜步江头,几回饮恨吞声哭。岁暮意何如,怯秋风茅屋。 幽独,疗饥赖有商芝,暖老尚须燕玉。白璧微瑕,谁把闲情拘束。草深门巷,故人车马萧条,等闲飘弃樽无绿。风雨近重阳,满东篱黄菊。

由于白仁甫怀有家国之恨和对现实不满的感情,因此他放浪形骸,拒绝出仕,把自己的主要力量用于创作。他一生的突出成就主要表现在杂剧和散曲方面。

从他在南京所写的〔夺锦标〕《得友人王仲常李文蔚书》词里,还可以看到他与杂剧作家王仲常、李文蔚的深挚友情。王仲常、李文蔚等都是曾活跃在真定地区的作家。从这些诗词记载中,我们可以大致肯定白仁甫戏剧创作活动的旺盛期当在至元十年以前这段时间里。

至元十三年白仁甫五十岁时,他随元军南下至九江。次年冬又至岳阳,后又经隆兴再回到九江。在这一带漂泊三年。至元十七年卜居建康(今江苏南京)。到南方以后,白仁甫与著名散曲作家胡祗遹、王恽、卢疏斋、王博文等都有唱和之作。这时江南御史台的朋友又曾征他从政,他作〔沁园春〕词辞谢。他在这首词的小序里说:"监察师巨源将辟予为政,因读嵇康与山涛书,有契于予心者,就谱此词以谢。"从中可见他这时的思想状态。嵇康反对虚伪的礼教和不满于现实政治的思想,正与白仁甫同调。在建康时,与白仁甫交游的大都是南下的北方文人。白仁甫在至元二十八年春三月四日同李景安提举游杭州西湖。大约在大德初年,白仁甫去世。

白仁甫的作品,有词集《天籁集》,收词一百零五首,清初始刊刻流传;散曲有小令三十三支,套曲四组;杂剧据《录鬼簿》存目十五种,今存《梧桐雨》《墙头马上》,另有《东墙记》一种,然该剧是否原作,尚有待进一步考定。

白仁甫的杂剧,主要以历史传说和爱情故事为内容。《梧桐雨》是历史传说剧的代表,也是使他得享盛名的作品。剧本写唐明皇与杨贵妃的故事。关于李隆基,特别是他和杨玉环的故事,早在唐代就已开始成为文人写作的题材,后来在许多俗文学作品和野史笔记中出现,并且在民间流传。如唐代《长恨歌》(白居易)、《长恨传》(陈鸿)、《梅妃记》(曹邺)、《高力士外传》(郭湜)、《明皇杂录》(郑处诲);宋代的《杨太真外传》(乐史)和已经佚失的《拂霓裳转踏》(石曼卿)、金院本《击梧桐》、宋元南戏《马践杨妃》;元代杂剧初期的三大家都有这方面的作品,如关汉卿有《唐明皇启瘗哭香囊》、庾吉甫有《杨太真霓裳怨》《杨太真浴罢华清宫》、白仁甫有《梧桐雨》和已佚失的《唐明皇游月宫》。明清时以李杨故事为题材的传奇更多,著名的有《彩毫记》(明屠隆)、《惊鸿记》(明吴世美)、《长生殿》(清洪昇)等。其中白仁甫的《梧桐雨》曾产生重要的影响。

《梧桐雨》是个末本戏,主要通过唐明皇的艺术形象,概括了一代兴亡的变化。作品的楔子是个序幕,写唐明皇在太平之日,贪图"安逸",把子妃据为己有;又写唐明皇"目不识人",对失误军机的败将安禄山委以重任,为以后的安史之乱埋下伏线。接着暗场交代了杨贵妃与安禄山私通的情节,又直接描写了唐明皇倦理朝政,"一心想着贵妃",突出了长生殿盟誓的情节。当安禄山率兵直指潼关的时候,唐明皇正在沉香亭畔沉湎于杨贵妃的歌舞之中。敌兵袭来时,驻守在京城的军队,兵不满万,将官衰老,无力抵御,唐明皇只得避兵幸蜀。马嵬坡兵变,众军杀死杨国忠,马践杨贵妃。最后一折,根据《长恨歌》"春风桃李花开日,秋雨梧桐落叶时"的诗意,着力刻画了唐明皇追忆往日繁华欢乐生活的愁苦心绪。这时唐明皇已从西蜀返回京城,退居西宫,在一个秋雨之夜,梦到了他朝夕思念的杨玉环,并请他到长生殿赴宴,往日的繁华生活又重现在眼前,但窗外传来的滴在梧桐叶上的阵阵雨声惊醒了他的美梦。

〔滚绣球〕长生殿那一宵,转回廊说誓约。不合对梧桐并肩斜靠,尽言词絮絮叨叨。沉香亭那一朝,按霓裳舞六幺,红牙箸击成腔调,乱宫商闹闹吵吵。是兀那当时欢会栽排下,今日凄凉厮凑着。暗地量度。

追忆往日的欢会,更感到今日的凄凉,人世间由盛而衰的沧桑变幻,使他无限怅惘,无限悲哀。白仁甫通过对这一事件的描绘,批评了统治者由于"目不识人"和一味荒淫享乐造成国家危难的行为,并把安禄山变乱当作一场灾难,一定程度地反映了金朝亡国的时代特征。联系作者和他父亲的经历,我们不难看出他在作品里所寄寓的思想感情。剧中一曲曲哀婉的悲歌,也表现出作者缅怀过去的故国之思。

唐明皇既是使国家败乱的罪魁,又是故国的化身。作者对唐明皇既有讽刺批评，又有赞赏同情，比较而言，又以后者为主。作品虽然触及统治者骄奢淫逸的生活和权奸把持朝政的现实，但着意描写的却是唐明皇的风流才情。长生殿盟誓写得情真意切，沉香亭畔舞霓裳一场更极写当时的歌舞之盛。当变乱爆发之后，作者对"主弱臣强"、天子无所作为也寄予了深切的同情。特别是第四折对唐明皇由盛而衰的凄凉处境的描写，更饱含了作者的感情，表现了强烈的共鸣。也正是由于这个原因，作品的思想倾向不够鲜明。

《梧桐雨》可以说是一部抒情诗，整个作品充满了迷惘、悲凉的情调，"欢会"裁排下"凄凉"，便是作品的结论。这种思想感情在元初社会是有代表性的，只有放在当时的历史条件下，我们才能充分理解它的意义。

《墙头马上》是白仁甫戏剧创作中独具风格的佳作。作品受白居易新乐府《井底引银瓶》一诗的启发，又以宋官本杂剧《裴少俊伊州》、金院本《鸳鸯简》《墙头马》为创作的依据。剧本写唐高宗时，工部尚书裴行俭之子裴少俊代父往洛阳购买花栽子，于洛阳总管李世杰家的花园里见到李总管的女儿李千金。二人一见钟情，李千金在乳妪的协助下偷偷逃出李府与裴少俊结为夫妻，生了一双儿女，裴少俊怕他做尚书的父亲知道，将妻子儿女私藏在宅中一所花园内。七年之后，偶然被他父亲发现，盛怒之下，痛斥李千金为娼妓，强迫裴少俊留下儿女，将李千金休弃赶出家门。后来裴少俊考试及第，做了大官，再去找李千金，李千金想到当时被赶出裴家的耻辱，拒绝回去。这时裴尚书夫妇也带着礼物和孙子们一齐到来，说了许多奉承话，让李千金回去，李千金仍拒绝。最后还是两个儿女哭求，以纯真的母子之情打动了李千金的心，答应重归于好，回到裴家。

作品塑造了一个大胆追求爱情，勇敢地同礼教斗争的妇女李千金的动人形象。她和《西厢记》里崔莺莺的性格迥然不同，当她在花园的墙头见到马上的裴少俊时，便勇敢地表示了自己的爱慕感情："既待要暗偷期，咱先有意，爱别人可舍了自己。"她央求梅香为她传送简贴。

当她和裴少俊的私情被嬷嬷发现时,她更理直气壮地为自己的行为辩解:

> 是这墙头掷果裙钗,马上摇鞭狂客,说与你个聪明的奶奶,送春情是这眼去眉来。则这女娘家直恁性儿乖,我待舍残生还却鸳鸯债,也谋成不谋败,是今日且停嗔过后改,怎做的奸盗拿获。

当裴少俊受父亲逼迫将她休弃时,她表现得十分坚强。她说:"是与非须辨别","这姻缘也是天赐的"。她还批评了裴少俊的软弱,当裴少俊得官后,求她重做夫妻时,她毅然拒绝,更表现出李千金刚强不屈的性格,后来由于儿女求情,她才答应了裴家的请求。

《墙头马上》具有浓厚的喜剧性,讽刺的矛头直接指向裴尚书。李千金的爽朗泼辣,院公的淳朴风趣,更使整个作品显得清新明快,饶有风趣。

白仁甫的爱情剧,还有《东墙记》,写马文甫与董秀英的故事,现存剧本情节极似《西厢记》,可能是后人模拟的作品,非白仁甫原著。其他作品如《流红叶》写宫女韩翠苹红叶题诗和于祐成婚的故事,《银筝怨》写宫女薛琼琼弄筝与崔怀宝相恋的故事,《钱塘梦》写苏小小,《梁山伯》写梁祝故事,《崔护觅浆》即"人面桃花"。还有一些历史传说剧,如《楚庄王夜宴绝缨会》《萧翼赚兰亭》《斩白蛇》和《高祖归庄》等,今均已失传。

白仁甫工于词曲,元初就很有名。王博文在《天籁集序》里说他"律赋为专门之学,而太素有能声,号后进之翘楚者"。明初朱权的《太和正音谱》认为他在元代作家中"宜冠于首"。他的作品既有气势,又富有文采,用语自然,凝练而不拘谨,清丽而有生气。这正是继承了元好问的艺术传统,郝经称赞元好问时曾说"巧缛而不见斧凿,新丽而绝去浮靡"(郝经《遗山先生墓铭》),这一评价对白仁甫来说,也是十分贴切的。白仁甫的戏剧作品矛盾集中,人物性格突出,很适合于舞台演出。如果说白仁甫作品有不足之处的话,那就是他的作品内容仅限于表达作者自己与同时代文人的心声。但是,我们必须充分看到他在当时以及对后世的影响,尤其是对清初戏剧创作和词人的影响。洪昇的《长生殿》,就明显地表现出来自白仁甫的影响。

作者善于借景抒情,尤以《梧桐雨》第四折最为出色:

〔叨叨令〕一会价紧呵,似玉盘中万颗珍珠落;一会价响呵,似玳筵前几簇笙歌闹;一会价清呵,似翠岩头一派寒泉瀑;一会价猛呵,似绣旗下数面征鼙操。兀的不恼杀人也么哥,兀的不恼杀人也么哥。则被他诸般儿雨声相聒噪。

〔倘秀才〕这雨一阵阵打梧桐叶凋,一点点滴人心碎了,枉着金井银床紧围绕,只好把泼枝叶做柴烧,锯倒。

作者用秋夜梧桐雨的意境,烘托出唐明皇的凄苦离情,缠绵而又悲怆。

第二节　马致远

马致远(1250?—1321?),号东篱,大都(今属北京)人。他的年辈晚于著名杂剧作家庾吉甫、白仁甫、关汉卿,而声名与之相埒。贾仲名〔凌波仙〕吊词说他"共庾、白、关老齐眉"。从张可久〔双调·庆东原〕《次马致远先辈韵九篇》可知马致远先于著名散曲家张可久。张可久生于元世祖至元六年以前,我们又知道在马致远之前的白仁甫生于金哀宗正大三年,由此可以推知马致远的生年约为蒙古定宗五年(1250)。马致远交游可考者有王伯成、李时中、红字李二、花李郎、卢疏斋、刘致等。他与卢疏斋、刘致在大德初年有咏西湖散曲〔双调·湘妃怨〕唱和。另外,马致远所写的散曲〔中吕·粉蝶儿〕《至治华夷》,一般认为是元英宗至治改元(1321)之作,而周德清于元泰定元年所写的《中原音韵·序》则说马致远等名公已死,因而我们又可推测出马致远的卒年约为1321年。马致远的一生既经历过动乱的战争,又经历过元朝统治的相对稳定时期。

马致远是元代著名的杂剧作家。著有杂剧十六种,现存有《半夜雷轰荐福碑》《江州司马青衫泪》《破幽梦孤雁汉宫秋》《吕洞宾三醉岳阳楼》《开坛阐教黄粱梦》《马丹阳三度任风子》《西华山陈抟高卧》等七种。此外,还有《刘阮误入桃源洞》第四折残曲。另据明清人记载,马致远还著有南戏《牧羊记》及与人合撰的《风流李勉三负心记》《萧淑贞祭坟重会姻缘记》,今已失传,这个记载是否可靠尚待进一步考订。

马致远的创作,可分为前后两期,前期创作处于元世祖忽必烈(1260—1294)时期。金末元初的大动乱,他虽然没有直接经历过,也不可能有遗民思想,但是动乱的苦果,他却不断地咀嚼着,他曾痛苦地思索着兴亡演变的历史。他既是一个感情丰富的诗人,又是一个冥思苦想的哲人。

马致远的青年时代,恰当元世祖忽必烈多次准备恢复科举之际,虽然因蒙古贵族内部部分权豪势要的反对没有成为现实,但忽必烈还是注意兴建学校,并要求地方举荐贤才。所以,这时的马致远也曾追慕过功名,他说:"且念鲰生自年幼,写诗曾献上龙楼。"(〔黄钟尾〕)但是,他并没有在仕途中找到出路。他在〔南吕·金字经〕一曲中曾经慨叹地说:

夜来西风里,九天雕鹗飞,困煞中原一布衣。悲!故人知不知,登楼意,恨无上天梯。

然而,冷酷的现实教育了他,使他很快地对仕途感到绝望,他在〔双调·拨不断〕曲中说:

布衣中,问英雄:"王图霸业成何用?"禾黍高低六代宫,楸梧远近千官冢,一场恶梦!

与元初其他一些有才华的作家一样,在没有出路的情况下,他把自己的艺术才能贡献给了杂剧创作事业,成为"梨园"中一个知名人物。虽然困厄的境遇是他一生中的不幸,然而,也正是这个原因,使他的创作放出异彩。

《荐福碑》《青衫泪》《汉宫秋》《岳阳楼》可能是马致远前期的作品。"雷轰荐福碑"是当时流传颇广的故事，俗谚有所谓"时来风送滕王阁，运去雷轰荐福碑"的说法，意思是说人生穷通得失，皆由命定。《荐福碑》写落魄书生张镐，倒运时，流落在山西长子县教村学，虽手持范仲淹的三封推荐书，可是两次投书都遭到失败，后又流落到饶州，荐福寺和尚要为他打拓庙中颜真卿书写的碑文，以便沿途售卖作为进京的路费，不料碑文又被雷轰掉。最后，范仲淹再次出现，张镐时来运转，功成名就。剧本虽然宣传了宿命论的思想，但是通过剧中主人公的坎坷遭遇，也抨击了现实社会中是非颠倒、贤愚不分的黑暗现象，寄托了作者怀才不遇的思想感情，反映了元代知识阶层的愤懑不平。

《青衫泪》是马致远杂剧中唯一的旦本戏。作品借白居易《琵琶行》为题目敷衍了白居易与妓女裴兴奴的爱情故事。通过妓女、士子、商人间三角关系的爱情纠葛，反映了元代社会中妓女的生活及其悲惨遭遇。这是元杂剧中流行的题材，作品沿用了元杂剧中常见的关目，从中可见马致远和杂剧艺人的密切关系。

《荐福碑》《青衫泪》一定程度地触及了当时社会现实中的问题，同时也反映了作者的生活和思想。

《汉宫秋》是马致远前期创作的代表作品，也是现存最早敷衍王昭君故事的戏曲剧本。剧本写汉元帝派奸臣毛延寿遍行天下征选宫女，于秭归县选得天下绝色的王嫱，小字昭君。毛延寿向她要百两黄金，选为第一。王嫱不肯，毛延寿便在王嫱的图像上点些破绽，使王入宫后，永远不能得见君王。后被汉元帝发现，封为明妃。毛延寿见事情败露，便带着王嫱的图像逃往匈奴，勾结匈奴侵犯边境，以武力威胁，向汉元帝"索要昭君"。满朝文武束手无策，昭君表示情愿和番，以保国家安全。第二天元帝在灞桥饯送，怅然而别。昭君行至边界，跳江而死。最后匈奴派遣使者绑缚毛延寿送还汉朝，情愿讲和。汉元帝将毛延寿斩首，祭祀明妃。《汉宫秋》是在长期流传的昭君故事的基础上，经过加工再创作而成的。故事内容有很大变动。首先，历史上的王昭君本是汉元帝的宫女,当时匈奴王呼韩邪单于来汉求婚,王昭君因不满汉宫生活,自愿请行。西汉元帝竟宁元年(前33)昭君出塞,入匈奴后,与呼韩邪单于生一子;呼韩邪单于死后,根据当时匈奴习俗,她又嫁给新立的单于(呼韩邪单于前妻大阏氏的儿子),又生二女。马致远不拘泥于史实,将昭君出塞放在匈奴武力胁迫下进行,把王昭君改为汉元帝的爱妃,为了汉室江山昭君不得不出塞和番,最后在汉匈交界处投江而死,从而塑造了一个热爱祖国,并在民族矛盾中保持崇高气节的光辉动人的妇女形象。其次,马致远将毛延寿写成一个叛国的逆贼,作为戏剧中被谴责的主要对象。最早把毛延寿与昭君出塞故事联系起来的记载见于《西京杂记》,但只是说毛延寿是当时被杀的画工之一,并没有明确说明向昭君索贿的就是毛延寿,更没有毛延寿将昭君图像献给匈奴单于并唆使单于攻汉的记载。马致远经过加工创作,把矛头指向毛延寿和不能保卫国家的文臣武将,从而寄寓了作者对历史上亡国之臣的批判。

马致远把《汉宫秋》写成一个末本戏,以汉元帝为戏中的主角。作为一国之主的汉元帝竟要将自己最宠爱的妃子下嫁单于去求和,以至酿成生离死别的人间悲剧。作者在汉元帝对王昭君的思念中渗入了自己对国家命运的关注,流露出深沉的忧伤情绪。特别是在第四折中,汉元帝于汉宫闻孤雁悲鸣的一段描写,更是马致远个人心境的直接写照。它和白仁甫的《梧桐雨》写唐明皇怀念杨贵妃的凄婉幽怨情绪极为相近,它们都是借历史上的兴亡聚散,抒写作者胸臆的佳作,同时也可见出元初文人思想感情的一斑。

《岳阳楼》写吕洞宾在岳阳楼度脱柳树精的故事。它和《汉宫秋》在当时都颇为流行。

随着忽必烈统治的结束,马致远的创作活动进入后期。他经历了一段漂泊之后又回到了大都。元贞时期(1295—1296)他参加了元贞书会,并与艺人花李郎、红字李二以及李时中合撰《黄粱梦》。这时马致远对历史上的兴亡、人世间的荣辱日益看破,他向往着归隐的生活。

此后他到杭州,曾"任江浙行省务官",后来退隐田园,过着寄情山水的生活。他在〔般涉调·哨遍〕套曲中说:

半世逢场作戏,险些误了终焉计。白发劝东篱,西村最好幽栖。

这一时期,他的作品,除与人合写的《黄粱梦》以外,还有《陈抟高卧》《任风子》等。这些作品的内容都是演述全真教的度脱故事。

《黄粱梦》是马致远进入后期创作的标志。据《录鬼簿》载,《黄粱梦》故事,在唐代有沈既济所著传奇小说《枕中记》,写吕翁与卢生事,至金元则附会为钟离权度脱吕洞宾,并已成为全真教教祖的神圣事迹,流传很广。马致远等人的《黄粱梦》写吕洞宾在梦中做了兵马大元帅,领兵征讨叛乱,受贿卖阵,私自还家,发现其妻与奸夫私通。后因通敌事,被流配沙门岛。与《枕中记》相比较,《枕中记》只是指出"富贵如过眼烟云"的虚幻思想,而《黄粱梦》则揭示了统治阶级的丑恶,表现出作者对现实的否定。

《陈抟高卧》是写隐士陈抟的事迹。陈抟是全真教尊奉的祖师。宋太祖在没做皇帝时,曾请他占卜命运;即位后,又派使臣将他迎接入朝,并准备授以官爵,但陈抟固辞不受,仍回山继续隐居。

《任风子》是作者晚年时所写的作品,写马丹阳度任屠事,进一步表现了作者与现实生活的决绝态度。马丹阳欲度脱任屠,便到甘河镇,在当地布教,化得一方不吃腥荤,屠户都折了本钱。任屠决心去杀马丹阳,但最后反而要跟马丹阳出家。任屠接受考验,最终休妻摔子,修成正道。

马致远所写的宗教剧全部演述全真教的事迹。全真教初起于北宋末年,盛行于金朝后期和元代,是道教的一个支系。全真教在动乱时期,倡导"以识心见性,除情去欲,忍耻含垢,苦己利人为宗"(元李道谦《甘水仙源录》)。是当时部分知识分子隐身避世的一个归宿。马致远的神仙道化剧表现出他的思想与全真教完全合拍。

统观马致远的作品,无论是杂剧还是散曲,都表现了同样的思想情调,对现实的批判也是一致的。《汉宫秋》对统治集团中的文武百官予以谴责,他斥责群臣是"忘恩咬主贼禽兽"。《黄粱梦》则抨击了险恶的世风,他在剧中痛心地说:"如今人宜假不宜真,则敬衣衫不敬人。"他在剧本中赞颂的是一些儒士、道士和隐者。他对修仙养道生活的讴歌,恰是他痛苦求索中的一种精神寄托。

马致远的思想,不仅在元代文人当中具有代表性,而且对后世也有着深远的影响。他对于在历史以及现实中存在着的是非不分、贤愚不辨,感到无限愤慨,乃至于陷入绝望的境地,因而,试图从神仙、隐士中去寻求解脱。但这些并不能驱散他心中的苦闷,他不断地寻求、探索,却始终没有找到出路。他的消极情绪是极为明显的,但他的激愤之情,也在悲凉的思绪之中回荡。因此,他的作品仍不乏豪放的气势。

马致远的艺术才能,在元代,特别是在明代曾获得很高的评价。元人周德清将马致远列为四大家之一(《中原音韵·序》)。明人朱权更将马致远列于元曲家之首,说"马东篱之词""有振鬣长鸣,万马皆瘖之意。又若神凤飞鸣于九霄,岂可与凡鸟共语哉"(《太和正音谱》)。这在当时是具有代表性的评语。马致远的杂剧在艺术风格、语言风格方面都有自己的特色。他具有抒情诗人的气质,尤其擅长悲剧性的抒情。他的作品情调凄凉、悲愤,《汉宫秋》第四折最能代表他这种艺术风格。作者借长空孤雁的悲鸣,尽情地抒发了汉元帝的孤独心境和离愁别绪。雁声与人情融为一体,凄楚动人。

马致远还善于运用凝练的语言,准确而深刻地表现人物的思想感情。仍以《汉宫秋》为例,第三折描写汉元帝灞桥送别昭君后所唱的两支曲子:

〔梅花酒〕呀!俺向着这迥野悲凉。草已添黄,兔早迎霜,犬褪得毛苍。人掮起缨枪,马负着行装,车运着粮,打猎起围场。他他他伤心辞汉主,我我我携手上河梁;他部从入穷荒,我銮舆返咸阳。返咸阳,过宫墙;过宫墙,绕回廊;绕回廊,近椒房;近椒房,月昏黄;月昏黄,夜生凉;夜生凉,泣寒螀;泣寒螀,绿纱窗;绿纱窗,不思量!

〔收江南〕呀! 不思量除是铁心肠,铁心肠也愁泪滴千行。美人图今夜挂昭阳,我那里供养,便是我高烧银烛照红妆。

语言自然、凝练,看来不费推敲,其实功力很深,特别是作者采用了"顶针续麻"的手法,将汉元帝对昭君的思念,以及因思念昭君,而使眼底的事物都为之改变颜色的心情,淋漓尽致地表现了出来。〔梅花酒〕曲牌末尾的六字句,都顿成两个三字句,前后重复,形成重叠回环的句式,增强了唱词的表现力与音乐感。

第六章　王实甫和他的《西厢记》

第一节　王实甫的生平和作品

王实甫,名德信,大都(今属北京)人。他也是一个熟悉勾栏生活的作家。《录鬼簿续编》作者为他写的吊词说:

> 风月营,密匝匝列旌旗。莺花寨,明飚飚排剑戟。翠红乡,雄纠纠施谋智。作词章,风韵美。士林中等辈伏低。杂新剧,旧传奇,《西厢记》天下夺魁。

"风月营""莺花寨""翠红乡"指的是教坊、勾栏,所以说王实甫也是和关汉卿有着类似的生活经历的。他的《西厢记》的创作成就也得到了当时文坛的承认。但是,关于王实甫的生平资料却很少。他在〔商调·集贤宾〕套曲《退隐》中说:

> 〔后庭花〕住一间蔽风霜茅草丘,穿一领卧苔莎粗步裘;捏几首写怀抱的歪诗句,吃几杯放心胸村醪酒。这潇洒傲王侯!且喜的身登身登中寿,有微资堪赡赒,有亭园堪纵游。保天和自养修,放形骸任自由,把尘缘一笔勾,再休题名利友。

如果这套散曲确是王实甫所作,那么,这就是王实甫中年以后生活的写照。

王实甫一生共创作了十三种杂剧,现在有全本流传下来的除《西厢记》外,还有《四丞相高宴丽春堂》和《吕蒙正风雪破窑记》。残存的有《苏小卿月夜贩茶船》和《韩彩云丝竹芙蓉亭》各一折。《丽春堂》写金代右丞相乐善和右副统军使李圭在宫中因打双陆争吵起来,乐善殴打了李圭,被贬谪到济南。后来乐善平寇有功,受到嘉奖,皇帝在丽春堂设宴,令李圭请罪,乐善遂与李圭和解。该剧第三折写乐善在贬谪中寄情山水的曲辞,与他在《退隐》中表现的思想有相通之处。《破窑记》写宋代吕蒙正的故事。吕蒙正未发达时,遇到刘月娥掷彩球招婿被抛中。刘月娥不顾父亲反对,与吕蒙正同住破窑而不悔。当时吕蒙正经常到白马寺赶斋,谁知寺僧竟改为饭后鸣钟。后来吕蒙正显达,又装作落第回家,刘月娥仍对他很好,他才讲明真相,寺僧也告诉他过去的事都是他岳丈故意激励他,于是和好如初。这个剧本影响也较大,刘月娥与吕蒙正的形象都较成功。

《西厢记》是王实甫的代表作。关于它的作者,从元末至明初都未见提出疑议。周德清《中原音韵》、钟嗣成《录鬼簿》、贾仲明〔凌波仙〕吊词、朱权《太和正音谱》都认为是王实甫作。自明朝成化、弘治以来,开始有关汉卿作、王实甫作、关作王续、王作关续等各种说法,但都没有提出什么可靠的证据。不过《西厢记》现存版本都是明刻本,《西厢记》在流传中经过后人修改这是事实,但它仍保留了王作的基本面貌。

第二节 《西厢记》的思想内容

《西厢记》全名是《崔莺莺待月西厢记》,是一部以多本连演一个故事的杂剧。《西厢记》一共五本二十折,第二本中的楔子所唱为一套曲。所以也有人以为第二本为五折,无楔子。其他各本均为四本一楔子。

第一本《张君瑞闹道场》。前朝相国的女儿崔莺莺和母亲扶父亲灵柩至博陵安葬,因路途多阻,寄居河中府普救寺内。书生张珙上朝取应,路过河中府,要看望同学杜确,杜时为征西大元帅,镇守蒲关。张生到普救寺游览,在参观佛寺过程中与崔莺莺相遇,一见钟情。张生便借口旅店冗杂到寺中借住。红娘到佛殿找老和尚商量替崔莺莺父亲做道场,张生也要求带一份斋,追荐父母,并在路上向红娘自我介绍姓名年龄和尚未娶妻的事。红娘当作笑谈告诉莺莺,莺莺却已动情,她烧夜香时与张生隔墙联吟。做道场的那天,张生得以见到莺莺,莺莺也顾盼张生。

第二本《崔莺莺夜听琴》。军人孙飞虎听说莺莺貌美,率兵包围普救寺。危急之中老夫人宣称,但有退兵之策的,倒赔房奁,将莺莺与他为妻。张生挺身而出,一面让老僧与孙飞虎商定三日后成亲,为缓兵之计;一面修书,由惠明下书,请杜确解围。事后,老夫人设宴酬谢张生,却推说早已许给侄儿郑恒,让莺莺拜张生为哥哥。张生莺莺都受到沉重打击,红娘见义勇为,替张生设计,张生弹琴向莺莺诉说心愿,莺莺也向张生表示了自己的爱情。

第三本《张君瑞害相思》。自从那夜弹琴之后,张生病倒,莺莺叫红娘去看望张生,张生请红娘带一简帖儿给莺莺。莺莺一面假做生气,一方面回信约张生夜间到花园相会,谁知到时莺莺又变了卦,将张生训斥了一番,张生病情更加沉重。莺莺又让红娘送去药方,其实是约他幽会。

第四本《草桥店梦莺莺》。莺莺终于冲破精神束缚,与张生在西厢相会。老夫人察觉莺莺神情恍惚,便拷打红娘。红娘说出真情,并指责老夫人失信背义,建议成全他们的婚事。老夫人被迫答应,却让张生进京赶考,得官之后,再回来见面。于是安排筵席,在十里长亭为张生送行。张生夜宿草桥店,梦中莺莺赶来相会,醒来不胜惆怅。

第五本《张君瑞庆团圆》。张生进京一举及第,命琴童送信给莺莺,莺莺写了回书,并带了几件随身的物品以表心意。谁知郑恒来到普救寺,假说张生已被卫尚书招为女婿,老夫人又要郑恒为婿。这时张生授河中府尹衣锦还乡,杜确也主兵蒲关,提调河中府事,终于真相大白,郑恒触树身死,张生和莺莺成亲。

王实甫《西厢记》是在董解元《西厢记诸宫调》的基础上加工改写而成的。它和《西厢记诸宫调》相比较又有所提高。《西厢记诸宫调》

已提出反对从家族利益出发要求门当户对的婚姻,但《西厢记》写崔张爱情多次遭到老夫人的阻挠和破坏,从而更深刻地揭露了礼教对青年自由幸福的摧残。而且,在《西厢记》里更明确地体现了"愿普天下有情的都成了眷属"的思想。《西厢记诸宫调》是说唱文学,情节不够集中,如兵围普救寺一场,用了很多篇幅叙述对阵厮杀,处理失于过重。《西厢记》的戏曲冲突更为集中。《西厢记诸宫调》的人物性格不够完整,如张生最后听说老夫人已把莺莺许了郑恒,他没有据理力争,反而退缩避让。《西厢记》人物刻画更加鲜明。两部作品语言风格各异,从明代以后不仅戏曲舞台主要以王实甫《西厢记》为演出底本,就是说唱的演出也转而依据戏曲剧本。

《西厢记》在从《莺莺传》开始的崔张爱情故事描写中,最终深刻地揭示了它的社会意义,在中国文学史的爱情主题的演变上,它也有着重要的划阶段的意义。《西厢记》才是一部完整地写出恋爱过程、恋爱心理的作品。郑振铎在《文学大纲》中说:"中国的戏曲小说,写到两性的恋史,往往是两人一见面便相爱,便誓订终身,从不细写他们恋爱的经过与他们在恋时的心理。《西厢》的大成功便在它的全部都是婉曲细腻地在写张生与莺莺的恋爱心境。似这等曲折的恋爱故事,除《西厢》外,中国无第二部。"它反对宗法礼教制度,反对伦理观念,歌颂青年男女对自由爱情的追求。在理学思想日盛的时代,一部宣传"有情的都成了眷属"的剧本成为家喻户晓的作品,这不是很值得深思吗?郭沫若在《西厢艺术上之批判与其作品之性格》中说:

> 反抗精神,革命,无论如何,是一切艺术之母!元代文学,不仅限于剧曲,全是由这位母亲产生出来的。这位母亲所产生出来的女孩儿,总要以《西厢》为最完美,最绝世的了。《西厢》是超时空的艺术品,有永恒而且普遍的生命。《西厢》是有生命的人性战胜了无生命的礼教底凯歌,纪念塔。

《西厢记》深刻的思想内容,是通过戏剧冲突、剧中人物的行动体现出来的。《西厢记》中描摹最细致深刻的是莺莺。《莺莺传》中莺莺的性格就是深沉的。文中说:"艺必穷极,而貌若不知;言则敏辩,而寡于酬对;待张之意甚厚,而未尝以词继之。"就是被张遗弃后,她也不轻易倾露她的悲痛。《西厢记》中莺莺仍是深沉、幽静的少女,但作品揭示了她青春的觉醒,对爱情的追求,以及走上礼教叛逆者的过程。特别是描写了她自身的思想矛盾和恋爱心理,使她成为一个成功的艺术典型。她已因父母之命终身早就许给了郑恒,本无爱情可言,但在暮春天气,她不由自主地产生无限怅惘,她到佛殿闲走时唱道:"花落水流红,闲愁万种,无语怨春风。"当她遇到张生以后,又经过隔墙联吟,就不自觉地产生了爱情,神魂荡漾,情思不快:

〔油葫芦〕翠被生寒压绣茵,休将兰麝熏;便将兰麝熏尽,则索自温存。昨宵个锦囊佳制明勾引,今日个玉堂人物难亲近。这些时坐又不安,睡又不稳,我欲待登临又不快,闲行又闷,每日价情思睡昏昏。

随着她心中爱情萌芽的滋长,她对老夫人的约束越发不满。当张生出面献退兵之策时,她对张生的感情更近了一步。谁知老夫人事过之后又变了卦,她一方面埋怨母亲,开始了内心的反抗,一方面已把自己的心交给张生:

〔殿前欢〕恰才个笑呵呵,都做了江州司马泪痕多。若不是一封书将半万贼兵破,俺一家儿怎得存活。他不想结姻缘想甚么?到如今难着莫。老夫人谎到天来大;当日成也是您个母亲,今日败也是您个萧何。

〔离亭宴带歇指煞〕从今后玉容寂寞梨花朵,胭脂浅淡樱桃颗,这相思何时是可?昏邓邓黑海来深,白茫茫陆地来厚,碧悠悠青天来阔;太行山般高仰望,东洋海般深思渴。毒害的怎么。俺娘呵,将颤巍巍双头花蕊搓,香馥馥同心缕带割,长挼挼连理琼枝挫。白头娘不负荷,青春女成耽搁,将俺那锦片也似前程蹬脱。俺娘把甜句儿落空了他,虚名儿误赚了我。

两人感情越深,莺莺表面行动越矜持。她听琴时说"知音者芳心自懂,感怀者断肠悲痛",她迫切希望两人到一起:

〔绵搭絮〕疏帘风细,幽室灯清,都则是一层儿红纸,几晃儿疏棂,兀的不是隔着云山几万重,怎得个人来信息通?便做道十二巫峰,他也曾赋高唐来梦中。

但当红娘带来张生的简帖,却发起脾气,要告老夫人打红娘,并声称自己与张生"只是兄妹之情,焉有外事"。她约张生到花园相会,但见面后又责问张生:"张生,你是何等之人!我在这里烧香,你无故到此;若夫人闻知,有何理说!"直到张生病笃,莺莺才真正和张生结合。

莺莺这种做假的态度是和她的家庭教育和贵族身份,同时也和她的处境有关。她迈出这一步是不容易的,这反映了她追求爱情和恪守礼教思想的斗争;她也不能不考虑行动的后果,如果被遗弃,她将无法存身。任何一个少女在追求爱情过程中都不能不产生矛盾心理,而每个人的心理状态又不可能不受社会条件的制约。莺莺这一形象的真实性和社会意义也就在这里。莺莺是大胆的、刚强的礼教叛逆者,又是一个矜持的、怯懦的贵族小姐,尽管她内心中炽热地燃烧着爱情之火,但她表面却仍是一个深沉幽静的闺中女子,这便是王实甫笔下的莺莺形象。

张生是一个"才高难入俗人机,时乖不遂男儿愿"的狂生。他在普救寺和莺莺"刚刚打个照面",便"风魔了张解元"。第一次和红娘说话,便自我介绍生辰八字,并特意强调"不曾娶妻",十分痴情。墙角联诗后,他情不自禁地望着莺莺竟呆在那里,还是被宿鸟惊醒:

〔幺篇〕我忽听、一声、猛惊。元来是扑剌剌宿鸟飞腾,颤巍巍花梢弄影,乱纷纷落红满径。

他通过不懈的追求,终于赢得莺莺的爱情,他是一个志诚种。同时,作品也写了他的才华,他临危不惧,敢于挺身而出,急人危难。《西厢记》还加强了他忠于爱情,轻视功名的思想。张生的形象比《莺莺传》有很大变化,比《西厢记诸宫调》也有发展。但他身上仍有轻狂和猥亵的言行,这是和元代杂剧作者某些放浪行为有联系的。

红娘是《西厢记》中一个主要的角色,全剧二十一折戏,有八折由红娘主唱。特别是第三本《张君瑞害相思》,全部由红娘主唱,老夫人悔婚后,崔张爱情发展的重要阶段,红娘是穿针引线的关键人物,但莺莺还向她发脾气,红娘正是从正义感和同情心出发,促进了他们的结合:

〔混江龙〕谢张生伸志,一封书到便兴师。显得文章有用,足见天地无私。若不是剪草除根半万贼,险些儿灭门绝户了俺一家儿。莺莺君瑞,许配雄雌;夫人失信,推托别词;将婚姻打灭,以兄妹为之。如今都废却成亲事,一个价愁糊涂了胸中锦绣,一个价揾湿了脸上胭脂。

红娘知道"两下里都一样害相思",才肯帮助他们。第四本第二折,当事发之后,老夫人拷打红娘,她勇敢地为他们辩理:

〔圣药王〕他们不识忧,不识愁,一双心意两相投。夫人得好休,便好休,这其间何必苦追求?常言道"女大不中留"。

〔麻郎儿〕秀才是文章魁首,姐姐是仕女班头;一个通彻三教九流,一个晓尽描鸾刺绣。

〔么篇〕世有、便休、罢手,大恩人怎做敌头?起白马将军故友,斩飞虎叛贼草寇。

〔络丝娘〕不争和张解元参辰卯酉,便是与崔相国出乖弄丑。到底干连着自己骨肉,夫人索穷究。

她以理以情说服老夫人,使得老夫人不得不应允崔张的婚事。第五本中,有两折由红娘主唱,第三折陪伴莺莺,和郑恒论理,当郑恒以自己祖代是相国之门,说张生是白衣饿夫穷士时,她说:

〔秃厮儿〕他凭师友君子务本,你倚父兄仗势欺人。斋盐日月不嫌贫,博得个姓名新堪闻。

〔圣药王〕这厮乔议论,有向顺。你道是官人只合做官人,信口喷,不本分。你道穷民到老是穷民,却不道"将相出寒门"。

这里面都包含着对门第观念的否定,对个人的尊重,也包含着作者的激愤。

老夫人代表戏剧矛盾的一方,她是礼教的维护者。但作品并没有简单化地处理这个人物。她是治家严肃的相国夫人,一心守着"相国家谱",她也非常爱自己的女儿,但她的爱,就是要莺莺严守家规,甚至"怕女孩儿春心荡,怪黄莺儿作对,怨粉蝶成双"。她在孙飞虎包围普救寺时,为了维护家谱,同意招个寒士,事过之后又悔婚,最后不得已同意张生和莺莺的婚事,又提出"俺三辈不招白衣女婿",要张生第二天便上朝取应去。所以她越处处替莺莺着想,越给莺莺增加痛苦。

崔、张争取爱情自由反对礼教,除了同宗法势力的代表斗争外,还要同自己的思想和社会影响斗争。《西厢记》是一部反映爱情问题的剧本,它的意义却不仅仅局限于爱情问题,所以,当明代哲学、文学思潮中"理"与"情"的斗争激烈展开时,《西厢记》成为一部在思想界震动最大的文学作品。

第三节 《西厢记》的艺术特色

《西厢记》是一部杰出的喜剧。它的喜剧冲突既表现为对老夫人负义背盟、郑恒造谣欺骗的合理夸张,又表现为张生风魔痴狂、莺莺故作庄严和红娘热心快肠所造成的误会。两者互相纠葛,而以后者为主。由于作者放手按照喜剧的特点塑造莺莺、张生、红娘等典型人物,把他们心曲中的隐微,形象、风趣地揭示出来,所以产生了强烈的喜剧效果。第一本《张君瑞闹道场》中,张生在佛殿遇到莺莺,"刚刚打个照面,风魔了张解元",剧本开始便揭开了戏剧冲突,集中笔墨写他的神魂颠倒:

〔元和令〕颠不剌的见了万千,似这般可喜娘脸儿罕曾见。则着人眼花撩乱口难言,魂灵儿飞在半天。他那里尽人调戏䩮着香肩,只将花笑捻。

他见了红娘忙不迭自我介绍:

〔末云〕小娘子莫非莺莺小姐的侍妾么?

〔红云〕我便是,何劳先生动问?

〔末云〕小生姓张,名珙,字君瑞,本贯西洛人也,年方二十三岁,正月十七日子时建生,并不曾娶妻……

〔红云〕谁问你来?

这种行为都超越了常轨,但他又合乎张生此时的精神状态,既引人发笑,又惹人同情。

莺莺在普救寺解围之后,也轻信了老夫人的允诺,做了许多美满的梦。待到老夫人安排小酌,要红娘唤她时,她也是反常地佻㒓:"知他命福是如何?我做一个夫人也做得过。"将要和自己所爱的人正式订终身,她的心情不平静也是十分正常的。谁知这时正好和来赴筵的张生撞在一处,这时她的心理十分微妙:

〔庆宣和〕门儿外,帘儿前,将小脚儿那。我恰待目转秋波,谁想那识空便的灵心儿早瞧破。唬的我倒躲,倒躲。

引起观众欢乐的笑声,并代他们祝福才是正常的效果。红娘是一个丫鬟,她同情莺莺,不满意小姐的做假,但又要顾全小姐的自尊心。莺莺需要红娘通信息,却又不愿意流露真情,红娘巧妙地对付小姐的矫情,又认真促进他们的爱情,构成很多喜剧的场面。如第三本第二折,开始红娘说:

我待便将简帖儿与他,恐俺小姐有许多假处哩。我只将这简帖儿放在妆盒儿上,看他见了说什么。(旦做照镜科,见帖看科)(红唱)

〔普天乐〕晚妆残,乌云軃,轻匀了粉脸,乱挽起云鬟。将简帖儿拈,把妆盒儿按,开拆封皮孜孜看,颠来倒去不害心烦。

(旦怒叫)红娘!(红做意云)呀,决撒了也!厌的早扢皱了黛眉。

(旦云)小贱人,不来怎么!(红唱)

忽的波低垂了粉颈,氲的呵改变了朱颜。

(旦云)小贱人,这东西那里将来的?我是相国的小姐,谁敢将这简帖来戏弄我,我几曾惯看这等东西?告过夫人,打下你个小贱人下截来。(红云)小姐使将我去,他着我将来。我不识字,知他写着什么?

〔快活三〕分明是你过犯,没来由把我摧残;使别人颠倒恶心烦,你不惯,谁曾惯?

姐姐休闹,比及你对夫人说呵,我将这简帖儿去夫人行出首去来。(旦做揪住科)我逗你耍来。(红云)放手,看打下下截来。(旦云)张生近日如何?(红云)我则不说。(旦云)好姐姐,你说与我听咱。

《西厢记》主要人物集中,情节比较单纯,但他善于开掘人物的内心世界,写出人物的差别,从而构成喜剧冲突。

《西厢记》善于描写人物的心理活动,如第四本第三折,莺莺在送别张生时,作品按她连绵不断的心理活动来絮说离情,一会述眼前的景物,一会又想到离别后难熬的日月:

〔叨叨令〕见安排着车儿、马儿,不由人熬熬煎煎的气;有甚么心情花儿、靥儿,打扮得娇娇滴滴的媚;准备着被儿、枕儿,只索昏昏沉沉的睡;从今后衫儿、袖儿,都揾做重重叠叠的泪。兀的不闷杀人也么哥?兀的不闷杀人也么哥?久已后书儿、信儿,索与我凄凄惶惶的寄。

又如第一本第三折写张生的初恋,透过外界的刺激,形象地展示出他的心情：

> 〔拙鲁速〕对着盏碧荧荧短檠灯，倚着扇冷清清旧帏屏。灯儿又不明，梦儿又不成；窗儿外淅零零的风儿透疏棂，忒楞楞的纸条儿鸣；枕头儿上孤另，被窝儿里寂静。你便是铁石人、铁石人也动情。

这在古典戏曲小说作品中都是很突出的，它对刻画人物起了重要的作用。

《西厢记》的语言艺术，一向为人所称道。明王世贞在《曲藻》中称《西厢记》是北曲"压卷"的作品。何良俊说王实甫"才情富丽，真辞家之雄"（《四友斋丛说》）。《西厢记》整部书文辞都很华美，妙语佳句层出不穷。有的颇类诗词，如《长亭送别》中〔脱布衫〕"下西风黄叶纷飞，染寒烟衰草凄迷"，但王实甫运用自如，下接通用的俗语"酒席上斜签着坐的，蹙愁眉死临侵地"，使整支曲子富有曲的韵味，而异于诗词。再如：

> 〔滚绣球〕恨想见得迟，怨归去得疾。柳丝长玉骢难系，恨不倩疏林挂住斜晖。马儿迍迍的行，车儿快快的随，却告了相思回避，破题儿又早别离。听得到一声去也，松了金钏，遥望见十里长亭，减了玉肌，此恨谁知？

多处使用对仗，与关汉卿《窦娥冤》第三折《法场》中的〔滚绣球〕比较，风格迥异。关剧呼天抢地，感情激烈，语言直同口语，王剧委婉曲折，感情缠绵，语调虽经雕饰，但仍非常自然。又如：

> 〔快活三〕将来的酒共食，尝着似土和泥；假如便是土和泥，也有些土气息，泥滋味。

文字如同从心里直接流出，然而它的凝练、准确，若不是文章高手，断然是写不出来的。此曲与前后文连接，浑然一体，浓淡各得其宜，增加了全文的风采。

《西厢记》语言切合人物的身份，在一定程度上达到个性化的高度，如第二本第四折悔亲宴上：

　　　　（末见旦科）（夫人云）小姐近前拜了哥哥者！（末背云）呀，声息不好了也！（旦云）呀，俺娘变了卦也！（红云）这相思又索害也！

每人只一句话，十分恰切地表现了每个人物的不同思想。

　　另外，《西厢记》在主唱角色的分配和结构的扩大上，对杂剧的体制也有革新和创造。第一本《张君瑞闹道场》由张生主唱，是末本；第二本《崔莺莺夜听琴》是旦本，其中三折由莺莺主唱，第二折由红娘主唱，所加"楔子"，则由惠明主唱。第三本《张君瑞害相思》，由红娘主唱，是旦本。第四本《草桥店梦莺莺》，第一折由张生主唱，第二折由红娘主唱，第三折由莺莺主唱，第四折由张生、莺莺二人同唱。第五本《张君瑞庆团圆》第一折由莺莺主唱，第二折由张生主唱，第三折由红娘主唱，第四折由张生、红娘、莺莺同唱。第四本、第五本竟分不出旦本或末本。这在元杂剧中是一个特殊的例子。再以第四本第三折《长亭送别》的音乐宫调的结构来看，也有它的不同之处，这折戏是用正宫，但借入了中吕宫和般涉调。开始时以正宫写莺莺在去长亭路上的心境，接着借用中吕宫写长亭别宴，最后又接般涉调写莺莺与张生话别的场面。借宫虽不只见于《西厢记》，但这样的情况对刻画人物无疑会有着更强烈的艺术效果。

第七章　元前期其他杂剧作家

元代前期除关汉卿、白仁甫、马致远、王实甫外，还出现了高文秀、纪君祥、康进之、尚仲贤、杨显之、石君宝、郑廷玉、武汉臣等许多著名杂剧作家，创作了一系列的优秀剧目，共同创造了元杂剧的兴盛局面。

第一节　高文秀　康进之

高文秀，东平（今属山东）人。《录鬼簿》说他是"东平府学生员。早卒，都下人号小汉卿"。所作杂剧三十二种，除关汉卿外，以他的创作量最大。今存《须贾大夫谇范雎》《刘玄德独赴襄阳会》《黑旋风双献功》《好酒赵元遇上皇》等四种。另《周瑜谒鲁肃》残存曲一套。从题目内容来看，大多是历史剧和英雄传奇剧。在元杂剧作家中，他写作黑旋风李逵的剧目最多，是一个李逵剧的专家。

《谇范雎》和《史记》所载内容无甚出入，《襄阳会》与《三国志平话》故事相近，这两个剧本都是因为富于戏剧性而长期在剧坛流传的剧目，不同时期都有一些作家进行改编。《遇上皇》是高文秀写得较好的剧目。金院本中就专门有上皇院本，可见有关上皇的故事在杂剧中也是较多的。"上皇"，指逊位给儿子的前皇帝，如唐肃宗时的唐玄宗，北宋钦宗时的宋徽宗，南宋孝宗时的宋高宗等等。此剧写宋徽宗，不过主角为赵元。赵元好酒，开封府尹设计图谋他的老婆，假公济私派赵元申解文书，按律误期当死。其妻以此为借口硬逼赵写了休书。赵元路遇大雪，果然误期，路过酒店饮酒，见三个读书人无钱付酒账被辱，赵元仗义为他们付了酒钱。其中一人也姓赵,认赵元为义弟,并写信让赵元带着,说保他无事。赵元到达目的地,当地官员见信后慌忙下拜。原来写信的就是宋徽宗。宋徽宗还任命他为南京府尹。赵元辞官不做,终于报了仇。曲辞本色,如第二折写雪:

〔南吕·一枝花〕汤着风把柳絮迎,冒着雪把梨花拂。雪遮得千树老,风剪得万枝枯。这般风雪程途,雪迷了天涯路。风又紧,雪又扑,恰便似锹㩙筛扬,恰便似挦绵扯絮。

他编的水浒戏,现仅存《双献功》一种。《双献功》中的权豪势要白衙内竟随意借个衙门坐堂,等被他拐了妻子的孙孔目来告状,并轻易把孙孔目打下死囚牢里。后来幸得李逵化妆成庄稼汉去探监,才救出了孙孔目。这里写的李逵外表粗莽,内里精细,通过粗人用细,取得强烈的喜剧效果。

康进之,棣州(今属山东)人。所作杂剧二种,也都是写黑旋风李逵的剧目。今存《梁山泊黑旋风负荆》一种。

元代水浒戏存目有三十余种,现在有剧本流传的约六七种。这是小说《水浒传》出现前,根据北方流传的水浒故事编写的。元前期杂剧的水浒故事大略是:宋江曾为济州郓城把笔司吏,因带酒杀了阎婆惜,一脚踢翻蜡烛台,延烧了官房,被官军拿住,迭配江州牢城军营。因打梁山经过,遇着晁盖,打开枷锁,救上梁山,坐了第二把交椅。晁盖三打祝家庄,中箭身亡,众弟兄推宋江为首。共是三十六个弟兄,聚三十六大伙,七十二小伙,半垓来小喽罗。每年清明三月三、重阳九月九,宋江放众弟兄下山,假满回山。元杂剧多写梁山好汉下山打抱不平的故事,其中又以黑旋风的故事最多。康进之的《李逵负荆》是其中较优秀的剧目之一。《李逵负荆》写在梁山附近杏花庄开酒店的老王林,被冒称宋江、鲁智深的恶棍抢去了女儿满堂娇。正逢清明节李逵来店饮酒,王林向他哭诉。李逵听了大怒,回山斥责宋江。宋江为辨明事实,同他下山质对。李逵在认识了错误之后,回山向宋江负荆请罪。恰好两个恶

棍送满堂娇回门,王林上山报信,宋江即指派李逵下山捉拿,将功折罪。其中第一折写李逵赏景,粗豪中带有妩媚,曲辞也佳:

〔混江龙〕可正是清明时候,却言风雨替花愁,和风渐起,暮雨初收。俺则见杨柳半藏沽酒市,桃花深映钓鱼舟,更和这碧粼粼春水波纹绉,有往来社燕,远近沙鸥。

(云)人道我梁山泊无有景致,俺打那厮的嘴。(唱)

〔醉中天〕俺这里雾锁着青山秀,烟罩定绿杨州。(云)那桃树上一个黄莺儿,将那桃花瓣儿咯呵咯呵,咯的下来,落在水中,是好看也。我曾听的谁说来,我试想咱!哦,想起来了也,俺学究哥哥道来。(唱)他道是"轻薄桃花逐水流"。(云)俺绰起这桃花瓣儿来,我试看咱,好红红的桃花瓣儿!(做笑科,云)你看我好黑指头也!(唱)恰便是粉衬的这胭脂透。(云)可惜了你这瓣儿,俺放你趁那一般的瓣儿去,我与你赶,与你赶,贪赶桃花瓣儿,(唱)早来到这草桥店垂杨的渡口。(云)不中,则怕误了俺哥哥的将令,我索回去也。(唱)待不吃呵,又被这酒旗儿将我来相迤逗,他、他、他舞东风在曲律杆头。

不但曲白都很活泼,而且文俚配合,很富有风趣。李逵在元代舞台上是个很受观众欢迎的角色,他正直、刚毅、豪壮,又粗鲁、轻信、暴躁,二者巧妙地结合在一起,使他成为一个既可笑又可爱的喜剧人物。

第二节 纪君祥 尚仲贤

纪君祥,大都(今属北京)人。贾仲明吊词说:"寿卿、廷玉在同时。三度监关《韩退之》,《松阴梦》里三生事,《驴皮记》情意资。冤报冤《赵氏孤儿》,编成成传写上纸,表表于斯。"所作杂剧六种,今仅存《赵氏孤儿》一种,《松阴梦》残存曲一套。《松阴梦》《韩退之》,从题目内容来推测均为度脱剧。

《赵氏孤儿》为著名历史悲剧，演述春秋晋灵公时赵盾与屠岸贾两个家族的矛盾斗争，与《史记·赵世家》、刘向的《新序》《说苑》等记载基本相同，与《左传》记载大异。《左传》可能更接近史实，而《史记》等则可能吸收了民间传说。杂剧写晋灵公时武将屠岸贾常有伤害文臣赵盾之心，曾派人暗杀赵盾，结果所派勇士自杀；又养了一只神獒，训练它认准赵盾便咬，赵盾又被救出；最后又进谗言，将赵盾满门杀绝，并诈传灵公之命害死驸马赵朔，囚禁公主。公主在禁中生下一子，根据赵朔的遗言名为赵氏孤儿。接着围绕孤儿命运展开"搜孤救孤"的斗争。屠岸贾命令下将军韩厥把住府门，公主让医生程婴将孤儿带出，自己自缢身死。孤儿在府门被韩厥搜出，但他放走了程婴，自刎而死。屠岸贾又要"把晋国内凡半岁之下一月之上新添的小厮"全部杀害，以灭绝赵氏孤儿。程婴带着孤儿无处躲藏，便投奔公孙杵臼，要求公孙杵臼收留赵氏孤儿，然后去告发程婴，将程婴及程婴未满月的儿子送出首告。公孙杵臼以自己年迈，让程婴出首，自己和程婴之子去死。屠岸贾还让程婴用刑逼供，最后公孙杵臼撞阶而死。屠岸贾收留程婴做门客，并把赵氏孤儿收为义子。二十年后，赵氏孤儿长大成人，报了冤仇。

剧本在表现屠岸贾残暴与奸诈的同时，突出了程婴等无数义士为保存赵氏孤儿的自我牺牲精神。公孙杵臼临死时唱道：

〔煞尾〕凭着赵家枝叶千年永，晋国山河百二雄。显耀英材统军众，威压诸邦尽伏拱；遍拜公卿诉苦衷。祸难当初起下宫，可怜三百口亲丁饮剑锋；刚留得孤苦伶仃一小童，巴到今朝袭父封。提起冤仇泪如涌，要请甚旗牌下九重，早拿出奸臣帅府中，断首分骸祭祖宗，九族全诛不宽纵。恁时节才不负你冒死存孤报主公，便是我也甘心儿葬近要离路傍冢。

这个剧本曲辞遒劲，凄恻动人。明孟称舜《酹江集》评语说："此是千古最痛最快之事，应有一篇极痛快文发之。读此觉太史公传犹为寂寥，非大作手，不易办也。"《赵氏孤儿》中的义士在反对恶势力的斗争中，前仆后继。虽然力量悬殊,但其主人公,都不惜赴汤蹈火,演出了一部悲壮史剧。《赵氏孤儿》杂剧体现了当时的时代精神。

尚仲贤,真定(今属河北)人,曾任江浙行省务官。他作杂剧十种,现存《尉迟恭三夺槊》《洞庭湖柳毅传书》《汉高皇濯足气英布》。存残曲者有《陶渊明归去来兮》《凤凰坡越娘背灯》《海神庙王魁负桂英》。其杂剧内容包括历史剧、爱情剧和文人事迹剧。

《柳毅传书》取材于唐代传奇《柳毅传》,宋官本杂剧中也有《柳毅大圣乐》。故事写洞庭老龙的女儿三娘,嫁给泾河小龙为妻,婚后三娘受虐待,被罚在水边牧羊。书生柳毅路过此处,答应替三娘传信。洞庭老龙的弟弟钱塘火龙闻讯,率领水卒,打败泾河小龙,救出三娘。洞庭老龙想把三娘嫁给柳毅,柳毅固辞回乡。母亲替柳毅娶妇,成亲时,才知所娶即龙女化身。一家喜庆团圆。

这是一部神话剧,它不同于原始神话,而带有宋元时期宗教神仙观念的影响。它曲折地批判了家长制,歌颂了人神结合的爱情。这个剧本场面比较集中,曲词本色,流传较广。元代写龙女故事的剧本还有李好古的《张生煮海》,想象奇特,其中写海洋风景,颇为壮丽。

第三节　杨显之　石君宝

杨显之,大都(今属北京)人。《录鬼簿》说:"关汉卿莫逆之交,凡有文辞,与公较之。号杨补丁是也。"贾仲明吊词说:"显之前辈老先生,莫逆之交关汉卿。么末中补缺加新令,皆号为杨补丁。有传奇乐府新声,王元鼎师叔敬,顺时秀伯父称,寰宇知名。"可见他在剧坛的地位。他创作杂剧八种,现存《临江驿潇湘夜雨》《郑孔目风雨酷寒亭》。他的杂剧以民间故事为多。

《潇湘夜雨》是现存元杂剧中仅有的一部以男子负心为题材的作品。故事描写北宋官员张商英同女儿翠鸾乘船去江州赴任,在淮河遇风翻船。翠鸾被渔夫崔文远救起,认为义女。后来崔文远的侄子崔通路过淮河渡,崔文远做主让他们成婚。婚后,崔通上朝应举中了状元,娶试官女为妻,到秦川县为官。三年后,崔文远叫翠鸾去寻夫,崔通不但不相认,反诬她是逃婢,把她发配沙门岛。解差押解张翠鸾上路,路上遇到大雨,宿于临江驿门之外。恰巧她父亲张商英升任廉访使在临江驿歇息,崔文远也在临江驿暂住。翠鸾的哭声,惊醒了张商英,父女相会。翠鸾遂亲往秦川县拿了崔通,张商英正要将崔通斩首,崔文远赶到劝解,翠鸾仍与崔通成亲,把试官女降为奴婢。

《潇湘夜雨》杂剧揭露崔通趋炎附势、负心忘本的卑污的灵魂,具有深刻的社会意义。作品用主要笔墨抒写张翠鸾的悲苦心情,以寻夫、发配、临江驿相会等几折戏进行集中表现。第三折张翠鸾带枷走雨,作者以对秋雨的描写,来衬托主人公的凄苦心情,读来相当动人:

〔黄钟·醉花阴〕忽听的摧林怪风鼓,更那堪瓮漉盆倾骤雨!耽疼痛,捱程途,风雨相催,雨点儿何时住?眼见的折挫杀女娇姝,我在这空野荒郊,可着谁做主。

第四折的开始是第三折的继续,在淮河边,她联想起当年父女失散和今日发配沙门岛的灾难:

〔滚绣球〕当日个近水边,到岸前,怎当那风高浪卷。则俺这两般儿景物凄然。风刮的似箭穿,雨下的似瓮漉。看了这风雨呵委实的不善。也是我命儿里惹罪招愆。我只见雨淋淋写出潇湘景,更和这云淡淡妆成水墨天,只落得两泪涟涟。

第四折临江驿父女相会一场,舞台上分成两个区域,前场是驿馆门口,后场是张商英歇息的公馆。将翠鸾父亲对女儿的思念、翠鸾的哭诉、驿丞和解子的吵闹等情节交织起来,组成全剧的高潮,在舞台空间处理方面取得了很大的成功。

石君宝,平阳(今山西临汾)人。孙楷第《元曲家考略》以为即石盏德玉,字君宝,女真族,原籍辽东盖州(今属辽宁)。卒于至元十三年。共写作杂剧十种,今存《鲁大夫秋胡戏妻》《李亚仙花酒曲江池》《诸宫调风月紫云亭》三种。

《秋胡戏妻》是他的代表作。故事源于刘向《列女传》,《西京杂记》也有记载。唐代的《秋胡变文》是说唱文学的开端。《秋胡戏妻》杂剧作了较大改动。杂剧写秋胡和罗梅英结婚三天,秋胡被勾去当兵。秋胡离家十年,罗梅英在家侍奉婆母,李大户向罗家索债,强迫她父母劝她嫁给自己,罗梅英坚决拒绝。秋胡得官回家,在桑园相会,夫妻已不相识,秋胡把她当成别人妻子调戏。罗梅英痛骂秋胡后逃去。回家后,她认出调戏她的竟是自己的丈夫,坚决要讨休书,经秋胡母劝解而和好。李大户来抢亲,被秋胡扭送到官,受到惩办。

罗梅英在李大户威逼利诱面前,坚贞不屈,但没想到却遇到丈夫把自己当别人妻子调戏,这就构成强烈的戏剧效果,深刻地揭示了罗梅英的悲剧命运。但作品还是安排了夫妻团圆的结局。石君宝的杂剧语言本色泼辣,如第三折罗梅英骂秋胡的曲辞:

〔三煞〕你瞅我一瞅黥了你那额颅,扯我一扯削了你那手足,你汤我一汤拷了你那腰截骨,掐我一掐我着你三千里外该流递,搂我一搂我着你十字街头便上木驴,哎,吃万剐的遭刑律,我又不曾掘了你家坟墓,我又不曾杀了你家眷属。

〔尾煞〕这厮睁着眼觑我骂那死尸,腆着脸着我咒他上祖。谁着你桑园里戏弄人家良人妇,便跳出你那七代先灵也做不的主。

《曲江池》写李亚仙的故事。作品以反映李郑爱情生活为主,较唐传奇《李娃传》的人物形象更生动。

第四节　郑廷玉　武汉臣

郑廷玉,彰德(今河南安阳)人。著有杂剧二十二种。现存《布袋和尚忍字记》《楚昭王疏者下船》《宋上皇御断金凤钗》《包待制智勘后庭花》《看钱奴买冤家债主》。从现存作品看,他的杂剧颇多宿命论思想。但他对社会的黑暗和世情的险恶,特别是富人的悭吝与狠毒,有一定的认识和批判,其作品显示了运用讽刺艺术的才能。

《看钱奴》是他的代表作。题材来源于干宝《搜神记》"张车子"故事。杂剧写财主周荣祖家"福力所积,阴功三辈",为"一念差池,合受折罚"。穷人贾弘义怨恨天公,圣帝命增福神暂借给他二十年富贵,让他替周家看守,期满归还原主。秀才周荣祖投亲不遇困在曹州,无奈将儿子卖给贾弘义为继子。二十年后,贾弘义病重,其继子为他到东岳庙烧香,恰好遇到其父周荣祖,父子不认识,周荣祖受尽了气。周荣祖再到曹州,贾弘义已死,经陈德甫作证,父子相认,又取出贾弘义所掘窖藏银子,有周家钤记,才知原是祖产,贾弘义只是一个看财奴而已。

作者实际上是骂那些为富不仁的财主都是看钱奴,作品以喜剧的夸张手法,对看财奴做了入木三分的揭露。如贾弘义病重时的一段自白:

(小末同兴儿扶贾仁上,云)哎呀!害杀我也。(做叹科,云)过日月好疾也,自从买了这个小的,可早二十年光景。我便一文不使,半文不用。这小的他却痴迷愚滥,只图吃穿,看的钱钞便土块般相似。他可不疼,怎知我多使了一个钱,便心疼杀了我也。(小末云)父亲,你可想什么吃那?(贾仁云)我儿也!你不知我这病是一口气上得的。我那一日想烧鸭儿吃。我走到街上,那一个店里正烧鸭子,油漉漉的,我推买那鸭子,着实的挓了一把,恰好五个指头挓的全全的。我来到家,我说盛饭来我吃,一碗饭我咂一个指头,四碗饭咂了四个指头。我一会瞌睡上来,就在这板凳上,不想睡着了,被个狗舔了我这一个指头,我着了一口气,就成了这病。

周荣祖对看财奴的痛骂,也道出了人民的不平和愤怒:

〔随煞〕别人家便当的一周年,下架容赎解。(带云)这员外呵!(唱)他巴到五个月,还钱本利该,纳了利从头再取索,还了钱文书上厮混赖。似这等无仁义愚浊的却有财,偏着俺有德行聪明的嚼斋菜。这八个字穷通怎的排,则除非天打算日头儿轮到来。发背疔疮是你这富汉的灾,禁口伤寒着你这有钱的害。有一日贼打劫火烧了您院宅,有一日人连累抄没了旧钱债,恁时节合着锅无钱买米柴,忍饥饿街头做乞丐。这才是你家破人亡见天败。你还这等苦克瞒心骂我来,直待要犯了法遭了刑,你可便恁时节改。

武汉臣,济南(今属山东)人。著有十种杂剧,现存《散家财天赐老生儿》一种。《包待制智赚生金阁》《李素兰风月玉壶春》在《元曲选》中也署武汉臣撰,但作者归属颇有疑问。

《老生儿》写富商刘从善老年无子,随身侍婢小梅怀孕后,又被家人逐出。刘从善哀叹"咱既无房下子,何用世间财",以忏悔的心情广散家财,将家业交付女婿张郎掌管。清明节,张郎先去扫自家祖坟,刘家坟前只看到刘从善侄子引孙前来浇奠。刘从善的妻子原本不喜欢引孙,至此很受感动,命引孙接替张郎掌管了家私。后来,小梅和她所生一子终得回家团聚。刘从善喜出望外,将家业均分给子、侄和女儿。作品围绕子嗣和财产继承权所引起的矛盾,反映了宗法制度下的伦理关系、道德观念以及社会风尚。作品从平淡无奇的家庭纠葛中发掘了丰富的戏剧性。语言也很生动。

此外,元前期杂剧作家李行道的《灰阑记》、孟汉卿的《魔合罗》、戴善夫的《风光好》,以及女真族作家李直夫的《虎头牌》等,都是很有特色的作品。

第八章　郑光祖和元后期杂剧作家

第一节　郑光祖　宫天挺

郑光祖,字德辉,平阳襄陵(今属山西)人。《录鬼簿》记载说:"以儒补杭州路吏。为人方直,不妄与人交,故诸公多鄙之,久则见其情厚,而他人莫之及也。病卒,火葬于西湖之灵芝寺。""名香天下,声振闺阁,伶伦辈称'郑老先生',皆知其为德辉也。"他写过十八种杂剧。现存七种,即《伊尹扶汤》《周公摄政》《智勇定齐》《三战吕布》《㑇梅香》《倩女离魂》《王粲登楼》。存残曲者有《月夜闻筝》。其中《伊尹扶汤》《智勇定齐》存本作者尚有疑问。

他的杂剧以历史剧和文人事迹剧、爱情剧为主。几个取材历史故事的杂剧,语言与平话话本文风相近,可能是在民间演出本的基础上加工创作的。流传中又可能经后人修改。

《王粲登楼》和《倩女离魂》可以视为他的代表作。《王粲登楼》,全名是《醉思乡王粲登楼》。王粲,《三国志·魏书》有传。他在长安时曾得到蔡邕的赞赏,后依附刘表,刘表因王粲"貌寝而体弱",不甚看重他。刘表死后,王粲劝刘琮降曹操,后依曹操,为建安七子之一。他的《登楼赋》是他在刘表处登当阳城楼而写的作品。杂剧故事全系编造。写王粲和丞相蔡邕女有婚约。蔡邕为了要矫正他恃才傲慢的态度,故意轻慢他以激励他上进。蔡邕使曹植暗助他资财投刘表,王粲又得罪了蔡瑁、蒯越,不为刘表重用。王粲流落荆州,重阳节,应友人许达约请同到溪山风月楼游赏。王粲饮酒思乡,赋诗感叹不遇。这时,朝中使臣宣他回京做官。因他献的万言长策,皇帝命他为兵马大元帅。曹植说明一切都出于蔡邕暗中帮助,王粲于是拜谢丈人,与蔡邕女完婚。

这个作品整个看来并不见佳,但第三折登楼一段,历来受到评论家的赞赏。明何良俊《四友斋丛说》:"至如《王粲登楼》第三折,摹写羁怀壮志,语多慷慨,而气亦爽烈。"元周德清《中原音韵》中举第三折的〔迎仙客〕曲为例,对其用字盛加赞赏,说:"〔迎仙客〕累百无此调也。"

〔迎仙客〕雕檐外红日低,画栋畔彩云飞。十二栏干、栏干在天外倚。(许达云)这里望中原,可也不远。(正末唱)我这里望中原,思故里,不由我感叹酸嘶,(带云)看了这秋江呵,(唱)越搅的我一片乡心碎。

这些曲文流露了作者沦落他乡的感慨,极易引起元代众多游转各地、怀才不遇文人的共鸣。

《倩女离魂》,全名是《迷青琐倩女离魂》。本事出于唐代传奇《离魂记》。董解元《西厢记诸宫调》开篇〔柘枝令〕中说:"也不是离魂倩女,也不是谒浆崔护。"可以知道金代已有诸宫调唱本。故事是:王文举和张倩女原是"指腹为亲"的未婚夫妻。由于倩女的母亲嫌文举功名未就,不许他与倩女成婚。文举上京应试,倩女相思成疾,她的灵魂离开躯体,追赶文举,一同赴京。文举得官后,倩女的灵魂和躯体又合在一起,一家遂欢宴成亲。作品以浪漫主义手法,成功地塑造了一个追求婚姻自由的妇女形象。张倩女一个灵魂,一个躯壳,一个在外飘游,一个在家卧病,彼此映衬,正好表现出束缚于闺阁中少女性格的两个方面:在礼教禁锢下沉重的精神负担和对自由美好生活的强烈追求。这个剧本曲辞文采华美,抒情性强。如第二折登舟一场的叙景:

〔小桃红〕我蓦听得马嘶人语喧哗,掩映在垂杨下,唬的我心头丕丕那惊怕,原来是响珰珰鸣榔板捕鱼虾。我这里顺西风悄悄听沉罢,趁着这厌厌露华,对着这澄澄月下,惊的那呀呀呀寒雁起平沙。

〔调笑令〕向沙堤款踏,莎草带霜滑;掠湿湘裙翡翠纱,抵多少苍苔露冷凌波袜。看江上晚来堪画,玩冰壶潋滟天上下,似一片碧玉无瑕。

〔秃厮儿〕你觑远浦孤鹜落霞,枯藤老树昏鸦,听长笛一声何处发,歌欸乃,橹咿哑。

〔圣药王〕近蓼洼,缆钓槎,有折蒲衰柳老蒹葭;近水凹,折藕芽,见烟笼寒水月笼沙,茅舍两三家。

王季烈《螾庐曲谈》评〔秃厮儿〕〔圣药王〕说:"皆绝妙好词也。"这些曲辞清丽流便,接受词家影响较多。

《㑇梅香》写唐代白敏中与裴小蛮的恋爱故事,是模拟《西厢记》而作。宾白皆剽《西厢记》,但其曲辞美丽。

宫天挺,字大用,大名(今属河北)人。《录鬼簿》说他"历学官,除钓台书院山长,为权豪所中,事获辨明,亦不见用,卒于常州"。他写了六种杂剧,今存有《死生交范张鸡黍》一种。

《范张鸡黍》,写东汉时范式、张劭、孔嵩、王韬四人同学,范、张回乡,相约两年后此日,范式往访张劭。两年后,范式前往赴约,路遇王韬,王韬因将孔嵩万言书冒为己作已得了官,两人同到张劭家,张母烹鸡炊黍相待。范式栖隐荆州,吏部尚书奉命征聘范式为官。两人正交谈中,范式忽觉一阵昏沉,在睡眠中梦见张劭,通知他,自己已死,请他照顾母亲妻子。张劭下葬日,灵车突然不动,到范式素车白马而来,亲为挽拉灵车,方入墓穴。第五伦再次征聘范式,范式应聘,又荐举了孔嵩,并表彰了张劭母子,王韬的恶迹也败露了。剧中主线写范、张友谊,与《后汉书·独行传》范式传相同,王韬部分,则是虚构。剧本抨击仕途的黑暗,文辞激烈,思想艺术均具有特色。如第一折中:

〔天下乐〕你道是文章好立身,我道今人都为名利引。怪不着赤紧的翰林院那伙老子每钱上紧。他歪吟的几句诗,胡诌下一道文,都是些要人钱谄佞臣。

〔六么序〕你子父每轮替着当朝贵,倒班儿居要津,则欺瞒着帝子王孙。猛力如轮,诡计如神,谁识您那一伙害军民聚敛之臣。现如今那栋梁材平地上刚三寸,你说波怎支撑那万里乾坤。都是些装肥羊法酒人皮囤,一个个智无四两,肉重千斤。

〔么篇〕这一伙魔军,又无甚功勋,却着他画戟朱门,列鼎重裀,赤金白银,翠袖红裙,花酒盈樽,羊马成群,有一日天打算衣绝禄尽,下场头少不的吊脊抽筋,小子白身,乐道安贫,觑此辈何足云云。满胸襟拍塞怀孤愤,将云间太华平吞。想为人怎敢言而无信,枉了咱顶天立地,束发冠巾。

朱权《太和正音谱》评宫天挺说:"其辞锋颖犀利、神采烨然。"这个剧本明代仍有很大影响。

此外,金仁杰有《萧何月夜追韩信》、孔文卿有《地藏王证东窗事犯》,前者写韩信的故事,后者写秦桧害岳飞的故事,二者都是为人称道的剧目。

第二节 乔吉 秦简夫

乔吉(?—1345),字梦符,号笙鹤翁,又号惺惺道人,太原(今属山西)人。《录鬼簿》记载:"(乔吉)美容仪,能词章,以威严自饬,人敬畏之,居杭州太乙宫前。""江湖间四十年,欲刊所作,竟无成事者。"所作杂剧十一种,现存《玉箫女两世姻缘》《杜牧之诗酒扬州梦》《唐明皇御断金钱记》等三种。贾仲明吊词说:"《金钱记》《扬州梦》振士林;《荆公遣妾》,意特深;《认金钗》,珊瑚沁;《黄金台》,翡翠林;《两世姻缘》,赏音协音。"可以知道,元末明初时,《金钱记》和《扬州梦》最有名。他的《两世姻缘》和郑光祖的《㑇梅香》《王粲登楼》,宫大用的《范张鸡黍》,又被明中叶人称为"四段锦"(见明高儒《百川学海》)。他的剧作对明代剧坛是很有影响的。

《扬州梦》演唐杜牧事。杜牧有《遣怀》诗:"落拓江湖载酒行,楚腰纤细掌中轻。十年一觉扬州梦,赢得青楼薄倖名。"剧本命名本此。故事是:杜牧与友人豫章张太守分别时,张令歌姬张好好歌舞侑酒。三年后杜牧到扬州,牛僧孺请他赴宴,席上歌女又是张好好,这时已为牛僧孺义女。杜牧去牛僧孺家,牛故意冷淡相待,杜独坐翠云楼,梦见与张好好相会。杜牧回京,扬州绅士白谦为他饯行,他请白谦为他做媒。牛僧孺、白谦进京,白请杜牧赴宴,与牛僧孺见面,并圆成了杜牧与张好好的婚姻。历史上杜牧确有《张好好诗》,是旧识重逢寄怀之作,杂剧由此敷衍成篇。几折戏都写宴筵场面,以曲词艳丽取胜。如第一折杜牧重见张好好时:

〔那吒令〕倒金瓶凤头,捧琼浆玉瓯;蹴金莲凤头,并凌波玉钩;整金钗凤头,露春纤玉手。天有情,天亦老;春有意,春须瘦;云无心,云也生愁。

是剧中名句。

《两世姻缘》写书生韦皋在游学途中和洛阳名妓韩玉箫相爱。玉箫母嫌韦皋功名未就,生生把他们拆散。韦去后,玉箫相思成疾,郁闷而死。玉箫死后转世为荆襄节度使张延赏的义女。韦皋得第后,因征讨立功,在班师回朝途中拜访张延赏,在酒席间重见玉箫,两人皆有情,张延赏怒,与韦皋几乎动武。后玉箫母携玉箫写真至,张延赏才了解前因,最后奉旨成婚。其曲辞多佳句,如第二折韩玉箫思念韦皋的唱段:

〔商调·集贤宾〕隔纱窗日高花弄影,听何处啭流莺。虚飘飘半衾幽梦,困腾腾一枕春醒。趁着那游丝儿恰飞过竹坞桃溪,随着这蝴蝶儿又来到月榭风亭。觉来时倚着这翠云十二屏,恍惚似坠露飞萤。多咱是寸肠千万结,只落得长叹两三声。

〔逍遥乐〕犹古自身心不定,倚遍危楼,望不见长安帝京。何处也薄情,多应恋金屋银屏。想则想于咱不志诚,空说下磕磕海誓山盟。赤紧的关河又远,岁月如流,鱼雁无凭。

〔尚京马〕我觑不的雁行弦断卧瑶筝,凤嘴声残冷玉笙,兽面香消闲翠鼎。门半掩悄悄冥冥,断肠人和泪梦初醒。

秦简夫,大都(今属北京)人。《录鬼簿》说"见在都下擅名,近岁来杭回"。所作杂剧五种,现存《东堂老劝破家子弟》《孝义士赵礼让肥》《晋陶母剪发待宾》等三种。

《东堂老》写扬州富商赵国器,因儿子扬州奴不务正业,日与无赖为友,沉迷酒色,屡戒不改,因而忧虑成疾。临终,将儿子托付号称东堂老的密友李实。赵死后,扬州奴在无赖子的诱惑下,把家财挥霍一空,沦为乞丐,由于现实的教育和东堂老的规劝,终于败子回头,重振家业。用意全在劝诫人勿贪恋奢靡生活。《赵礼让肥》《剪发待宾》中通过赵礼一家和陶母等恪守礼教的人物,宣扬道德操守。这是元末杂剧、南戏存在的共同倾向。但秦简夫的杂剧结构谨严,曲辞本色,特别是其中有的折写得很成功。如《赵礼让肥》第一折写人民生活的艰难:

〔那吒令〕想他每富家,杀羊也那宰马,每日里笑恰,飞觥也那走斝。俺百姓每痛杀,无根椽片瓦,那里有调和的五味全,但得个充饥罢。母子每苦痛,哎,天那!

〔鹊踏枝〕他可也忒矜夸,忒豪华。争知俺少米无柴,怎地存札?子母每看看的饿杀!天哪!则亏着俺这百姓人家。

〔寄生草〕饿的这民饥色,看看的如蜡渣。他每都家家上树把这槐芽掐。他每都村村沿道将榆皮剥,他每都人人绕户将粮食化。现如今弟兄衣袂不遮身,可着俺贫寒子母无安下。

这便是元末社会的现实。一部杂剧全本并不甚佳,然而却有好的单折或曲辞,这是后期杂剧创作中并不鲜见的现象。

元后期杂剧,还有萧德祥的《杨氏女杀狗劝夫》、朱凯的《昊天塔孟良盗骨》、王晔的《桃花女破法嫁周公》、范康的《陈秀卿悟道竹叶舟》,它们都具有一定的代表性。

第九章　元代的无名氏杂剧

现存的元代杂剧作品中，约有三十多种无名氏的杂剧。这些作品多数无法断定它的创作年代，其中多数属于后期。这些杂剧的艺术成就高下不一，其中不乏成功的作品。这些杂剧的题材多样，有的取材于历史故事和传说，如《马陵道》《赚蒯通》《连环计》等；有的属于公案故事，如《陈州粜米》《盆儿鬼》《合同文字》《货郎旦》等；此外，还有文人事迹和爱情剧，如《渔樵记》《鸳鸯被》等；写神仙度脱的宗教剧，如《兰采和》等。

第一节　《赚蒯通》《连环计》

《赚蒯通》，全名为《随何赚风魔蒯通》。蒯通本名彻，因避汉武帝刘彻讳，后改为蒯通。事见《史记·淮阴侯列传》《汉书·蒯通传》。杂剧写西汉刘邦功成之后，萧何因韩信握有兵权，怕他谋反，于是约张良、樊哙商议，打算除掉韩信，张良劝阻不听，辞官修道去了。萧何定下游云梦之计，召韩信入朝。韩信不听蒯通的劝阻，入朝后终于被杀。蒯通恐怕祸及己身，诈装风魔，萧何差随何去侦察虚实。随何看破了真相，蒯通只得和随何入朝。萧何本准备油烹蒯通，蒯通昂然不惧，声辩韩信并无叛意，感动众官。刘邦传旨来，复了韩信的爵封，并加封蒯通。

《赚蒯通》中主要人物是蒯通，但剧本实质上是通过汉功臣韩信被杀的冤案，揭示历史上的不平，抨击了统治者的残酷、虚伪和反复无常。曲辞慷慨激越，明白流畅，如蒯通斥责萧何的曲辞：

〔沽美酒〕兀的不是狡兔死走狗僵,高鸟尽劲弓藏？也枉了你荐举他来这一场。把当日个筑坛拜将,到今日又待要筑坟堂!

〔太平令〕便做有春秋祭享,也济不得他九泉下魂魄凄凉。倒不如早将我油烹火葬,好和他死生厮傍。我可也不慌,不忙,还含笑的就亡。呀! 这便算做你加官赐赏。

在元杂剧中,以辩士为主角的,这个戏最为成功。剧中蒯通的事迹有历史依据,又不拘泥于史实,将同一历史时期类似人物的材料集中到蒯通身上,使这个形象大大地丰富起来。作品又巧妙地安排关目,步步设置危机,使全剧波澜起伏,扣人心弦,从而突出了蒯通的形象。如全剧的高潮第四折,一开场,就是萧何设下油镬,准备油烹蒯通,而蒯通又两次扑向油镬要跳,使人惊心动魄。在这生死关头,蒯通为韩信申冤:

(正末云)……且韩信负着十罪,丞相可也知道么?

(萧相云) 蒯文通,既是韩信有十罪,你对着这众臣宰跟前,试说一遍咱。

(正末云)一不合明修栈道,暗度陈仓;二不合击杀章邯等三秦王,取了关中之地;三不合涉西河,虏魏王豹;四不合渡井陉,杀陈馀并赵王歇;五不合擒夏悦,斩张仝;六不合袭破齐历下军,击走田横;七不合夜堰淮河,斩周兰、龙且二大将;八不合广武山小会垓;九不合九里山十面埋伏;十不合追项王阴陵道上,逼他乌江自刎。这的便是韩信十罪。

(萧何叹介,云)此十件乃是韩信之功,怎么倒是罪?

(正末云)丞相,韩信不只十罪,更有三愚。……韩信收燕赵破三齐,有精兵四十万,恁时不反,如今乃反,是一愚也;汉王驾出城皋,韩信在修武,统大将二百余员,雄兵八十万,恁时不反,如今乃反,是二愚也;韩信九里山前大会垓,兵权百万,皆归掌握,恁时不反,如今乃反,是三愚也。韩信负着十罪,又有此三愚,岂不自取其祸?今日油烹蒯彻,正所谓兔死狐悲,芝焚蕙叹。请丞相自思之。

(萧相同众悲科)(樊哙云)这一会儿连我也伤感起来了。

作品有声有色地显现了蒯通口若悬河的辩士形象。

《连环计》,全名为《锦云堂暗定连环计》。王允等剪除董卓事见《后汉书》,但貂蝉事不见正史。剧本故事当是传说,《三国志平话》载有此事,情节略有出入。杂剧写东汉末年,董卓专权,觊觎帝位。蔡邕向王允提出连环计之名。王允在后花园见侍女貂蝉,原是吕布妻子,于是悟出连环计。王允先请吕布与貂蝉见面,答应近期送回貂蝉;又请董卓赴宴,令貂蝉侍酒,同意把貂蝉献给董卓。第二天将貂蝉送到董家,却对吕布说是被董卓夺去。吕布与董卓反目成仇。最后合力杀掉董卓。

《连环计》结构巧妙,曲辞流畅自然,如第二折王允忧虑国事的唱词:

〔南吕·一枝花〕急切里称不的王允心,酬不了吾皇愿,擒不到董太师,立不起汉山川。则着我算后思前,将百计搜寻遍,奈一时难布展。忧的我神思竭默默无言,愁的我魂胆丧兢兢打战。

〔梁州第七〕忧的是防祸乱似防天之坠,愁的是傍奸雄似傍虎而眠。赤紧的翻腾世事云千变,霎时间朱颜易改,皓首相缠。懒惶的我浑如痴挣,直似风颠,恰便似闷弓儿在心下熬煎,快刀儿腹内盘旋。空着我王司徒实丕丕忠孝双持,怎当他董太师恶狠狠威权独擅,更和那吕温侯气昂昂智勇兼全。几番,告天,奈天,天相隔人寰远,遍不肯行方便。可怜我一点丹心铁石坚,落的徒然。

《马陵道》,全名是《庞涓夜走马陵道》,演孙膑庞涓斗智,最后在马陵道破魏军杀庞涓事。这个剧本流传很广,明清曲谱中,散曲集中均选有此剧。

第二节 《陈州粜米》《货郎旦》

《陈州粜米》,全名是《包待制陈州粜米》,是包公戏中一部优秀的作品。宋朝"陈州亢旱三年,六料不收,黎民苦楚,几至相食"。范仲淹奉旨选派官员去赈灾,刘衙内保举自己的儿子小衙内和女婿杨金吾去陈州粜米,把五两银子一石的米改作十两银子,米里还掺上些泥土糠秕,还要用八升小斗量米,加三大秤进银。刚直的张憋古同他们辩理,被小衙内用皇帝赐予的紫金锤打死。张死前嘱咐小憋古到包公处告状。朝中得知陈州放粮弊政后,朝堂公议。此时,小憋古来告状,包拯让他先回去等候。后来包公被派去查办,并御赐势剑金牌,刘衙内恐小衙内、杨金吾受处分,请范仲淹代请赦书。包拯到陈州私访,遇见妓女王粉莲,从她口内了解到小衙内、杨金吾的恶迹。包公先斩了杨金吾,再让小憋古用紫金锤打死了小衙内,又利用刘衙内请来的"只赦活的,不赦死的"的赦书,赦免了小憋古,收到了大快人心的效果。

《陈州粜米》暴露了当时社会的黑暗,揭露了官府互相勾结、残害人民的罪行,对统治的暴虐给予了无情的鞭挞。权豪势要的小衙内张狂地说:"我见了那穷汉似眼中疔、肉中刺,我要害他,只当捏烂柿一般,值个甚的?!""休说打死一个,就打死十个,也则当五双。"更可贵的是作品塑造了张憋古这样一个具有强烈反抗性的人物,他对"穷民百补破衣衫,污吏春衫拂地长"的现实深感不平,他发现仓官营私舞弊后,就坚决斗争,说:

〔仙吕·点绛唇〕则这官吏知情,外合里应,将穷民并。点纸连名,我可便直告到中书省。

〔混江龙〕做的个上梁不正,只待要损人利己惹人憎。他若是将咱刁蹬,休道我不敢掀腾。柔软莫过溪涧水,到了不平地上也高声。他也故违了皇宣命,都是些吃仓廒的鼠耗,咂脓血的苍蝇。

这在一定程度上反映了民众的反抗精神。

《陈州粜米》是在宋金民间传说基础上累积而成的包公故事。剧中包公形象较明清的包公戏更多地代表了人民的愿望。包公"与百姓每分忧",坚决与权豪势要斗争,同时作品又多侧面展示包公的性格,使包公形象非常丰满。包公处理此案时已是一个饱经宦海风波的老人,他内心也不是没有矛盾,他也想"从今后,不干己事休开口,我则索会尽人间只点头,倒大来优游",也曾想到前朝贤臣都皆屈死,"不如及早归山去,我则怕为官不到头,枉了也干求"。但他一看到受害的百姓,就又决心要为黎民申冤。包公有谋略,又很风趣。他的亲随张千埋怨包公太清廉,跟着他一天三顿,只吃"落解粥",想到前面要酒肉吃。这段描写,就从另一侧面刻画了包公的性格,增强了戏剧的效果。此外,包公化妆成庄稼老汉,替妓女王粉莲笼驴牵驴的情节,以及最后的结局,也都带有浓郁的民间色彩。

《盆儿鬼》《合同文字》,也都是著名的包公戏。

《货郎旦》,全名是《风雨像生货郎旦》。"像生",就是"说像生儿",即仿效某种声音语言。"旦",指说唱货郎儿的为旦色。"货郎儿"指说唱艺术的一种,因为主要演唱〔货郎儿〕曲牌而得名。〔货郎儿〕属北曲,入正宫,〔转调货郎儿〕是〔货郎儿〕的一种转调形式,中间嵌入〔脱布衫〕〔醉太平〕等曲。〔货郎儿〕属正宫,嵌入的曲子属中吕宫或南吕宫等,所以称转调。〔九转货郎儿〕,实际是一个〔货郎儿〕带八个〔转调货郎儿〕。《货郎旦》第四折张三姑所唱的〔九转货郎儿〕,直到后世仍作为散出演出,俗称"女弹",后来洪昇在《长生殿》中仿照《货郎旦》作了《弹词》,称为"男弹"。

《货郎旦》写李彦和因娶妓女为妾而造成的家庭悲剧。富户李彦和,娶妓女张玉娥为妾,入门后就气死了正室刘氏。张玉娥原与魏邦彦相好,定计盗了李家财物,放火烧了家宅。李彦和同儿子春郎逃到洛河边,魏邦彦假扮艄公,推李彦和堕水,打算勒死张三姑后逃走。张三姑和春郎被拈各千户所救。拈各千户收春郎为子,张三姑拜"说唱货郎儿"的老汉张憋古为义父。十三年后,拈各千户病故,临终将实情告诉春郎。李彦和当年落水后也得救。张憋古死,张三姑送其骨殖至河南府,得遇李彦和。春郎各处催讨"窝脱银"(官府放的高利贷),与父亲、张三姑相遇,张三姑演唱张憋古就李家事编成的〔货郎儿〕,全家得以团圆。魏邦彦和张玉娥,因欺侵"窝脱银"为春郎所斩。

这个剧本通过李彦和家的悲欢离合,揭示了当时社会存在的家庭问题,但由于作者重点在于鉴戒,对故事本身和人物形象都写得不够细致深刻,结构、曲辞尚佳。如〔转调货郎儿〕中唱他们全家当年到洛河时的情况:

〔六转〕我只见黑暗暗天涯云布,更那堪湿淋淋倾盆骤雨,早是那窄窄狭狭沟沟堑堑路崎岖,知奔向何方所?犹喜的消消洒洒断断续续、出出律律、忽忽噜噜,阴云开处,我只见霍霍闪闪电光星炷,怎禁那萧萧瑟瑟风,点点滴滴雨,送的来高高下下、凹凹凸凸一搭模糊,早做了扑扑簌簌湿湿渌渌疏林人物,倒与他妆就了一幅昏昏惨惨潇湘水墨图。

第十章　元代散曲

第一节　散曲的兴起和体制

散曲是对剧曲而言的。旧称有科白，有故事情节，装扮起来演唱的为剧曲，清唱的为散曲。散曲是金元时期流行乐曲的曲辞，是一种新兴的诗体。

曲是从词演变而来的。从音乐方面看曲乐和词乐是一脉相承的，属于唐以来的燕乐系统，只是曲乐在发展中，又吸取了民间乐曲和民族乐曲。元芝庵《唱论》所推重的十大曲，均为宋金著名词人作品。从文学方面看，曲也深受词的影响，但其所反映的社会内容与艺术风格却发生了很大变化，已是一种新的体制。

散曲兴起于金末元初，《录鬼簿》列"前辈已死名公，有乐府行于世者"，以董解元为创始者，列为首位。金元之际杰出诗人元好问，也是有影响的散曲作家。

散曲包括小令和套数两种主要形式。小令是独立的只曲，句式长短不齐，有一定格式。与词比较，它没有双调或三叠、四叠的调；用韵加密，但平仄韵可以通押。曲最重要的特点是可以加衬字，这样既保持曲调的腔格，又使语言更加生动活泼。如马致远的〔越调·天净沙〕《秋思》：

　　枯藤老树昏鸦，小桥流水人家，古道西风瘦马。夕阳西下，断肠人在天涯。

这是一支小令,题为《秋思》,曲牌名是〔天净沙〕,它的宫调属于"越调"。全曲没用衬字。句式为六六六、四六,共五句五韵。又如钟嗣成〔正宫·醉太平〕《落魄》:

> 风流贫最好,村沙富难交。拾灰泥补砌了旧砖窑,开一个教乞儿市学。裹一顶半新不旧乌纱帽,穿一领半长不短黄麻罩,系一条半联不断皂环绦,做一个穷风月训导。

这支小令题为《落魄》,曲牌名是〔醉太平〕,它的宫调属于"正宫"。句式:四四七四、七七七四,共八句八韵。其中"贫""富""拾""了""开一个""裹一顶""穿一领""系一条""做一个""穷",为衬字。

小令还包括"带过曲",它是由同一宫调里习惯连唱的两支或三支曲调组成,如中吕宫中〔十二月〕带〔尧民歌〕,双调中的〔雁儿落〕带〔得胜令〕,又如南吕宫中的〔骂玉郎〕带〔感皇恩〕〔采茶歌〕。

套数,又叫散套,是由两支以上属于同一宫调的曲子联合而成的组曲。套数要求一韵到底,一般都有尾声。如杜仁杰的〔般涉调·耍孩儿〕《庄家不识勾栏》套,题目是《庄家不识勾栏》,由般涉调的〔耍孩儿〕等八支曲子组成。

第二节 散曲的主要作家和作品

元代散曲作家,有姓名可考的二百多人。隋树森编《全元散曲》,这是现在收集作品最完备的散曲集,共收有元人小令三千八百五十三首,套数四百五十七套,残曲在外。散曲的创作也可分为前后两期。

前期的著名作家有王和卿、关汉卿、白仁甫、马致远、卢挚等。其中影响最大的大都是著名的杂剧作家。他们的风格比较朴素自然。

王和卿,大名(今属河北)人。元陶宗仪《辍耕录》记载:"大名王和卿,滑稽佻达,传播四方。中统初,燕市有一蝴蝶,其大异常,王赋〔醉中天〕小令云云,由是其名益著。"由此可知《咏大蝴蝶》是中统初较有

影响的作品。《咏大蝴蝶》曲是这样的:

〔醉中天〕挣破庄周梦,两翅驾东风。三百座名园一采一个空。难道风流种,唬杀寻芳蜜蜂。轻轻飞动,把卖花人扇过桥东。

作品以奇特的想象,狂放的气魄,夸张的手法,滑稽诙谐的语言,描述大蝴蝶,实是写放荡不羁的文人,也可以说是作者的自况。对照关汉卿的《不伏老》,便可以看到这些"郎君领袖""浪子班头"风流散诞的面貌。

关汉卿的小令,以描写男女恋情的作品最多,其中〔双调·沉醉东风〕《别情》写离愁别恨,笔触细致,真切动人:

咫尺的天南地北,霎时间月缺花飞。手执着饯行杯,眼阁着别离泪,刚道得声"保重将息",痛煞煞教人舍不得,好去者望前程万里。

他的套曲〔南吕·一枝花〕《杭州景》写杭州街市的繁华和湖山的胜景,语言也颇清丽,如其中〔梁州第七〕:

百十里街衢整齐,万余家楼阁参差,并无半答儿闲田地。松轩竹径,药圃花蹊,茶园稻陌,竹坞梅溪。一陀儿一句诗题,一步儿一扇屏帏。西盐场便似一带琼瑶,吴山色千叠翡翠。兀良,望钱塘江万顷玻璃。更有清溪、绿水,画船儿来往闲游戏。浙江亭紧相对,相对着险岭高峰长怪石,堪羡堪题。

他的套曲《不伏老》和《赠朱帘秀》也都是著名的作品。

马致远现存辑本《东篱乐府》,计小令一百零四首,套数十七套,是前期保存作品较多、影响最大的作家。他的散曲表现了愤世厌世的思想,但曲辞老健、疏放、宏丽,成为豪放派的代表。〔双调·夜行船〕套《秋思》和〔越调·天净沙〕《秋思》,都是元散曲中最著名的篇章。王国维《宋元戏曲史》中说:"〔天净沙〕小令,纯是天籁,仿佛唐人绝句。马东篱《秋思》一套,周德清评之,以为万中无一。明王元美等亦推为套数中第一,诚定论也。此二体虽与元杂剧无涉,可知元人之于曲,天实纵之,非后世所能望其项背也。"〔天净沙〕小令的意境萧瑟悲凉,集中秋日傍晚特定的景物,抒发漂泊天涯的游子愁思,反映了当时文人忧郁而又看不到出路的心境,和元代绘画中的某些作品的意境是相通的。《秋思》套曲写历史无限悲凉:

〔庆宣和〕投至狐踪与兔穴,多少豪杰!鼎足虽坚半腰里折,魏耶?晋耶?

写现实社会非常愤激:

〔落梅风〕天教你富,莫太奢,没多时好天良夜。富家儿更做道你心似铁。争辜负了锦堂风月。

描写隐逸的生活,则俱入妙境。如"红尘不向门前惹,绿树偏宜屋角遮,青山正补墙头缺,更那堪竹篱茅舍""和露摘黄花,带霜分紫蟹,煮酒烧红叶"等,都是传诵的名句。

卢挚(1242?—1314?),字处道,号疏斋。祖籍涿郡(今河北涿州),河南登封颍阳人。历任江东道提刑按察副使、陕西提刑按察使、河南路总管、岭北湖南道廉访使、翰林学士承旨等职。在元前期散曲作家中,他保存的小令最多。他在当时是很有影响的作家,贯云石《阳春白雪序》中把他与冯子振、关汉卿、庾吉甫等并提。他的散曲题材较广,有咏史怀古、写景咏物、隐居乐道、男女风情等类作品,风格属于雅正的一派,但也有本色的作品。写景的作品多清丽、端谨,如《秋景》:

〔双调·沉醉东风〕挂绝壁枯松倒倚,落残霞孤鹜齐飞。四围不尽山,一望无穷水。散西风满天秋意。夜静云帆月影低,载我在潇湘画里。

他与伎艺人联系很多,他与朱帘秀的唱和可以说是艺坛佳话。他的《别朱帘秀》:

〔双调·寿阳曲〕才欢悦,早间别,痛煞煞好难割舍。画船儿载将春去也,空留下半江明月。

朱帘秀和有《答前曲》：

〔双调·寿阳曲〕山无数,烟万缕,憔悴煞玉堂人物。倚篷船一身儿活受苦,恨不得随大江东去。

后期散曲作家著名的有贯云石、睢景臣、张养浩、刘时中、张可久、乔吉等。其中张可久、乔吉影响最大,他们的散曲华丽工整,是清丽派的代表。

贯云石(1268—1324),本名小云石海涯,号酸斋,又号芦花道人。维吾尔族人。祖父阿里海涯,官湖广行省左丞相,父亲贯只哥,江西行省平章政事。初袭父官为两淮万户府达鲁花赤,但不久便让给弟忽都海涯袭职。仁宗朝,官至翰林侍读学士,知制诰,同修国史。因避皇族内部矛盾,弃官南下,变易姓名,卖药于杭州,过着诗酒优游的生活。他的散曲也属于豪放派。朱权《太和正音谱》说,贯酸斋之词如"天马行空"。他的小令《抒怀》,反映了当时官场的险恶:

〔双调·清江引〕竞功名有如车下坡,惊险谁参破？昨日玉堂臣,今日遭残祸。争如我避风波走在安乐窝。

又如写儿女风情的《欢情》:

〔中吕·红绣鞋〕挨着靠着云窗同坐,偎着抱着月枕双歌。听着数着愁着怕着早四更过,四更过情未足,情未足夜如梭。天哪！更闰一更儿妨甚么？

构思新奇,语言泼辣。

睢景臣,字景贤,扬州(今属江苏)人,与钟嗣成同时作家。他的〔般涉调·哨遍〕套《高祖还乡》是很著名的作品:

〔般涉调·哨遍〕社长排门告示:但有的差使无推故。这差使不寻俗,一壁厢纳草也根,一边又要差夫,索应付。又言是车驾,都说是銮舆,今日还乡故。王乡老执定瓦台盘,赵忙郎抱着酒葫芦。新刷来的头巾,恰糨来的绸衫,畅好是妆么大户。

元代文学 | 262

〔耍孩儿〕瞎王留引定火乔男女,胡踢蹬吹笛擂鼓。见一彪人马到庄门,匹头里几面旗舒。一面旗白胡阑套住个迎霜兔,一面旗红曲连打着个毕月乌,一面旗鸡学舞,一面旗狗生双翅,一面旗蛇缠葫芦。

〔五煞〕红漆了叉,银铮了斧。甜瓜苦瓜黄金镀。明晃晃马镫枪尖挑,白雪雪鹅毛扇上铺。这几个乔人物,拿着些不曾见的器仗,穿着些大作怪衣服。

〔四〕辕条上都是马,套顶上不见驴,黄罗伞柄天生曲。车前八个天曹判,车后若干递送夫。更几个多娇女,一般穿着,一样妆梳。

〔三〕那大汉下的车,众人施礼教。那大汉觑得人如无物。众乡老屈脚舒腰拜,那大汉挪身着手扶。猛可里抬头觑。觑多时认得,险气破我胸脯。

〔二〕你身须姓刘,你妻须姓吕。把你两家儿根脚从头数:你本身做亭长耽几盏酒;你丈人教村学读几卷书。曾在俺庄东住,也曾与我喂牛切草,拽坝扶锄。

〔一〕春采了桑,冬借了俺粟。零支了米麦无重数。换田契强秤了麻三秤,还酒债偷量了豆几斛。有甚胡突处?明标着册历,见放着文书。

〔尾〕少我的钱,差发内旋拨还;欠我的粟,税粮中私准除。只道刘三,谁肯把你揪捽住?白甚么改了姓、更了名,唤做汉高祖!

《高祖还乡》所写的是著名的历史事件,事见《史记·高祖本纪》《汉书·高祖纪》。元代杂剧、散曲中都有以它为题材的作品,睢景臣的《高祖还乡》套数,在思想上超过了同时的作品,有了新的认识。因此,夺得同类作品的魁首。《录鬼簿》记载:"维杨诸公俱作《高祖还卿》套数,公〔哨遍〕制作新奇,诸公者皆出其下。"

宋元以来,勾栏瓦肆的演出中,经常装扮一些河北、山东的村叟,杂入戏中,插科打诨地表现其痴呆之状,以资笑乐。《高祖还乡》套数则一反既往,它虽然也是通过村民的观察铺陈故事,但嘲讽的对象却不是村民,而是指向了最高统治者。它把帝王向人民示威的庄严仪仗彻底拆穿,把皇帝的神圣外衣彻底剥掉,使之原形毕露无余。

这个套曲文笔生动泼辣,叙述颇有秩序,谈笑中已寓褒贬,论是非全不费力气,是元代散曲的代表作品之一。

元代天历二年(1329),全国许多省遭受旱灾。在灾荒中散曲作家写作了几篇值得注目的作品,这便是张养浩的〔山坡羊〕《潼关怀古》和刘时中的两套〔正宫·端正好〕《上高监司》。张养浩(1270—1329),字希孟,号云庄,历城(今山东济南)人。曾任监察御使,陕西行台中丞等官职。著有《云庄休闲自适小乐府》。他的《潼关怀古》就写于前往陕西救灾的途中,表现了他对人民苦难的同情:

峰峦如聚,波涛如怒,山河表里潼关路。望西都,意踟蹰。伤心秦汉经行处,宫阙万间都做了土!兴,百姓苦;亡,百姓苦!

潼关地处陕、晋、豫交界处,依崤山,临黄河。首三句写景,点明地点,集中描述了潼关的形势。群峰攒立用一个"聚"字形容,波涛汹涌用一个"怒"字形容,不仅形象有力地表现出雄踞山河的潼关的险要雄壮,同时又使人有一种紧迫的感觉,具有强烈的气势,充分地表露了作者震荡胸臆的感情。接着二句直接写出怀古的情思,远望古都,心内百感交集。"意踟蹰"三字,写出作者心头郁结的感情无以言表的状态。他望着这个曾经扮演过秦汉等朝无数历史故事的地方,无数兴亡的业绩都已经过去了,那代表着盛世的宫阙都已化为尘土。宫阙的存废又代表了时代的变易。作者认识到无论是王朝的兴,还是亡,黎民百姓的遭遇都是无边的苦难。这种思想认识在当时是难能可贵的。他对人民的同情与他所推崇的孟子的民本思想有直接的关系,同时,也与作者直接深入灾区,体察到民众的苦难生活,直接受到民众思想的启迪有关。张养浩就死于这次救灾之中。

我们知道,元代散曲咏史怀古的作品,虽然有些是借历史事件宣泄自己心中的不平，但多数作品都不同程度地表现消极颓废的思想和滑稽放诞的作风。张养浩的散曲也充满了"隐居乐道"的消极思想，但在《潼关怀古》里所表现的深挚强烈的感情和进步的历史观，在元散曲中是十分突出的。

《潼关怀古》所用曲牌是中吕宫的〔山坡羊〕，全曲九韵或十一韵，"聚""怒""路""都""蹰""处""土""苦""苦"为韵字。第一、二、三、六句，四句仄韵必用去声，这样的仄韵，更有助于直截了当地表现作者的态度。这只曲子气势雄浑，颇有诗的意味，然而语言明白易懂，尤其结句用词浅显而含意深刻，颇得制曲的奥妙。

同年，江西也遭受旱灾。洪都（今江西南昌）的刘时中写了两套散曲〔正宫·端正好〕《上高监司》，呈给江西道廉访使高纳麟。一套称颂高监司救灾的"德政"，其中主要描述了灾民的悲惨遭遇，并且揭示了富豪商贾趁火打劫的罪行；一套建言整顿钞法和库藏，详细地叙述了钞法和库藏的积弊和吏役狼狈为奸的情形。无论是内容的现实性，还是体制规模的宏大，都是元散曲中罕见的。

张可久（1270—1348？），字可久，号小山，庆元（今属浙江）人，以路吏转首领官，是一位管税务和文书的吏员。散曲著作，现存明影元钞本《小山乐府》，明清刊本《张小山小令》《小山乐府》，近人任讷又整理重编为《小山乐府》六卷，隋树森《全元散曲》又对它加以考订和补充，共得小令八百五十五首，套数九套。他的《客况》反映了他屈沉下僚不被知赏的不平：

〔中吕·卖花声〕登楼北望思王粲，高卧东山忆谢安。闷来长铗为谁弹？当年射虎，将军何在？冷凄凄霜陵古岸。

他的《怀古》兴发无限感慨，流露着同情人民的思想：

〔中吕·卖花声〕美人自刎乌江岸，战火曾烧赤壁山，将军空老玉门关。伤心秦汉，生民涂炭，读书人一声长叹。

他的《失题》则讽刺了丑恶的社会风气：

〔醉太平〕人皆嫌命窘,谁不见钱亲。水晶环入面糊盆,才沾粘便滚。文章糊了盛钱囤,门庭改做迷魂阵,清廉贬入睡馄饨。胡芦提倒稳。

张可久散曲题材广泛,但最有特色的是对文人各方面生活的描述和写景咏物的作品。他的〔南吕·一枝花〕套《湖上晚归》是写作者携妓游湖的作品。明代人把它和马致远的《秋思》套并提。这套曲只是写文人的风流生活,但写景优美,音律和谐,语言清丽,如〔一枝花〕:

　　长天落彩霞,远水涵秋镜。花如人面红,山似佛头青。生色围屏,翠冷松云径,嫣然眉黛横,但携将旖旎浓香,何必赋横斜瘦影。

又如〔越调·凭阑人〕《江夜》,也是著名的作品。张可久被视为马致远以后的散曲大家。朱权《太和正音谱》说他的作品"清而且丽,华而不艳"。

乔吉有辑本《乔梦符小令》。现存小令二百零九首,套数十一套。他有好几篇述志的作品,如《自述》:

　　〔正宫·绿么遍〕不占龙头选,不入名贤传。时时酒圣,处处诗禅。烟霞状元,江湖醉仙。笑谈便是编修院。留连,批风抹月四十年。

这篇作品,十分明确地表示了作者否定进取、鄙薄虚名的超脱态度,并不无自豪地肯定了自己批风抹月、诗酒放诞的生活。

乔梦符也以小令擅场,风格与张可久接近,但能雅俗兼赅。李开先《乔梦符小令序》评他的散曲说:"蕴藉包含,风流调笑,种种出奇,而不失之怪;多多益善,而不失之烦;句句用俗,而不失其文。自可谓与之传神。"如他写世情的《寓兴》:

　　〔山坡羊〕鹏抟九万,腰缠十万,扬州鹤背骑来惯。事间关,景阑珊,黄金不富英雄汉。白,也是眼;青,也是眼。

结语警拔,为人称道,也是他散曲成功之处。他的代表作还有《寻梅》:

〔双调·水仙子〕冬前冬后几村庄,溪北溪南两履霜。树头树底孤山上。冷风来何处香？忽相逢缟袂绡裳。酒醒寒惊梦,笛凄春断肠,淡月昏黄。

语言雅丽,含蓄蕴藉,写出了梅的韵致,活脱出一个"寻"字。

前人论曲常以张可久、乔吉并称。明王骥德《曲律》说:"李中麓开先,序刻元乔梦符、张小山二家小令,以方唐之李杜。夫李则实甫,杜则东篱始当,乔、张盖长吉、义山之流。"李开先是就散曲而论,把他们比作诗中李、杜。他们的成就不能和李杜并论,但他们却是元后期散曲的主要作家。

第十一章　宋元南戏

第一节　南戏的产生和发展

南戏,也称戏文,是南曲戏文的简称,与北杂剧相对而言。南戏与北杂剧都具有中国戏曲的民族艺术特征,又自成体系。南戏最初流行于浙东温州一带,亦称温州杂剧。温州一名永嘉,唐为永嘉郡,所以又称永嘉杂剧。

南戏产生于宋南渡以后。明祝允明《猥谈》说:

> 南戏出于宣和之后,南渡之际,谓之温州杂剧。予见旧牒,其时有赵闳夫榜禁,颇述名目,如《赵贞女蔡二郎》等,亦不甚多。

徐渭在《南词叙录》中认为:"南戏始于宋光宗朝,永嘉人所作《赵贞女》《王魁》二种实首之……或云宣和间已滥觞,其盛行则自南渡,号曰永嘉杂剧。""宣和间已滥觞"的说法很难成立,因为宋徽宗宣和时期,温州经历了方腊起义的战争和灾荒。在这种动乱的情况下,不可能产生新的戏曲形式。南渡以后,温州具有特殊的政治地位。高宗开始逃到温州,后来局势稳定才决定建都临安。但温州仍是宋宗室贵戚聚居地,各色伎艺人也多汇集于此。又加上温州向称沃壤,名为"小杭州"(《瓯江逸志》),又"号称六艺文章之府"(《永嘉县志》)。所以,南戏便在这里逐渐形成。宋光宗朝是温州人口最盛的时期,南戏在这时得到发展也是可信的。此后,南戏逐渐扩大到浙闽等地。《钱塘遗事》记载:"至戊辰(1268)、己巳(1269)间,《王焕》戏文盛行于都下,始自太学有黄可道者为之。"元灭南宋后进入南戏与北杂剧并行的时期。青木正儿《中国近世戏曲史》说:"然元中叶以后,南曲与北曲,其流行之地域,亦渐相同,且南北合腔之曲,尚有制作行世,显呈相互接近之状。"这时出现南北曲合流的局面,杂剧接受南戏之影响,南戏在声腔、剧目方面则接受杂剧的影响。《琵琶记》的产生标志着南戏的成熟,并逐渐取代了杂剧在文学史上的地位。

宋代南戏除《王魁》《赵贞女》外,还有《乐昌分镜》《王焕》等戏文,这些戏文的舞台影响很深远,但剧本都没有留传下来。《赵贞女》和《乐昌分镜》是历史故事,《王焕》戏文产生于南宋末年。《王魁》是最早的剧目之一。王魁为北宋莱州人,嘉祐六年进士状元及第。北宋末年,其故事开始流传演唱,成为南曲戏文约在南宋初年。现存早期南戏剧本有出于《永乐大典戏文三种》的《张协状元》《宦门子弟错立身》《小孙屠》。该书原已流出国外,经叶恭绰从伦敦古玩店中购回,抗战中又不知下落,现在流传的是根据钞本的翻印本。从版本学的角度来看,版本是很晚的。就以永乐大典本而论,也是明初钞本,这些早期的南戏剧本,流传中多有改动。目前研究者多认为《张协状元》为南宋的作品,《宦门子弟错立身》和《小孙屠》为元代作品。

《张协状元》末色在开场念的《水调歌头》词中说:"但咱们,虽宦裔,总皆通。弹丝品竹,那堪咏月与嘲风。苦会插科使砌,何吝搽灰抹土,歌笑满堂中。一似长江千尺浪,别是一家风。"很清楚,这是一些宦裔的子弟排演的剧目。作者并以"占断东瓯盛事""教坊格范,绯绿可同声"自夸。东瓯是温州的古名,绯绿社是杂剧演出的组织。《张协状元》写成都书生张协,上京赶考,路过五鸡山遇难,被居住古庙的王贫女搭救后结婚,张协中状元后,把贫女赶出大门,坚决不认。宰相王德永收养贫女为义女,张协无法,最后认罪,同贫女重圆。这个剧本开始由说唱诸宫调引入,有许多与剧情联系不紧密的场次,以插科打诨为主,这些都表现了初期南戏的特征。剧本语言通俗,刻画人物也有较成功处,如写贫女被赶出大门后的一段唱词:

〔五更传〕我丈夫,张协是。在路途值雪正飞,盘缠被劫得没分文,打一查血沥沥底。没投奔,在庙中,弯跧睡。我医你救你得成人,你及第,便没恩没义。

〔同前〕是我夫,不相认,见着我忙闭了门。我当初闭门不留伊,你及第应是无分。千余里,到此来,望你厮存问。目下要归没盘缠,我今宵,更无投奔。

〔同前〕你记得,要来京里,卖头发把钱与伊。当初道嫁鸡便逐鸡飞,好言语教奴出去!没盘费,教化归,回乡里。买炷好香祝苍天,愿你亏心,长长荣贵。

《错立身》和《小孙屠》,都是节本,有不少失枝脱节之处。《错立身》,写金国河南府同知的儿子完颜寿马和走江湖的戏班女艺人王金榜的爱情故事。当完颜寿马和王金榜相会时,王金榜所报的剧名,全部为元代流行杂剧剧名,可以看出杂剧与南戏的密切关系。《小孙屠》,描写妓女的奸恶,其中出现南北合套曲,说明了南北曲合流的情况。

现存宋元南戏剧目二百三十八种,有零星曲子流传的百十九本。现传基本保存宋元戏文面目的,除上面所说《永乐大典戏文三种》外,还有《琵琶记》。元末明初作品,经明人修改过,基本保存原来面目的还有《荆钗记》《白兔记》《拜月亭》《杀狗记》等十一本。

南戏是在北宋杂剧基础上,吸收诸宫调、唱赚,结合地方俗曲歌舞而逐渐形成的戏曲形式。《南词叙录》说南曲的曲调是"宋人词而益以里巷歌谣,不协宫调"。"'永嘉杂剧'兴,则又即村坊小曲而为之,本无宫调,亦罕节奏,徒取其畸农、市女顺口可歌而已,谚所谓'随心令'者,即其技欤?间有一二叶音律,终不可以例其余,乌有所谓九宫?"又说:"南曲固无宫调,然曲之次第,须用声相邻以为一套,其间亦自有类辈,不可乱也,如〔黄莺儿〕则继之以〔簇御林〕,〔画眉序〕则继之以〔滴溜子〕之类,自有一定之序,作者观于旧曲而遵之可也。"由于它在南方流传,唱时也用南方方音。分平上去入四声。一本戏分为若干段落演出。

南戏的形式至元末明初趋于定型。题目在剧本的开端。一般先由副末开场,说明演唱宗旨和剧情,从第二出起才是正戏。南戏称一场为一出。曲辞的组织,一般有引子、过曲和尾声。每出不限用同一宫调,可以换韵。南戏各种角色都可以唱,也可以对唱、合唱。南戏伴奏以管乐为主,曲调比较轻柔婉转。从元末明初到清中叶,它取代北杂剧的地位,成为戏曲创作的主要形式,明清以后称之为传奇。

第二节　高明和他的《琵琶记》

高明(1305？—1359？),字则诚,号菜根道人,温州瑞安(今属浙江)人。至正五年进士,曾任处州录事、江浙行省丞相掾、浙东阃幕都事、江南行台掾、福建行省都事、庆元路推官。此后,在元末的动乱中,避居四明栎社,过着隐逸著书的生活,以词曲自娱,完成《琵琶记》的创作。他的老师是元末大儒黄溍,与苏天爵、刘基都有交往。他除《琵琶记》外,还著有《闵子骞单衣记》(已佚)和诗文《柔克斋集》(已佚)。现存诗、文、词五十多篇。

《琵琶记》是高明根据长期在民间流传的南戏《赵贞女》改编的。《赵贞女》写蔡伯喈上京应试,求取功名后长期不归,蔡家父母死后,赵贞女罗裙包土建坟茔,到京师寻找伯喈,伯喈不认,最后以马踩赵五娘,雷轰蔡伯喈结束。《南词叙录》"宋元旧篇"所列之《赵贞女蔡二郎》一剧下注文:"即旧伯喈弃亲背妇,为暴雷震死。里俗妄作也,实为戏文之首。"《赵贞女》也是民间演说的题材。南宋诗人陆游的《小舟游近村,舍舟步归》中说:"斜阳古柳赵家庄,负鼓盲翁正作场。死后是非谁管得?满村听唱蔡中郎。"元陶宗仪《辍耕录》"院本名目"中,著录有院本《蔡伯喈》。元杂剧中也一再引述其故事情节。蔡伯喈,即东汉蔡邕,曾拜左中郎将,故后人称为蔡中郎。戏中情节并不符合历史人物蔡伯喈的真实。高明有意翻《赵贞女》之案,把蔡中郎写成全忠全孝的文人。《南词叙录》说:

> 永嘉高经历明,避乱四明之栎社,惜伯喈之被谤,乃作《琵琶

记》雪之,用清丽之词,一洗作者之陋,于是村坊小伎,进与古法部相参,卓乎不可及已。

《琵琶记》改动后的主要关目为"三不从":蔡伯喈是个孝子,本不想去应考,他父亲蔡公不从。他辞婚,牛丞相不从。他辞官,朝廷不从。高明改编《琵琶记》的意图是宣扬伦理道德。他在全戏开场的〔水调歌头〕词中说:"今来古往,其间故事几多般。少甚佳人才子,也有神仙幽怪,琐碎不堪观。正是不关风化体,纵好也徒然。"又说:"休论插科打诨,也不寻宫数调,只看子孝与妻贤。"他的《闵子骞单衣记》也是写孝子的故事。

然而《琵琶记》的思想内容是比较复杂的。这是由于作者在元末的动乱中,自己的思想本身就有不可克服的矛盾。从他和刘基唱和的诗歌我们可以看到他们对元末黑暗政治的看法。高则诚的诗虽已佚失,刘基的《次高则诚雨中三首》却保留了下来。其一:

> 短棹孤蓬访昔游,冷风凄雨不胜愁。江湖满地蛟螭浪,秔稻连天鼠雀秋。莫怪贾生偏善哭,从来杞国最多忧。绝怜窗外如珪月,只为离人照白头。

这种忧时忧民的思想和自身的愤懑不平,使他塑造的蔡中郎形象有自己的特色。蔡中郎不是一个"背亲弃妇"的负情者,而是在出仕和退隐,以及在各种社会压力面前,陷入矛盾和苦闷之中的文人形象。作品中赵五娘的形象,可能是在南戏《赵贞女》的原有基础上进行加工的,保留了一些动人的情节。所以,赵五娘虽然为了恪守妇道,在种种困境与迫害面前"逆来顺受",但仍具有旧时代中国妇女忍辱负重、坚韧不拔的精神品质。另外作品还暴露了地方官吏的贪污和带给人民的灾难。

特别应该指出,由于高明对传统历史文化有深厚的修养,《琵琶记》又是他精心创作的作品,因此在艺术上成就很高。这样,《琵琶记》逐渐取代《赵贞女》的地位,成为民众承认的作品。《南词叙录》说:"相传:则诚坐卧一小楼,三年而后成。其足按拍处,板皆为穿。尝夜坐自歌,二烛忽合而为一,交辉久之乃解。好事者以其妙感鬼神,为创瑞光楼旌之。"这虽然是传说,但也说明人们对《琵琶记》推崇的程度。

《琵琶记》的结构布置最为人称道。吕天成《曲品》说:"穿插甚合局段,苦乐相错,具见体裁,可师可法,而不可及也。"作者把蔡伯喈在牛府的生活和赵五娘在家乡的苦难景象交错演出,形成强烈对比。《成婚》与《食糠》,《弹琴》与《尝药》,《筑坟》与《赏月》,以及《写真》,都是写得很成功的篇章。对比的写法突出了戏剧冲突,加强了悲剧气氛。

《琵琶记》的词采成就最高,既有清丽文语,又有本色口语,而最重要的则是体贴人情的戏剧语言。王世贞《艺苑卮言》说:

> 则诚所以冠绝诸剧者,不唯其琢句之工,使事之美而已。其体贴人情,委曲必尽,描写物态,仿佛如生,问答之际,了不见扭造,所以佳耳。

《食糠》中赵五娘唱的曲子,以糠自比,由糠和米的分离联想到自己的遭遇,曲辞本色,凄楚动人:

> 〔孝顺歌〕呕得我肝肠痛,珠泪垂,喉咙尚兀自牢嗄住。糠!遭砻被舂杵,筛你簸扬你,吃尽控持,恰似奴家身狼狈,千辛万苦皆经历。苦人吃着苦味,两苦相逢,可知道欲吞不去。
>
> 〔前腔〕糠和米本是两倚依,被簸扬作两处飞?一贱与一贵,好似奴家与夫婿,终无见期。米在他方无寻处。怎的把糠救得人饥馁?好似儿夫出去,怎的教奴供给得公婆甘旨?

蔡伯喈在《弹琴》一折中所唱的曲辞则较华丽,委婉地表露了他矛盾的心情:

> 〔一枝花〕闲庭槐影转,深院荷香满。帘垂清昼永,怎消遣?十二阑杆,无事闲凭遍。困来湘簟展,梦到家山,又被翠竹敲些惊断。

〔懒画眉〕强对南熏奏虞弦,只见指下余音不似前,那些个流水共高山?呀!怎的只见满眼风波恶,似离别当年怀水仙。

〔前腔〕顿觉余音转愁烦,还似别雁孤鸿和断猿,又如别凤乍离鸾。呀!怎的只见杀声在弦中见?敢只是螳螂来捕蝉。

这些曲辞的文学成就,大大超过了《永乐大典戏文三种》中的作品。高则诚是在民间创作基础上,把戏文的剧本创作提高到一个新水平的杰出作家。他在南戏发展史上的地位颇似杂剧发展史上的关汉卿。《琵琶记》在艺术上所取得的成就,不只影响到当时剧坛,而且为明清传奇树立了楷模。所以,过去把它称为"南戏之祖"不是没有道理的。

第三节 《拜月亭》及其他

《荆钗记》《白兔记》(《刘知远》)、《拜月亭》《杀狗记》,简称"荆、刘、拜、杀",被合称为元末明初"四大南戏"或"四大传奇"。其中《拜月亭》的成就最高,影响也较大。

《拜月亭》,《永乐大典》目录题作《王瑞兰闺怨拜月亭》,《南词叙录》题作《蒋世隆拜月亭》,现在流传的有明世德堂刊本《拜月亭记》,容与堂刊本《幽闺记》,均为明人改本。该剧的作者也存在疑议。明人都说是元施惠所作。据《录鬼簿》记载:"惠字君美,杭州人。居吴山城隍庙前,以坐贾为业。"又说:"惟以填词和曲为事。有《古今砌话》,亦成一集。"南戏《拜月亭》是根据关汉卿同名杂剧改编的。故事发生在蒙古军攻占金首都中都,金室迁都汴梁的过程中。中都书生蒋世隆与金朝忠臣陀满海牙子兴福结为兄弟。逃亡途中,蒋世隆兄妹,兵部尚书王镇的夫人和女儿都在兵乱中失散。蒋世隆之妹瑞莲,王尚书之女瑞兰,因名字声音相近,都误以为对方是叫自己的名字,遂结伴而行。瑞莲被王夫人收为义女,瑞兰遇见世隆,在患难中结为夫妇。后王镇奉命到边城缉探军情归来,在旅店遇见瑞兰,不同意女儿和世隆的婚姻,也不顾世隆病重,硬把女儿带回。在两国议和后,王镇一家在汴梁团聚。瑞兰幽闺拜月,被蒋瑞莲视破,两人感情愈洽。后来朝廷开科取士,世隆、兴福分别考中文武状元。王瑞兰与蒋世隆、蒋瑞莲与陀满兴福,结为夫妇,全剧以大团圆结束。

《拜月亭》因语言本色,受到明人推重,明代研究者中本色派和文采派曾就《拜月亭》和《琵琶记》二剧的优劣展开争论。认为《拜月亭》高出《琵琶记》的,主要称扬它的本色当行。何良俊《四友斋丛说》说:"他如'走雨''错认''上路''馆驿中相逢'数折,彼此问答,皆不须宾白,而叙说情事宛转详尽,全不费词,可谓绝妙。"徐复祚《三家村委谈》说:"《拜月亭》宫调极明,平仄极叶,自始至终,无一板一折,非当行本色语,此非深于是道者不能解也。"如第十三出《相泣路歧》:

〔剔银灯〕(老旦)迢迢路不知是那里,前途去,安身何处?(旦)一点点雨间着一行行凄惶泪,一阵阵风对着一声声愁和气。(合)云低,天色傍晚,子母命存亡兀自尚未知。

〔摊破地锦花〕(旦)绣鞋儿,分不得帮和底,一步步提,百忙里褪了跟儿。(老旦)冒雨荡风,带水拖泥。(合)步难移,全没些气和力。

语言质实明白而有余味。

《拜月亭》人物刻画比较细致,有许多细节描绘都很成功。如逃荒过程中,王瑞兰和书生蒋世隆相遇,她不得不向她认为正直的蒋世隆请求帮助,同时也写出她羞涩的内心活动,有很好的舞台效果。在后来的演出中,都增加了王瑞兰因希望得到蒋世隆的帮助,而踏住蒋世隆所带的伞柄的情节,这出戏被称为"踏伞"。又如在招商客店,当王瑞兰的父亲把她们夫妻强行拆散时,作者抒写了她对丈夫的眷恋之情。《幽闺拜月》一折写王瑞兰拜月祷祝与世隆再得相会,因不知瑞莲是夫妹,产生误会,从而深刻地揭示出她思念丈夫的心理。所有这些都给人们留下了强烈的印象。此外,剧中许多巧合的情节,也增强了它的戏剧效果。

《荆钗记》,现存有影抄明初刊本《王状元荆钗记》。作者是"吴门学究敬先书会柯丹丘"。《荆钗记》写书生王十朋以荆钗作聘,娶钱玉莲为妻。十朋中状元后拒绝万俟丞相的逼婚,玉莲因富豪孙汝权及继母的迫害,投江自杀遇救,终历种种波折,最终夫妇团圆。这本戏歌颂王十朋、钱玉莲坚贞不渝的爱情。与"负心型"剧本不同,成为一个新的类型。从总体来说,《荆钗记》不及《琵琶记》《拜月亭》的成就高,但也有一些关目以情取胜。如王十朋母亲到江畔祭儿媳的《祭江》和王十朋在京城与母亲相会的《见母》,就颇为流行。

《白兔记》,是在民间说唱中影响最广泛的传说故事。作者不详。元刊宋代无名氏《新编五代史平话》和金代《刘知远诸宫调》中都已写到。故事描写后汉高祖刘知远的故事。刘知远被逼从军,入赘岳帅府。其妻李三娘在家中为兄嫂不容,受尽折磨。在磨房生下一子,被人送至刘知远处乳养。十五年后因儿子猎兔见母,全家才得团圆。1967年在上海郊区嘉定县发现的明成化刊本《白兔记》,是迄今为止发现的刊行年代最早的南戏刻本。其中有关李三娘的戏,凄苦动人,语言质朴自然。吕天成《曲品》说:"词极古质,味亦恬然,古色可挹。"《杀狗记》的题材与元人同名杂剧相同,写孙华、孙荣兄弟因柳龙卿、胡子传的挑拨失和。孙华妻设计杀狗假做死尸,柳、胡听说死人都避祸离去,亲弟不计旧恨帮助移尸,兄弟重归于好。这本戏,《永乐大典》目录题为《杨德贤妇杀狗劝夫》,《南词叙录》题为《杀狗劝夫》,这一故事也是民间广泛流传的剧目,相传为元末明初人徐畛所作。此剧后来演出甚少。

这四部戏都是曾在民间长远流传的作品,代表了元末明初南戏的思想内容和艺术水平。剧中都有不少宣扬迷信思想的地方,在艺术上均属本色当行的作品,但又失之于粗糙。

第十二章　宋金元话本

第一节　话本的产生

"说话"是唐宋金元至明初的一种表演伎艺的名称,就是"说书"或讲说故事的意思。从事"说话"伎艺表演的人,称为"说话人"。但南宋以前的"说话"和南宋以后的"说话",从内容到形式,发生了很大变化。南宋以后,说话伎艺成了通俗文艺的重要部分。

"说话"作为一种表演伎艺的专用名称,始见于唐代,但是我国的说唱艺术,却早在唐代以前就已经存在了。秦汉时期就已流传着一种带有说唱性质的演唱体歌谣或娱乐表演。在近年出土的文物中,发现有东汉后期汉灵帝的"击鼓俑",击鼓俑满面笑容,张口扬袍,栩栩如生,可以使我们看到当时俳优侏儒表演的生动艺术形象。三国时的曹植能"诵俳优小说数千言","俳优小说"可能是一种口头演说的文艺形式。《太平广记》引隋侯白《启颜录》:

> 白在散官,隶属杨素,爱其能剧谈,每上番日,即令谈戏弄,或从旦至晚始得归。后出省门,即逢素子玄感,乃云:"侯秀才可以(与)玄感说一个好话。"白被留连不获已,乃云:"有一大虫欲向野中觅肉……"

可知这时说笑话、讲故事,已经具有一定情节和故事性了。到了唐代,便发展成为一种专门的表演艺术。郭湜《高力士外传》中移宫一节:"每日上皇与高公亲看扫除庭院,芟薙草木,或讲经、论议、转变、说话,虽不近文律,终冀悦圣情。"可以悦圣情而不近文律的"说话",与"转变""讲经"等均是一种说唱形式。在佛教盛行的唐代,寺庙里经常演说佛经、宗教的故事,这种"讲经"形式,也称"俗讲"。"俗讲"也有话本流传。说话在发展中也吸收了俗讲的某些形式和技巧。

说话的大规模发展是在宋代,伴随着宋代商业经济的繁荣发展,坊市制度的崩溃,城市市民阶层对于文化娱乐的要求不断提高,于是各种演唱伎艺应运而生。两宋京城涌现了许多表演民间伎艺的勾栏瓦舍。勾栏,是宋元时杂戏的演出场所;瓦舍又叫瓦肆,是一种游艺场所的总称,它还包括为游艺场所内游客服务的各种行业在内,是当时规模很大的综合商场,是城市里群众性娱乐场所集中的地方。分别上演杂剧、傀儡戏、诸宫调、说话等,呈现出一片繁荣兴盛的景象,"不以风雨寒暑,诸棚看人,日日如是"(《东京梦华录》)。

两宋时期的说话伎艺非常兴盛,南宋的临安(今杭州)就有两座专说史书的勾栏,艺人小张四郎在北瓦中专占了一座勾栏,表演说话伎艺。这时期说话艺人数量大,据《武林旧事》所载,仅南宋临安城就有说话艺人约一百人,他们之间的分工也愈来愈细。说话有说经、讲史和小说之分,南宋的耐得翁《都城纪胜》"瓦舍众伎"条说:

> 说话有四家。一者小说:谓之银字儿,如烟粉、灵怪、传奇说公案,皆是朴刀杆棒及发迹变泰之事;说铁骑儿,谓士马金鼓之事。说经,谓演说佛书,说参请,谓宾主参禅悟道等事。讲史书,讲说前代书史文传、兴废争战之事。最畏小说人,盖小说者,能以一朝一代故事,顷刻间提破。

据此,说话可分为:一、银字儿,二、说铁骑儿,这两家总称为小说,三、说经、说参请,四、讲史书。在四家之中,以小说、讲史的影响最大,尤以小说为最。小说基本上是取材于现实生活,一般一次讲完,既为市民所熟悉,又能反映市民们的思想感情、理想与追求,因而在当时比讲史更能吸引群众。由于说话伎艺的发展和说话艺人队伍的壮大,还形成了一套相应的组织,说话人的组织叫"雄辩社",艺人们在社里可以交流情况,切磋伎艺,为说话编写话本的一些下层知识分子,叫作才人,他们的组织称为"书会"。

话本的产生也有一个过程,最初说话人在讲说前需将讲说的内容,包括依据的文字资料,编缀次序,以便演说。这是说话人的底本。不同说话人讲说自然不同,在不同场合演说也会有不同。在有版印条件时,称某人的真本为"的本"。由于社会文化水平及书写、印刷条件的限制,说话艺人也可能没有完整的文字成熟底本,说话内容只能口传心授,后来有了底本,文字比较简略,只记录唱词、主要故事情节,说唱时再由"说话"艺人灵活运用,临场发挥,增添细节。

说话艺人师徒相传,在演出实践中不断修改加工,又有书会才人一面编写话本,一面又根据"说话"艺人在口头说唱中流传的话本,加以整理提高,才有了可供阅读的话本。唐代时已有话本,但留传不多,随着宋代说话盛行,话本已开始产生,但未见刊印本。元代始见刻本,可能在元明,话本才被整理加工,刊印成读物,成为保存有说话艺术特色的书面文学。

南宋、金的后期,说话成为近俗文艺中的重要形式,说话四家中讲史的底本为讲史话本,自元代开始叫作"平话"。"平话"讲述长篇历史故事,取材于历史,后来发展为章回体的长篇小说。小说话本,即小说家的底本,常常被称为小说,又称为"短书"。话本是在宋代说话的母胎里孕育起来的,在艺术上相当于成熟的白话小说。这种白话小说的产生,在中国的小说史上是一件极有意义的大事,它标志着中国小说的发展进入了一个新的阶段,它对我国以后白话小说的发展,有着直接的影响。正如鲁迅在《中国小说的历史的变迁》中所说:

> 至于创作一方面,则宋之士大夫实在并没有什么贡献。但其时社会上却另有一种平民底小说,代之而兴了。这类作品,不但体裁不同,文章上也起了改革,用的是白话,所以实在是小说史上的一大变迁。

话本小说的体制结构可分为四个部分:题目、入话、正话和篇尾。题目是根据正话的故事来确定的,是故事内容的主要标记,最初是以人名、地名、诨名、物名为题,后来为了使表演的内容更加醒目,更有吸引力,便把题目化为七言或八言的句子,而成为话本的题目。入话,又叫"笑耍头回"或"得胜头回","入话"通常都以诗(或词)为开头,只有个别篇目没有诗词。在篇首诗词之后,加以解释,然后引入正话。"入话"有肃静听众、启发听众和聚集听众的作用。篇幅可长可短,有极大的灵活性。"入话"凭借它与正话的某一点联系,而导入本事,起穿针引线的作用。正话,即故事的正文,是小说话本的主要部分。正话的文字,由散文与韵文两种文字组成,散文用来讲述,主要是叙述故事,韵文,包括诗词、骈文,或诵或唱,有疏通、衬托、描绘、品评的作用,以补散文叙述的不足。小说话本一般都有煞尾,往往用四句或八句诗句为全篇作结,有时也有用词或整齐的韵语作结的。煞尾直接连接在情节结局以后,由说话人(或作者)自己出场,总结全篇主旨,或对听众加以劝诫,或对人物、事件进行评论。总之,小说话本的形式,是在发展中逐渐完整、定型的,反过来它又影响着我国古代人民艺术欣赏的习惯,并且成为我国小说民族传统形式的一个组成部分。

第二节　小说话本

宋元话本数量很多,据《醉翁谈录》《也是园书目》《宝文堂书目》等书记载,约有一百四十篇小说话本的题目。但由于话本小说的流传之初,原是各自为篇,以单篇抄录的形式存在,零星出版,零星印行的,无人编辑整理,在明代以前没有话本小说集的流传,绝大部分作品已散失。现存最早的小说家话本的刻本,仅有1979年在西安发现的一张元刻本《新编红白蜘蛛小说》的残页。今天我们能见到的宋金元作品已经为数不多了。现存最早的话本小说集为明嘉靖时洪楩编刻的《清平山堂话本》,明万历时熊龙峰刊印的小说四种,以及明末冯梦龙编刻的

《喻世明言》《警世通言》《醒世恒言》。研究者认为可能保留或基本保留早期话本小说面貌的约有四十余种。小说话本有的取材于当时的现实生活,也有很多话本是从《太平广记》《夷坚志》等书中选取的题材,再运用自己的广博知识和丰富的生活经验,对原有故事进行加工创造。从现存作品来看,小说话本突破了六朝时期的小说与唐传奇只限于以描写社会上层或士大夫阶层生活为内容的题材。在这些作品中表现了平民的生活,表现了他们喜怒哀乐的情感。小说话本广泛地反映了宋元时代现实社会中错综复杂的矛盾与世态人情。

小说话本的内容可分为三类,即反映婚姻爱情的作品,描写讼诉案件,揭示社会矛盾的作品和讲述神仙鬼怪的作品。其中以写爱情婚姻问题和社会矛盾讼诉案件的作品成就最高。

以爱情婚姻为题材的优秀作品,通过对妇女在爱情婚姻问题上的种种遭遇,揭示了反对恶势力的社会主题,这些作品不但反映了生活在古代社会中的妇女的痛苦命运与不幸遭遇,而且表现了她们为争取婚姻自由,追求幸福生活所做的反抗和斗争。如《碾玉观音》《闹樊楼多情周胜仙》《快嘴李翠莲记》等,都是这类题材的优秀作品。

《碾玉观音》写裱褙工的女儿璩秀秀,被迫卖给咸安郡王,在王府内作为"养娘",她爱上了玉雕工人崔宁,一天郡王府失火,秀秀遇到崔宁,主动向崔宁表示爱情,大胆提出"今夜我和你先做夫妻",当夜双双逃奔潭州安家立业,过着自食其力的生活。后来被郡王差遣到潭州办事的郭排军发现,向郡王告密,秀秀夫妻被捉回,崔宁受刑后发往建康府,秀秀被打死,秀秀的鬼魂又随着崔宁到建康,重新过起一家一计的生活,但终究不能摆脱统治者的魔掌,最后只有揪住崔宁一块到阴间去做鬼夫妻。作品通过秀秀与崔宁的婚姻悲剧,揭示了市民阶级与统治者之间不可调和的矛盾,歌颂了璩秀秀为摆脱人身占有,争取独立自主的婚姻而顽强斗争的精神,是小说话本中具有代表性的优秀作品之一。

女主人璩秀秀,作为一个装裱古今书画的手工业者的女儿,是以往的小说作品中未曾出现过的一个崭新的妇女形象。在她的身上,体现了鲜明的市民阶层思想特点。她聪明美丽,从小过着比较自由的生活,没受那么多的社会影响,她酷爱自由,热烈地向往着摆脱女奴地位后的独立自由的夫妻生活,并大胆地追求。在残暴的迫害下毫不屈服,她怀着强烈的生活欲望和执着的爱,继续顽强地斗争。秀秀为之奋斗的理想,也正是市民阶层的理想与愿望。她与郡王府的矛盾冲突,真实地展示着当时社会现实的画面。

《闹樊楼多情周胜仙》中,女主人公周胜仙在金明池上遇到范二郎后,二人"四目相视,俱各有情",于是她大胆巧妙地表露了自己的爱情,后相思成疾,又因父亲的阻挠而郁闷致死。死后复苏,再去樊楼寻找范二郎,范二郎误以为鬼,失手将其打死,范二郎因此吃了官司,周胜仙又以鬼魂出现,与范二郎在梦中结为夫妻,并设计救出范二郎。女主人公对婚姻自主的执着追求,体现了市民阶层的要求。这类作品都突出地表现了女主人公对自由婚姻大胆而狂热的追求。

《快嘴李翠莲》是用数板的形式,讲述了一个普通妇女的命运。无论是内容还是形式,都很有特色。李翠莲"姿容出众","女红针指,书史百家,无所不通",是一个聪明能干的少女,她在劳动上是一把好手,"纺得纱,绩得苎,能裁能补能刺绣","做得粗,整得细","推得磨,捣得碓,受得辛苦,吃得累"。尤为突出的是她性格泼辣,口齿伶俐,"问一答十,问十答百",被称为"快嘴"。然而"快嘴"仅仅是一种表象,实质上表现了李翠莲对礼教的一种反抗,她不愿受"三从四德"的束缚去做循规蹈矩的媳妇。李翠莲的快嘴与泼辣性格,完全违反了社会礼教的要求,如说话莫高声,喜笑不露色,正如她公公教训她时所说的那样:"女人家要温柔稳重,说话安详。"出嫁后对公婆丈夫更要绝对地服从。可是李翠莲与这些要求恰好相反,她性情豪爽,说话泼辣,看到不顺心的人与事,便要评论短长,她心直口快的特点,与社会礼俗发生了不可调和的冲突,她虽没有想要反对包办婚姻,只希望出嫁后好好服侍公婆,与丈夫和睦相处,然而那些礼俗规矩却使她难于忍受。

在结婚的当天,便因不肯接受结婚礼俗的摆布骂了媒婆,打了撒帐先生,训斥了丈夫,最后还顶撞了公婆。当公婆责备她时,她又理直气壮地为自己辩白。她还把自己的能说会道,与古代大贤、谋士相比,并申明自己为人刚直正派,进行了大胆反抗。这在家长专制的社会里是绝对不允许的,她的行为被视为大逆不道。因此,她的公婆愤怒地埋怨说:谁想娶了这个"没规矩,没家法,长舌顽皮村妇",并以"打先生、骂媒人、触夫主、毁公婆"等败坏门风的罪名,逼令儿子写了休书,将李翠莲休弃回家。李翠莲也针锋相对毫不让步,她严正地申明了自己的态度,她说:

> 公休怨,婆休怨,伯伯姆姆都休劝。丈夫不必苦留恋,大家各自寻方便。快将纸墨和笔砚,写了休书随我便。不曾殴公婆,不曾骂亲眷,不曾欺丈夫,不曾打良善,不曾走东家,不曾西邻串,不曾偷人财,不曾被人骗,不曾说张三,不与李四乱,不盗不妒与不淫,身无恶疾能书算,亲操井臼与庖厨,纺织桑麻拈针线。今朝随你写休书,搬去妆奁莫要怨。手印缝中七个字:"永不相逢不见面。"恩爱绝,情意断,多写几个弘誓愿。鬼门关上若相逢,别转了脸儿不厮见!

她的反抗性格,使她无法逃避悲剧的命运,被休弃回家后,又受到生身父母的责备,兄嫂的嫌弃,使这个具有叛逆性格的少女,在现实社会里终于无处容身,只有寄身佛门,去寻求超脱世俗的自由。李翠莲削发为尼的悲剧结局,深刻地揭露了妇女的悲惨命运。

描写妇女命运的小说话本,还有《志诚张主管》《陈巡检梅岭失妻记》等。

以讼狱事件为题材的公案小说,直接反映了当时复杂的社会矛盾,揭露和鞭挞了腐朽的吏治。《错斩崔宁》《宋四公大闹禁魂张》等都是这类题材作品中的优秀篇章。《错斩崔宁》描写崔宁和陈二姐,因十五贯钱而引起的谋杀冤案,被昏官判死的悲惨遭遇。作品揭露了官府的昏庸腐朽、草菅人命。作者在篇末愤怒地谴责说:"这段冤枉,仔细可以推详出来;谁想问官糊涂,只图了事。不想捶楚之下,何求不得!"并告诫他们:"做官切不可率意断狱,任情用刑,也要求公平明允,道不得个死者不可复生,断者不可复续。"这愤怒的谴责与警告表达了当时广大人民的心愿。《宋四公大闹禁魂张》描写了赵正、宋四公等一些侠盗,不仅惩罚了为富不仁、视钱如命的财主张富,而且偷走了钱大王的三万贯财物和白玉带,当面剪走京师府尹身上金鱼带的"挞尾"和马观察的一半衫褉,大闹东京,表现了侠盗们的轻财尚义、机智灵巧,一定程度地反映了广大群众反对剥削压迫的思想侧面。

此外,还有一些作品,反映了当时的民族矛盾,如《冯玉梅团圆》《杨思温燕山逢故人》《汪信之一死救全家》等。《冯玉梅团圆》的入话,真实地写出了人民群众在民族危亡时刻的悲惨遭遇。《汪信之一死救全家》,突出了汪信之报国御敌的志向,赞扬了他的爱国热情。

总之,小说话本大多数以市井平民为主人公,广泛地反映了宋金元时期的社会现实,反映了市民阶层与社会恶势力之间的矛盾冲突,歌颂了他们为争取人身自由、自主婚姻所做的抗争,表达了广大市民阶层的理想与愿望。这些都是小说话本思想内容方面的精华。但是由于话本作者的思想比较复杂,有些作品存在着宣传迷信思想局限。

小说话本除了保存着"说话"伎艺所特有的体制以外,在艺术上也很有特色。首先,情节曲折,故事性强,是小说话本的突出特点。小说话本极重故事情节安排,在展叙故事时,努力做到有层次地介绍,并随时有意地为以后情节的发展进行铺垫,使情节发展自然而又井井有序,尽管头绪繁多,却能将来龙去脉交代得一清二楚。善于使用伏笔,造成悬念,增加情节的曲折性,取得引人入胜的艺术效果。另外,小说话本还特别注重故事结构的完整性,讲究开头,注重结局,严谨完整,以适应市民群众的心理要求与欣赏趣味。正如《醉翁谈录》"小说开辟"条里所说的那样:"说收拾,寻常有百万套,谈话头,动辄是数千回。"收拾,指故事结局;话头,指故事开头。意思是说要注重并研究故事的开头结局,不使落入陈规俗套,做到多种多样别开生面。

其次，运用生动的白话口语叙事状物，是小说话本的另一特色。小说话本中许多优秀的篇章，都成功地做到了用白话来描写社会日常生活，叙述骇人听闻的奇闻逸事，并用以抒发作者自己的思想感情。这是我国文学史上的一件了不起的成就，它第一次用白话文来描写叙述社会日常生活，对当时社会上的人情世态，做出生动的描绘。如《碾玉观音》《错斩崔宁》在这方面的成就都很出色。

再次，小说话本也很注重人物形象的刻画，并善于通过对人物的内心活动以及人物言行等的细致刻画来表现人物，塑造了许多生动鲜明、具有个性的人物，如《碾玉观音》中的秀秀与崔宁，《错斩崔宁》里的陈二姐，《闹樊楼多情周胜仙》里的周胜仙，还有那个口快如刀的李翠莲，这些人物都是个性很强的形象，读后在人们心中无不留下深刻的印象。虽然尚有粗糙之处，但它却是可贵的开始，对以后小说、戏曲的发展都有深远的影响。

第三节　讲史话本

"讲史"是宋金元时期很受市民阶层欢迎的伎艺。"讲史"渊源于唐代民间讲说的历史故事。北宋时"讲史"伎艺已趋于成熟。《东京梦华录》里就记载了许多讲史伎艺的专业艺人，有"说三分"专家霍四究，说"五代史"专家尹常卖。目前已知的北宋讲史科目有《汉书》《五代史》《三国志》等，特别是说三国故事，深受群众的欢迎。南宋时"讲史"更加兴盛，艺人更多，题材也更为广泛。据《西湖老人繁胜录》记载，杭州一个最大的北瓦子，有勾栏十三座，其中"常是两座勾栏专说书史"。而《醉翁谈录》所载的说话内容应属于讲史的，有《黄巢》《刘项争雄》《孙庞斗智》《晋宋齐梁》《三国志》等，《梦粱录》里也有"讲说通鉴汉唐"的话，这说明不但有北宋的《汉书》《五代史》、"说三分"，还有《列国志》《七国春秋》和"说唐"等题材。到了元代，讲史伎艺更有进一步的发展，现存元代至治年间刊印的《全相平话》，包括《武王伐纣书》《乐毅图齐》《秦并六国》《前汉书》《三国志》等五种,明初编的《永乐大典》有平话一门,其中所载元代遗留下来的"平话"名回就有二十六种之多,可见元代讲史的兴盛情况。

《新编五代史平话》,是金末元初旧编,为元人修订刊印的。《东京梦华录》里记载北宋"说话"艺人中有专说五代史的著名艺人尹常卖。该书可能就是"说五代史"的一种底本,分梁、唐、晋、汉、周五部。每部各分以上下两卷,应为十卷。书曾标以"新编"字样,大约是元代书贾刊印时所加以作号召之用。流传至今已残缺不全,其中梁史、汉史只存上卷。该书的内容,大致依据史书,叙述五代兴亡本末,描写了军阀割据、连年战乱,一定程度地反映了人民的疾苦。其中包括有关于黄巢、朱温、刘知远、郭威等人的故事。叙述文字生动活泼,民间故事色彩比较浓厚。风格朴素清新。

《宣和遗事》版本有两个系统:一为黄丕烈藏两卷本,一题作《大宋宣和遗事》,分元、亨、利、贞四集。书中以宋人的口吻叙述,但行文中叙及陈抟预言宋朝"卜都之地,一汴、二杭、三闽、四广",当在宋亡之后所写。所以,至少经过元人修订。对宋帝王也未尽避讳。鲁迅说"其书或出于元人,抑宋人旧本,而元时又有增益,皆不可知"(《中国小说史略》)。该书的内容从历代帝王荒淫失政之事说起,叙述北宋的政治演变。重点在写宋徽宗的荒淫及金人入侵,浸透了作者对黑暗政治的愤懑之情。元、亨、利、贞四集本,大致可分十节:一、叙历代帝王荒淫;二、叙王安石变法;三、叙蔡京当权;四、叙梁山泊诸英雄聚义;五、叙宋徽宗与妓女李师师故事;六、叙林灵素道士的进用;七、叙京师繁华;八、叙汴京失陷;九、叙徽、钦二帝被掳;十、叙宋高宗建都临安。前七节大部分用白话叙写,有相当浓厚的话本色彩。其中梁山泊聚义故事话本色彩最浓,虽很简略,却已粗具规模。对梁山故事的轮廓、中心结构,已有较系统的描写。可以说是目前已发现的把水浒故事串联成整体的最早资料。第八节以后写的是金兵南下和徽钦二帝被俘情况。其中泥马渡康王一段,采录于《南渡录》,真实地反映了金兵攻陷汴京后人民被蹂躏的惨状。但总体来看，全书内容比较庞杂，文体也不统一，既有浅近的文言，又有白话口语，可能是杂抄各种旧籍和掇拾编集原有话本而成。

《全相平话五种》是元代至治年间（1321—1323）刻本，包括《武王伐纣平话》《七国春秋平话》（又名《乐毅图齐》）、《秦并六国平话》《前汉书评话》续集（又名《吕后斩韩信》）和《三国志平话》，全书每页皆上图下文，文字简括，讹误较多，加工不够，更多地保留着说话人底本的面貌。作品大抵依据正史，中间又加入了许多民间流传的故事，也有不少虚构的成分。值得肯定的是，作品描绘了一些最高统治者的形象，如纣王的荒淫残暴，秦始皇的兼并野心，刘邦的刻薄无赖，曹操的老奸巨猾。其中以《三国志平话》成就较高，它已粗略具有了《三国志通俗演义》的主要情节和拥刘反曹的基本倾向，但内容和描写都比较简陋。

讲史话本通称平话，又作评话，是元人称讲史话本的一种习语。在体制结构方面的特点大体上有三个方面：一、篇幅较长，分卷分目，因为讲史是"讲说《通鉴》、汉唐历代书史文传，兴废争战之事"（《梦粱录》）。内容丰富、复杂，必须要较大的篇幅才能讲完。最长的如《五代史平话》有十余万字，一般的也在四五万字左右。由于篇幅长，为了阅读与讲述方便，大多分卷分目。如《新编五代史平话》分为上下两卷，《全相平话五种》分为上、中、下三卷，《新刊大宋宣和遗事》分为元、亨、利、贞四集。平话通常还依故事内容，分立节目，标出故事情节的内容，成为后来章回小说回目的滥觞。二、每部讲史话本，开端都有一、二首七绝或七律诗，称为"开场诗"，或概括全部历史，或交代该部讲史话本的内容，或以评论发端；在话本的末尾都有一首七绝或七律的"散场诗"（《前汉书平话》例外），用以总结全书内容。三、采取断代编年的叙事方法。讲史话本的故事情节，基本都依正史，以某个王朝，或某些帝王将相的活动为中心，进行讲述，所讲的故事都是断代的。叙述时，是采用编年体，标出故事发生的年号、月份，按时间发展顺序讲述故事情节。此外，在讲述故事本事之前、"开场诗"之后，往往先讲说一段前代的历史,以与讲史话本的本事相衔接。这种"缀合"部分与小说话本的"入话"(或头回)相当,但又有所不同。讲史平话的"缀合"部分是用来从时间或情节上交代本事发生的前因或条件。此外,讲史平话,以讲说为主,语言多为半文半白。在叙事之间常常穿插诗词、书传、表章、信柬,以便引起兴趣,增加读者(或听众)的历史知识和文学知识。

此外,还有《大唐三藏取经诗话》,又名《大唐三藏法师取经记》,王国维在所写跋文中认为是宋版,但在其《两浙古刻本考》中又列为元刊本。鲁迅也疑为元人撰。全书叙述高僧玄奘与白衣秀才猴行者,经历了无数艰险,克服了种种困难,去天竺取经的故事,是明代长篇小说《西游记》的创作雏形。

参考文献

《小畜集》,[宋]王禹偁撰,《四部丛刊》本。
《西昆酬唱集注》,[宋]杨亿编,王仲荦注,中华书局,1980 年。
《欧阳修全集》,[宋]欧阳修撰,北京中国书店,1986 年。
《六一词》,[宋]欧阳修撰,李伟国点校,上海古籍出版社,1988 年。
《曾巩集》,[宋]曾巩撰,陈杏珍、晁继周点校,中华书局,1984 年。
《梅尧臣集编年校注》,[宋]梅尧臣撰,朱东润编年校注,上海古籍出版社,1980 年。
《苏舜钦集编年校注》,[宋]苏舜钦撰,傅平骧、胡问涛校注,巴蜀书社,1991 年。
《王荆文公诗笺注》,[宋]王安石撰,[宋]李壁笺注,中华书局上海编辑所,1958 年。
《珠玉词》,[宋]晏殊撰,胡思明点校,上海古籍出版社,1988 年。
《小山词》,[宋]晏幾道撰,王根林点校,上海古籍出版社,1988 年。
《乐章集校注》,[宋]柳永撰,薛瑞生校注,中华书局,1994 年。
《经进东坡文集事略》,[宋]苏轼撰,[宋]郎晔选注,文学古籍刊行社,1957 年。
《苏文忠公诗编注集成总案》,[清]王文诰撰,巴蜀书社,1985 年。
《苏轼文集》,[宋]苏轼撰,孔凡礼点校,中华书局,1986 年。
《苏轼诗集》,[宋]苏轼撰,孔凡礼点校,中华书局,1982 年。
《东坡乐府编年笺注》,[宋]苏轼撰,石声淮、唐玲玲笺注,华中师范大学出版社,1990 年。

《山谷内集诗注》《外集诗注》《别集诗注》《外集补》《别集补》，[宋]黄庭坚撰，[宋]任渊、史容、史季温注，[清]谢启昆辑，《丛书集成初编》本。

《豫章黄先生词》，[宋]黄庭坚撰，龙榆生校点，中华书局，1957年。

《晁氏琴趣外篇》，[宋]晁补之撰，刘乃昌、杨庆存校注，上海古籍出版社，1991年。

《秦观集编年校注》，[宋]秦观撰，周义敢、程自信、周雷编注，人民文学出版社，2001年。

《后山诗注》，[宋]陈师道撰，[宋]任渊注，《四部丛刊》本。

《清真集》，[宋]周邦彦撰，吴则虞点校，中华书局，1981年。

《李清照集校注》，[宋]李清照撰，王仲闻校注，人民文学出版社，1979年。

《樵歌》，[宋]朱敦儒撰，邓子勉校注，上海古籍出版社，1998年。

《陈与义集校笺》，[宋]陈与义撰，白敦仁校笺，上海古籍出版社，1990年。

《茶山集》，[宋]曾几撰，《四库全书》本。

《东莱诗词集》，[宋]吕本中撰，沈晖点校，黄山书社，1991年。

《诚斋集》，[宋]杨万里撰，《四部丛刊》本。

《范石湖集》，[宋]范成大撰，上海古籍出版社，1981年。

《陈亮集》，[宋]陈亮撰，邓广铭点校，中华书局，1987年。

《陈亮龙川词笺注》，[宋]陈亮撰，姜书阁笺注，人民文学出版社，1980年。

《容斋随笔》，[宋]洪迈撰，上海师范大学古籍整理编辑组点校，上海古籍出版社，1978年。

《鹤林玉露》，[宋]罗大经撰，王瑞来点校，中华书局，1983年。

《陆游集》，[宋]陆游撰，中华书局，1976年。

《剑南诗稿校注》，[宋]陆游撰，钱仲联校注，上海古籍出版社，1985年。

《放翁词编年笺注》，[宋]陆游撰，夏承焘、吴熊和笺注，上海古籍出版社，1981年。

《辛稼轩诗文笺注》，[宋]辛弃疾撰，邓广铭辑校审订，辛更儒笺注，上海古籍出版社，1995年。

《稼轩词编年笺注》，[宋]辛弃疾撰，邓广铭笺注，上海古籍出版社，1993年。

《龙洲词》，[宋]刘过撰，王从仁点校，上海古籍出版社，1988年。

《后村先生大全集》，[宋]刘克庄撰，《四部丛刊》本。

《后村词笺注》，[宋]刘克庄撰，钱仲联笺注，上海古籍出版社，1980年。

《须溪词》，[宋]刘辰翁撰，萧逸校点，上海古籍出版社，1988年。

《姜白石词编年笺校》，[宋]姜夔撰，夏承焘笺校，上海古籍出版社，1981年。

《吴梦窗词笺释》，[宋]吴文英撰，杨铁夫笺释，陈邦炎、张奇慧点校，广东人民出版社，1992年。

《花外集》，[宋]王沂孙撰，吴则虞笺注，上海古籍出版社，1988年。

《竹山词》，[宋]蒋捷撰，黄明校点，上海古籍出版社，1988年。

《永嘉四灵诗集》，[宋]徐照、徐玑、翁卷、赵师秀撰，陈增杰点校，浙江古籍出版社，1985年。

《戴复古诗集》，[宋]戴复古撰，金芝山点校，浙江古籍出版社，1992年。

《谢叠山全集校注》，[宋]谢枋得撰，熊飞、漆身起、黄顺强校注，华东师范大学出版社，1994年。

《文天祥全集》，[宋]文天祥撰，熊飞、漆身起点校，江西人民出版社，1987年。

《增订湖山类稿》，[宋]汪元量撰，孔凡礼辑校，中华书局，1984年。

《霁山集》，[宋]林景熙撰，中华书局上海编辑所，1960年。

《郑思肖集》，[宋]郑思肖撰，陈福康点校，上海古籍出版社，1991年。

《全宋诗》,北京大学古文献研究所编,北京大学出版社,1991—1998年。

《宋诗钞》,[清]吴之振、吕留良、吴自牧选,管庭芬、蒋光熙补,中华书局,1986年。

《宋诗选注》,钱锺书选注,人民文学出版社,1958年。

《全宋词》,唐圭璋编,中华书局,1979年。

《东京梦华录》,[宋]孟元老撰,邓之诚注,中华书局,1982年。

《武林旧事》,[宋]四水潜夫辑,西湖书社,1981年。

《话本选》,吴晓玲、范宁、周妙中选注,人民文学出版社,1959年。

《全金诗》,薛瑞兆、郭明志编,南开大学出版社,1995年。

《中州集》,[金]元好问编,中华书局上海编辑所,1959年。

《元遗山诗集笺注》,[金]元好问撰,[清]施国祁注,麦朝枢校,人民文学出版社,1959年。

《元好问论诗绝句三十首小笺》,[金]元好问撰,郭绍虞笺,人民文学出版社,1978年。

《新校元刊杂剧》,徐沁君校点,中华书局,1980年。

《元曲选》,[明]臧晋叔编,文学古籍刊行社,1955年;中华书局,1958年。

《元曲选外编》,隋树森编,中华书局,1959年。

《关汉卿戏曲集》,[元]关汉卿撰,吴晓铃等校,中国戏剧出版社,1958年。

《白朴戏曲集校注》,[元]白朴撰,王文才校注,人民文学出版社,1984年。

《西厢记》,[元]王实甫撰,王季思校注,中华书局,1958年。

《元曲四大家名剧选》,徐沁君等校注,齐鲁书社,1987年。

《永乐大典戏文三种校注》,钱南扬校注,中华书局,1979年。

《琵琶记》,[元]高明撰,钱南扬校注,中华书局,1962年。

《宋元四大戏文》,俞为民校注,江苏古籍出版社,1988年。

《全元戏曲》,王季思主编,人民文学出版社,1990—1999 年。

《全元散曲》,隋树森编,中华书局,1964 年。

《东篱乐府》,[元]马致远撰,邓长风点校,上海古籍出版社,1989 年。

《元文类》,[元]苏天爵编,影印《四库全书》本,上海古籍出版社,1993 年。

《元诗选》,[清]顾嗣立编,中华书局,1987 年。

《全元文》,李修生主编,凤凰出版社,1997—2004 年。

《全元诗》,杨镰主编,中华书局,2013 年。

《湛然居士文集》,[元]耶律楚材撰,谢方点校,中华书局,1986 年。

《静修先生文集》,[元]刘因撰,《四部丛刊》本,商务印书馆,1919—1936 年。

《剡源戴先生文集》,[元]戴表元撰,《四部丛刊》本,商务印书馆,1919—1936 年。

《山中白云词》,[元]张炎撰,吴则虞校辑,中华书局,1983 年。

《赵孟頫集》,[元]赵孟頫撰,任道斌校点,浙江古籍出版社,1996 年。

《道园学古录》,[元]虞集撰,《四部丛刊》本,商务印书馆,1919—1936 年。

《范德机诗集》,[元]范梈撰,《四部丛刊》本。

《揭傒斯全集》,[元]揭傒斯撰,李梦生标校,上海古籍出版社,1985 年。

《雁门集》,[元]萨都剌撰,殷孟伦、朱广祁点校,上海古籍出版社,1982 年。

《铁崖先生古乐府》《铁崖先生复古诗集》,[元]杨维桢撰,《四部丛刊》本,商务印书馆,1919—1936 年。

《杨维桢诗集》,[元]杨维桢撰,邹志方点校,浙江古籍出版社,1994 年。

《录鬼簿》,[元]钟嗣成撰,《中国古典戏曲论著集成》本,中国戏剧出版社,1959 年。

《录鬼簿续编》，[明]无名氏编，《中国古典戏曲论著集成》本，中国戏剧出版社，1959年。

《中原音韵》，[元]周德清撰，《中国古典戏曲论著集成》本，中国戏剧出版社，1959年。

《青楼集》，[元]夏庭芝撰，《中国古典戏曲论著集成》本，中国戏剧出版社，1959年。

《宋元戏曲史》，王国维著，《文学丛刻》本，1915年；商务印书馆，1927年。

《中国小说史略》，鲁迅著，新潮社印本，1923、1924年；北新书局，1925年。

《中国散文史》，郭预衡著，上海古籍出版社，2000年。

《中国诗史》，陆侃如、冯沅君著，大江书铺印行，1931年；作家出版社，1956年。

《中国文学批评史》，郭绍虞著，商务印书馆1934、1947年；上海古籍出版社，1979年。